사람을 읽는다.

재미로 읽는다.

빠르게 읽는다.

느리게 읽는다.

걸으며 읽는다.

번역을 읽는다.

무작정 읽는다.

쓰면서 읽는다.

겹쳐서 읽는다.

여러 번 읽는다.

나는

읽는다.

이상한 나라의 책 읽기

책 좋아하는 당신과 나누고픈
열 가지 독서담

윤성근 지음

이상한 나라의
책 읽기

드록

시작하는   글

여기서부터 이야기를 시작해보자. 이렇게. 어느 날 자고 일어나 보니 탁자 위에 처음 보는 책이 한 권 놓여있다. 겉면에는 아무런 그림이나 글씨가 없다. 평범해 보이지만 비밀스러운 '그것'을 발견한 당신은 무엇을 하겠는가?

두 가지 유형을 생각해 볼 수 있다. 첫째, 아무것도 하지 않고 가만히 둔다. 둘째, 펼쳐서 내용을 확인한다. 나는 두 번째 유형인 사람을 위해 이 책을 썼다. 무언가 심오한 심리테스트 같은 걸 기대했다면 미안하다. 하지만 이 테스트는 생각보다 많은 의미를 품는다. 예컨대 탁자 위에 처음 보는 책이 있는데 그걸 펼쳐봤다는 것 자체가 누군가에겐 좀 이상한 행동이다. 예를 들어, 우리 형 같은 사람에게는 정말로 그럴 것이다.

나보다 두 살 위인 형은 어릴 때부터 책을 좋아하지 않았다. 학교 다닐 때 교과서조차 보지 않았으니 다른 책은 말해 뭣할까. 그러나 형은 전형적으로 '머리는 좋은데 공부를 안 하는' 사람이었다. 학교성적 안 좋은 자녀를 둔 부모님이 흔히 하는 포장된 말이 아니다. 형은 학창시절에 두 번 받은 IQ 테스트 모두 140 정도가 나왔다. 그러나 고등학교를 졸업할 때까지 로마자 알파벳조차 모를 정도로 공부와는 담을 쌓은 사람이었다. 산만한 성격 탓인지 만화책도 오래 붙들지 못했다. 나는 그런 형을 은근히 무시했다. 지금은 어떤가? 물론 지금도 나는 형을 이상한 사람이라고 생각한다. 자존심이 강한 형이 몹시 기분이 나빠할 말이다. 그러나 상관없다. 어차피 형은 이 책도 읽지 않을 게 확실하기 때문이다.

갑자기 형 이야기를 꺼낸 이유는, 형 역시 나를 이상한 사람으로 보기 때문이다. 형에게 책을 좋아하는 사람은, 아니 책을 읽는 사람은 다 이상한 사람이다.

다시 처음으로 돌아가 보자. 아침에 일어났는데 탁자 위에 처음 보는 책이 놓여 있다면, 형은 당연히 그 책을 보고 아무 행동도 하지 않을 것이다. 나라면 당연히 책을 펼쳐 볼 것이다. 왜 펼쳐 보냐고 묻는다면 궁금하기 때문이라고 대답할 것이다. 그러면 형은 코웃음을 치며 이렇게 말한다. "알지도 못하는데 왜 궁금하냐?" 이에 대한 나의 응답은, "모르는 것이니까 궁금하지. 알면 왜 궁금해?"이다. 다시, 형은 말한다. "탁자 위에 책이 아니라 뚜껑 덮인 그릇이 있다면 열어보겠지. 왜냐면 그릇에는 음식이 들어 있다는 걸 아니까. 하지만 책은 무슨 내용인지 전혀 모르니까 궁금하지도 않아." 다시, 내 차례. "무슨 내용인지 모르니까 궁금하지. 알면 왜 보겠어?"

이런 식으로 말이 오가다가 점점 언성이 높아지며 끝내 싸움으로 번진다. 이미 경험을 통해 바람직하지 못한 결말이 된다는 사실을 알고 있으니까 굳이 이런 대화는 하려고 들지도 않는다.

무언가를 싫어하는 데에는 나름의 이유가 있기 마련이다. 하지만 좋아하는 이유를 명확하게 말하긴 쉽지 않다. 책을 싫어하는 이유는 무엇인가? 재미없고 지루하기 때문이라는 답이 먼저 떠오른다. 어렸을 때부터 책 읽으라는 말을 너무 많이 들어서 오히려 거부감이 생겼다는 사람도 있다. 그렇다면 책을 좋아하는 이유는 뭘까? 이에 대한 답은 형 의견이 맞을지도 모른다. 책 좋아하는 사람은 이상한 사람이다. 매일 책을 읽어야 하고, 읽고 싶고, 외출할 때 가방 안에 뭐라도 읽을거리가 없으면 불안하고, 돈이 없는데도 책을 사고 싶고, 읽지도 않을 책을 책장에 쟁여 놓고, 책 때문에 방이 비좁아 책을 처분하면 곧 그 공간을 다시 책으로 채워 넣는 사람들이니까.

나는 지난 15년 동안 헌책방에서 일하며 이런 사람들을 적잖이 만났고 심지어 그들을 인터뷰한 내용을 가지고 책도 썼다. 내가 만난 그들은 하나같이 왜 책을 좋아하는지 이유를 설명하지 못한다는 공통점을 가지고 있다. 마치 연인이 "자기는 왜 날 사랑해?"라고 물으면 "사랑하는 데 무슨 이유가 필요하니?"라고 대답하는 까닭과 같다. 그들은 정말로 이상한 사람들이다. 아마 지금 이 책을 읽기 시작한 당신도 그런 사람일 거라고, 혹은 머잖아 그렇게 될 운명에 사로잡혔다고 믿어 의심치 않는다.

우스개가 아니라 정말로 그렇다. 하버드 대학교 의과대학 교수이며 매사추세츠 종합병원 신경과 의사인 앨리스 플래허티가 쓴 《하이퍼그라피아》에 의하면, 책을 좋아하는 사람들은 뇌의 한쪽 부분, 측두엽에 문제가 있을 가능성이 크다. 플래허티는 우리가 아는 유명한 작가들이 가진 '글쓰기 중독'에 의학적 관심을 가지고 접근하며 위트 있게 소개한다. 도스토옙스키는 도박과 술에 빠져 지냈지만 엄청난 집중력으로《죄와 벌》,《백치》같은 대작을 써냈다.《이상한 나라의 앨리스》와 그 속편 외에는 알려진 작품이 거의 없는 루이스 캐럴은 지인 여럿에게 수만 통의 편지를 썼고, 미국 작가 찰스 부코스키는 누가 자기 손을 잘라버리면 발로 타자기를 치겠다는 말을 남겼다는 식이다.

지금 이 글을 읽는 당신도 역시 똑같다. 왜 책을 읽는가? 책은 음식과 달리 읽지 않아도 숨 쉬고 사는데 아무런 문제가 없다. 책을 읽지 않는 사람이라는 표시가 얼굴에 드러나는 것도 아니다. 그런데 왜 책을 읽는가? 혹시 당신도 측두엽에 문제가 있는, 이상한 사람이 아닐까? 이제부터 내가 말하는 '이상함'의 기준은 1년에 책을 한 권 이상 사는 사람이다. 만화책이든 잡지든 상관없다. 사기만 하고 읽지 않는 사람도 포함한다. 이 책은 바로 그런 사람을 위해 썼다. 책을 읽는, 책을 읽고 싶은, 책이라는 걸 알고자 하는 이상한 사람들 말이다.

이 책에서는 책을 잘 읽는 방법을 알려주지도 않는다. 책을 많이 읽는 방법도 여기엔 나오지 않는다. 그런 것을 잘 설명한 책은 조금만 찾아봐도 많이 발견할 수 있으니 헌책방 일꾼인 내가 굳이 한 권 더 보탤 일은 없다고 본다. 나는 책을 잘 읽지 않아도 괜찮다고 믿는다. 많이 읽지 않아도 된다. 일부러 적게 읽을 필요도 없지만. 한 권이든 백 권이든 '책답게' 읽도록 돕는 게 이 책을 쓴 목적이다. 책 싫어하는 사람이 이 책을 보면 신묘한 작용이 일어나 책을 읽고 싶게 된다는 얘기는 하지 않겠다. 책을 읽지 않아도 스스로 인생이 즐겁고 편안하다고 믿는 사람은 그대로 사는 것도 나쁘지 않다. 하지만 조금이라도 책의 필요성을 느낀다면 이 책이 도움이 될 것이다.

그렇다면 무엇이 책다운 것인가? 간단히 말하자면 읽는 사람을 끊임없이 변화시키는 것이다. 책을 읽고 생각과 삶이 변화했다는 사람이 있다. 하지만 그 한 번의 변화로 끝났다면 진정으로 책다운 책을 읽은 게 아니다. 변화는 끝없이 계속되어야 한다. 어떤 책을 읽고 오늘 내 모습이 변화됐다면, 내일도 다른 모습으로 변화시킬 수 있는 게 책의 힘이다. 그 힘을 끌어내지 못하면 어제 읽은 책으로 내일을 살아가는 사람이 된다. 책을 아예 읽지 않은 사람보다 읽다가 멈춘 사람이 더 나쁠 수 있다. 변화되기를 멈추면 사람의 사고는 생기를 잃기 때문이다. 그러니까 이 책은 끝없는 변화를 통해 생동감 있는 사고를 하도록 만드는 방법에 관한 내 나름의 제안이다.

사실 나는 몇 해 전 이런 제안을 정리해 작은 책자로 펴낸 일이 있다. 적지 않은 분들이 부족한 책에 과분한 사랑을 보내주셨지만, 지금은 품절상태인 형편이다. 다시 그 책을 살피니 수정해야 할 부분이 많이 보인다. 나도 그렇지만 내가 쓴 책 역시 변화해야 할 필요가 있다. 그래서 내친김에, 어차피 변화를 준다면 완전히 새로운 책을 써보자고 다짐했다. 그러는 게 이전 책을 읽은 독자에게도 작게나마 보답하는 길이라고 믿는다. 그런 연유로 이 책은 《나는 이렇게 읽습니다》의 연장선에 있음을 밝힌다. 물론 그 책을 읽지 않은 독자라고 하더라도 일부러 찾아 읽을 필요는 없다. 이 책은 완전히 새로운 방식으로 썼기 때문이다.

책은 총 10장으로 구성했다. 1, 2장은 서론에 해당한다. 책을 읽을 때 기본으로 삼아야 할 마음가짐에 대해 말한다. 모든 책은 사람이 쓴 것이다. 요즘엔 AI Artificial Intelligence 기계도 글을 쓴다는데, 어쨌든 좋다. 내 생각에 AI는 앞으로 더 많은 글을 쓰게 될 것 같다. 글을 쓰면서 지치거나 짜증 내지 않고, 마감 시간을 1초도 어기지 않는 장점은 칭찬할 만하기 때문이다. 하지만 AI도 엄밀히 말하면 사람이 만든 프로그래밍을 따를 뿐이다. 그러니 책을 읽는다면 사람 이해를 먼저 해야 좋다. 책을 쓴 사람, 책 속에 등장하는 사람을 알면 그것을 읽는 사람도 특별한 재미를 느낄 수 있다. 그러나 책은 마냥 재미로 읽는 게 아니다. 아무리 우스운 내용이라고 해도 작가는 그것을 재미로 쓰지 않는다. 책 읽기의 재미에서 벗어나는 것, 나아가 자기만의 재미를 찾아내는 것이 진짜 독서로 가는 첫 번째 계단이다.

3, 4장은 책을 읽을 때 가장 중요한 '읽는 방법 그 자체'

를 이야기한다. 평범한 속도로 읽는 것을 제외하면, 책은 빠르게 읽거나속독, 速讀 느리게 읽는지독, 遲讀 두 가지 방법이 존재한다. 어떤 게 좋다고 단정할 수는 없다. 다만 빠르게 읽으면 좋은 책과 그 반대의 책은 있다. 어떤 책을 읽을 때 어떠한 속도로 읽으면 좋을지 알아보고, 책 읽기 속도에 따라 달리해야 할 읽기 방법을 말하고자 한다.

이어서 5~8장까지는 책을 조금 더 깊이 읽고 자기 나름의 해석을 발견하는 것이 주제다. 우리는 어릴 때부터 책을 읽은 다음 저자의 의도가 무엇인지 파악하는 교육을 받았다. 그러나 계몽시대 이후 많은 작가가 실제로 이렇게 말하고 있다. "나는 작품을 쓸 때 어떤 의도나 목적을 염두에 두지 않습니다." 그런데도 독자들은 언제나 저자의 의도를 찾느라 시간과 노력을 허비한다. 프랑스 철학자 롤랑 바르트의 말대로, 어떤 책이 완성되면 그 작품은 작가의 것이 아니다. 독자들은 저마다 자유롭게 작품을 해석할 수 있어야 하며 누구도 그것에 옳고 그름의 잣대를 대면 안 된다. 하지만 마음대로 읽고 아무렇게나 해석하는 것 역시 바람직하지 않다. 기왕에 시간과 노력을 들여 읽었다면 영양가 있는 열매를 기대해야 좋지 않을까?

마지막 두 장은 결론에 해당한다. 먼저 9장에서는 책을 여러 권 겹쳐서 읽는 방법을 말한다. 책 읽기는 무엇보다 흐름이 중요하다. 운동이나 음악과 마찬가지로 책과 자신의 리듬을 맞춰 최대한 흐름이 끊어지지 않도록 유지해야 좋다. 책 안에는 작가의 고유한 리듬이 스며있다. 이것을 감지하고 함께 춤추듯 어울릴 때 진정한 책 읽기의 세계에 들어설 수 있다. 나아가 여러 책과 함께 자유로운 군무를 즐기는 방법을 소개한다.

10장에서는 모든 독자가 자기만의 고전 목록을 만들어야 한다는 점을 강조한다. 지금껏 고전은 전문가들이 정한 범위 안에 있었다. 톨스토이, 제인 에어, 에밀 졸라, 세르반테스, 노자, 공자 등등. 하지만 이는 절대적인 목록이라고 부를 수 없다. 그래서도 안 된다. 독자 각각이 만든 자기만의 고전 목록을 가져야 책 생태계가 더 건강해진다. 이를 통해 우리는 변화하고, 그만큼의 나이테를 가질 수 있다.

이상과 같은 이야기를 단행본이라는 형태로 풀어내기 위해 몇 가지 이론과 함께 그것을 실제로 적용할 수 있도록 잘 알려진 책 50권을 소개한다. 나는 헌책방을 운영하고 있지만 아이러니하게도 신간을 많이 사서 읽는다. 모든 헌책이 출판될 당시에는 신간이었다. 지금 나오는 말끔한 신간도 언젠가는 헌책방에서 팔릴 운명이다. 그러므로 신간의 흐름을 읽지 못하면 (혹은, 않으면) 헌책방 일을 잘 해낼 수 없다. 내가 운영하는 헌책방 SNS 계정을 팔로우하는 분이라면 "헌책 팔아 새책 사는 헌책방 주인장의 내돈내산 책 소개"라는 태그를 기억할 것이다. 이 책에 소개한 책들은 대부분 그 태그를 달고 간단히 언급한 것들이다.

한 달에 보통 30~40권의 신간을 사서 읽다 보니 책을 쓰기 위해 50권을 따로 추려내기란 쉽지 않았다. 책은 매일 새로 나오고 날마다 새로운 책을 읽고 있기 때문이다. 그러니 일단은 범위를 정할 수밖에 없다. 예시로 든 책은 2000년 이후에 출간된 것으로 하되, 될 수 있으면 절판되지 않은 책을 소개하려고 신경 썼다. 하지만 요즘은 초판 발행 부수가 점점 적어지는 추세이기에 출판되고 얼마 지나지 않아 절판되는 책도 더러 있다. 출판사 자체가 없어져서 책을 못 구하는 일도 있으니 이 부분은 독자 여러분께 미리 양해를 구한다.

세상에 책은 많다. 하루에도 엄청난 신간이 쏟아져 나오는 요즘이다. 그러나 책은 어느 날 갑자기 툭 튀어나오는 게 아니다. 모든 책은 여러 사람의 노력과 정성이 들어간 공동 작품이다. 이 책도 나 혼자서는 만들 수 없는 결과물이다. 오래전 잠깐 만났던 일을 마음 깊이 새기고 있다가 좋은 계기를 통해 내게 이런 책을 쓸 수 있도록 제안한 지성영 팀장님께 감사드린다. 부족한 글을 꼼꼼하게 읽고 가독성 있는 문장으로 다듬어준 편집자 유나 님에게도 각별한 고마움을 전한다.

마지막으로 이 책은 서평집이 아니라는 점을 밝힌다. 그저 책을 좋아하는 사람에게, 책을 읽고 싶은 사람에게, 그리고 자기 삶에 책이 필요하다고 느끼는 사람을 위해 내 나름의 이야기를 풀어낸 것이다. 아무쪼록 이 책에서 말하는 내용이 절대로 모범 답안이 아님을 기억해주길 바란다. 인도의 성자

지두 크리슈나무르티의 말을 빌리자면, "진리는 길이 없는 대지"와 같다. 당신이 지금 변화를 바라며 책 한 권을 들고 어디론가 걷고 있다면 그 걸음걸음이 또 하나의 답이다. 그리고 자기만의 답을 가진 사람이 진정한 혁명가다.

자, 지금부터 변화와 혁명을 위한 여정을 시작해보자.

책을 읽는   열 가지   방법

1

사람을

읽는다

한 걸음 떨어져 있다는
유일한 단서 *

_ 한나 아렌트, 《어두운 시대의 사람들》

책은 칫솔이나 의자처럼 대부분 공장에서 만든다. 그리고 여느 물건과 마찬가지로 바코드와 가격표가 붙어 유통되는 상품이다. 만드는 사람과 사는 사람이 존재하며 광고도 한다. 그런데 우리는 칫솔을 살 때와 같은 마음가짐으로 책을 소비하지는 않는다. 왜 그럴까? 처음부터 무슨 터무니없는 궁금증이냐고 말할지도 모르겠다. 하지만 이런 걸 궁금하게 여기는 사람이 많다는 걸 나는 안다. 바로 그들이 책을 사는 사람이다.

* 한나 아렌트, 《어두운 시대의 사람들》,
359쪽, 홍원표 옮김, 한길사, 2019년

책은 이상한 물건이다. 사람들은 왜 이 이상한 물건을 살까? 읽을 때는 좋지만 쌓아둘수록 짐이 되는데 말이다. 집이나 사무실에 책을 많이 쌓아 둔 사람이라면 안다. 이사할 때 책이 얼마나 큰 골칫덩이인지.

내가 일하는 헌책방에는 책이 5000권 정도 있다. 헌책방치고 많은 장서를 갖췄다고 말하기 어려운 규모다. 몇 년 전, 헌책방을 이사하면서 이사업체 몇 곳을 불러 견적을 받아본 일이 있다. 놀랍게도 다섯 업체 가운데 세 곳은 돈을 아무리 많이 줘도 책방 이사는 해줄 수 없다고 잘라 말했다. 결국, 다른 업체를 통해 견적을 받았지만, 정해진 가격의 두 배를 내야 했다. 그뿐만 아니라 이삿날 전에 책 포장은 내가 다 해놓는다는 조건이 달렸다. 수고를 덜려고 일부러 포장이사를 부른 건데 정작 포장은 내가 해야 하다니! 이거야말로 현대 사회의 아이러니와 부조리다.

그렇다. 책은 이상하고 아이러니하며 부조리한 물건이다. 종이 다발 위에 글자를 늘어놓은 이것이 대체 무엇이길래 사람들을 울리고 웃기는가? 때론 책 한 권 때문에 인생이 바뀌었다고 고백하는 사람도 있다. 그러니까 책은 칫솔이나 의자와 비교할 수 없는 묘한 물건이다. 세상 어떤 독재자도 자기 권력을 보호하고자 광장에 의자를 모아 불태우지는 않았다. 그러나 책은 많은 고초를 겪었다. 찢어지고, 불태워지고, 숨겨지고, 빼앗고, 전쟁과 혁명을 일으키고.

어느 곳에서 책은, 목숨을 건 혁명의 도구가 된다. 이렇게 보면 책이란 엄청나게 대단한 물건이다. 한편으로는 누군가의 식탁 위에 무심히 놓여 냄비 받침으로 쓰인다. 기울어진 가구의 수평을 맞추기 위해 모서리에 끼워 넣는 용도로 쓰기도 한다. 이 역시 대단한 용도라고 할 수 있겠지만, 만약 내가 쓴 책이 소파 아래 있는 모습을 발견한다면 조금은 마음이 아플 것 같다. 그러면서 슬며시 휴대전화를 꺼내 사진을 찍은 다음 인스타그램에 올리겠지. 그 아래 감성적인 문장 조금 보태면 '좋아요' 많이 받을 수 있으려나? 생각해보니 이런 행동 역시 아이러니다.

어쨌든 책은 인류가 만든 많은 발명품 중 가장 혁명적이다. 책처럼 대단함과 하찮음을 동시에 가진 이상한 물건이 또 있을까? 어찌나 훌륭한 물건인지 국가적으로 독서를 장려하는 행사도 연다. 하지만 그렇다고 해서 딱히 책을 읽을 필요는 없다. 책을 읽지 않아도 사는 덴 아무런 지장이 없다. 많이 읽을수록 좋다고 보기도 애매하다. 어쩌면 이런 이유로 사람들은 책을 더 안 읽게 되는지도 모르겠다. 그렇지 않아도 복잡하고 할 일 많은 현대 사회 속에 살아가는 우리다. 해도 되고 안 해도 지장 없다면 굳이 할 필요가 없다는 결론을 내도 좋지 않을까?

만약 이런 결론을 원한다면 책 읽기는 여기서 중단해도 좋다. 하지만 그 이상의 무언가가 있을지도 모른다는 묘한 이끌림이 해변에 있는 모래알갱이 한 개 만큼이라도 있다면 이 책을 정말 재미있게 읽을 수 있을 거다. 지금 이 책을 쓰고 있는 사람인 내가 보증한다. 믿을 수 없다면 내가 쓴 다른 책을 한번 읽어보길 바란다. 그것도 분명 재미있을 테니까.

뻔뻔스럽게 이런 말을 하는 나를 이상한 사람이라고 생각해도 좋다. 책은 이상한 물건이니까 그것을 쓰는 사람도 이상할 수밖에 없다. 하지만 이상함을 그냥 이상한 것으로 남겨놓고 지나가는 사람이야말로 가장 이상한 사람이다. 책을 즐기는 사람은 언제나 사소한 궁금증을 그냥 두고 보지 않는 습성이 있다. 그냥 지나가도 될 만한 일로 골머리를 썩이는 이들이다. 이 책을 집어 든 사람 중 대부분이 이런 쪽에 속한다고 나는 믿는다. 그야말로 이상한 독자인 셈이다. 종합해보면, 이상한 작가가 쓴 이상한 책을 이상한 독자가 읽는 게 바로 지금의 상황이다. 정말 이상하지 않은가?

이제 이상하고 아이러니한 책의 세계로 들어가보자. 나는 그 첫걸음으로 '사람'이라는 주제를 제시한다. 모든 사소한 것에 궁금증을 품을 때, 우리는 그것의 근원이 어디인지 알아볼 필요가 있다. 세계는 어떻게 생겼으며, 어디로 가고 있는 걸까? 먼 미래에 우리는 어떻게 될까? 어떤 질문도 좋다. 모든 질문의 근원에는 '사람'이 있다. 모든 공부의 시작도 사람으로부터 시작된다. 우리가 '인문학人文學, humanities'이라고 부르는 분야 역시 사람이 이룬 문화 전반을 뜻한다.

나는 자서전이나 평전 읽기를 좋아하는데, 이런 책을 읽으면 나만 이상한 사람이 아니라는 걸 알게 되어 마음이 편해진다. 위로받는다. 내가 어렸을 때만 해도 이런 책들은 대부분 그 책의 주제인 주인공의 삶을 좋은 쪽으로만 치켜세우는 내용이 많았다. 하지만 지금은 다르다. 인물에 관한 수준 높은 비평이 알차게 들어 있는 책을 쉽게 찾아볼 수 있다. 철학자 한나 아렌트가 쓴 《어두운 시대의 사람들》 같은 책이 그렇다. 나는 이 책을 최근 몇 년 사이 읽은 평전 중 가장 훌륭한 책으로 꼽는 데 망설이지 않겠다.

사실 이 책은 평전으로 보기엔 내용과 구성이 빈약하다. 그런데도 한나 아렌트는 책을 통해 독자를 사람의 세계로 끌어들이는 역할을 충실히 하고 있다. 책에 등장하는 사람은 모두 별것도 아니기에 특별한 이들이다. 오늘날 우리가 이들에게서 빛을 발견할 수 있는 이유는 그들이 '어두운 시대'를 온몸으로 겪었기 때문이다. 지난날 유럽을 중심으로 일어난 두 번의 세계대전을 어두운 시대라 말한다. 모든 게 파괴된 그 시절에도 사람은 살았다. 어떤 이는 살면서 전쟁을 일으켰지만, 다른 누군가는 전쟁을 피해 살아야 했다. 한나 아렌트는 특히 자신과 친분이 있던 작가, 학자, 예술가들이 이 시대를 어떻게 살아냈는지 보여준다.

'서정시를 쓰기 힘든 시대'에 어떻게든 뭔가를 써야 했던 시인 브레히트와 시인이 아니었지만, 시처럼 작품을 쓰고

자 했던 발터 벤야민. 혁명가 로자 룩셈부르크, 소설이 아닌 소설기법 '누보로망'의 대표적인 작가 나탈리 사로트 등. 이들은 아무런 연관성이 없어 보이지만 한 시대라는 끈으로 엮여 있다. 그리고 모두 책을 쓴 한나 아렌트와 관련이 있다는 공통점도 있다.

그러나 어찌 세계대전이 일어난 때만 어두운 시대라 할 수 있겠는가. 바로 지금, 이 순간도 어떤 사람에게는 최악의 어두운 시대일 수 있다. 누군가에게는 광명의 시대가 또 다른 이들에게는 암흑의 시대이기도 하다. 나는 지금 어느 곳에 서 있는가? 당신은 또 어떤가? 옆을 둘러보도록 하자. 빛이 보이는가? 아니면 아무것도 볼 수 없는 어둠인가? 우리의 질문은 늘 여기에서부터 출발해야 한다. 다만 너무 가까워지지 않도록, 약간의 거리를 두고 시작하는 게 좋다. 한 걸음 떨어져 있을 때 비로소 사람을 향한 시선이 자연스러워진다. 사람이 곧 책이라고 생각해보면 왜 책을 읽어야 하고 매번 사소한 궁금증을 가져야 하는지 알게 된다. 한 걸음 떨어진 곳에서 은근히 바라보는 진지한 눈빛 - 그것이 바로 책의 세계로 들어가는 첫걸음이다.

신나게 이야기할 수 있는
자유 *

_ 존 바에즈, 《**존 바에즈 자서전**》

책 읽기는 본디 어려운 일이라서 책과 친해지려면 마음의 조건 세 가지가 필요하다. 관심, 호기심, 의심이다. 글자가 빼곡한 종이 다발인 책을 좋아하는 성격을 타고난 사람들도 분명히 있다. 만약 자신이 그런 사람 중 하나라면 감사하길 바란다. 인생 최대의 재산을 이미 가지고 태어난 것이니까. 하지만, 그런 사람들조차 책을 마구잡이로 읽는 모습을 자주 본다. 대관절 책 읽는데 무슨 방법 같은 게 필요하냐, 그저 즐거운 마음으로 읽고 마음에 새기면 되지 않느냐고 되묻는다면

● 존 바에즈, 《존 바에즈 자서전》, 170쪽,
이운경 옮김, 삼천리, 2012년

나는 단호하게 아니라고 말하겠다.

세상에는 엄청나게 많은 책이 존재한다. 사람은 태어나서 죽지만 책은 일부러 없애지 않는 한 사람보다 수명이 길다. 이 지구에 있는 사람보다 책이 더 많을 것이다. 이 엄청나게 많은 책 중에 내가 읽어야 할 책은 무엇일까? 알 수 없다고 말하는 게 오히려 답이다. 그러나 어떻게든 답을 찾아보려고 방황하는 행위 자체가 독서의 본질 아니겠는가.

인류는 오랜 시간 동안 문화를 만들어왔다. 다른 동물과 달리 인류가 이룩한 세계는 다채로운데, 그럴 수 있는 가장 큰 이유가 소통의 도구인 언어와 글자, 그리고 그것을 기록해 보존할 수 있는 책이라는 매체를 가졌기 때문이다. 우리는 그 많은 문화의 대지 위에서 각자의 존재 의미를 지니고 서 있다. 어찌 보면 우리 모두는 자신의 인생이 펼쳐진 엄청나게 커다란 책 위에서 어디론가 걷고 있는 방랑자와 같다. 멈춰 있는 사람은 아무도 없다. 인생에 정해진 답은 없으니, 서로 다른 방향과 속도로 살아간다. 길은 없지만 어디로든 열려있는 삶이라는 대지, 그 위에 서 있는 우리에게 책은 막막함을 풀어주는 힌트와 위안을 주는 고마운 물건이다.

여기서 책을 꼭 읽어야 하는 이유를 구구절절 말할 필요는 없다. 읽고 싶지 않다면 안 읽으면 그만이다. 독서를 굳이 강요하고 싶지는 않다. 하지만 지금 이 책을 읽는 사람들은 여러 이유로 책을 읽고 싶어서 자신의 소중한 시간을 여기에 투자하고 있을 것이다. 책을 읽고 싶은 마음은 있지만, 무슨 책을 읽어야 할지, 어떻게 읽어야 할지 망설이고 있기에 이런 책에서 도움을 받으려고 기대하고 있을 거다.

그동안 서점에서 책 다루는 일을 하며 많은 손님과 만났다. 그들과 대화해보니 책을 읽고 싶은데 주저하는 원인은 대부분 이 한 가지로 모인다. 무슨 책을 읽어야 할까. 앞서 말했다시피 세상에는 책이 너무나 많다. 그 많은 책 중에서 무슨 책을 골라 읽으면 좋을지가 늘 문제다. 그래서 '○○대학 필독서 100선' 같은 목록을 살피기도 한다. 책에 관해서라면 전문가인 사람들이 추려 놓은 목록이니까 어쨌거나 나쁜 책은 없을 거다. 하지만 지금부터 그런 목록은 잊도록 하자. 누군가 미리 정해놓은 목록을 보고 책을 읽을 거라면 차라리 서점에 가서 눈을 감고 무작위로 아무 책이나 뽑아 드는 게 낫다. 자기가 읽을 책은 스스로 정해야 한다.

문제는 다시 처음으로 돌아온다. 무슨 책을 읽으면 좋을지 몰라 전문가에게 추천받고 싶은데 추천은 의미가 없으니 스스로 책을 고르라니. 이상한 말 같지만 조금만 참아주길 바란다. 이제부터 다른 사람에게 의지하지 않고 내가 나에게 책을 추천하는 요령을 설명할 테니까.

방법은 간단하다. 이 글을 시작하면서 말했던 세 가지 요소만 기억하면 된다. 관심, 호기심, 그리고 의심. 우리는 생활하며 다양한 상황과 마주하게 된다. 학교나 직장에서 겪는 일들, 친구나 연인 사이에서 생기는 사연들, 길을 가다 우연히 만난 길고양이와의 조우 등. 이런 일상을 아무 생각 없이 하루하루 보낼 수도 있지만, 책을 읽고 싶다면 사소한 것일지라도 **관심**을 기울여야 한다. 때론 전혀 알지 못했던 세계를 향해 곁눈질을 해보는 것도 나쁘지 않다. 그리고 그 대상을 알고 싶어 하는 **호기심**이 필요하다. 호기심이 생겼을 때는 그냥 지나치지 말고 어딘가에 적어두거나 휴대전화로 사진이라도 찍어 남긴다. 나중에 그것에 관한 책을 찾아보라. 어떤 대상이든지 생각했던 것 이상으로 적지 않은 책이 있음을 알고 놀랄 거다. 그중에서 마음에 끌리는 몇 권의 책을 읽는다. 이것으로 끝나면 안 된다. 가장 중요한 것은 **의심**이다. 모든 책에 맞는 말만 적혀 있을 거란 생각을 버려야 한다. 아무리 공감되는 내용이라고 해도 틀릴 수 있다는 의심이 다른 책으로 향하는 관심을 이끄는 힘이다. 관심은 다시 호기심으로, 호기심에서 의심으로 뒤잇는다. 이렇게 세 가지 마음이 자연스럽게 맞물려 있으면 읽어야 할 책은 자연스럽게 꼬리를 물고 따라온다.

한 가지 예를 들어보겠다. 나는 1950년대 이후 미국의 '비트 세대' 문학에 관심이 생겨 한동안 이 주제의 책을 읽은 적이 있다. 그전까지 내가 주로 읽은 문학은 미국이 아닌 유럽 쪽 작가의 작품이 대부분이었다. 자연스럽게 유럽에서 일어난 '68혁명'으로 관심이 이어졌고, 그러다 1969년에 미국에서 열린 '우드스톡 페스티벌'까지 찾아보게 됐다. 그러한 관심이 잭 케루악과 찰스 부코스키같은 비트 문학의 세계로 나를 인도했다. 이것은 다시 그 당시 청년문화를 대표한 가수 '밥 딜런'을 향한 호기심으로 번졌다. 고백하자면 나는 밥 딜런보다는 '존 덴버' 같은 컨트리 뮤지션을 더 좋아했기 때문에 밥 딜런의 음악은 그저 웅얼거리는 소음처럼 들렸다. 어쨌든 우리나라에 번역된 밥 딜런에 관한 책을 몇 권 찾아봤는데 대부분 그의 음악을 찬양하는 내용이었다. 여기서 급격하게 흥미가 떨어진 나는 중립적으로 밥 딜런을 소개한 책을 찾으려고 했다. 그렇게 만난 책이 《존 바에즈 자서전》이다.

밥 딜런에 관심이 생겼는데 왜 존 바에즈인가? 그것은 밥 딜런이 존 바에즈로 인해 세상에 알려졌기 때문이다. 깡마르고 한껏 예민해 보이는 청년 밥 딜런이 무명 가수였을 때 그와 동갑내기인 존 바에즈는 이미 젊은이들의 우상이었다. 존 바에즈는 자신의 무대에서 밥 딜런을 소개하며 함께 노래 불렀고 거기서부터 밥 딜런의 신화는 시작됐다. 둘은 한동안 연인관계였고 음악과 삶을 바라보는 서로의 가치관에 큰 차이가 있음을 알게된 후에는 각자의 길을 걷는다. 그러니 존 바에즈 자서전에서 밥 딜런에 관한 이야기는 당연히 적지 않은 분량을 차지하고 있다.

나는 밥 딜런이 왜 당시 베트남전 반대 등 사회운동에 참여하지 않았는지 궁금했다. 그의 음악이 얼마나 대단한지 말하는 책에서는 이해할 만한 이유를 찾을 수 없었다. 밥 딜런과는 달리 줄곧 사회운동에 몸담았던 존 바에즈는 그의 음악과 거기 담긴 철학이 결코 행동으로 나오지 않을 것을 예감하고 있었다. 그녀는 밥 딜런을 연구하지 않았지만, 그와 함께 무대에서 노래하고 쉬는 동안 소파에 앉아 시시껄렁한 대화를 주고받는 사이 그것을 알 수 있었다. 부모로부터 남미의 정서를 물려받은 발랄한 성격의 존 바에즈는 신나게 이야기하는 걸 즐기는 듯 아무렇지도 않게 밥 딜런을 기억에서 꺼내 소개했지만, 나는 오히려 그런 사소하며 힘이 실리지 않게 쓴 부분에 공감하며 책을 읽었다.

밥 딜런에 관한 호기심 덕분에 읽은 존 바에즈의 자서전은 뜻하지 않게 더 많은 책을 읽을 수 있도록 나 자신에게 독서 목록을 만들어줬다. 대부분은 전문가가 제안하는 목록에 들어 있지 않은 책이지만, 오직 나라는 한 사람을 위한 독서 목록이기에 뿌듯하다. 과연 그중에서는 또 어떤 책이 내 관심과 호기심을 건드리게 될까? 섣부른 확신이 아닌 신중한 의심을 계속 이어나갈 때, 작가는 신나게 이야기를 만들 자유가 생기고 독자는 신나게 읽을 자유가 끝없이 샘솟는다.

제 계획이
실현될 것 같습니까?*

_ W. 버나드 칼슨, 《니콜라 테슬라 평전》

세상 물정을 통 모르고 책만 보며 사는 내게, 친구가 테슬라 자동차를 샀다며 연락이 온 것은 몇 해 전 일이다. 나는 깜짝 놀라서 되물었다. "테슬라라면, 바로 그 테슬라?" 그랬더니 친구는 싱글벙글 웃으며 "맞아, 바로 그 테슬라!"라고 했다. 우리는 몇 분 동안 테슬라를 주제로 대화를 이어 갔다. 그런데 같은 주제로 말하면서도 우리는 뭔가 많이 어긋났다. 그럴 수밖에 없다. 나는 발명가인 '니콜라 테슬라'만 알고 자동차 브랜드 테슬라는 전혀 모르고 있었다. 반대로 친구는 자동차 브

● W. 버나드 칼슨, 《니콜라 테슬라 평전》, 245쪽,
박인용 옮김, 반니, 2015년

랜드만 알고 에디슨과 같은 시대에 활동한 테슬라라는 사람은 알지 못했다. 그런데 알고 보니 테슬라와 자동차는 서로 관계가 있었다. 자동차를 만드는 회사 '테슬라'의 이름을 발명가 '테슬라'에서 빌려 온 것이다. 덕분에 우리 두 사람은 그날 자신이 알고 있는 각자의 테슬라에 관해 서로에게 지식을 보태 줄 수 있었다.

나는 대학에서 컴퓨터공학을 전공했고, 물론 그게 20년도 더 넘은 이야기긴 하지만, 스스로 유행에서 많이 벗어나지 않은 사람이라고 생각했다. 그런데 전기로 움직이고, 심지어 자율주행까지 할 수 있는 자동차가 버젓이 팔리고 있다는 사실에 깜짝 놀랐다. 친구 역시 내가 알려준 실제로 존재했던 발명가 니콜라 테슬라 얘기를 듣고 어지간히 많이 놀란 눈치였다.

테슬라는 에디슨이 만든 회사 유럽지부에서 일하며 천부적인 재능을 펼쳤다. 그는 곧 미국 본사 직원으로 발탁된다. 어떤 면에서 테슬라는 에디슨을 능가하는 발명가였다. 자신의 발명품으로 돈을 만드는 데 능숙했던 에디슨과 달리 테슬라는 몽상가에 가까웠고 그래서 언제나 획기적인 아이디어를 세상에 내놓을 수 있었다.

에디슨이 전구를 만들어 유리구슬 안에서 불을 밝혔을 때, 테슬라는 그 불빛을 무선으로 빛나게 할 방법을 알아냈다. 지금 우리는 휴대전화를 거치대 위에 올려놓고 무선으로 충전하는 방법에 익숙하지만 몇 년 전까지만 해도 상상하기 어려웠던 일이다. 하지만 테슬라는 이미 100년 전인 1900년대 초에 전선 없이 전기를 보내고 받는 장치를 만들었다. 그때 뉴욕 금융가에서는 이미 가까운 거리를 자율주행으로 움직이는 자동차를 시험 운행하고 있었다. 테슬라는 뉴욕주 워든클리프에 56미터짜리 거대한 송전탑을 실제로 세웠고 그 탑을 통해 뉴욕 시민들 모두가 무선으로 전기와 통신을 사용할 수 있을 거라고 선전했다. 시대를 너무 앞서갔던 탓일까? 그 계획은 투자를 받지 못해 실패로 돌아갔다. 테슬라가 사업에 실패하지 않았더라면 우리는 100년 전부터 무선전화를 쓰고 있었을지도 모르는 일이다.

나는 인터넷 검색으로 당시에 테슬라가 워든클리프 송전탑을 광고한 전단을 친구에게 보여줬다. 커다란 송전탑이 중심이고 그 밑에는 사람들이 무선으로 전기와 통신을 사용하는 장면이 연출되어 있다. 그림 속 한 여성이 손에 들고 있는 작은 나팔이 달린 기계가 놀랍다. 이것은 100년 전에 테슬라가 생각한 최초의 무선 휴대전화다. 현재의 무선 통신 개념과 매우 흡사하다. 테슬라는 "시계보다 크지 않은 값싼 수신기를 통해 지상이나 해상을 불문하고 어디서나 연설에 귀를 기울이거나, 아무리 멀리 떨어진 곳에서 연주되는 음악이라도 들을 수 있게 될 것이다."*라고 했다. 이건 오래된 SF소설에 나오는 이야기가 아니다. 테슬라는 실제로 그렇게 할 수 있는 기술적

• 위의 책, 417쪽

아이디어를 갖고 있었고, 정말로 그렇게 될 뻔했다.

　친구는 여기서 의문을 제기했다. 여러모로 보아 테슬라의 업적이 에디슨을 앞서고 있는 것 같은데 우리는 왜 어렸을 때 테슬라를 전혀 알지 못했을까? 에디슨이라면 위인전을 통해 익숙하다. 에디슨이 어렸을 때 닭을 부화시키기 위해 달걀을 품었다는 일화는, 실제로 그랬는지 진실 여부를 알 수 없지만, 에디슨이라고 하면 늘 그 장면을 떠올릴 정도로 우리는 잘 알고 있다. 하지만 테슬라는? 내 또래 중에서는 어릴 때 테슬라라는 이름을 들어보기라도 한 사람조차 만나기 어려울 정도다.

　장황하게 테슬라 이야기를 늘어놓은 이유는 앞서 말한 책을 읽을 때 꼭 필요한 마음가짐 세 가지 중 **의심**을 설명하기 위해서다. 무턱대고 아무것에나 의심하는 눈빛을 흘기거나 부정적인 생각을 품으라는 뜻이 아니다. 제대로 된 의심이야말로 책을 잘 읽을 수 있는 큰 힘이다.

　제대로 된 의심이란 무엇인가? 익숙한 것과의 결별을 뜻한다. 의심하지 않았던 것을 의심해보는 것이야말로 책 읽기의 즐거움 중 하나다. 산업혁명 이후 인간의 기술력이 폭발적으로 발달하던 시기, 발명가로 활동한 사람이 에디슨 한 명은 아닐 텐데 우리는 왜 발명가라고 하면 에디슨만 떠올리는 것일까? 실제로 당시에는 엄청나게 많은 사람이 앞다투어 새로운 기계를 세상에 내놓았다. 그런데 왜 유독 에디슨만 유명하고 학교에서도 에디슨만 배웠을까? 그리고 과연 에디슨은 지금까지 배운 대로 대단한 '위인'일까?

유명한 다른 인물 누구를 예로 들더라도 같은 의심은 가능하다. 비폭력 평화주의자라면 대부분은 '마하트마 간디'라는 이름을 떠올릴 것이다. 그와 같은 시기에 역시 인도의 독립을 위해 투쟁했던, 그러나 우리가 거의 배우지 않았던 '빔라오 람지 암베드카르'라는 사람도 있다. 카스트에는 목소리를 내지 않았던 간디와 달리 암베드카르는 이 차별적인 신분제를 강하게 비판했다. 어쩌면 간디보다 더 위대한 삶을 살았던 암베드카르를 우리는 왜 알지 못하는 걸까?

책 읽기의 기본 바탕을 평전이나 자서전으로 삼아야 할 이유가 여기에 있다. 우리를 둘러싼 사회제도와 문화, 기술, 예술 등은 모두 인간이 만들었다. 자연을 빼면 저절로 이 세상에 존재하는 것은 없다. 그러므로 우리가 무엇에 관심을 두고 공부를 시작하려고 하든 그 출발지는 언제나 사람일 수밖에 없다.

사람에 관한 책을 읽으면 그들이 어떤 의심을 통해 자기 삶을 앞으로 밀고 나갔는지 엿볼 수 있다. 좋은 일이든 그 반대이든 역사에 기억될 만한 일을 했던 사람들은 늘 그 시작이 의심이었다. 의심할 여지가 없는 것을 의심했던 사람들이다. 그 의심이 생각을 발전시키고 생각은 철학이 됐다. 그래서 철학자 이진경은 "'철학하기'는 자명한 것을 의심하고 질문하는 특수한 실천"•이라고 정의한다.

• 이진경, 《철학의 모험》, 391쪽,
도서출판 푸른숲, 2007년.

확고한 자기 철학을 마음에 품은 이들 중 일부는 그것을 과감하게 행동으로 옮겼다. 그런 행동이 언제나 원하던 결과를 가져온 것은 아니지만 많은 사람의 생각과 철학에 영향을 끼쳤다. 그중에는 또 자기가 알게 된 것에 의심을 가진 사람이 있다. 인류의 역사는 이런 과정을 통해 발전하거나 퇴보하기를 반복했다.

테슬라 역시 의심이 많은 몽상가였다. 에디슨이 전구에 불을 켜는데 사용한 전기는 직류였다. 이것은 아주 확실하고 강력한 물리적 해답처럼 보였다. 테슬라는 직류에 의심의 눈길을 보내고 교류 방식을 연구했다. 그 결과 전기 교류 시스템이 훨씬 값싸고 안정성도 뛰어나다는 사실을 발견했다.

어떤 사람은 의심이 아니라 확신하기 위해 책을 읽는데, 그런 방법은 오히려 독이 될 수 있다. 자기 확신을 굳게 지키려는 목적으로 책을 읽으면 생각과 철학이 유연해지지 못한다. 나아가 이런 사람은 '나는 책을 많이 읽었으니 내가 아는 게 옳고 다른 의견은 틀렸다'는 식의 태도를 보이게 될 가능성이 크다. 책 읽기는 확신이 아닌 의심, 완성이 아닌 깨어 부숨을 목적으로 삼아야 한다.

자신의 깊은 수렁 바깥에서,
자신만의 방식으로 *

_ 다니엘 슈라이버, **《수전 손택》**

'의심'이라는 주제로 조금 더 이야기해 보자. 소모적인 의심이 아닌 생산적인 의심은 반드시 훈련을 통해 밖으로 드러난다. 그 훈련은 책을 읽고 머리를 쓰는 방법이 가장 효과적이다. 그만큼 책은 가장 쉽고 저렴하며 효과가 좋은 간접 경험 훈련 도구다. 그렇지 않으면 끊임없는 직접 경험을 통해 몸으로 익혀야 하는데, 우리 대부분은 생활 반경에 제한이 있기에 먼 외국의 일이나 우주 탐험을 매번 직접 경험하기가 어렵다. 또한, 태어나기 전에 있었던 일은 누구도 직접 경험할 수 없다.

* 다니엘 슈라이버, 《수전 손택》, 251쪽,
  한재호 옮김, 글항아리, 2020년

우리는 알지 못하는 걸 의심할 수 없다. 이것이 생각 훈련의 기본이다. 모르는 것을 의심하는 게 소모적인 의심의 한 모습이다. 누구나 자유롭게 생각할 수 있다는 자만은 하지 말자. 생각은 은행에 맡긴 돈과 같다. 쓰면 없어지고 다시 채워 넣지 않으면 써먹을 생각이 없어진다. 하지만 생각이 없다고 해서 생각을 멈출 수는 없다. '너는 생각 좀 하고 말해라', '생각 없이 행동하지 마라'라는 말을 듣는 사람도 나름의 생각이 있기 마련이다. 그러나 밑바탕이 든든하지 못해 마이너스통장 같은 생각을 하고 살면 소모적인 사고에 빠질 수밖에 없다. 자기 생각이 없어지면 남의 생각을 끌어다 써야 하는 지경에 이른다. 이런 생활을 계속하다 보면 결국 자기만의 생각 없이, 말하자면 좀비처럼 몸만 있고 영혼이 없는 상태에 이른다. 의미 없이 하루하루 살아가고 먹고 자는 것만이 일상의 전부라면 그의 삶은 사막처럼 황폐해진다. 심장이 뛰고 있다고 해서 다 살아 있는 사람은 아니다.

다행히 우리의 '생각 은행' 잔액은 마음만 먹으면 계속 쌓아둘 수 있고, 쌓인 생각이 많을수록 몇 배의 이자가 붙어 더욱 크게 불어난다. '지적 유희'라는 말이 있듯이 생각이 앎이 되고 앎이 또다시 새로운 생각을 불러일으키는 즐거운 경험은 책의 세계에 빠져 보지 않은 사람은 알기 어렵다. 이런 즐거움도 앎을 통해 시작된다. 하지만 아는 것을 알고 있는 그대로 두면 고인 물처럼 곧 썩게 된다. 때때로 앎의 연못을 의심의 작대기로 휘저어야 한다. 오래전 철학자 데카르트가 그 랬던 것처럼 말이다.

데카르트는 알고 있는 모든 것을 극단적으로 의심하는 방법을 써서 자신의 철학을 발전시켰다. 당시 세계는 영국의 철학자들을 중심으로 발전한 경험주의가 지배적이었다. 실제로 경험한 것만이 진리라는 말은 그럴듯해 보인다. 그러나 데카르트는 직접 경험했다고 하더라도 그 모든 것을 완전히 믿을 수는 없다며 비판했다. 눈으로 본 것이어도 착시현상에 빠져 착각할 수 있는 노릇이다. 만지거나 맛보아 아는 것도 마찬가지로 믿을 게 못 된다. 인간의 감각은 때로 우리를 속이기 때문이다.

이렇게 세상만사 모든 걸 다 의심한다면 진실이란 없는 걸까? 데카르트는 단 하나의 완전무결한 진실이 존재한다는 걸 알았다. 모든 것을 의심하는 나 자신의 생각이 바로 그것이다. 내 생각이 의심하고 있다는 사실 자체는 절대로 의심할 수 없는 한 가지다. 여기서 데카르트 철학의 첫 번째 명제 "코기토 에르고 줌(Cogito, ergo sum:나는 생각한다. 그러므로 나는 존재한다.)"이 탄생했다. 이 짧은 문장은 이후 수백 년이 지난 오늘까지 많은 사람의 생각에 영감을 주고 있다.

아는 것을 비로소 의심할 수 있다고 했을 때, 앎이라는 세계를 향해 우리를 이끄는 힘은 '호기심'이다. 알고 싶은 마음이 없는데 앎의 숲을 향해 걸어 들어갈 수는 없다. 한 대상을 향한 순진한 호기심은 어린아이에게만 허락된 마음은 아니다. 성인이 되고 난 후에도 이 마음을 간직하고 있는 사람이 진정한 앎의 세계를 경험할 수 있다. 성경에는 "하늘나라는 이런 어린이들의 것"*이라는 구절이 있다. 호기심이 왕성한 아이들이 예수에게 가까이 가는 걸 본 제자들이 야단치려고 하자 예수가 한 말이다. 나는 이 구절에서 나오는 '하늘나라'를 실제로 존재하는 장소가 아니라 '하느님의 지혜'라고 이해했다. 지혜로운 사람이 되고 싶다면 어린이와 같은 호기심을 지니고 있어야 한다는 말이다.

시내 서점에서 책을 구경하다가 내 정신을 바짝 들게 만드는 표지를 만났다. 다니엘 슈라이버가 쓴 수전 손택 평전을 우리말로 옮긴 책으로 책 표지 디자인이 대단히 파격적이었다. 전체를 수전 손택의 사진으로 덮고 그 위에 굵은 글씨로 "SONTAG"이라는 글자만 있다. 1965년에 찍은 이 사진은 낮은 침대에 앉아 한쪽 발을 바닥에 내리고 카메라를 바라보는 수전 손택의 모습을 담았다. 그 얼굴을 나는 잊을 수 없다. 한쪽 무릎에 팔을 얹고 몸을 약간 앞으로 기울이고 있는 그 사진은 호기심으로 가득한 수전 손택의 성격을 잘 보여주고 있다. 보통은 독자가 호기심이 생겨서 책을 선택하기 마련인데, 이번에는 상황이 완전히 역전됐다. 표지 속 수전 손택은 마치 독자에게 호기심을 품고 있는 듯 은근한 눈빛으로 이쪽을 보고 있다. 그 표정에 이끌린 나는 책을 살 수밖에 없었다.

• 마태복음 19장 14절

어린 시절부터 호기심이 왕성했던 수전 손택은 학교가 끝나도 곧장 집으로 가는 법이 없었다. 동네 근처 사막에 난 돌길을 따라 걸으며 땅에 떨어진 예쁜 돌을 주워 모으는 한편, 길을 잃거나 재난이 일어나 혼자 살아남는 상상도 했다.

길 주변의 사물과 풍경에 호기심을 느끼는 습관은 어른이 되어서도 계속 이어졌다. 이제 여기서 말하는 길이란 '도로'가 아니라 자기를 만들어가며 사는 일을 뜻한다. 그녀는 뛰어난 재능과 노력으로 이 길가에 흩어진 호기심을 그냥 지나치지 않고 자기만의 철학으로 발전시켰다. 《사진에 관하여》, 《타인의 고통》 같은 사진과 문화에 관한 비평에서부터 영화와 다큐멘터리 작업에 이르기까지 수전 손택은 살아가면서 만난 역사적 현상과 사회 변화에 민감하게 반응하며 작품으로 승화해냈다.

그러나 그녀가 마냥 유행만을 따라간 것은 아니다. 호기심을 통해 알게 된 새로운 앎의 영역을 언제나 아는 상태 그대로 남겨놓지 않고 비판적인 자세로 의심했다. 1966년에 출판된 《해석에 반대한다》는 이런 모습을 아주 잘 보여준다. 어떤 대상을 일부러 해석하지 않고 드러난 그대로 바라보는 마음이야말로 큰 목소리로 내지르는 오해와 편견이 진실인 마냥 고개를 내미는 현대사회에서 가장 훌륭한 해석의 방법이다.

호기심으로 시작된 책 읽기가 굳은 지식이 되지 않으려면 끊임없이 나의 앎을 의심하는 태도가 필요하다. 또한, 무턱대고 의심하는 소모적인 사고를 줄이기 위해서는 수전 손택처럼 편견을 가지지 않고 대상을 바라보는 호기심을 가져야 한다. 그 좋은 예가 이 책에 나온다. 수전 손택은 자신을 '페미니스트 작가'라는 이름으로 부르는 걸 좋아하지 않았다. 1980년대에 활발하게 진행되고 있던 성소수자운동이 수전 손택을 '레즈비언 작가'라고 했지만, 그것도 역시 싫어했다. 자신의 활동이 어느 한쪽 정체성으로 기울어져 평가받기를 거부했기 때문이다.

다양한 책과 만나려면 당연히 왕성한 호기심이 있어야 한다. 호기심 훈련에 책만큼 좋은 도구는 없다. 그러나 다시 한번 강조한다. 아무리 강한 호기심이 있다고 하더라도 의심이 빠지면 책 읽기는 소모적으로 흐를 수밖에 없다. 명심하자. 무턱대고 읽는 책은 고여서 썩은 물처럼 냄새 나는 신념을 더 견고히 할 뿐이다. 그 냄새를 자신은 향기롭다 여기고 끝내 그것을 다른 사람에게 강요한다면 차라리 책을 읽지 않는 게 그와 그가 속한 공동체에 조금이나마 도움이 되는 길이다.

그야말로 한칼에
상대를 죽이는 작가 *

_ 박홍규, 《카프카, 권력과 싸우다》

　　여기까지 순서대로 본문을 읽어오고 있는 독자라면 조금 이상한 점을 발견했을 거다. 앞서 나는 책을 읽기 위한 중요한 세 가지 마음가짐으로 '관심, 호기심, 의심'을 말했지만, 순서를 거꾸로 소개했다. 그 이유는 많은 사람이 '의심 – 호기심 – 관심'의 순서로 책을 읽기 때문이다. 그편이 훨씬 자연스럽기도 하다.

　　공부를 직업으로 가진 사람이 아닌 이상, 우리는 생활하며 이상한 상황과 마주했을 때 그것에 관한 책을 찾아볼 마

　　•　박홍규, 《카프카, 권력과 싸우다》, 143쪽,
푸른들녘, 2018년

음이 생긴다. 이때, '이상한 상황'이 내가 공감할 수 있는 수준이라면 딱히 책을 찾아보는 수고를 하지 않는다. 그 상황에 의심이 들 때, 내 생각이 맞는다는 걸 확인하고 싶어서 책을 읽는다. 책을 읽으며 고개를 끄덕이면서 '그럼 그렇지. 내 생각이 맞았어.'라는 동질감이 들 때 그 책 속에 있는 내용에 호기심이 생겨 무언가 더 읽고 싶은 욕구가 생긴다. 이 욕구가 조금씩 자라면서 비로소 어떤 분야에 관심이 드러난다. 여기에서 흥미가 오래 이어지면 관심 분야의 책을 자주 읽는다. 이런 식으로 비슷한 주제의 책 이삼십 권 정도를 읽었다면 그에 대한 전문적인 지식이 보통 이상으로 쌓였다고 볼 수 있다.

　　문제는 여기서부터 시작된다. 책 읽기를 '의심'으로부터 시작하면 결과적으로 공감이 되는 책만 찾아 읽게 될 확률이 높다. 의심을 해소하려는 목적으로 읽기 때문이다. 이 경우, 책에 공감하지 못하는 내용이 나오면 읽기를 중단하거나, 다 읽더라도 주변에 '재미없는 책'이라고 소개한다. 당연히 남아 있는 '호기심 – 관심'의 리듬으로 이어지지 않기 때문에 '요즘엔 읽을 만한 책이 없다'라는 말만 남는다.

　　그렇기에 건강한 독서습관은 언제나 **관심**으로부터 시작해야 하는데, 이게 말처럼 쉬운 일이 아니다. 뚜렷한 외부 자극이 없는 상태에서 어떤 대상을 향해 관심을 가지고, 이것을 책 읽기로 연결까지 시키는 건 어렵기 때문이다. 관심이 있다고 해도 보통은 인터넷 검색으로 간단히 알아보기를 원하지 책까지 찾아 읽는 사람은 많지 않다. 안타깝게도 우리가 알지 못하는 사이에 '넓고 얕은 지식'이라는 그럴듯한 유혹의 가랑비에 조금씩 옷이 젖고 있다.

어떻게 하면 적극적인, 그러면서도 편견 없는 관심을 끌어낼 수 있을까? 가장 쉽고도 효과적인 방법은 이미 알고 있다고 확신하는 부분부터 탐색하는 것이다. 그러나 안다는 건 이미 관심이 있다는 의미인데, 무얼 또 탐색한다는 말인가? 이제 여기서 '**관점**'을 달리해 볼 필요가 생긴다.

세상엔 많은 책이 있다. 널리 알려진 분야라면 거의 매일 새로운 책이 나오기도 한다. 그런 책을 살펴보면 대개 어슷비슷한 내용이다. 그러나 잘 찾아보면 분명 새로운 관점으로 그 분야를 다루고 있는 책이 있기 마련이다. 이미 알고 있는 것과 정반대의 관점이라면 책의 완성도를 떠나서 한번 읽어볼 필요가 있다. 만약 '의심'의 잣대를 먼저 가지고 다가간다면 책을 선택하기에 앞서 주저할 게 분명하다. 열린 마음으로 색다른 관점에 관심을 기울이자. 의심은 책을 다 읽은 다음에 해도 괜찮다.

책 읽기 훈련의 첫 시작으로 자서전이나 평전을 권하는 이유는 이 책이 다루고 있는 내용이 실제로 존재했던 사람에 관한 것이기 때문이다. 한 사람은 단 한 번의 삶을 살다 세상을 떠나지만, 보는 관점에 따라서 그 일생이 마냥 찬사 받기도 하고 반대로 나쁘게 평가되기도 한다. 똑같은 일을 가지고 시대에 따라 다른 해석을 내리는 일도 있다. 많은 경우, 이 중에 어떤 한 해석이 오랫동안 주류로 여겨지면 다른 의견은 무시되거나 틀린 것으로 간주 되어 빛을 보지 못한다.

이를테면, 카프카라면 어떤가? 그레고르라는 남자가 어느 날 자고 일어났더니 벌레가 되어있더라는 사건으로 시작하는 단편소설 《변신》을 쓴 소설가 카프카 이름을 들어보지 못한 사람은 많지 않을 것이다. 카프카는 흔히 산업화로 대표되는 현대사회 속에서 끊임없이 소외당하고 이로 인해 고독을 느끼는 개인의 감정을 잘 풀어쓴 작가로 알려져 있다. 마흔 한 살이라는 젊은 나이에 세상을 떠났고, 발표한 작품도 적지만 (게다가 대부분이 미완성으로 남았다.), 카프카의 삶과 소설은 위대한 전설이 됐다.

작가가 세상을 떠난 후 유언에 따라 폐기될 뻔했던 그의 작품을 출판하는 일에 큰 역할을 한 막스 브로트를 시작으로, 카프카에 관한 책이라면 대개 이 작가를 매우 소심한 인물로 소개한다. 카프카의 유명한 세 작품 《성》, 《소송》, 《아메리카(실종자)》에는 '고독 3부작'이라는 별명이 붙었을 정도다. 카프카가 세상을 떠난 후 100년이 지난 지금까지 '고독'과 '소외'는 작가의 삶과 예술세계를 평가하는 중요한 맥락이다. 감히 누구도 이런 평가에 손을 대려 하는 사람이 없었다.

법학자인 박홍규 영남대 명예교수는 《카프카, 권력과 싸우다》에서 안으로 숨어드는 카프카가 아닌 드러내놓고 싸우는 카프카를 말한다. 나는 이 책을 2003년에 미호 출판사에서 나온 판본으로 처음 읽었는데, 그야말로 소름 돋는 충격을 받았다.

　나는 고등학생 때 우연히 들른 한 헌책방에서 카프카의《변신》을 만난 이후 번역된 모든 작품을 사 모을 정도로 팬이 되었다. 카프카의 작품을 좋아한 이유는, 물론 특유의 암울하고 답답한 소설 분위기 때문이다. 평전과 작품 해설서도 몇 종류 읽었고 대부분 내용은 비슷했다. 특별할 것 없는 카프카의 어린 시절과 막스 브로트를 빼면 거의 없다시피 한 친구들 이야기, 아버지와의 대립 관계, 직장생활, 연예와 결혼, 질병 등 모든 것은 작가 자신이 창조한 소설 속 인물 'K'와 닮았다. 카프카를 소개한 책을 쓴 작가들은 모두 이 점을 중요하게 여긴다.

　그러나 박홍규는 처음부터 완전히 다른 관점으로 출발한다. 책 제목부터 그것을 암시하듯 아주 도발적이지 않은가? 권력은커녕 지나가는 개한테도 감히 시비를 걸 것 같지 않은 소심한 카프카라고 믿었는데, 책 내용은 온통 이 작가를 싸움꾼으로 몰아간다. 또한 이 책은 특이하게도 머리글이 엄청 길다. 이렇게 긴 머리글은 도올 김용옥이 쓴 책 외에는 처음이다. 전체 본문 약 400쪽 가운데 이 머리글 분량만 70쪽 정도다. 머리글을 시작하는 첫 제목은 '변명'이다. 카프카의 가장 유명한 작품인 '변신'에서 빌려왔다고 짐작된다. 첫 시작부터 작가의 긴 변명을 들어야 할 이유는 명백하다.

작가는 지금까지 우리가 알던 카프카를 완전히 뒤집어 바라본다. 그는 물론 고독했지만, 마냥 그 안에 머무르지 않았다. 자신이 처한 상황에서 도망치거나 주저앉지 않고 적극적으로 대항했고 그 흔적이 삶의 곳곳에 드러나 있다. 김나지움 시절 친구에게 편지로 전했던 말처럼, 카프카는 얼어붙은 바다를 깨는 도끼처럼 살고자 했다. 그야말로 한칼에 상대를 물리치는 예리한 소설을 쓰려고 노력했다. 이게 진짜 카프카의 모습인지는 아무도 모르지만, 그런 식으로 특별한 관점을, 다른 학자나 독자들에게 비난받을지도 모르는 주장을 힘있게 밀고 나간 박홍규의 책은 내게 적지 않은 영향을 끼쳤다. 이 책을 읽은 후 다시 한번 카프카 전집을 완독했으니까 말이다.

때론 말도 안 되는 관점을 새로운 시각이랍시고 어처구니없는 태도로 풀어 놓은 책을 만난다. 하지만 나는 그런 책도 관심이 가는 주제라면 읽어보는 편이다. 왜냐하면, 그것도 역시 인생의 간접경험이라고 믿으니까. 살다 보면 책이 아니라 그런 태도를 기본으로 가진 사람도 만난다. 책이라면 조금 읽다가 던져버리기라도 할 텐데 사람은 그러지도 못하니까 짜증이 난다.

움베르토 에코는 '세상의 바보들에게 웃으면서 화내는 방법'을 알아냈을지 몰라도 그건 어디까지나 에코의 사정이다. 나는 여전히 세상의 바보 앞에서 웃을 수도, 화를 내지도 못한다. 그러니까 평소에 운동하듯 책으로 머리 근력, 마음 근력을 키우려고 한다. 관심이 있는 분야일수록 다른 관점으로 쓰인 책을 자주 찾아 읽어야 할 중요한 이유가 여기에 있다.

장훈

《방망이는 알고 있다》

서문당

1977년

헌책방 일을 하다 보면 절판된 책을 찾아달라는 부탁을 종종 받는다. 없어진 책을 찾는 건 생각보다 쉬운 일이 아니다. 어느 날 60세 정도 되어 보이는 한 손님이 장훈의 자서전《방망이는 알고 있다》를 찾아 달라며 내게 찾아왔다. 손님은 자기가 어릴 적 장훈 선수의 팬이었다며 이야기를 시작했다. 그의 꿈은 야구선수였는데 어쩌다 보니 꿈은 말 그대로 꿈이 되어 지나갔고 평범한 회사원으로 여태 살아왔단다. 은퇴한 지금은 책을 읽는 게 일상이라고 했다. 그러다 문득 어릴 적 꿈꿨던 야구가 생각났고 야구는 그의 기억을 곧장 장훈 선수에게로 끌고 갔다.

하지만 모든 게 미숙한 책방 일꾼이었던 나는 1977년에 단 한 번 나오고 없어진 그 책을 찾을 수 없었다. 처음 한두 해는 책을 찾지 못한 미안한 마음에 명절 때마다 휴대전화 문자메시지로 안부라도 전했다. 그마저도 오 년 정도 해를 넘기자 그만뒀다. 손님에게서도 먼저 연락이 오지 않아서 자연스럽게 그 책과 손님의 사연은 완전히 잊히는 듯했다.

그러나 찾는 사람이 그 책에 얽힌 간절한 사연을 가진 경우, 희한하게도 책이 스스로 나타날 때가 있다. 이런 신기한 경험을 몇 번 한 뒤로 나는 특정한 책과 사람이 보이지 않는 끈으로 이어져 있는 건 아닌지 생각한다. 모든 책은 사람이 쓴 것이고 사람의 손으로 만들어 유통됐으니 어떤 식으로든지 마지막까지 사람과 연결된 끈이 있지 않을까. 손님이 다녀간 지 거의 10년이 지났을 무렵, 장훈이 갑자기 내 앞에 나타났다. 실제 장훈 선수가 아니라 책 말이다. 하지만 나는 사람을 만난 것처럼 기뻤다. 책 표지 속 장훈은 사정을 아는지 모르는지 장난꾸러기처럼 웃고 있었다.

이 책을 만난 건 우리나라가 아니라 일본 도쿄의 고서점 거리인 진보초神保町였다. 1960~70년대 일본에서 활동하며 뛰어난 성적을 거둔 야구선수다 보니 일본의 헌책방에서 발견한 것도 무리는 아니겠지만, 하필이면 왜 여기에, 이제야 나타난 것일까.

보관해둔 10년 전 연락처로 다시 전화해보니 그 번호는 이미 다른 사람이 쓰고 있었다. 당연히 그 사람도 자기 번호를 쓰던 사람이 누구였는지 몰랐다. 책을 찾고 나니 사람을 찾아야 하는 상황이 곤란했다. 다행히 사람은 책보다 빨리 찾을 수 있었다. 하지만 장훈 책을 보고 싶다던 그 건장한 손님은 한 해 전 이미 세상을 떠난 뒤였다.

나는 손님의 아들에게 이 책을 아버지 대신 가지겠냐고 물었다. 아들은 고맙다고 하면서 마침 얼마 있으면 아버지의 기일이니 묘소에 함께 가자고 권했다. 책을 너무 늦게 찾게 되어 미안한 마음을 전하고 싶어서 나는 그 제안을 감사히 받았다. 사람은 가고 책만 남은 이 상황이 한없이 애처로워서 나는 한동안 책방 일이 손에 잡히지 않았다.

생각은 더욱더 깊어진다. 사람과 책의 인연이란, 어떻게든 이어질 운명은 이어질 수밖에 없는 질긴 끈이다. 여전히 나는 그렇게 믿고 있다. 믿지 않는다면 어쩔 도리가 없다. 사람은 책에, 책은 사람에게 그런 의미를 서로 주고받는다.

2

재미로

읽는다

모험이나 불행은 결코
자잘한 일로 시작되는 법이 없으니까*

_ 미겔 데 세르반테스 사아베드라, 《돈키호테》

햇살 좋은 어느 가을날, 한 사람이 책방 문을 거칠게 열고 들어왔다. 한눈에 봐도 그는 화가 잔뜩 나 보인다. 가만히 보니 얼굴이 낯익다. 일주일 전 즈음에 우리 책방에서 책을 샀던 손님이다. 그는 곧장 내가 앉은 자리 쪽으로 성큼성큼 걸어오더니 가방을 열고 그때 산 책을 꺼내 탁 소리가 나도록 책상 위에 던지듯이 내려놨다. 나는 도대체 이게 무슨 일인가 싶어 눈만 커다랗게 뜨고 있을 뿐이었다.

손님은 일주일 전에 사간 그 책을 당장 환불해달라고

• 미겔 데 세르반테스 사아베드라, 《돈키호테》, 1권 282쪽, 안영옥 옮김, 열린책들, 2020년

했다. 나는, "책에 무슨 문제라도 있나요?"하면서 책을 집어 이리저리 살펴봤다. 아무래도 중고책이다 보니 책에 오염이나 훼손 부분이 있는 걸 미리 발견하지 못하고 파는 일이 간혹 있다. 하지만 손님이 가져온 책에는 아무 이상이 없었다. 책에 딱히 이상이 없다고 하자 손님은 여전히 화가 난 목소리로, "이상이 없긴 왜 없어요?"라고 했다. 그는 곧장 말을 이었다. "재미가 없다는 게 문젭니다." 나는 귀를 의심했다. 이건 뭘까? 꿈인가? 내가 책방 주인이 된 꿈을 꾸고 있는 것일까? 아니면 책방 주인이 내가 된 꿈을 꾸는 건가?

나는 정신을 차리고 손님의 말을 정리했다. "그러니까, 손님께서는 지금 일주일 전에 산 책을 다 읽고 나서 재미가 없으니 돈을 돌려달라는 건가요?" 내 말에 손님은 어깨를 가볍게 으쓱이며 "네."라고 대답했다. 그는 이제 내가 책상 옆에 있는 작은 금고로 손을 뻗어 현금 6천 원을 꺼내 자기한테 주기를 기다리고 있는 것 같았다. 물론 나는 그러지 않았지만.

그의 논리는 아주 확고했다. 자신은 식당에서 일하고 있는데, 그 가게 벽에 큼직하게 '맛없으면 돈을 받지 않겠습니다.'라고 써 붙였다고 한다. 그만큼 맛에 자신이 있다는 뜻이다. "게다가 지금껏 단 한 사람도 돈을 내지 않고 간 경우가 없거든요. 그런데 이렇게 재미없는 책을 팔면서 돈을 받는다는 건 말이 안 되죠."

지나고 난 다음 다시 떠올려보니 당시 상황은 시트콤

처럼 우스웠다. 우리는 책값을 돌려줄 거냐 말 거냐 하는 문제로 거의 30분 정도 말씨름했다. 그 사건에는 승자도 패자도 없었다. 끝내 돈을 돌려주지 않았으니 손님 처지에서 보면 패했다고 여길 수 있겠지만, 내가 입은 정신적 충격도 결코 6천 원보다 적지는 않았다.

　　내가 보기에 문제는 음식과 책을 같게 놓고 비교했다는 것이다. 그리고 또 하나, 재미가 있고 없음은 애초에 간단히 결정할 수 있는 개념이 아니라는 걸 몰랐다는 거다. 이게 무슨 말인가? 간단히 말하면, 재미라는 것도 인간이 느끼는 여러 감정 중 하나다. 이 감정은 아무것도 없는 상태에서 갑자기 신의 계시처럼 주어지지 않는다. 우리 마음속에서 꽤 복잡한 메커니즘을 거친 다음 비로소 재미라는 감정으로 드러난다. 더 알아보고 싶은 마음이 드는 독자라면 이현비(본명 이창후)가 쓴 《재미》, 《재미의 경계》 같은 책을 읽어봐도 좋겠지만, 재미를 이론적으로 분석한 책을 재미로 읽을 수 있을 거란 기대는 접어두고 책을 펼치기 바란다.

　　좀 더 재밌는 책을 원한다면 《중세의 가을》을 쓴 유명한 학자 요한 하위징아의 《호모 루덴스》가 좋겠다. '호모 루덴스Homo Ludens'는 '놀이하는 인간'이라는 뜻이다. 재미는 유희, 즉 즐거움을 포함하고 있다. 즐거운 기분이 느껴지지 않는데 재밌을 수는 없다. 또한, 즐거움은 '노는 것'이다. 요한 하위징아는 인간이 만든 모든 문화의 시작이 '놀이'였다고 주장한다.

어쩌면 책이라는 것도 처음엔 즐겁게 놀기 위해 만들어낸 매체가 아닐까? 지금은 책보다 더 재밌는 놀거리가 너무 많아졌지만 말이다.

어쨌든 그 이상한 손님은 책을 읽으며 재미있게 놀기를 바랐던 모양이다. 하지만 그 책은, 물론 자신이 직접 선택한 책임에도 불구하고 즐거운 기분을 들게 하지 못했다. 여기서 중요한 것은 그가 산 책이 나쓰메 소세키의 《나는 고양이로소이다》였다는 사실이다. 그에게 대놓고 말하지는 않았지만, 나는 여전히 잘 모르겠다. 그 책이 재미없다면 도대체 그가 재미를 느낄 만한 책은 무엇이란 말인가! 말하는 고양이가 나오는데 재미가 없다고? 고양이 알레르기라도 있는 게 아닐까.

딱히 그 사건 때문만은 아니지만, 나는 평소에 책방에 온 손님들에게 책을 잘 권하지 않는다. 적지 않은 손님이 내게 "재미있는 책 좀 추천해주세요."라고 부탁하지만, 대부분 거절한다. 말했다시피 재미라고 하는 게 워낙 추상적인 개념이라 내가 재미있게 읽은 책을 반드시 다른 사람도 재미있게 읽는다고 장담할 수 없기 때문이다.

모든 사람이 다 재미있게 읽을 만한 책이 있긴 하다. 세르반테스의 《돈키호테》다. 하지만 손님에게 재미있는 책을 추천해달라고 부탁받았을 때 《돈키호테》를 추천한 일은 한 번도 없다. 그 이유는 간단하다. 상대가 《돈키호테》를 아직 읽어보지 않았다면 자기만의 **'재미 이론'**을 발견하지 못했을 확률이 높으니《돈키호테》를 추천하더라도 재미있을 리가 없고, 이미 읽었다면 다른 이에게 재미있는 책을 추천해달라는 말 자체를 하지 않을 것이기 때문이다.

우스개처럼 말하긴 했지만《돈키호테》는 정말 그 정도로 재미있으면서 동시에 훌륭한 작품이다. '《삼국지》를 열 번 읽은 사람과는 말도 섞지 말라.'는 얘기가 있듯이《돈키호테》도 비슷한 격언을 만들고 싶다. '《돈키호테》열 번 읽은 사람 앞에서는 개그 욕심을 버려라.' 정도면 어떨까? 망상증에 걸린 라만차의 늙은 편력遍歷 기사 돈키호테와 그의 시종 산초 판사가 짝이 되어 벌이는 좌충우돌 한바탕 소동은 수백 년이 지난 오늘날까지 많은 사람에게 즐거움을 주고 있다.

나는 감히 이렇게 제안하고 싶다.《돈키호테》의 진정한 재미는 한 번 읽었을 때가 아니라 서너 번 정도 다시 읽었을 때 느낄 수 있으니 거듭 읽어보라고. 가능하면 한번 읽을 때마다 가장 재미있었던 부분이 어디였는지 기록해두는 것도 좋다. 분명히 매번 다른 곳을 기록하는 자신을 보게 될 것이다.

내 경우, 처음 읽었을 때는 산초 판사가 사람들한테 둘러싸여 담요로 헹가래를 당하던 장면이 너무 재밌어서 혼자 낄낄 웃었을 정도다. 풍차를 거인으로 착각해서 싸운 유명한 장면은 그리 재밌지 않았다. 하지만 시골길을 가다 만난 갈리시아인 무리에게 괜한 시비를 걸다가 몽둥이로 집단구타를 당한 부분은 애처로우면서도 너무 재미있었다. 산초는 못 배우긴 했어도 현실 파악만큼은 잘한다. 매질을 당하기 전 돈키호테는 "나는 혼자서 1백 명이라도 당해낼 수 있"다며 헛소리를 한다. 그 전에 산초는 "이자들은 스무 명이 더 되고 우리는 둘밖에 안 되는데. 아니, 어쩌면 한 사람 반밖에 안 되는데 말이지요."*라며 돈키호테를 진정시키려 했었다. 둘이 아니라 한 사람 반이라. 산초는 무식쟁이인 듯하지만, 이미 상대의 전력은 물론 이쪽 상황도 제대로 꿰뚫어 보고 있는 게 아닌가!

　이 두 사람과 재미있게 여행하는 동안, 나는 멋진 깨달음도 하나 얻었다. 재미있는 책이란 다른 사람이 아닌 내가 만들어가야 한다는 사실이다. 재미를 만든다는 게 중요하다. 심심풀이처럼 가벼운 마음으로 책을 읽어서는 어떤 책도 재미있기가 어렵다. 책에서 재미를 찾는 모험을 떠나자. 돈키호테가 그런 것처럼 모험은 적극적으로 뛰어들어야 시작되는 것이고 때론 무작정 그 속으로 풍덩 빠져야 한다. 모험과 마찬가지로 진짜 재미는 자잘한 일로 시작되는 법이 없다. 재미있는 책을 기다리지 말고 찾아 나서야 한다. 그리고 재미가 없다면, 재미있게 만드는 방법도 있다. 이제부터 그 요령을 차근차근 알아보자.

작가가 독자에게
속임수를 썼다는 말인가? *

_ 히가시노 게이고, **《추리소설가의 살인사건》**

재미있는 책이란 무얼까? 가장 대답하기 힘든 질문인데, 아이러니하게도 누구나 재미있는 책을 읽고 싶어 한다. 앞서 말했다시피 재미란 알수록 복잡한 감정이다. 재미를 느끼는 상황이나 웃음을 자아내는 지점은 사람마다 다르다. 그리고 무조건 우스운 내용이 많은 책을 재미있다고 말하는 것도 아니다. 그러니까 재미있는 책은 스스로 찾아야 하고, 찾다가 없으면 만들어 낼 줄도 알아야 한다. 기억하자. 남이 맛있다고 추천한 음식은 내 입맛에도 맞을 수 있지만, 책은 그럴 확률이 많이 낮다.

• 히가시노 게이고, 《추리소설가의 살인사건》, 113쪽, 민경욱 옮김, 소미미디어, 2020년

그러므로 재미있는 책을 찾기 위한 여행은 이런저런 멋진 이름을 달고 있는 권장도서 목록으로부터 고개를 돌리는 게 그 시작이다. 아무런 표시도 없는 이정표가 눈에 들어오고 이때부터 진짜 막막해진다. 그러나 이것은 읽을 책이 없어서가 아니다. 오히려 반대다. 책 목록이라는 올무에서 해방되면 읽을 수 있는 책, 읽어야 하는 책, 읽어도 되는 책이 사방에 널려 있는 걸 깨닫는다. 이 중에서 무엇을, 어떤 기준으로 골라 읽을지가 진정 문제다.

책 목록이 전문가의 기준으로 만들어졌다면, 이제는 나를 중심에 두고 목록을 만드는 게 중요하다. 다른 누구의 눈치를 볼 것도 없다. 눈치를 주어서도 안 된다. 누군가는 잎이 넓은 플라타너스를 좋아하고 다른 사람은 잎이 바늘같이 날카로운 소나무에 끌린다. 나무가 아닌 꽃을 좋아해도 괜찮다. 무엇이 문제인가? 기준을 잘 잡고 있다면 무슨 책을 읽든 내게 훌륭한 양식이 된다. 만화책이든 로맨스 소설이든 다 좋다. 중요한 건 하나뿐이다. 무슨 책을 읽든 괜찮다는 말이 아무 책이나 무턱대고 읽어도 된다는 얘기가 아니라는 거다.

세상에 책이 너무 많으므로 그중에서 몇 권을 골라 독서 목록을 만들려면 어쨌든 방법이 필요하다. 그리고 그 방법 역시 바깥에 있지 않다. 나를 중심에 두고 책을 찾는 거라면 방법 역시 내 안에 있기 마련이다. 때론 너무 익숙해서 자세히 들여다보지 않았던 내 안에서 무궁무진한 책과 만날 수 있다.

재미있는 책을 찾으려면 우선 책이라는 매체가 기본적으로 재미하고는 관계가 멀다는 걸 인정할 필요가 있다. 소리나 움직임도 없는 종이 위 글자를 보는 게 재미있다고 할 사람은 별로 없다. 책을 재미있다고 여기는 사람은, 모르긴 해도 백에 한두 명 정도일까? 미안한 말이지만, 실은 이 책을 쓰고 있는 나도 책이 재미있다고 여기지는 않는다.

　　생각을 달리해보면, 언제까지 책을 재미로만 읽을 것인가, 하고 자신에게 물어보면 어떨까? 아직 자신만의 가치관이 자리 잡기 전인 청소년 시기까지라면 여러 방법으로 책 읽기에 재미를 더해주는 게 좋다. 어릴 때 책과 친해지면 그에 따른 관성이 생겨 성인이 되어서도 책과 가깝게 지낼 수 있다. 하지만 보호자로부터 독립해 자유와 권리, 의무를 함께 가지고 사는 성인이 여전히 재미에 이끌려 책을 읽는다면 조금 문제가 있는 거다. 책이란, 결코 재미로 읽는 게 아니다. 이 얘기는 나중에 다시 자세하게 풀어보도록 하자. 지금은 스스로 재미있는 책을 찾는 방법에 관해 이야기할 차례다.

　　'재미있다'는 단순히 우스운 것만을 말하지 않는다. 《호모 루덴스》의 저자 요한 하위징아에 의하면 재미는 즐거움을 느끼게 하는 무엇이고, 즐거움이란 공감대가 있을 때 찾아온다. 말하자면 내게 익숙한 것일수록 재미를 느낄 확률도 커진다. 인류는 많은 일을 해왔지만, 공동체가 동질감을 가지고 재미있게 실행한 분야만 살아남아 문화와 전통을 이루었다.

책 읽기도 인간이 만들어낸 문화의 한 줄기이기 때문에 공감대를 느낄 수 있는 책을 찾아 읽으면 재미있다. 여기서 중요한 점은, 책에서 공감대를 찾되 단지 내가 듣고 싶은 말을 해주는 책을 찾으면 안 된다는 거다. 내가 생각하고 있던 것을 어떤 작가가 책에서 똑같이 말하고 있는 걸 보면 기분이 좋을 수는 있다. 많은 사람이 바로 그런 책을 재미있는 책이라고 믿는다. 어떤 작가는 이런 심리를 교묘히 이용해 책을 쓰기도 한다. 공감하는 독자가 많을수록 베스트셀러가 될 확률도 높아지기에 작정하고 글을 만들어낸다. 작가가 되는 법을 알려준다는 몇몇 학원에서는 그렇게 써야 돈을 많이 벌 수 있다며 대놓고 강조하기도 한다. 돈만 벌면 된다는 목적으로 오로지 '머니 코드'만 사용해서 작곡하는 뮤지션과 다를 바 없다. 그런 책은 재미있게 술술 읽히는 것 같지만, 사실은 작가가 독자를 속이고 있는 셈이다.

그러면 어떤 책을 읽어야 하는가? 가장 쉽게 선택하는 방법은 내 생활의 한 면이 그 책에 나오는지 찾아보는 것이다. 지금 공들이며 하는 일, 또는 직업과 관계 지어 책을 읽어도 좋다. 예를 들어, 나는 최근에 일본 추리소설 작가 히가시노 게이고가 쓴 《추리소설가의 살인사건》이라는 단편집을 읽었다. 사건의 전개가 빠르고 범인의 교묘한 트릭을 푸는 것이 특징인 일본 추리소설을 나는 썩 좋아하는 편이 아니다. 치밀한 과학적 지식을 바탕으로 불가능해 보이는 사건 트릭을 풀어내는 '탐정 갈릴레오' 시리즈 또한 히가시노 게이고의 작품이다. 역시, 내 취향은 아니라고 해야겠다. 그런데도 이 책을 읽은 데는 이유가 있다. 제목처럼 이 단편집은 추리소설가, 즉 글 쓰는 직업을 가진 사람이 이야기를 끌어가기 때문이다. 소설 등장인물이 나와 같이 글을 쓰는 사람이라 동질감이 생겨서 오랜만에 히가시노 게이고의 책을 재미있게 읽었다.

공감에 의지해 읽은 다른 책을 떠올려 보니 금방 몇 권이 기억난다. 마쓰모토 세이초의 추리소설 《푸른 묘점》은 흥미롭게도 탐정이나 형사가 아닌 출판사 직원이 갑작스러운 작가의 사망에 의문을 품고 사건을 풀어간다는 내용이다. 미국 작가 폴 오스터의 소설에는 작가, 혹은 작가는 아니라도 글을 쓰는 장면이 자주 등장한다. 초기작 중 하나인 《뉴욕 3부작》은 정말이지 명작이다. 폴 오스터가 또다시 그런 책을 쓸 수 있을 것 같지 않다는 두려움 마저 들게 하는 책이다. 글과 그림이 함께 나오면 정신이 산만해진다는 이유로 어렸을 때도 만화를 보지 않았던 내가 꽤 집중해서 읽은 만화책 《중쇄를 찍자》도 빼놓을 수 없다. 제목에서 알 수 있듯 이 만화의 주요 무대가 책 만드는 회사이기 때문에 작가에 관한 이야기가 많이 나와서 재미있었다.

이런 방법으로 글 쓰는 직업이 아닌 다른 소재도 눈여겨보면 여러 책을 고를 수 있다. 무라카미 하루키의 작품엔 유독 재즈 음악과 음식 얘기가 자주 나온다. 하루키의 소설을 좋아하지 않더라도 본문에 나오는 곡을 찾아보거나 이런저런 요리를 먹는 장면에 집중하면 색다른 재미가 있다. 클래식 음악을 좋아한다면 오스트리아 작가 토마스 베른하르트의 《옛 거장들》이 좋겠다. 부정적인 성격이라면 따를 자가 없는 베른하르트가 베토벤이나 말러같은 거장들을 어떻게 욕하는지 듣다 보면 불편하다가도 어느새 묘한 쾌감이 생긴다. 스릴러의 거장 퍼트리샤 하이스미스의 《아내를 죽였습니까》는 변호사가 주인공이지만 나는 자동차에 관심 있는 사람에게 이 책을 권하고 싶다. 소설 속에서 일어나는 중요한 사건에 자동차가 관련되어 있기 때문이다. 이야기 전체를 보면 자동차의 역할은 별것 아닌 분량일 수 있지만, 이렇게 사소한 부분 덕분에 책의 재미에 흠뻑 빠져버리는 경우를 주변에서 자주 보았다. 나로 말하자면 퍼트리샤 하이스미스가 창조한 문제적 살인자 '리플리'가 미술작품을 좋아하는 취미가 있다는 설정에 이끌려 리플리 시리즈 다섯 권을 단숨에 읽었을 정도다.

이 외에도 '나'를 중심에 놓고 재미를 찾으려면 방법은 무궁무진하다. 재미없는 책을 읽게 되는 이유, 뭘 읽어야 재미있을지 몰라서 망설이는 이유는 책을 고를 때 내가 중심이 되지 않기 때문이다. 다른 사람이 골라준 책에 지나치게 관심 둘 필요 없다. 나만의 재미를 알게 되면 책은 내가 찾지 않아도 저 스스로 다가온다.

하나의 문장은
언제나 다음 문장을 부른다 *

_ 금정연, 《담배와 영화》

한 책에 관해서 조금 긴 이야기를, 보나 마나 잡설에 가까운 게 되겠지만, 최대한 잡스럽지 않게 늘어놓으려고 한다. 왜 잡설이 될 것 같으냐면, 이야기의 대상이 되는 책이 《담배와 영화》이기 때문이다. 그리고 나는 담배와 영화 둘 다 좋아하지 않는다. 좋아하지 않는 정도가 아니라 굳이 말하자면 싫어하는 편이다.

나는 담배를 피워본 일이 한 번도 없다. 대개는 청소년 시절에 호기심이 생겨 접하곤 한다는데, 어째서인지 나는 그때

• 금정연, 《담배와 영화》, 125쪽,
시간의흐름, 2020년

나 지금이나 담배라고 하면 호기심보다는 반감이 우선이다. 사람들은 지독한 냄새와 연기가 나는 담배를 왜 피울까? 게다가 건강에 좋지도 않은 걸 말이다. 심지어 담배를 자주 피울 것 같은 작가의 작품에도 정이 안 간다. 이를테면, 알베르 카뮈가 그렇다. 그가 평소에 정말로 담배를 좋아했는지 정확한 사실은 모르겠지만, 내 기억 속 카뮈의 이미지는 언제나 깃을 세운 코트를 입고 찡그린 얼굴에 담배를 입에 문 모습이었다.

학창 시절 또래 친구 중 몇은 그런 모습이 멋있다며 몰래 담배를 피우기도 했다. 멍청한 녀석들. 어릴 때 담배를 피우면 머리가 나빠진다고 선생님이 누누이 말했거늘! 하지만 담배를 엄청나게 피워대던 어떤 녀석은 언제나 학교 성적이 나보다 위였다. 어른이 되면 머리가 나빠질까? 은근히 기대하고 있었지만 그런 일은 일어나지 않았다. 그는 언제나 나보다 성적이 좋았고, 수십 년이 흐른 지금도 그는, 아니 이제는 박사님이라고 불러야 할 그 친구는 나보다 머리가 좋다. 게다가 나보다 머리숱도 많다. 이건 정말 불공평해! 이런, 말이 엉뚱한 곳으로 빠진 것 같다. 담배와 지능에 관한 이야기는 그만 줄이는 게 좋겠다.

영화는, 일단 나는 영화관에 가는 일 자체를 싫어한다. 보통 시내에 있는 영화관까지 가는 게 귀찮아서 싫어한다고 생각했다면 틀렸다. 한동안 경기도 일산에 살았던 적이 있는데, 집에서 영화관까지 걸어서 5분밖에 걸리지 않았다. 그때도 영화관에 간 기억이 별로 없다. 그러니까 나는 영화관이라는 건물이 맞지 않는 거다. 티켓박스 주변의 웅성거리는 소음, 스크린마다 번쩍이는 영화 예고편, 팝콘이 튀겨질 때 나는 달고 느끼한 냄새 등등. 마음에 드는 게 하나도 없다. 상영관 내부는 어떤가? 스크린은 너무 크고 음향도 내가 감당하기에는 어려울 정도로 볼륨이 높다. 영화 한 편을 보고 나오면, 아무리 잔잔한 영화라고 해도 한동안은 귀가 멍하다. 어두컴컴한 공간에서 누군지 모르는 사람과 함께 두세 시간을 보내야 한다는 사실도 불안을 더한다.

그렇다면 집에서 영화를 내려받아 컴퓨터 모니터로 즐기면 되지 않느냐 되물을 수도 있겠다. 그것도 싫다. 왜냐면 나는 애초에 멀티미디어 매체를 좋아하지 않기 때문이다. 어릴 때부터 그랬다. 그림, 음악, 문학 각각을 좋아하지만, 이들 중 두 가지 이상이 섞이면 정신이 혼란스러워졌다. 그러니 영화 같은 종합예술 장르라면 부담을 느낄 수밖에 없다.

내가 문화를 바라보는 기질이 이렇게 극단적으로 기울어져 있음에도 서점에서 《담배와 영화》라는 책을 산 이유는 딱 한 가지다. 글쓴이 금정연 씨가 담배를 피우다가 끊었고 영화를 좋아했으나 이제는 그걸 증오하게 됐다는 도발적인 부제목에 끌렸기 때문이다. 분명히 거짓말일 것 같다는 확신을 하면서도 나는 그 책을 샀다.

서평 잘 쓰는 금정연 씨가 자신을 줄곧 "서평을 쓰지 않는 서평가"라고 말하는 거로 미루어 짐작해 보면, 그는 여전히 담배를 피우면서 영화를 즐겨 볼 것만 같다는 의심이 든다. 그뿐만 아니라 그는 택시를 타지도 않으면서 《아무튼, 택시》라는 책을 썼고, 문학에 기쁨을 느끼지도 않는데 《문학의 기쁨》 공저자로 참여했다. 그러니 담배 피우기를 중단하고 영화도 안 보는데 《담배와 영화》라는 책을 쓴 이유가 분명히 있을 것이다. 아이러니라고 해야 할까? 아이러니. 이건 분명 내가 좋아하는 분야다. 지금 독자 여러분이 읽고 있는 이 책에서도 몇 번 아이러니라는 말을 썼고 앞으로도 이 말은 자주 만나게 될 테니까 조금 익숙해지시길 부탁드린다.

앞서 재미있는 책을 고르는 방법으로 관심 분야 혹은, 내 직업이 책 속에 나오는 걸 찾아 읽어보라고 제안했다. 이번에는 반대로 전혀 관심이 없던 분야나 **싫어하는 쪽**으로 눈을 돌려보는 거다. 좋아하는 거만 즐겨도 인생이 짧은데 왜 굳이 싫어하는 걸 찾아 읽어야 하느냐고 되묻는다면, 아이러니와 부조리 때문이라고 답하겠다.

나는 아이러니, 그리고 부조리라는 예술 개념을 좋아한다. 그 이유로 책 읽기를 시작했고 앞으로도 멈출 생각이 없다. 또한 나는 이 세상이 아이러니와 부조리로 가득 찬 상태에서 하염없이 어디론가 움직인다고 믿는다. 물론, 눈으로 보고 몸의 감각으로 직접 느끼는 세계에 아이러니와 부조리는 없다. 모두가 현실이다. 그러나 눈에 보이는 것을 움직이는 힘은 보이지 않는 어떤 것으로부터 비롯된다. 마치 우리 지구가 속한 우주는 검고 텅 빈 것처럼 보이지만 그 빈 곳을 가득 메우고 있는 '암흑물질'이라는 게 있듯이 말이다. 간단히 말하자면, 보이지는 않지만 우리가 사는 세계를 실제로 움직이는 힘 - 그것은 정교한 톱니바퀴나 전기, 증기, 중력 따위가 아니라 인간의 생각 즉, 철학이다. 종교마저도 인간의 생각 속에서 탄생한 발명품이라고 주장하는 학자가 있으니 이것에 대해서라면 더 말해 무엇하랴.

뒤에서 자세히 다루겠지만, 책을 읽는다는 행위는 내가 지금까지 알아 오던 세계를 벗어나려는 노력이며 모험이다. 아는 걸 늘리겠다는 목적으로 책을 읽는다면 그건 책이 아니라 마음에 욕심을 채우는 일이 된다. 우리는 언제나 알지 못하는 것, 이해 밖에 있는 것, 나와 관심 없다고 여겨지는 것들을 향해 움직여야 한다. 이것이 내가 이해하는 아이러니와 부조리의 본질이다.

나 이외의 것, 사람을 포함한 다른 모든 것을 일컬어 근대 이후 철학에서는 '타자'라는 개념이 등장한다. 서양철학은 오랫동안 '나'를 중심에 두고 생각의 틀을 넓혀왔는데, 문득 둘러보니 옆에는 수많은 '나'가 있는 게 아닌가. 비로소 나를 중심으로 공부하는 것에 한계가 있음을 깨달았다. 나와 너, 너와 나는 같은 인간이지만 어쩌나 이리 다른지. 우리도 종종 누군가를 보며 '저 사람은 마치 다른 세상에 사는 사람 같다'라고 생각해본 적이 있지 않나? 그러나 명백히 그도 우리와 같은 세계에 살고 있다. 이런 생각이 아이러니와 부조리의 시작이다. 이것을 이해하면 우리는 비로소 더 넓은 세계를 조망할 수 있다. 한 사람을 만나면 한 세계를 이해할 수 있듯 책은 다른 책으로, 문장은 다른 문장으로 연결되어 무한히 넓어진다.

다시 《담배와 영화》를 쓴 금정연 씨 얘기를 해보면, '서평을 쓰지 않는 서평가'라는 자기소개가 우선은 아이러니다. 문학에 기쁨을 느끼지도 않으면서 《문학의 기쁨》을 쓴 것은 부조리하다. 그런 말장난 같은 책을 왜 쓰냐고 화낼 것까지는 없다. 읽어보면 말장난이 아닌 것 쯤은 금방 알게 될 테니까.

만약 작가가 《담배와 영화》에서 정말로 담배와 영화에 관한 이야기를 썼다면 나는 실망했을 것이다. 이 책은 엄밀히 말해 담배와 영화를 말하지 않기 위해 쓴 책이다. 금정연 씨는 2018년 4월에, 아내의 임신 소식을 들은 바로 그 순간부터 담배 피우기를 중단했다. 그리고 다음 해, 그가 처음으로 시나리오에 참여한 상업영화가 개봉했다. 영화는 유명한 배우가 여럿 출연했지만, 상업적으로 성공하지는 못했다. 좌절한 그는 한동안 영화를 보지 않았다. 몇 년 동안 왓차에서 보고 별점을 남긴 영화가 1396편인데, 영화 실패 후 8개월 동안 고작 13편의 영화를 봤을 뿐이다. 왜 하필이면 불길하게 13편인지는 모르겠다. 그리고 나는 그가 예전에 봤다던 천 편이 넘는 영화보다 실패한 다음 본 이 열세 편의 영화가 무엇인지 정말 궁금하다. 아이러니하게도 말이다.

그러니까 이 책은 담배 이야기도 아닌데 책에서 담배 냄새가 나고, 절대로 영화 이야기가 아니지만 거의 모든 페이지에서 감독과 배우에 관한 잡설을 쏟아낸다. 말하자면 '영화를 피우고 담배를 보는' 이야기라고 해야겠다. 그러니 내게 이 책은 연기와 냄새가 나지 않는 영화, 귀가 멍해지지 않는 담배와 같다. 여전히 담배와 영화 둘 다 좋아하지 않지만, 책을 읽으며 이 정도 재미를 찾았으면 만족한다. 그것으로 됐다.

조그만 세계를 통해
넓은 곳을 엿보려는 독자라면[*]

_ 김목인, **《직업으로서의 음악가》**

우리는 지금까지 재미있는 책을 찾기 위한 몇 가지 방법을 검토했다. 재미는 다른 누구도 아닌 '나'로부터 나오기에 언제나 나를 중심에 두고 책을 고르는 게 첫 번째다. 두 번째는 반대로 나를 벗어난 세계, 내가 이해하지 못했던 – 혹은 굳이 이해하고 싶지 않았던 – 타자들이 가득한 곳으로 눈을 돌리는 것이다. 세 번째 제안은 읽는 행위에서 벗어나 책의 내용 속으로 뛰어들어 참여하는 방법이다.

책은 활자 매체이기에 글자를 읽고 머리로 상상하는

• 김목인, 《직업으로서의 음악가》,
   5쪽, 열린책들, 2018년

게 전부라고 생각할 수 있다. 그러나 책을 쓰는 작가들은 상상력만 가지고 문장을 만들어내지 않는다. 아무리 상상력이 풍부한 작가라고 해도 책은 반드시 경험을 바탕으로 쓸 수밖에 없다.

모든 책을 '픽션fiction'과 '논픽션nonfiction' 두 종류로 구분한다면 여행기나 르포처럼 실제 경험에 의한 것은 논픽션이며 소설, 신화 등 꾸며낸 이야기는 픽션이다. 그러나 작가는 픽션을 쓸 때도 자신의 경험을 도구로 사용한다. 소설이나 시도 철저히 영감에 의한 창작물은 아니다. 신의 계시를 받아 글을 쓰지 않는 이상 사람은 누구나 경험을 통해 영감을 받는다. 사실, 계시 역시 신으로부터 받은 영적인 경험이라고 부를 수 있다.

심지어 SF소설도 경험에 의한 창작이다. 작가는 현실 세계에서 얻은 개인적 경험을 통해 영감을 받아, 그것을 가공하여 미래 세계를 창조한다. 따라서 독자는 모든 책에서 작가의 경험을 발견할 수 있다. 때로는 작가가 책에 쓴 사소한 문장 하나에 이끌려 거대한 경험의 세계를 탐험하는 일도 있다.

독자는 흔히 작가가 책에 펼쳐놓은 커다란 세계를 통해 자기에게 속한 작은 의미를 찾는다. 그러나 반대로 책 속 어느 곳에 조그맣게 벌어진 틈으로 세계를 들여다보면서 나만의 드넓은 재미를 만끽할 수도 있다. 나를 중심에 놓았을 때, 세상은 의외로 작다. 그 옛날, 우리가 살던 지구를 중심에 놓고 하늘을 올려다봤던 시절을 떠올려 보라. 사람의 사고는 지구에 갇혀있었다. 태양계, 은하계, 초신성, 그리고 신비로운 비밀을 간직한 성운들과 함께 사는 인류의 지식과 생각의 폭은 그때와 비교할 수 없을 만큼 발전했다. 여기가 끝이 아닌 건 누구라도 안다. 우리가 끊임없이 나 아닌 다른 세상을 읽고 경험해야 할 이유가 바로 이것이다.

분명히 우리 각자는 작은 세계다. 그러나 각각의 세계는 특별하다. 아무리 작다고 해도 다른 누군가의 세계로 대체할 수 없으니 그렇다. 고맙게도 책이라는 훌륭한 매체는 우리가 이 세계를 여행할 수 있도록 도움을 준다. 불가능할 것같이 보였던 80일 동안의 세계 일주를 하늘에 둥실 떠올라 성공했던 소설 속 주인공처럼, 작은 책 한 권에는 많은 가능성이 들어차 있다.

그러나 매번 가능성을 읽고 이해하는 것에서 끝내면 안 된다. 재미있는 책만 찾아 읽다 보면 이해하게 된 것, 무언가를 알게 된 것에서 만족하여 독서의 흐름이 끊어진다. 재미있는 책을 찾기보다 책에서 재미를 찾는 게 중요하다. 아주 작은 연결고리만 있어도 책 속에 숨은 재미를 찾아내기엔 충분하다. 세상 모든 작가는 자기가 쓴 책에 재미있는 수수께끼를 숨겨놓는다. 작가는 독자들이 그걸 찾아내 주길 바란다. 나 역시 마찬가지다. 몇몇 독자들에게만 허락된 기막힌 보물을 이 책에 숨겨놓았으니 책을 읽으며 힌트를 찾아보길 바란다.

이러한 힌트를 발견하기 위해서는 나와 책 사이의 사소한 연결고리를 지나치지 않도록 주의해야 한다. 나는 얼마 전 싱어송라이터 김목인 씨가 쓴 책《직업으로서의 음악가》를 읽었는데, 사실 읽고 싶어서 읽은 건 아니다. 단지 제목에 있는 '직업'이라는 단어에 이끌렸을 뿐이다. 당시에 나는 직업에 관한 생각에 깊이 빠져 있었다.

　　첫 시작은 지금 내가 하는 일, 해오고 있는 일 때문이었다. 일이라고 썼고 내가 그렇게 인식하고 있으니 일이긴 한데, 헌책방과 작가 둘 다 돈을 별로 벌지 못하는 일이다. 헌책방은 책을 싸게 파는 가게다. 제값을 받고 팔아도 남는 이익이 많지 않은 게 책인데 할인 판매를 하니까 내 손에 들어오는 이익은 더 적다. 글 쓰는 일은 어떤가? 언젠가 나도 운이 좋아 베스트셀러 작가가 될 수도 있겠지만 지금은 아니다. 그리고 베스트셀러 작가가 되고 싶다는 의지도 크지 않다. 지금 쓰는 이 책만 하더라도 그렇다. 조금 전까지 전문가들에게 인정받은 권장도서 목록을 멀리하라며 비판했다. 그런 소리를 하는 책이 베스트셀러가 되겠는가? 이렇게 살고 있으니 일이라는 명목으로 늘 뭔가를 하고 있지만, 돈 못 버는 쪼들리는 생활의 연속이다.

　　어쨌거나 나는 크게 불만 없이 이 생활을 이어오고 있는데, 책방에 온 한 손님에게서 다음과 같은 말을 들었다. 그는 정말 진지하게, "이런 것도 직업이라고 할 수 있나요?"라고 물었다. 나는 일하고 돈을 버는데 직업이 아닌 이유가 있냐고 되물었다. 손님은 내 말이 맞는다면서도, 한편으론 벌이가 너무 적으면 그건 그냥 일이지 직업이라고 볼 수 없는 것 아니냐고 했다. 듣고 보니 틀린 말은 아니다. 직업은 생활과 연결되어 있으니 돈 못 버는 직업은, 다른 말로 생계유지가 안 되는 직업은 직업이 아니라는 말에 나는 묘하게 설득당하고 있었다.

그 일이 있은 다음 딱히 그 손님에게 반박하기 위한 목적은 아니었지만, 직업에 관한 내 생각을 정리해 볼 마음이 생겼다. 그러고 보니 여태 나는 직업이든 생계든 진지하게 고민해본 적이 없다. 일이 있으면 하고 없으면 쉬고. 먹을 게 있으면 먹고 없으면 굶는 것에 익숙해져서일까? 그러니 내 머릿속에서 직업과 생계는 서로 연결되어 있지 않았다.

다른 사람은 이 문제를 어떻게 여길까 생각을 이어가는 중 우연히 《직업으로서의 음악가》라는 책을 보게 되었다. 이 책을 쓴 사람은 자기가 지은 노래를 부르는 게 직업이자 일이다. 외국책 번역도 몇 권 했지만, 글 쓰는 일을 하는 내가 봤을 때 그건 노래하는 것보다 돈이 더 안 될 것 같다. 사람들에게 이름이 조금 알려지긴 했어도 그는 인기 가수라고 보기 어렵다. 나는 음악이나 음악이 속한 산업에 지금껏 관심이 없었지만, 돈벌이만으로 봤을 때 어쩌면 그는 나와 비슷한 처지일지도 모른다는 기분이 들었다. 그런 사람은 자기 직업을 뭐라고 썼을까? 아니, 그는 노래하는 걸 확실히 직업이라 인식하고 있을까?

　이런 이유로 나는 별 관심이 없던 음악가에 관한 책을 읽었다. 클래식 음악이라면 몰라도 대중음악이 주제인 책을 읽은 건 이때가 처음이다. 아마 직업이라는 연결고리가 없었다면, 그 자그마한 틈이 아니었다면 읽지 않았을 책이다. 또한, 책방에 온 손님과 대화했던 경험을 책과 연결할 마음이 있었기에 김목인의 이야기에 귀를 열 수 있었다. 매일 하는 이런저런 경험을 그냥 지나가게 하지 않고 잠시 붙잡아 두면 더욱 다양한 책과 만날 여지가 생긴다.

　'어느 싱어송라이터의 일 년'이라는 부제목답게 이 책은 음악가인 책 쓴 이의 한 해 생활을 잔잔한 문장으로 보여준다. 너무 잔잔하다 보니 마치 내가 음악가가 되어 여기저기 돌아다니고 있는 듯한 인상을 받았다. 그러다 나는 그와 함께, 아니, 거의 그와 똑같은 인물이 되어 공연하러 목포로 가는 KTX 열차에 올랐다. 그 순간 나는 노래하는 직업을 가진 사람이 열차에서 무엇을 보고, 듣고, 느꼈는지 알고 싶었다. 그때 만난 이런 문장.

　"노래는 아이디어에서 나오기도 하지만 문장 자체에서 나오는 경우가 많다."●

　가만 보니 '노래' 위치에 '책'을 두면 딱 내게 필요한 말이다. 책을 쓸 때도 늘 아이디어를 고민한다. 노래 짓는 사람이 멋진 멜로디를 떠올리듯 나는 뭔가 번쩍하는 느낌을 줄 수

　● 위와 같은 책 36쪽.

있는 문장을 쓰고 싶어 한다. 그러나 그런 문장은 아무것도 없는 곳에서 갑자기 튀어나오지 않는다. 계속해서 쓰고 있으면, 그 속에서 나온다. 문장은 문장 속에서, 좋은 책은 책 속에서, 기발한 생각 역시 평소에 고민을 쌓아 둔 곳에서 자연스럽게 드러난다.

재미있는 책이 별거 있나? 이렇듯 작은 틈 속으로 보이는 넓은 세계를 찾는 게 재미다. 그리고 그런 재미는 세상에 널려있다. 눈을 가늘게 뜨고 책마다 작은 틈 속에 숨어있는 수수께끼를 찾아보는 거다. 그 안에는 분명 우리가 미처 알지 못한 멋지고 흥미로운 발견들이 가득할 테니까.

하지만 세상은 굴러가고
그들도 굴러간다 *

_ 찰스 부코스키, 《창작 수업》

재미있는 책에 관한 생각을 조금 더 이어가 보자. 앞서 말했다시피 재미는 유희이며 즐거움이다. 즐거움이란 글자를 읽는 것에서 한 걸음 더 나아가 독자의 고유한 경험과 참여를 통해 느낄 수 있는 특별한 감정이다. 말하자면 재미란 개인적인 기분이기에 어떤 책을 두고 재미있다고 잘라 말하기 어렵다. 나는 '해리포터'와 '반지의 제왕'을 읽으며 딱히 재미를 느끼지 못했다. 반면에 어슐러 르 귄의 '어스시' 시리즈는 재미있어서 몇 번이나 다시 읽었다. 코난 도일의 추리 소설에 등장

• 찰스 부코스키, 《창작 수업》, 50쪽,
황소연 옮김, 민음사, 2019년

하는 명탐정 '홈스'에는 전혀 흥미가 당기지 않았는데 아가사 크리스티의 '포와로'와 '미스 마플'은 실제로 존재하는 사람처럼 생생하다. 그러나 어떤 사람은 포와로의 추리를 읽으며 하품을 할지도 모른다.

이렇듯 재미있는 책이란 결코 간단하게 말할 게 못 된다. 깊게 파고 들어가자면 오롯이 이 주제에 관해서만 얘기해도 책 한 권이 모자랄 거다. 그런데도 많은 사람이 재미있는 책을 읽고 싶어 한다. 재미있는 책을 찾는 방법을 알고자 한다. 누군가에게 재미있는 책을 추천받기 원하고, 이름이 잘 알려진 독서가들은 SNS와 유튜브에서 이런저런 이유를 들어 재미있는 책을 권하며 인기를 끈다. 그러면 이쯤에서 곤란한 의심이 든다. 재미있는 책이라는 게 과연 존재하는 걸까? 책이란 애초에 재미가 없는 매체라고 하면 맥빠지는 소리일까? 맥이 빠져도 어쩔 수 없다. 미안하지만 책은 재미있는 게 아니다.

책은 즉각적인 반응을 기대하기 어려운 매체이기에 읽는 행위 자체에서 재미를 느끼기란 쉽지 않다. 재미가 있었다면 읽고 난 다음에 그것에 관해 이야기할 수 있을 뿐이다. 이마저도 읽은 후 바로 재미로 연결되는 건 아니다. 한참 후에, 심지어 책을 읽고 몇 년이나 흐른 다음 문득 돌이켜봤을 때 재미있었다고 기억하는 일도 많다.

그와 마찬가지로 책을 읽어서 어떤 효과가 있다고 믿는 것도 오해다. 일본 애니메이션의 거장 미야자키 하야오가

《책으로 가는 문》에서 썼듯이, 효과 역시 재미와 마찬가지로 '이제야 되돌아보니 효과가 있었구나'라고 알 뿐이다. 그러니까 책에 있어서 재미라는 것도 그럴듯하게 꾸민 환상이다. 어릴 때 책과 친해지기 위해 책에 이런저런 효과가 있고 재미도 있다며 호기심을 자극하는 건 필요하다. 그러나 같은 방법을 어른이 되어서까지 붙들고 있다면 부끄러운 태도다.

책이 재미없다는 걸 뒷받침해 주는 결정적인 근거가 한 가지 있다. 다름 아닌 책을 쓴 작가들이다. 책을 쓰는 일이란 원고지 수백 장을 혼자 채워나가는 고달픈 일이다. 책은 작가가 독자와 소통하기 위한 도구인데, 아이러니하게도 책을 다 써서 출판되기 전에는 어떤 독자와도 소통할 수 없다. 그러니까 작가는 실체 없는 독자를 앞에 두고 스님이 면벽 수행하듯 원고를 써야 한다. 책이 출판되면 독자가 재미있게 읽어주기를 바라면서.

간혹 작가가 서문에서 책을 쓰는 동안 즐거웠다고 소감을 밝히기도 하는데, 터무니없는 난센스다. 책을 쓰는 일 자체는 전혀 즐겁지 않은 노동이기 때문이다. 만약 즐거웠다면 그것은 독자가 아닌 자기 자신을 향한 즐거움, 개인적인 즐거움이다. 그것을 독자가 똑같이 느낄 가능성은 별로 없다.

그러면 작가라는 이 별종들은 왜 괴로운 작업을 계속할까? 책이 나오면 돈을 벌 수 있어서? 유명 작가가 되면 연예인 같은 인기를 누릴 수 있으니까? 모두 틀렸다. 책을 써서 보통의 직장인 만큼이라도 돈을 버는 작가는 극히 일부다. 인기를 바라는 작가도 별로 없다. 오히려 그와 정반대로 대인기피 증상을 보이는 작가가 더 많을 것이다. 인터뷰나 사진 촬영조차 허용하지 않고 은둔하며 책을 쓰는 파트리크 쥐스킨트같은 작가가 의외로 많다.

작가가 책을 쓰는 이유는, 쓰지 않으면 안 되기 때문이다. 비교하자면 흡연자가 담배를 끊지 못하는 이유와 같다. 평생 담배를 피워본 적도 없는 내가 이런 비교를 하니 좀 이상하다. 다시 내 경우로 예를 들자면, 언제 읽을지도 모르는 책을, 돈이 많은 것도 아니면서 습관적으로 사들이는 일이다. 우스개처럼 들릴지 모르지만, 노벨문학상을 받은 작가 마르케스 역시 자신의 그런 성향을 자서전에서 고백했다. 마르케스가 쓴 자서전 제목이 《이야기하기 위해 살다》니까 여기에 관해선 긴 설명이 필요 없을 듯하다.

내가 종종 글을 쓰다 막막한 순간이 올 때면 찾아 읽는 미국 작가 찰스 부코스키의 책 《글쓰기에 대하여》에도 비슷한 말이 나온다. "일주일 동안 글을 쓰지 않으면 몸이 아픕니다. (…) 나는 타자를 쳐야 해요. 누가 내 손을 잘라버리면 나는 발로 타자를 칠 겁니다." 사실 나는 이 문장을 보고 놀랐다. 지독한 술주정뱅이에 호색한으로 알려진 사람이 할 만한 말은 아니지 않나?

찰스 부코스키는 독일 태생으로 어릴 때 미국으로 건

너와 대공항 시대를 온몸으로 겪으며 최하층민의 삶을 살았다. 다 기억하지 못할 정도로 여러 직업을 전전했는데, 알코올 중독으로 인해 자기 통제가 안 됐던 게 큰 이유였다. 결국 부코스키는 내장이 망가질 정도로 큰 병을 얻고 자선 병동에 입원하게 된다. 의사는 그에게 다시 술을 마시면 죽는다며 경고했다. 그런 말을 듣고도 부코스키는 술을 끊지 못했다. 그리고 술과 함께 또 하나 끊지 못한 게 바로 글쓰기다. 병원에서 죽을 고비를 넘긴 그는 타자기를 구해 시 쓰기에 몰두한다. 물론 술도 계속 마시면서 말이다.

우리나라에는 부코스키의 소설들이 많이 번역 소개됐기 때문에 소설가의 이미지가 크지만, 그가 가장 심혈을 기울인 쪽은 시詩였다. 시를 정말 재미있게 쓴다. 소설과 달리 시는 문장 사이에 여백이 많으니 독자의 상상으로 채우며 읽어야 한다. 부코스키의 시는 그렇게 읽을 때 몇 배는 더 재밌다. 굳이 비교하자면 '고급스러운 술주정' 정도라고 할까? 목구멍에서 나오는 대로 막 쏟아내는 소리인 것 같은데, 그 말뜻을 몇 번씩 생각하게 만드는 묘한 재미가 있다. 대공항 시절을 회상하며 쓴 시에서 만난 이런 문장. "돈은 씨가 말랐지만 비는 / 넉넉히 내렸다."[*] 이 두 줄짜리 문장 안에는 소설 한 편이 다 들어갔다고 해도 좋을 정도로 갖가지 의미가 가득하다.

그의 작품 속엔 정말 코미디처럼 우스운 이야기도 많다. 심지어 시도 우습게 쓴다. 하지만 키득거리며 읽다 보면

　　• 위와 같은 책, 116쪽.

한순간 몸이 서늘해지는 느낌이 들 때가 있다. 과연 부코스키 자신도 이 시를 쓰면서 웃었을까? 절대 그러지 않았을 것 같다. 아니, 확실하다. 재미있는 소설과 시를 썼지만, 이걸 쓰는 작가는 하나도 재미있지 않았을 게 분명하다.

모든 작가는, 작정하고 코미디를 쓰는 작가라고 해도, 결코 작품을 재미로 쓰지 않는다. 반대로 풀어보면, 작가는 자기가 쓴 책을 독자가 재미로 읽기를 원하지 않는다. 독자가 재미있게 읽어주면 좋지만, 재미있는 책과 재미로 읽는 책은 다르기 때문이다.

꽤 많은 작가가 독자를 생각하지 않고 글을 쓴다. 말 그대로 중독처럼 글을 쓰는 것이다. 쓰지 않으면 몸이 아프니까, 이야기하지 않으면 사는 기분을 느낄 수 없으니 글을 쓴다. 세상이야 어찌 굴러가든 상관없이 하루 세 끼 밥 먹듯 습관적으로 글을 쓴다. 독자는 작가의 이런 면을 이해할 때 진짜로 그가 하고 싶은 말에 귀를 기울일 수 있다. 그건 재미가 아니다. 재미로 쓰지 않았으니, 재미로 읽지 않는 게 더 풍성한 책의 세계로 들어가는 또 다른 문이다.

오천석(편역)

《노란 손수건》

샘터사

1975년

재미있는 책을 만나는 경험은 특별한 사건이다. 그냥 사건이 아니라 은밀하고도 개인적인 사건이다. 사람마다 다른 지문을 가지고 있듯, 재미는 이 사람 다르고 저 사람 다르기 때문이다. 작고 보잘것없는 부스러기 기억이라고 해도 돌아보며 그것들을 다시 만지작거리고 있는 동안 '그래, 재미있었지.' 하면서 고개를 끄덕인다. 이처럼 재미는 당장 겪고 버려지는 사건이 아니라 기억으로 만든 자신만의 이야기이기도 하다. 한마디로 재미는 그 자체로 재미있는 감정이다.

그러나 똑같은 일을 겪고도 지루한 생각만 하는 이도 있다. 그건 사는 게 재미가 없어서라기보다 재미있게 사는 게 어떤 건지 잘 모르기 때문이다. 그래서 책을 읽는다. 책에서 재미를 찾는다는 말은 내가 거쳐 온 작은 생활의 조각들을 기워내는 방법을 배운다는 의미다. 책 그 자체가 재미있다기보다 책을 통해 삶 속 재미를 찾을 수 있는 여지를 더욱 많이 알아가는 과정을 말한다.

나는 중학교 2학년 때인가 헌책방에서 우연히 만난 《노란 손수건》에서 처음으로 재미라는 걸 알았다. 그 책은 여러 외국 잡지에 단편으로 소개되던 감동적인 이야기들을 1960년대 유네스코 총회의 한국 대표이며 문교부 장관을 역임한 오천석 씨가 우리말로 옮기고 엮은 것이다.

여러 이야기가 들어있었지만, 배를 잡고 웃을 만한 내용은 아니다. 표제작인 '노란 손수건'만 하더라도 그렇다. 범죄자인 한 남자가 4년간의 형기를 마치고 가석방되어 버스를 타고 고향으로 돌아가는 중이다. 그는 출소 전 아내에게 편지를 보냈다. 만약 자기를 다시 받아줄 마음이 있다면 마을 입구 나무에 노란 손수건을 매달아 표시해달라는 부탁을 쓴 편지다. 이 사연을 들은 승객들은 남자가 말한 마을이 가까워지자 과연 나무에 손수건이 있을지 기대감에 부푼다. 미국에서 실제로 있었던 일로 알려진 이 이야기는 잡지에 소개된 후 여러 나라말로 번역됐고 영상매체로도 각색되어 널리 알려질 만큼 감동적이다.

소개했다시피 별로 재미있는 책이 아니다. 그런데도 이야기들은 오랫동안 기억에 남았다. 책 내용보다는

왜 이런 책을 오래 기억하게 됐는지가 내겐 더 미스터
리였다. 곰곰이 생각해보니, 소소한 이야기여서인 듯
했다. 공상과학 소설처럼 허무맹랑한 게 아니라 내일
당장 내가 겪을 수도 있는 일이다. 책 속에 있는 단편
들은 모두 잔잔한 이야기였는데, 거기 나오는 인물은
어찌 보면 별것 아닌 작은 사건 속에서 보석처럼 아름
다운 부분을 발견했다. 그 의미를 되새기니 비로소 내
가 《노란 손수건》을 재미있게 읽었다는 걸 알았다.

다른 사람이 보기에 나는 여전히 재미없는 사람에 속
할 테지만, 나는 나에게 만족한다. 내가 살아가는 이
고즈넉한 시간 속에서 벌어지는 작은 사건들을 소중
하게 여기는 방법을 터득했으니 앞으론 기특한 이 마
음을 자주 칭찬해주고 싶다. 헌책방에서 매일 오래된
책에 둘러싸여 생활하다 보면 몸과 마음이 책처럼 낡
은 것 같은 기분이 들 때도 있다. 하지만 괜찮다. 늘
재미있게 살지는 못하지만 나는 이제 내 마음 어디에
재미난 구석이 숨어있는지 알게 됐으니 즐겁다.

3

빠르게

읽는다

게다가, 책도 없다면,
거기는 얼마나 지루하겠는가! *

_ 이치은, 《천상에 있는 친절한 지식의 중심지》

책 좋아하는 사람들이 가장 갖고 싶은 능력이라면 역시 **'속독'**이 아닐까. 책을 빠른 속도로 읽으면 남들보다 더 많은 책을 읽을 수 있으니 그런 능력을 마다할 애서가는 없을 것이다.

나는 중학생 때 처음으로 속독이라는 게 있는 걸 알았다. 물론 속독하는 모습을 실제로 본 것은 아니다. 버스를 타고 시내에 나갔다가 우연히 건물 유리창에 붙은 속독 학원 광고 문구를 발견한 게 전부다. 부모님에게 속독이 무어냐고 물으니 책을 빨리 읽는 방법이라고 했다. 그런 마술 같은 방법이

• 이치은, 《천상에 있는 친절한 지식의 중심지》,
152쪽, 알렙, 2020년

있다니! 어릴 때부터 책에 푹 빠져 살았던 내게 속독이란 램프의 요정 지니처럼 모든 소원을 다 이뤄주는 선물처럼 보였다. 그것만 할 수 있으면 세상 모든 책을 다 섭렵할 수 있을 것만 같았다.

큰 서점에 가보니 아니나 다를까 속독에 관한 책이 여럿 있었다. 그러나 그 내용을 살펴보자마자 곧장 절망했다. 이건 도저히 훈련을 통해 얻을 수 있는 경지가 아니었다. 책에 속독 훈련 방법이 자세하게 나와 있었지만, 중학생이 쉽게 이해할 수 있는 내용이 아니었다. 당시 내가 느끼기에 속독은 슈퍼맨이나 소머즈 정도는 되어야 할 수 있는 초능력처럼 보였다. 그럼에도 남들보다 더 많은 책을 읽고 싶다는 욕망은 쉽게 사그라지지 않았다. 급기야 책 좋아하는 주변 친구 몇 명과 함께 머리를 맞대고 방법을 찾아 나섰다. 속독을 제외하니 남은 방법은 하나뿐이었다. 자는 시간을 줄이는 것이다.

누구에게나 똑같이 하루에 24시간이 주어진다. 우리는 이 시간 안에서 허비되고 있는 부분을 찾아내 독서를 한다면 남들보다 책을 조금이라도 많이 읽을 수 있다는 결론에 이르렀다. 그 허비되는 시간 가운데 잠자기가 가장 많은 비중을 차지했다. 우리 중학생 독서광 멤버들은 취침시간이 우리 삶에 아무런 의미가 없다는 데 의견을 일치했다. 하루의 3분의 1이나 되는 8~9시간을 자리에 누워 눈을 감고 있다는 건 너무 아까웠다.

그러나 잠을 아예 안 자면 피곤하다는 것 역시 우리는 알고 있었다. 유명한 인도 요기 중에는 평생 잠을 안 잔 사람도 있다고 《믿거나 말거나》라는 책에서 읽은 적이 있다. 그건 특별한 경우였다. 우리는 책을 많이 읽고 싶은 것이지 도인이 되려는 건 아니다. 잠을 얼마나 줄이면 생활에 지장이 없으면서 동시에 책도 많이 읽을 수 있을까?

운명처럼 동네 시장 헌책방에서 《4차원 수면법》이라는 책을 발견했다. 일본 사람이 쓴 책을 우리말로 옮긴 것인데, 한참 후에 돌이켜보니 일본어 원제목은 《4시간 수면법》이 아니었을까 싶다. 저자는 처음부터 우리의 생각을 그대로 옮긴 듯 똑같이 말하고 있었다. 인간은 8시간을 자야 적당하다는 건 과학적 근거가 전혀 없는 주장이라며 공격했다. 그러면서 제시한 게 바로 '4시간 수면법'이다. 4시간이라. 솔깃했다. 나는 용돈을 털어 그 책을 사서 친구들에게 소개했다. 친구들 모두 반응이 좋았다. 책에는 4시간을 자기 위한 훈련 방법이 상세하게 나와 있어서 우리는 그걸 따라 해보기로 했다.

결과는 절반의 성공이라고 해야 할 것 같다. 친구들 대부분은 훈련을 다 끝내지 못하고 중간에 포기해버렸다. 끝까지 훈련을 마친 사람은 무리 중에서 가장 고지식했던 나뿐이었다. 그리고 정말로 4시간만 잘 수 있게 됐다. 이때 생긴 4시간 수면 습관은 수십 년이 지난 지금까지도 어느 정도 이어져 오고 있으니 성공이라 부를 만하다. 하지만 그때 이후로, 억지로 잠을 조절했던 게 이유였지는 명확하지는 않지만, 편두통을 앓게 됐다. 두통약을 먹어도 쉽게 나아지지 않으니 이제는 두통을 조금 불편한 친구처럼 여기며 살고 있다. 이게 절반의 성공이라고 한 이유다. 두통을 얻긴 했지만 잠을 줄이고 책을 더 많이 읽겠다는 목적은 이룬 셈이니 아쉬울 건 없다. 하지만 여전히 속독에 대한 열망은 떨쳐버리지 못하고 살았다.

대학생이 되면서 본격적으로 속독의 세계를 탐구하기 시작했다. 속독은 아주 단순한 목적을 위해 고안된 방법이다. 글자를 빨리 읽고 그 내용을 아는 것이다. 얼마나 빨리 읽는 것을 두고 속독이라고 하는가는 사람마다 기준이 다르다. 나는 일반적인 단행본 크기의 책을 펼친 한 면, 그러니까 두 쪽을 읽는 시간이 30초 이내라면 속독이라고 본다. 이 정도 속도라면 300~400쪽의 책을 다 읽는데 한 시간 반가량 걸린다. 벌써 구미가 당기지 않는가? 이렇게 읽으면 책 관련 일을 직업으로 갖지 않은 평범한 사람이라고 해도 하루에 두 권 이상 읽을 수 있다.

그러나 책이란 무턱대고 많이, 빨리 읽는다고 마냥 좋은 건 아니다. 속독의 특성을 이해하면 그 이유가 명확해진다. 우선 속독은 글자를 빨리 읽는 방법이기에 책 내용의 세세한 디테일을 놓칠 확률이 높다. 초능력자가 아닌 이상 이건 어쩔 수 없다. 디테일에 약한 독서를 하게 되니 당연히 책을 이해하는 깊이도 낮을 수밖에 없다. 그러니 속독은 이 두 가지를 놓쳐도 괜찮은 책을 읽을 때, 그러한 상황에 있을 때 사용하면 좋다. 예를 들면, 급히 책 한 권을 읽고 내용 발췌를 해야 할때, 책을 여러 권 동시에 읽고 간단한 보고서를 써야 할 때 등이다. 깊이 있게 읽을 필요가 없는 책을 봐야 할 때도 속독은 유용하다.

세상에 책은 많다. 누구든 한 사람이 태어나서 죽을 때까지 책만 읽으며 산다고 해도 그 수량은 1만 권을 넘기기 힘들 것이다. 서울 광화문에 있는 교보문고 매장에 20만 권이 넘는 책이 있다는 걸 떠올려보면 우리가 읽을 수 있는 책이 얼마나 적은지 실감한다. 그러니 책을 향한 강박을 놓아야 마음이 편하다고 말할 수 있겠지만, 반대로 그런 이유로 책을 한 권이라도 더 읽고 싶은 욕심이 생기는 것 역시 어쩔 수 없다. 재기 발랄한 이치은 작가가 《천상에 있는 친절한 지식의 중심지》에서 말한 것처럼, 이런 복잡하며 모호함으로 가득 찬 세상에 책이라도 없다면 거기는 얼마나 지루하겠는가!

나는 이치은 작가의 작품을 좋아해서 새로운 책이 나오면 꼭 사서 읽는다. 《천상에 있는 친절한 지식의 중심지》는 소설처럼 줄거리가 있는 게 아니라 단편적인 이야기를 하나의 주제로 엮은 책이라 속독하기 좋았다. 각각의 꼭지마다 원고지 10매 정도의 짧은 글이 흩어져 있는 구성이 끝까지 이어진다. 이런 책이라면 내가 자주 사용하는 '주산식 속독'으로 1시간 이내에 독파할 수 있다. 관건은 작가가 말한 대로 이 책 속에 아무렇게나 흩뿌려진 '생각 부스러기'들을 어떻게 영양가 있는 한 덩어리로 뭉쳐서 독자가 소화할 수 있느냐에 달려있다.

　사실 그 해답은 책 앞부분에 전부 나온다. 첫 문장을 보자. "이 책은 나의 책 읽기에 대해 쓴 책이다. 내게 책 읽기란 무엇과도 비교하기 힘든 커다란 쾌락이다." 들어가는 말을 쓰며 이 책이 다름 아닌 작가 자신의 책 읽기에 관한 이야기임을 밝히고 있다. 앞서 내가 말했다시피 아무리 뛰어난 재능을 가진 작가라고 하더라도 자기가 모르는 것에 관해서는 쓸 수 없다. 그러므로 책을 쓰려는 이는 또한 책을 많이 읽는 사람이기도 하다. 다시 말하자면, 작가가 책에 흩뿌려놓은 생각 부스러기들은 그가 쓴 책을 이루는 재료라고 해도 된다. 그러니 이 책은 홀로 존재할 수 없다. 이치은의 다른 책을 잘 읽기 위한 힌트 모음집이라고나 할까?

　책은 여러 종류가 있고 때론 이것과 저것이 서로 연결되어 있기도 하다. 어떤 책은 다른 책을 위해 썼고, 책을 쓰기 위한 준비 작업의 하나로 다른 책 한 권이 태어나기도 한다. 이런 책들은 참고용으로 빨리 읽어서 다음 독서를 위한 기초로 다져 놓으면 좋다. 속독은 주로 그런 용도로 쓴다. 이제 앞으로 이어질 글에서 내가 실제로 어떤 방식으로 속독하는지 자세히 설명하고 예시를 보이도록 하겠다.

사실 나는
아무것도 기다리지 않는다[*]

_ 에밀 시오랑, **《태어났음의 불편함》**

　　속독은 글자를 빠르게 읽는 기술이다. 이렇게 간단히 설명하니 쉬워 보이지만, 그 기술을 익히는 건 대단히 어렵다. 나는 어렸을 때 올림픽 종목 중에 100m 달리기가 있는 걸 이상하게 여겼다. 승부가 순식간에 끝날뿐더러 경기 자체가 워낙 단순해 보였기 때문이다. 100m라는 직선거리를 그저 남보다 빨리 뛰기만 하면 되는 것 아닌가? 지금에 와서야 이게 참으로 단순한 생각인 줄 알았지, 그때는 달리기 선수들을 속으로 우습게 여겼다. 속독도 달리기와 마찬가지로 목표는 단순

　　● 에밀 시오랑, 《태어났음의 불편함》, 175쪽,
　　　김정란 옮김, 알렙, 2020년

하다. 글씨를 빨리 읽기만 하면 된다. 문제는 이 단순한 기술을 익히는 게 단순하지 않다는 거다.

　나는 속독에 관심이 생긴 이래 여러 가지 속독 훈련 방법을 경험해봤다. 누구보다 책을 빨리, 그리고 많이 읽고 싶다는 욕심이 있었기 때문이다. 지금 나는 속독의 전문가 수준은 아니지만 보통 사람이 읽는 속도에 비하면 몇 배는 더 빠르게 책을 읽을 수 있게 됐다. 지금부터 내가 경험한 것을 바탕으로 하여 몇 가지 속독 방법과 그 훈련 과정을 소개하겠다.

　속독의 목적은 하나지만 거기에 도달하는 기술은 생각 이상으로 다양하다. 무엇보다 자기에게 맞는 방법을 찾아 꾸준히 연습하는 게 가장 빠른 길이라는 걸 명심하자. 좋아 보이는 길보다 나에게 맞는 길이 언제나 맞는 길이다. 그 길을 찾기 위해서는 여러 속독 방법을 경험해 볼 필요가 있다. 여기서는 내가 경험한 방법 위주로 간략하게 소개할 예정이니 관심이 간다면 전문 서적을 추가로 읽거나 선생을 찾아 훈련을 받아보기를 권한다.

　속독의 기본은 **집중력**이다. 100m 달리기 선수는 시작 신호와 동시에 땅을 박차고 앞을 향해 질주한다. 훈련이 잘된 육상선수라면 결승선에 도달할 때까지 호흡을 최대한 적게 한다. 속독도 이와 마찬가지다. 빨리 읽기 위해선 한 번 집중력을 발휘하는 시간 동안 얼마나 많은 글자를 읽을 수 있는지에 관한 싸움이다.

집중력은 자동차를 움직이는 힘의 원료를 저장한 연료 탱크 같은 역할을 한다. 집중력을 오랫동안 유지할수록 더 빨리, 많이 읽을 수 있는 여지가 생긴다. 이는 훈련을 통해 얼마든지 그 시간을 늘릴 수 있으니 본격적으로 속독 기술을 익히기 전 반드시 집중력 훈련을 해야 한다.

안타깝게도 현대사회는 우리가 무언가에 집중하는 걸 방해하는 요소가 너무 많다. 도시의 온갖 소음, 날마다 쏟아지듯 나오는 기분 나쁜 뉴스들, 가정과 학교와 직장에서 받는 스트레스, 눈덩이처럼 불어난 수많은 인간관계……. 집중력이란 마음의 관심을 오직 나에게만 향하게끔 만드는 일이다. 그러기 위해선 외부의 소음과 자극을 일부러 차단할 필요가 있다.

집중력을 기르기 위해선 큰 노력이 필요치 않다. 그저 하루에 30분 정도 조용히 홀로 있는 시간을 만들 수 있으면 그것으로 충분하다. 할 수 있다면 아침에 일과를 시작하기 전 조금 일찍 자리에서 일어나 15분 정도 허리를 펴고 바르게 앉아 명상을 해보길 바란다. 특별한 종교적 의미나 기술적인 면은 고려하지 않아도 좋다. 눈을 가볍게 감은 상태로, 15분 동안 되도록 한 가지 생각에 집중한다. 생각의 대상은 사물이면 좋다. 시계, 책, 자동차, 무엇이든 괜찮다. 주의할 것은 단순히 그 사물 자체에만 집중하는 게 중요하다. 만약 '시계'를 머릿속으로 생각하고 있다면 그 시계가 지금 몇 시를 가리키고 있는지 같은 건 생각하지 말고 시계가 지금 내 머리 앞에, 이마에서 30cm 정도 떨어진 허공에 둥실 떠 있는 것만 느끼도록 한다. 마치 염력으로 시계를 공중에 띄우고 있는 것처럼 시계라는 사물 그 자체에 모든 신경을 집중한다.

같은 방법으로 일과를 마치고 잠들기 전에 15분 동안 명상을 한 후에 잠자리에 든다. TV를 보거나 스마트폰을 확인한 직후에 잠을 자는 건 집중력 훈련에 가장 안 좋은 습관이다. 되도록 모든 일과를 다 마친 후, 명상을 가장 마지막 활동으로 하고 잠을 청하면 몸과 마음이 조금씩 가벼워지는 걸 느낀다.

산책도 명상과 같은 효과를 볼 수 있다. 이 역시 오래 할 필요는 없다. 하루에 30분 정도면 좋다. 가능하면 나무와 풀이 있는 곳에서 내 마음에 신경을 집중하며 천천히 걷는 습관을 들으면 얼마 지나지 않아 책 읽기뿐만 아니라 다른 활동을 하면서도 훨씬 더 집중을 잘하는 자신을 발견하게 된다.

이제 드디어 속독 훈련이다. 앞서 나는 '주산식 속독'이라는 방법으로 책을 읽었다고 말했다. 이 방법은 간단히 말해 책을 읽을 때 본문을 한 줄씩 읽는 게 아니라 여러 줄을 동시에 읽는 방법이다. 상업고등학교에서 주산과 암산을 배웠는데, 자격증 시험 문제를 풀 때 배웠던 기술을 책 읽기에 응용한 것이다.

주산 자격증 시험은 정해진 시간 안에 열다섯 줄짜리 숫자를 더해 답을 적는 식이다. 급수가 낮으면 십 단위나 백

단위 열다섯 줄 문제가 나오고 급수가 올라갈수록 단위는 커진다. 시간은 정해져 있는데 급수가 올라가면 계산할 숫자의 단위가 커지니까 열다섯 줄을 일일이 주판으로 계산하기는 벅차다. 그래서 대부분 1급 이상의 자격증 시험에 도전하려면 서너 줄씩 암산으로 풀이한 다음 주판을 사용해 총합을 계산한다. 만약 다섯 줄씩 암산으로 계산한다면 손을 움직이는 주판 활용은 세 번만 하면 되기에 열다섯 번 주판을 쓰는 것에 비해 시간이 훨씬 절약된다.

지금 내 앞에는 에밀 시오랑이 쓴 책 《태어났음의 불편함》이 있다. 아무 곳이나 펼친다. 113쪽을 보니 본문은 총 열여섯 줄이다. 이것을 보통 때처럼 한 줄씩 읽으면 눈을 열여섯 번 움직여야 한다. 그러나 두 줄씩 한꺼번에 읽는다면 여덟 번이면 된다. 단순 계산으로 보자면 두 줄씩 읽는 것만으로 책읽는 시간이 절반으로 줄어드는 것이다. 세 줄씩 한꺼번에 읽는다면 113쪽 전체를 읽는데 눈 운동은 다섯 번 정도면 끝난다. 이렇게 하면 평소 속도대로 읽어도 책 읽는 시간이 3분의 1 수준으로 줄어든다.

말이 쉽지 어떻게 본문을 서너 줄씩 한꺼번에 읽느냐고 되묻는다면, 연습하면 누구나 가능하다고 단호히 대답하겠다. 나는 지금 대여섯 줄 정도를 한 번에 읽을 수 있을 만큼 훈련을 계속해오고 있다. 원리는 의외로 간단하다. 두 줄을 한꺼번에 읽으면서 그 내용을 대강 짐작하여 머리에 집어넣는 것이다. 속독으로 책 내용을 정확하게 파악하며 읽기는 어렵다. 하지만 대부분 책은 일부러 비문을 많이 집어넣어 편집한 게 아닌 이상 몇 줄을 한꺼번에 읽어도 내용을 대강 짐작하는 데는 무리가 없다.

그래도 처음부터 두 줄 이상을 한꺼번에 읽는 건 쉽지 않은 일이다. 연습은 이렇게 시작한다. 우선 첫 번째 줄과 두 번째 줄을 한꺼번에 읽는다. 아마 첫 번째 줄 내용이 두 번째 줄보다 내용이 더 명확하게 남을 것이다. 이어서 두 번째 줄과 세 번째 줄을 동시에 읽는다. 이렇게 하면 두 번째 줄은 두 번 연속으로 읽게 되는 것이기에 내용이 조금 더 수월하게 이해된다. 다음은 세 번째와 네 번째 줄을 동시에 읽는다. 이런 식으로 계속 반복한다.

이렇게 읽는 방식을 사용하기 좋은 책은《천상에 있는 친절한 지식의 중심지》처럼 한 꼭지가 짧거나《태어났음의 불편함》과 같은 문장 단위의 아포리즘 모음이 적당하다. 여기서 또 하나의 반론이 예상된다. 아포리즘은 물론 짧은 글이다. 하지만 이것을 속독으로 빠르게 읽으면 그 깊은 뜻을 어찌 다 알겠는가? 당연한 지적이다. 아포리즘aphorism은 빨리 읽고 덮을 책이 아니다. 그러나 책을 읽으면서 어떤 좋은 내용이 나올지, 깊은 의미가 언제 내게 말을 걸어올지 기다리면서 읽는 건 좋은 방법이 아니다. 책을 읽을 땐 아무것도 기대하거나 기다리지 않아야 한다. 책 속에 좋은 것이 있다면, 그것은 언제나 같은 책을 두 번 이상 읽었을 때 발견할 수 있다. 한 번 읽었는데 책에서 굉장한 무언가를 발견했다면 머릿속에 황망하게 떠오른 신기루일 가능성이 크다.

속독하는 이유가 여기에 있다. 빠르게 읽고 책의 전체 내용을 미술작품을 감상하듯 조망하는 것. 이렇게 함으로 그 책을 두 번 이상 읽을 가치가 있는지 걸러내는 역할이 속독의 훌륭한 기능 중 하나다. 그러니까 속독은 책 한 권을 빠르게 읽고 끝내버리는 게 아니라 같은 책을 두 번 이상 읽을 것을 기본 전제로 삼고 있다는 걸 명심하자.

"나는 지금
  사하라를 바꾸고 있어."●

_ 호르헤 루이스 보르헤스, 《아틀라스》

 진짜 독서는 같은 책을 두 번째 읽을 때부터 시작된다.
하지만 어떤 책을 읽을지, 우선은 거기에서 벽을 만난다. 책은
읽어보기 전에는 그 효과를 알 수 없다. 재미있는 책인지 아
닌지, 내게 도움이 되는 책인지 아닌지는 읽어 봐야 안다. 말
장난 같기는 하지만, 이렇게 표현할 수밖에 달리 방법이 없다.
무슨 책을 읽으면 좋을지 망설이고 있다면 어떤 책이든 읽어
봐야 한다.

 그래서 속독을 익히면 여러모로 도움이 된다. 수없이

● 호르헤 루이스 보르헤스, 《아틀라스》, 201쪽,
  송병선 · 박정원 옮김, 민음사, 2019년

밀려드는 신간의 홍수 속에서 어떤 책을 골라 읽어야 할지 제대로 알려면 최대한 책을 많이 읽어보고 그중에서 두 번 읽을 책을 선택하는 게 좋다. 어떤 사람은 인터넷 블로그에 올라간 다른 사람의 서평이나 추천의 글을 보고 책을 선택한다. 온라인 서점에 접속해 책 정보를 살펴보고 사기도 한다. 그러나 이것은 그다지 의미가 없다. 내가 읽을 책의 선택을 다른 사람의 의견에, 또는 달콤한 광고 문구에 맡기는 셈이기 때문이다.

그렇다고 모든 책을 다 속독으로 읽어보고 판단한다는 것도 무리다. 일일이 읽어보라는 게 아니라 자신이 읽을 책을 주체적으로 선택하기 위해 속독을 효과적으로 이용하라는 말이다. 아무리 책을 좋아하고 평생 책에 빠져 산다고 하더라도 세상 모든 책을 다 섭렵할 수는 없다. 그러나 책을 통해 나와 나를 둘러싼 이 세계를 조금 변화시키는 건 가능하다. 어차피 모든 책을 섭렵할 수 없으니 책 많이 읽는 게 의미 없다고 말하는 건 자신이 사는 세계를 사막화시키는 일과 같다.

남미의 위대한 작가 보르헤스가 쓴 책 《아틀라스》를 보면 이런 흥미로운 일화가 나온다. 보르헤스가 이집트에 머물고 있었을 때 피라미드를 방문한 적이 있다. 그는 피라미드에서 300~400m 정도 거리에 있는 모래를 한 줌 쥐어 거기서 조금 떨어진 곳에 그 모래를 옮겨 놓았다. 이런 일을 몇 차례 반복했다. 그리고 작은 소리로 자신에게 말했다. "나는 지금 사하라를 바꾸고 있어."

드넓은 사막을 생각해보면 보르헤스가 바꾼 양은 아주 적어서 티도 안 날 것 같다. 그러나 보르헤스는 말 그대로 사하라 사막의 모양을 바꾸고 있다. 책을 읽는다는 것 또한 아주 작아서 의미가 없어 보이더라도 현실 세계를 바꾸려는 노력이다. 때론 한 사람이 혁명적인 일을 통해 세상을 뒤엎기도 하지만, 대개 변화는 이처럼 작고 보잘것없는 노력이 합쳐진 결과로 나타나는 현상이다. 이 노력을 **꾸준히** 해나가는 사람만이 나중에 뒤돌아보고 자신이 바꿔나갔던 작은 오솔길을 바라볼 수 있다. 보르헤스도 사막의 일화를 말하면서 마지막에 이런 회상을 덧붙인다. 자신이 사막을 바꾸고 있다는 말을 할 수 있기까지 평생이라는 시간이 필요했다고.

보르헤스는 작가이면서 동시에 대단한 애서가, 다독가이기도 했다. 나는 그도 역시 어떤 방식으로든 속독했으리라 짐작한다. 책과 글자에 관한 그의 천부적인 감각은 타고난 재능도 있었겠지만, 엄청나게 많은 양의 독서를 통해 길러졌다고 믿는다. 말년에는 병으로 시력을 완전히 잃은 상태에서도 아르헨티나 국립도서관장이 되었으니 책을 향한 보르헤스의 열정과 감각을 감히 헤아릴 수 있는 대목이다.

《아틀라스》는 보르헤스의 독서편력을 엿볼 수 있는 책이다. 제목 그대로 보르헤스가 책으로 만든, 혹은 책을 통해 바꾼 세계라고 부를 수 있겠다. 이 책은 보르헤스 논픽션 전집 시리즈 5권으로 출판됐는데, 일단 본문 분량이 800쪽을 넘기는 두툼한 볼륨감이 독자를 머뭇거리게 만든다. 그러나 미리 겁먹지 말자. 두꺼운 책일수록 오히려 읽기 쉬운 예도 있으니 말이다.

이 책을 속독하기 위해 우선 목차를 보며 구성이 어떠한지 파악한다. 책은 총 4부로 되어 있고 1부는《신곡》과 단테에 관한 글이다. 2부 제목은 '아틀라스'로 세계 곳곳의 지명과 책에 얽힌 여러 이야기를 엮은 에세이다. 3부 '나를 사로잡은 책들'과 4부 '개인 소장 도서 서문'은 서평과 책 리뷰를 모은 내용이다. 책의 중심 주제는 '책에 관한 에세이 모음'임을 알 수 있다.

책이 하나의 주제로 묶여 있으면서 각각의 글끼리 서로 이어지는 내용이 아닌 경우, 책 전체의 줄거리를 염두에 두지 않고 읽어도 된다. 이런 경우 나는 '88식 속독'이라 이름 붙인 방법으로 읽는다. 여기서 '88'이란 책을 펼쳤을 때 나오는 본문 두 쪽을 읽을 때 숫자 '88' 모양이 되도록 글자를 훑어나가는 것을 뜻한다.

이 방법은 앞서 설명한 '주산식 속독'에서 한 걸음 더 나아간 기술이 필요하다. 책을 펴서 본문 가장 위 왼쪽에서 오른쪽으로 눈을 이동하며 읽어나간다. 이때 서너 줄 정도를 동시에 읽으면 좋지만, 여기선 자신이 할 수 있는 한계치보다 2배 정도를 더 읽도록 한다. 예를 들어, 서너 줄을 읽을 수 있을 만큼 훈련된 상태라면 예닐곱 줄을 한 번에 읽는다. 이렇게 읽은 다음, 눈길을 대각선 아래쪽으로 이동하면서 글자를 훑듯이 읽어나간다. 눈길이 본문 아래 왼쪽에 다다랐을 때 오른쪽으로 이동하며 처음에 했던 것처럼 예닐곱 줄을 동시에 읽는다. 이제 눈길은 왼쪽 페이지 오른쪽 끝에 있다. 이때 쉬지 않고 그대로 눈길을 대각선 위로 올리며 처음 읽기 시작한 부분까지 글자를 훑으며 지나간다. 이후의 방법은 같다. 왼쪽 페이지 전체를 숫자 '8'의 모양처럼 눈길을 움직이며 읽으면 된다. 그리고 다시 오른쪽 페이지로 이동해 왼쪽 페이지를 읽을 때와 같은 방법으로 글자를 훑으며 읽는다. 그러면 본문 두 쪽을 읽었을 때 눈길의 자취는 숫자 '88' 모양이 된다.

눈치 빠른 독자라면 이미 알아차렸겠지만, 이렇게 읽으면 한 가지 중대한 문제가 생긴다. 본문의 위와 아랫부분은 여러 줄을 한꺼번에 읽는 방법으로 읽을 수 있다고 해도 중간 부분은 눈길이 '×' 모양이 되기에 내용을 제대로 파악하기 힘들다. 그래서 이 방법의 핵심은 본문 중간의 내용이 확실하지 않은 단점을 위, 아래를 두 번 읽으면서 보충하는 것이다. 에세이라는 글의 특성상 한쪽 페이지를 읽을 때 완전히 생소한 내용이 두 번 이상 나오기는 힘들다. 그런 점을 이용해 앞, 뒤 내용을 이해한 다음 본문 중간은 이를 토대로 유추하여 내용을 완성하는 식이다.

이렇게 읽는 방법은 예상 가능한 주제가 명확한 책에 적용하기 좋다. 자기개발서, 가벼운 산문집, 줄거리가 복잡하지 않은 대중소설 등이 여기에 해당한다. 철학이나 학술서 등 명확한 내용을 살펴야 하는 책이거나 현대소설처럼 줄거리가 불분명하며 상징성이 강한 책을 읽을 때는 어울리지 않는다.

이처럼 속독에도 방법이 여러 종류이며 어떤 한 방법을 모든 책에 다 적용하는 건 무리가 있다. 또한, 빨리 읽으면서 동시에 내용을 명확하게 아는 것 역시 극소수 타고난 재능을 가진 사람이 아니면 불가능에 가깝다. 그러니 속독을 대할 때 조금은 마음을 편하게 가지는 게 좋다. 속독은 초능력이나 마술이 아니다. 부담을 털어낸다면 누구나 즐길 수 있는 책 읽기의 또 다른 재미있는 세계다.

무언가를 잃기 위해선
먼저 찾아야 한다 *

_ 알베르토 망겔, 《서재를 떠나보내며》

다니엘 페나크는 《소설처럼》이라는 책에서 독서에 관한 흥미로운 주장을 펼친다. '독자의 권리'라는 이름으로 소개하는 그 목록에는 '책을 읽지 않을 권리', '건너뛰며 읽을 권리', '아무 책이나 읽을 권리' 등이 포함되어 있다. 책이란 인류 역사의 위대한 발명품이며 지혜의 보물창고임이 분명하지만, 그것을 읽어줄 사람, 즉 독자가 없을 때 책은 아무런 의미가 없다. 그리고 독자는 책을 마음껏 읽을 권리가 있다. 오래전에는 신성한 책이 독자 위에 군림하던 때도 있었다. 지금은 상황

• 알베르토 망겔, 《서재를 떠나보내며》, 109쪽,
이종인 옮김, 더난, 2018년

이 달라졌다. 독자의 권리는 점점 더 커지고 자유로워졌다.

　　내 주변에서도 속독을 비판하는 이들이 적지 않다. 그들은 책이란 모름지기 최대한 정성껏 읽어야 한다거나, 읽으면서 언제나 의미를 깊이 파고들어야 제대로 된 독서라고 말한다. 속독은 책을 가볍게 여기는 읽기 방법이라는 거다. 틀린 말은 아니다. 하지만 책을 너무 고귀한 대상으로 만들지 않으면 좋겠다. 책을 읽는 모든 행위와 방법은 독자를 위해 존재할 때 무엇이든 정당하다. 다니엘 페나크가 말하려는 것도 이와 같다. 책에 너무 많은 의미를 부여할수록 책은 더 거대한 괴물이 되고 높은 벽이 될 뿐이다.

　　그리고 속독은 책을 가볍게 여기는 태도가 아니다. 책을 읽기 위한 많은 방법 가운데 하나일 뿐 교묘한 속임수나 얕은 반칙 같은 게 결코 아니다. 사람마다 책을 대하는 태도는 다르다. 어떤 이는 한두 달에 한 권씩, 잘 우려낸 차를 음미하듯 읽는 걸 좋아하지만 되도록 많은 책을 읽고 싶은 열망을 가진 독자도 있다.

　　책을 많이 읽고 싶은 것과는 별개로, 많은 책을 가지고 싶은 욕구도 흥미로운 심리다. 책을 소유하는 것에 크게 의미를 두지 않는 사람은 읽고 난 다음 곧장 책을 중고로 되팔거나 주변에 나눠주기도 한다. 반대로 책을 수집하고 쌓아두는 것에 취미가 있는 사람도 많다. 나는 헌책방에서 일하고 있기에 간혹 자기 한 몸 눕기도 비좁을 정도로 방에 책을 가득 쌓아

놓고 사는 사람을 만날 때가 있다. 나도 책을 어지간히 좋아한다는 말을 듣는 편이지만, 그런 사람 집에 가면 가슴이 답답할 정도로 책에 억눌리는 느낌을 받는다. 엄청나게 많은 책을 짊어지고 사는 사람이 생각 외로 꽤 있다. 이제는 익숙해질 만도 한데 매번 만날 때마다 '아아, 세상엔 정말 다양한 사람들이 살고 있구나.' 하는 생각을 하게 된다. 지금 이 책을 읽고 있는 여러분 중에서도 집에 책을 너무 많이 쌓아두고 있는 게 아닌가 하는 생각으로 불안한 분이 있을 거다. 이제부터 그런 걱정은 접어두길 바란다. 얼마나 많은 책을 가지고 있든지 나보다 책 많은 사람은 언제나 상상 이상으로 많고, 그들도 다 나름대로 잘살고 있다.

책을 많이 가지고 있으면 그만큼 많이 읽게 될까? 모르긴 해도 책을 별로 갖고 있지 않은 사람보다는 더 많이 읽을 것 같다. 앞서 보르헤스 얘기를 했는데, 나는 그가 책을 얼마나 많이 갖고 있었는지 알지 못한다. 하지만 그를 이어 아르헨티나 국립도서관에서 일한 작가이자 애서가 알베르토 망겔이 대단한 장서가인 것은 안다. 나만 아는 건 아닐 테지만 말이다.

알베르토 망겔은 젊은 시절 피그말리온이라는 서점에서 일할 때 시력을 점점 잃어가던 보르헤스를 만나 4년 동안 그에게 책을 읽어주는 일을 했다. 이를 계기로 알베르토 망겔은 보르헤스에게 큰 영향을 받게 된다. 다독과 장서 수집 역시 보르헤스에게 물려받은 정신적 유산일 가능성이 크다. 세계적인 작가답게 우리나라에도 알베르토 망겔의 책이 여러 권 번역되어 나왔는데, 그가 쓴 책에서 보르헤스의 이름이 자주 나오는 건 별로 이상한 일이 아닐 것이다.

《서재를 떠나보내며》에서 알베르토 망겔은 프랑스에 있던 그의 개인 도서관 장서가 3만 5천 여권이라고 썼다.[*] $100m^2$ 크기인 우리 헌책방에 진열된 책이 약 5천 권 정도다. 여유분으로 가지고 있는 책까지 더해도 2만 권을 조금 넘길 뿐이다. 장사를 위한 거라고는 하지만 한 개인이 갖고 있기에는 꽤 많은 양이다. 그런데 3만 5천 권이라니! 2만 권을 가진 나도 3만 5천 권이 들어차 있는 개인 도서관의 풍경을 쉽게 상상하기 어렵다.

그런데 그에게 지대한 영향을 끼친 보르헤스가 집에 보관한 장서는 고작 수백 권 정도에 불과하다. 그마저도 집을 방문한 사람들에게 선물로 줘버리곤 했다는 거다.[**] 누구든지 보르헤스라는 이름을 떠올리면 그의 장서가 '바벨의 도서관'처럼 어마어마할 거로 예상한다. 하지만 그는 책 자체를 중요하게 여기지 않았다. 알베르토 망겔은 보르헤스가 책보다는 그 책에 나온 문장을 더 가치 있게 취급했다고 기억한다. 이 지점에서 두 사람은 책에 관한 완전히 다른 철학을 보여준다.

나는 어디에 속할까? 확실히 보르헤스보다는 알베르토 망겔 쪽이다. 나는 어릴 때부터 무언가를 수집하고 쌓아두는 걸 좋아했다. 그러나 분명히 말해 둘 것은, 읽지도 않은 책을

• 위와 같은 책, 13쪽.   •• 위와 같은 책, 87쪽.

무작정 쌓아두는 건 싫다. 속독에 관심이 생긴 건 바로 이런 성격 때문이다. 나는 책을 많이 사들이는 편인데, 사는 속도보다 읽는 속도가 뒤처지면 은근히 화가 난다. 저 아래 단전에서부터 승부욕이 마구 치솟는 것이다. 3만 5천 권의 장서를 보관한 프랑스 서재를 정리하면서 알베르토 망겔이 그랬던 것처럼, 나도 언젠가는 이 책들 대부분을 처분할 날이 왔을 때 담담하게 나 자신에게 말하고 싶다. 무언가를 잃기 위해서는 먼저 찾아야 한다고. 아니, 내 경우엔 이 문장을 조금 비틀어서, 책을 처분하기 위해서는 먼저 읽어야 한다고 해야겠지만.

내친김에 《서재를 떠나보내며》를 속독으로 읽어본다. 이 책처럼 일관된 주제를 중심으로 엮은 책은 빨리 읽기 좋은 부류에 속한다. 이 책에 사용할 속독 방법은 '삭제식 속독'이다. 삭제식 속독은 책 전체의 주제가 일정하며 내용이 그 주제에서 거의 벗어나지 않는 책에 쓰기 좋다.

삭제식 속독은 문장을 읽을 때 모든 글자를 다 읽지 않고 핵심적인 글자만 추려내 읽는 방법이다. 이렇게 하면 디테일을 많이 놓치지 않는 선에서 빠르게 책의 내용을 파악할 수 있다는 장점이 있다.

《서재를 떠나보내며》는 책과 서재에 관한 특정한 주제로 이루어진 책이다. 당연히 본문엔 갖가지 책 제목과 그에 관한 내용, 책과 저자에 얽힌 사연 등이 주로 나온다. 본문을 읽을 때 이런 중요한 단어와 문장에 집중하고 주제와 상관없는 단어는 과감하게 삭제하여 책 읽는 속도를 높이는 게 삭제식 속독의 기본 원리다.

예를 들어 이 책 84쪽의 첫 번째 문단은 셰익스피어에 관한 내용이며 이렇게 시작한다. "*셰익스피어는 이런 역설적인 성품을 예리하게 추적한 작가였다. 거의 모든 셰익스피어 희곡에 이런 복수의 성향이 등장한다. 《오델로》에서 무어인은 사악한 카시오에 대한 복수의 갈증을 해소하기 위해 영겁의 세월이 필요한 것처럼 말한다.*" 우리는 이 문장을 글자 하나하나 다 읽을 필요가 없다. 우선 '셰익스피어'라는 단어가 눈에 들어왔다면 다음에 나오는 셰익스피어는 같은 단어이고 반복해서 나올 가능성이 크니 'ㅅ' 정도만 보고 그대로 지나간다. '이런'이나 '추적한 작가였다', '거의 모든' 역시 굳이 읽을 필요가 없다. 셰익스피어의 희곡 《오델로》를 읽어본 독자라면 '오델로', '무어인', '카시오'라는 단어 역시 거의 순식간에 스치듯 읽어낼 수 있을 것이다.

이를 토대로 위의 문장을 삭제식 속독으로 읽으면 대략 이런 모양이 된다. "*셰익스피어… 역설… 복수… 《오델로》… 영겁… 세월…*" 이렇게 간략하게 끊어진 중심 단어 위주로 읽고 나머지는 삭제하여 속도를 높이는 게 핵심이다. 독서 경험이 많은 사람일수록 효과가 좋다. 말했듯이 셰익스피어를 알고 《오델로》를 읽어본 독자라면 같은 문장이라도 더 빠르게 읽을 수 있기 때문이다. 반대로 평소 독서량이 충분하지 못한 독자라면 삭제식 속독의 효과는 미비하며 읽다가 중간에 흐름이 툭툭 끊겨 오히려 역효과가 나는 경우도 있으니 시간을 갖고 충분히 연습해두기를 바란다.

삭제한다는 건 글자를 읽지 않고 지나간다는 게 아니다. 이미 알고 있는 내용은 굳이 읽을 필요가 없으니 **건너뛰는** 방법이다. 그러니까 본문에 나온 글자를 삭제하기 위해서는 그 전에 더 많은 책을 읽고 배경지식을 쌓아두어야 한다. 배경지식이 많이 쌓인 사람일수록 책을 읽을 때 삭제할 수 있는 범위가 커진다. 한마디로, 읽으면 읽을수록 읽는 속도가 더 빨라지는 경험을 하게 될 것이다.

자기 나름의
고결한 방식으로 *

_ 앨런 재닉·스티븐 툴민, 《비트겐슈타인과 세기말 빈》

속독을 잘하기 위해 가장 먼저 갖추어야 할 것이 '집중력'인 것은 아무리 강조해도 지나치지 않는다. 집중력이 준비되어 있지 않은 상태라면 속독 훈련이 아무런 의미가 없다. 속독 훈련 방법을 안다고 해도 그것을 할 수가 없다. 기술을 잘 안다고 해도 그것을 제대로 발휘할 수 없다면, 정말로 아는 게 아니다. '아는 것'과 '하는 것'에는 많은 차이가 있다.

무엇이든 새로운 것을 얻고자 하면 이미 갖고 있던 것을 포기해야 할 때가 있다. 집중력도 마찬가지다. 타고난 집중

* 앨런 재닉·스티븐 툴민, 《비트겐슈타인과 세기말 빈》,
447쪽, 석기용 옮김, 필로소픽, 2020년

력을 이미 가지고 있는 사람이 아니라면 일정 수준 이상의 집중력을 기르기 위해 평소에 꾸준히 훈련해야 한다. 그리고 이 훈련의 결과물은 우리가 이미 누리고 있는 몇 가지를 버려야 비로소 얻을 수 있다.

속독은 기본적으로 눈으로 하는 것이기에 눈의 집중력이 생명이다. 그런데 현대인은 눈을 너무도 고생시킨다. 만약 속독에 관심이 있다면 먼저 눈에 관심을 기울이고, 집중력을 얻기 위해서는 눈을 피로하게 만드는 일 중 몇 가지는 과감히 포기해야 한다. 눈의 피로를 약으로 다스리는 데는 분명히 한계가 있다. 평소에 눈과 뇌의 피로를 함께 풀어주는 운동을 자주 하는 게 약보다 훨씬 효과가 좋다. 가까운 곳보다는 먼 곳을 자주 보는 습관을 들이고(멀리 있는 산이나 건물, 또는 구름 등) TV의 예능방송, 댄스음악 뮤직비디오 화면처럼 장면전환이 빠른 멀티미디어 매체는 가능한 피하는 게 좋다. 물론 스마트폰처럼 작은 화면으로 장시간 영상을 시청하는 것, 컴퓨터 모니터를 오래 보며 일하는 것도 눈을 피로하게 만드는 원인이다.

집중력에 관한 한 최고의 재능을 가진 인물이 누구냐고 묻는다면 나는 망설임 없이 철학자 비트겐슈타인이라 말하겠다. 진실이라고 말할 수 있는 명백한 철학을 찾기 위한 그의 집중력은 과연 괴물 같은 무서움마저 느껴질 정도다. 비록 생전에 남긴 책이 많지는 않지만 그가 완성하고자 했던 '확실성'

이라는 아름답고 견고한 철학적 건축물의 형태를 생각해보면 이해가 되고도 남는 부분이다. 고집 센 철학자 비트겐슈타인은 확실하다고 말할 수도 없는 것을 함부로 글로 써서 남길 수는 없다고 여긴 것이 분명하다.

그러나 아이러니하게도 비트겐슈타인이 태어나 활동했던 때는 세상이 온통 불확실성으로 가득했던 세기말이었다. 쇤베르크의 불편한 음악, 피카소의 이상한 그림, 올더스 헉슬리가 들려주는 멋지고 기묘한 신세계 이야기 등등. 거의 모든 분야에서 솟아오른 이 불확실성의 마그마는 펄펄 끓어오르다가 마침내 두 번의 세계대전으로 전 유럽을 해체해버렸다.

전쟁이 일어나 포병으로 입대한 비트겐슈타인은 전선에서도 철학 하기를 멈추지 않았다. 그는 평생 논리적인 것, 확실한 것에 집착했고 그것을 알기 위해 집중하는 삶을 살았다. 그러나 비트겐슈타인으로부터 한 세기가 지난 오늘날, 우리는 세상에 완벽하게 확실한 것은 없다는 걸 조금씩 인정해야 할 처지에 놓여 있다. 비트겐슈타인과 같은 시대를 살았던 하이젠베르크가 주장한 '불확정성 원리'는 여전히 유효하고, 더욱 폭넓게 연구가 이루어지고 있다.

책도 마찬가지다. 책은 오래전 독자에게 신앙심을 불러일으키거나 지식을 전할 목적으로 이 세상에 태어났다. 그러나 이제 책의 목적은 하나로 설명하기 어려운 시대를 맞이했다. 학교에서 치르는 문학 시험에는 흔히 '글쓴이의 의도'가 무엇인지 묻는 문제가 나온다. 머지않아 이런 문제는 사라질 것이다. 시험문제에 나오는 글을 직접 쓴 사람이 풀어도 틀린 답이라는 결과가 나오는 시험이라면 그야말로 의미를 상실한 시험이기 때문이다.

《비트겐슈타인과 세기말 빈》은 유구한 역사를 가진 유럽이 이룩한 음악, 문학, 미술, 과학 등 갖가지 문화의 산물이 비빔밥처럼 뒤섞여 있던, 가장 멋있지만, 극도로 불안정했던 시절에 관한 책이다. 독자들은 이 책을 통해 지난 세기에 우리가 확실하다고 믿었던 것들과 실제로는 매우 불확실했던 여러 가치가 한바탕 뒤엉킨 현란한 축제를 엿볼 수 있다.

뛰어난 학자 두 명이 이 복잡한 시절에 관한 여러 내용을 훌륭하게 정리했다고는 하지만, 500쪽이 넘는 책을 가벼운 마음으로 읽는 건 쉽지 않다. 배경지식이 적은 독자라면 목차만 훑어봐도 본문을 시작할 엄두가 나지 않을 것이다. 합스부르크 왕가에 대한 역사적 내용부터 시작하여 프란츠 요제프 황제, 슬라브 민족주의 이야기, 호프만슈탈, 쇤베르크, 비트겐슈타인의 스승인 러셀과 무어 교수, 빈학파와 힌데미트의 음악까지. 세기말이 주는 종합 선물 세트라고 하면 일부러 예쁘게 포장한 거라고 한 소리 들을지도 모르겠다. 완성된 그림이 무언지 모른 채로 3000피스짜리 직소 퍼즐을 맞추는 행동이라고 하는 게 차라리 적당한 비유겠다.

이런 책을 속독으로 읽는다면 세세한 부분까지 다 살

려 읽지 못하기에 당연히 효율이 떨어지기 마련이다. 디테일로 가득한 연구서, 역사, 철학 분야의 책을 읽을 때 내가 주로 쓰는 방법은 '반복식 속독'이다. 말 그대로 책 한 권을 여러 번 반복해서 읽으며 그 내용을 머릿속에 새겨 넣는 게 반복식 속독의 핵심이다.

한번 읽기도 벅찬 책인데 어떻게 여러 번, 게다가 속독으로 읽는가에 대한 해답은 전체를 **조망하듯이** 읽는 것에 비결이 있다. 큰 산일수록 처음부터 디테일을 잘 들여다보기란 어렵다. 먼저 조금 떨어진 곳에서 멀리 보이는 산의 전체 풍경을 그리면 나중에 작은 부분을 파악하기 쉬워진다.

반복 읽기의 속도와 횟수는 책에 따라 다르지만 나는 보통 3회 반복을 기본으로 삼는다. 같은 책을 세 번 연속으로 읽되 끊지 말고 단숨에 읽어야 효과가 있다. 그리고 읽을 때마다 속도를 달리한다. 《비트겐슈타인과 세기말 빈》을 예로 들어 실제로 반복식 속독을 알아본다. 계산하기 쉽도록 이 책의 분량을 500쪽이라고 하자. 먼저 평범한 속도로 책 전체를 읽으려면 시간이 얼마나 걸리는지 대강 예상한다. 편의상 한쪽에 1분씩, 총 500분으로 계산했다. 쉬지 않고 읽는다면 이 책을 다 읽는데 대략 8시간 조금 넘게 필요한 셈이다.

이제 본격적인 속독이다. 숨을 가다듬고 집중력을 유지한 상태로 이 책 전체를 1시간 동안 빠르게 읽는다. 당연히 이건 제대로 된 독서가 아니다. 집중력이 상당한 사람이라고 해도 1시간 동안 500쪽을 읽으며 내용까지 잘 이해한다는 건 초능력에 가까운 일이다. 보통 사람이라면 도대체 뭘 읽었는지 모를 정도로 책을 대충 훑어본 수준에 머무르게 될 것이다. 이게 정상이다.

이제 1~2분 정도 눈과 정신에 휴식 시간을 준 다음 곧바로 책 전체를 다시 읽는다. 하지만 이번에는 1시간이 아닌 2시간 동안 읽는다. 500쪽을 2시간 만에 다 읽는 것도 사실 벅찬 일이다. 하지만 조금 전에 1시간 동안 훑어보듯 읽은 것이 상당한 도움이 된 것을 느낄 수 있을 것이다. 2시간은 짧지만 1시간 독서에 비하면 두 배나 많은 시간을 할애한 것이기 때문이다. 게다가 1시간뿐이지만 대강 책을 훑어봤기 때문에 2시간 동안 읽는 두 번째 독서는 한결 가볍고 책 내용에 집중도 잘 된다. 다시 1~2분 정도 휴식 시간을 가진 후, 마지막으로 세 번째 독서는 다시 1시간이다. 1차 독서 역시 1시간이었지만, 이미 3시간에 걸쳐 같은 책을 두 번 읽은 후라 세 번째에 읽는 1시간 독서는 처음 읽을 때와는 비교할 수 없을 만큼 긴장감이 덜어진다.

이렇게 4시간에 걸쳐 같은 책을 세 번 빠르게 읽으면 평소에 읽는 속도인 8시간에서 절반을 단축한 게 된다. 실제로 이 방법을 사용해보면 4시간 동안 조금 빠른 속도로 책을 한 번 읽은 것이나 8시간 동안 보통 속도로 한 번 읽은 것과 비교해 볼 때 세부내용이 머릿속에 훨씬 많이 남아 있는 걸 경험하게 된다. 이는 속독의 결과라기보다는 반복의 힘이다. 한 계를 넘어선 빠른 속도로 읽었지만 반복해서 세 번 읽은 것이 적당히 한 번 읽은 것보다 효과적이다.

자주 강조하지만, 속독은 재능이 아니라 기능이라고 보는 게 맞다. 초능력 같은 게 아니라 연습과 훈련을 통해 조금씩 발전하는 우리 몸의 기능이다. 그러나 속독에는 분명히 한계가 있다. 빨리 읽을 수 있지만 놓치는 부분이 많고, 많은 책을 두루 섭렵하는 좋은 방법이지만 지식이 얕아질 우려가 있다. 그러니 속독은 책 읽기의 유일한 길이 아닌 여러 갈래 중하나라고 여기며 차근차근 자기 나름의 읽기 방법을 찾아 나가는 게 좋겠다.

오에 겐자부로

《**타오르는 푸른나무**》

고려원

1995년

내 꿈은 하나였다. 매일 책에 둘러싸인 공간에서 살고 일할 수 있다면 얼마나 좋을까! 여기저기 반듯하게 쌓인 전집을 차례로 읽어나가는 상상만으로도 흥분됐다. 지금 나는 정말로 그렇게 살고 있다. 어쩌면 내가 죽을 때까지 읽어도 섭렵하지 못할 책들이 여기에 있다. 나는 수많은 책을 빨리 읽고 싶어서 속독의 유혹에 빠져들었다. 그러나 빠르게 읽는 것만이 속독의 전부는 아니다. 나는 이 사실을 헌책방 손님들을 통해 깨달았다. 헌책방에는 평범하게 보이지만 책의 고수인 사람들이 종종 찾아온다.

1997년 IMF 시절에 부도를 맞아 사라진 고려원 출판사에서 펴낸 '오에 겐자부로 전집'이 책방에 입고됐을 때, 나는 그 책이 당연히 며칠 내로 팔려나갈 걸 짐작했기에 최고의 집중력을 발휘해서 빨리 읽어야겠다고 다짐했다. 천천히 읽고 나중에 팔면 되지 않느냐고 말할 사람이 있을 거다. 하지만 절판되어 값나가는 책을 빨리 팔아야 월세도 내지 않겠는가. 그러니 빨리 읽고 빨리 파는 게 헌책방의 작전일 수밖에 없다. 그러면 까짓것, 읽지 않고 빨리 팔면 되는 것 아니냐고 물어도 할 말은 있다. 고려원의 오에 전집이 또 언제 우리 책방에 들어올지 나조차도 모르기 때문이다. 결국 방법은 하나다. 없는 시간이라도 억지로 내어 읽어야 한다.

속독 기술력을 총동원했지만 그 책이 입고된 지 닷새 정도 되었을 무렵, 전집을 사겠다는 손님이 나타났다. 읽기는 그칠 수밖에 없었다. 그때까지 내가 읽지 못한 건 세 권짜리 연작인 '타오르는 푸른나무' 시리즈뿐이었다. 세 권이 이어지는 내용이라 일부러 그 책을 맨 뒤로 빼놨었다. 내가 그 얘기를 했더니 손님은 웃으면서, "그러면 그 세 권은 나중에 찾아갈 테니까 주인장이 먼저 읽고 주시오."라고 했다.

그런데 얘기를 나눠보니 그 손님도 속독을 꽤 오래 연습했다는 사실을 알았다. 우리는 서로의 속독 기술에 대해 이런저런 정보를 주고받았다. 손님은 내 얘기를 듣더니 속독이라고 해서 무조건 빨리 읽는 게 아니며 때론 생각을 반대로 해보면 좀 더 속도가 빨라질 수도 있다는 조언을 해줬다. 그게 무슨 선문답 같은 말인가 싶어서 나는 눈만 껌뻑거렸다.

손님은 책을 빠르게 읽으려면 명상이나 요가 할 때와 마찬가지로 호흡을 천천히 하는 게 좋다고 했다. 또 눈동자의 움직임을 줄여야 읽는 속도를 높일 수 있다면서 오에 전집 한 권을 뽑아 들고는 시범을 보였다. 눈과 고개가 조금씩 흔들리는 나의 자세와는 다르게 손님은 거의 움직임이 없었다. 그러면서도 속도는 나보다 적어도 30% 이상 빨라 보였다.

그는 내게 글자를 글자 그대로 읽지 말고 그것을 하나의 점으로 인식하라고 조언했다. 그 후에는 한 단어를, 다음엔 한 문장을, 이어서 하나의 문단을 큰 점으로 보는 연습을 해보라고 말하며 읽고 있던 책을 덮었다.

"사람의 에너지는 한정되어 있으니까 빨리 읽으려고 하면 빨리 지쳐요. 그러니까 호흡이나 움직임을 느리게 해야 한다는 게 제 이론입니다." 손님이 남긴 이 이론은 더없이 많은 도움이 됐다. 책을 빨리 읽는 것뿐만이 아니다. 살면서 내가 얼마나 조급하게 생활했는지 돌아보았다. 짧은 시간 안에 큰 성과를 내려고 노력했으며, 일이나 공부라면 누구보다 빨리 일정 수준 이상에 다다르고자 자신을 괴롭혔다. 그렇게 하지 않으면 불안했다. 하지만 답은 그 반대에 있었다. 빠르게 가고 싶으면 차분하게 마음을 먹고, 잘하고 싶으면 실수 앞에서 담담한 표정을 지을 줄 알아야 하는 걸 나는 이제야 조금씩 알아가고 있다.

4

느리게

읽는다

책상에서 몇 시간
떨어져 있는 동안*

_페터 한트케, 《어느 작가의 오후》

　　세상에 책이 많은 만큼 책을 읽는 방법도 여러 가지다. 단순하게 나눠보자면 책 읽는 속도에 따라 세 가지 방법이 있다. 빨리 읽기, 느리게 읽기, 그리고 평범한 속도로 읽기. 지금까지 우리는 책을 어떻게 하면 빨리 읽을 수 있을까, 라는 고민을 해봤다. 앞서 밝혔다시피 책은 빨리 읽을 수 있고 특별한 재능이 없더라도 훈련을 통해 읽는 속도를 조절하는 게 가능하다. 그러나 속독을 잘한다고 해서 책을 잘 읽는다고 하기는 어렵다. 속독에는 치명적인 단점이 있기 때문이다. 책 읽는 속

• 페터 한트케, 《어느 작가의 오후》, 114쪽,
홍성광 옮김, 열린책들, 2016년

도가 빨라질수록 놓치고 지나가는 내용이 많아진다. 차를 타고 드라이브할 때를 떠올려 보자. 자동차 속도가 빨라질수록 당연히 창밖 풍경을 보기 힘들어진다. 물론 이런 단점도 극복할 방법은 있다. 그러나 직업적인 속독 전문가가 되려는 게 아닌 이상, 어느 정도 수준에서 자신과 타협하고 다시 책의 본질로 돌아와야 한다.

그런 의미에서, 속독은 책을 제대로 즐기는 방법이 아니다. 만약 책이 자동차라면 속도에 따라 여러 재미를 느낄 수 있을 것이다. 뻥 뚫린 한적한 도로를 빠르게 질주할 때의 쾌감, 풍경을 바라보며 천천히 운전하는 여유, 또는 잠시 어딘가에 차를 세워두고 의자를 젖힌 다음 달게 한숨 자는 휴식 역시 나름의 즐거움이다. 이것은 자동차가 본래 땅에 붙어 있으며 앞이나 뒤 어느 한 방향으로만 갈 수 있기에 드러나는 특징이다. 책은 다르다. 책은, 본문을 펼치는 순간 사방으로 뻗어 나가는 글자와 마주한다. 책 속 글자를 빠르게 잡아채는 것만으로는 부족하다. 책과 친해지려면 때론 느릿하게 접근해야 할 때도 있다.

책을 빨리 읽어야 할 필요가 있을 때 속독을 사용하듯, 느리게 읽기도 책의 특성과 읽는 사람이 처한 상황에 맞게 사용하는 게 좋다. 모든 책은 천천히 음미하면서 읽는 게 좋다고는 하지만, 역시나 빠르게 읽기처럼 단점이 있기에 이를 극복할 아이디어도 미리 생각해둬야 한다.

느리게 읽기, 즉 지독運讀의 가장 큰 문제점은 독서 흐름이 자주 끊기는 것이다. 보통 때라면 8시간에 읽을 수 있는 책을 16시간, 혹은 그 몇 배의 느린 속도로 읽으면 당연히 책 읽는 흐름이 끊길 수밖에 없다. 속도가 느리기에 평소보다 책을 더 자세하게 읽을 수 있다는 장점이 있지만 중간중간 흐름이 끊기면 속독을 할 때보다 더 머릿속에 남는 내용이 없는 일도 많다. 간혹 책을 읽고 난 다음에 마지막 장을 덮으면 그 즉시 책의 내용이 별로 머리에 남지 않는다는 사람이 있다. 그 원인을 살펴보면 책을 제대로 안 읽은 게 아니라 자꾸만 흐름이 끊겨서 내용을 잊기 때문이다. 책에 관련된 직업을 가진 사람이 아닌 이상 책을 느리게 읽으면서 일관된 호흡을 유지하는 건 쉽지 않다.

작가나 평론가, 출판 관계자처럼 책 한 권을 최대한 느린 속도로 세밀하게 읽으면서도 호흡을 유지할 수 있는 비결은 무엇인가? 속독과 마찬가지로 집중력이라는 힘이 바탕에 깔려있기 때문이다. 빨리 읽는 것과 마찬가지로 느리게 읽는 것도 집중력은 기본이다. 아무래도 그 집중력은 자신들의 돈벌이와 관계가 깊은 것도 한 이유이겠지만 말이다. 나만 하더라도 원고료를 많이 주는 곳에서 청탁받은 글을 쓸 때면 천천히, 그러나 상당히 집중해서 책을 읽고 세세한 디테일까지 챙기게 된다. 이럴 때 생기는 초인적인 집중력이란! 니체가 언급한 초인이란 이런 걸 두고 말한 게 아닐까 싶을 정도로 가끔은 나의 능력에 깜짝 놀란다.

느리게 읽기에도 속독과 마찬가지로 여러 방법이 있는데, 가장 쉽게 시도해볼 수 있는 게 책을 쓴 작가의 생각과 행동을 그대로 따라가 보는 것이다. 느리기 읽기라고 해서 글자를 마냥 천천히 읽는 건 아니다. 평소 리듬대로 읽되 지금 이 글을 쓰고 있는 작가를 머릿속에 떠올리며 그의 곁에서 글 쓰는 과정을 지켜본다는 심정으로 책을 읽는다. 농부가 작물을 일굴 때 노력과 시간을 들이는 것처럼 책을 쓸 때도 작가의 무던한 노고가 필요하다. 그러니 책의 내용이 아닌 작가의 글쓰기 행위 그 자체를 상상하는 일은 책 읽기의 또 다른 재미다.

내가 페터 한트케라는 오스트리아 작가에게 흥미를 느끼게 된 계기는, 우습게도 오래전 그 작가와 나의 외모가 닮았다고 말한 어떤 사람의 지나가는 한마디 농담 때문이었다. 그리 생각하며 작가의 사진을 보니 대략 2초 정도는 닮은 것 같기도 하다. 그전까지 나는 어릴 때 소극장에서 봤던《관객모독》이라는 연극이 페터 한트케의 작품이라는 걸 잊고 있었다. 좋아해서 몇 번이나 다시 봤던 빔 벤더스 감독의 영화《베를린 천사의 시》시나리오를 공동작업한 사람이 그였다는 것도 나중에야 알았다.

페터 한트케의 작품 분위기를 좋아하게 된 나는 우리말로 번역된 작품을 모조리 찾아 읽었다. 그러면서 과연 그가 이런 작품을 어떻게 썼을까, 라는 상상을 덧붙여 해보게 되었다. 그 힌트는 《어느 작가의 오후》라는 책에서 발견할 수 있었다. 중편 정도 길이의 이 책에 나는 한껏 빠져버렸다. 처음 몇 번은 빠르게 읽기도 했지만, 언젠가는 이 책을 거의 한 달 정도 시간을 두고 천천히 읽었다. 지금까지 읽은 것은 몇 번 정도 될까? 스무 번은 족히 넘을 것이다. 아니, 확실히 그보다 훨씬 많이 읽었다.

이 책은 어떤 작가가 몇 시간 동안의 글쓰기 작업을 마친 후 오후 늦은 시간 집을 나서 동네를 산책하다가 밤에 들어와 잠자리에 든다는, 하루 동안의 이야기가 줄거리다. 줄거리라고 했지만, 이 몇 시간 사이에 특별한 사건이 일어나는 건 아니다. 그해 첫눈이 내렸다는 사실 정도가 사건이라면 사건이지만, 작가는 여기에 특별한 의미를 부여하지는 않는다. 의도됐다기보다 작가의 성향이 그러하다. 페터 한트케의 다른 작품을 읽어봐도 사정은 비슷하다. 대부분 사건에는 의미가 없고, 작품에 무엇이든 부여하지 않는 게 특징이다.

그런 작가는 책을 어떻게 쓸까? 아니, 무엇을 위해 책을 쓰는 걸까? 작은 책이지만 《어느 작가의 오후》에서 나는 그 해답을 찾을 수 있을 거로 믿었다. 왜냐면 소설의 주인공 '작가'가 다름 아닌 이 책을 쓴 작가 본인인 것 같은 예감이 들었기 때문이다.

소설 속 작가는 글쓰기 작업을 마친 후 오후 햇살이 창문에 드리워질 무렵 길을 나선다. 그러다 문득 지금 써 놓은 문장에서 한 단어를 바꿔야겠다는 생각이 들어 급히 2층에 있는 서재까지 다시 올라간다. 그는 "어떤 단어를 다른 단어로" 바꿔 썼다. 그런 다음에야 "그는 방에서 땀 냄새를 맡았고 유리창에 증기가 낀 것을 보았다."라고 말한다.* 땀 냄새가 나고 유리창에 증기가 끼어있을 정도면 꽤 애쓰면서 글 작업에 몰두한 모양이다. 그렇게 애쓴 글 중에 과연 어떤 단어를 바꾼 것일까? 어쩌면 그 단어 하나가 풀리지 않아 여태 애를 먹은 것인지도 모른다. 그래서 오늘은 여기까지 하고 밖으로 나가 봐야겠다고 결심한 게 아닐까? 그러다 갑자기, 무슨 이유에서인지 막혔던 단어가 확 뚫렸다. 그와 함께 작가의 현실감각도 깨어났다. 땀 냄새와 유리창의 수증기를 느낄 수 있을 만큼.

　　작가가 바꿔 쓴 이 단어는 꽤 중요한 것임이 분명하다. 왜냐면 2장을 시작하면서도 같은 얘기를 하고 있기 때문이다. 그의 외출은 이 단어 때문에 확실히 좀 더 홀가분해졌다. 과연 무슨 단어일까? 나는 독자이자 관찰자가 되어 소설을 읽으면서 이제부터 작가의 뒤를 쫓는다.

　　소설은 고작 반나절 정도의 일을 그리고 있지만, 작가를 따라다니면서 문제의 단어가 무엇인지 단서를 찾는 일은 오랜 시간이 걸렸다. 방금 읽은 곳을 몇 번이나 다시 읽었고 빠르게 읽어나간 다음 다시 뒤로 돌아가 작가가 지나간 골목길의 흔적을 조사했다. 이러는 사이에 소설의 줄거리는 더는 중요한 게 아니게 됐다. 첫눈이 온 것도, 작은 선술집에서 나이든 번역가를 만난 것도 마찬가지다.

이것은 마치 《고도를 기다리며》에서 '고도'가 무엇인지를 찾는 일처럼 느리고 고단한 작업이다. 하지만 그렇게 느릿느릿한 읽기가 내겐 큰 의미가 있다. 급은 다를지언정 페터 한트케와 나는 작가라는 직업으로 이어져 있기 때문이다. 그는 해결되지 않은 어떤 한 문장, 한 단어를 찾기 위해 쓰기를 멈추고 집을 나선 게 분명하다. 나도 그럴 수 있을까. 어쩌면 글쓰기는 책상 앞이 아니라, 책상에서 몇 시간 떨어져 있는 동안 자연스럽게 풀릴 수도 있다. 글쓰기만이 아니다. 읽기도 그렇다. 아이러니하게도, 어느 때는 책장을 덮고 글자를 보고 있지 않은 순간에 책을 더 잘 읽을 수 있기도 하다.

이미 일어났다고 알려진 일은
일어나지 않은 일보다 신비롭다[*]

_ 배수아, 《뱀과 물》

책이 말하려는 것은 무엇일까? 작가는 쓰고 독자는 읽는다. 작가는 말하고 독자는 듣는다. 작가는 하고 싶은 말이 있기에 쓴다. 혹은, 마르케스가 그랬듯이 쓰지 않으면 견딜 수 없는 간절한 조바심 때문이기도 하다. 이 역시 아이러니한 경우인데, 어떤 작가는 읽어줄 사람을 염두에 두지 않고 글을 쓴다. 내가 아는 어떤 작가도 이와 비슷한 말을 한 적이 있다. 그는 자신이 원래 꽤 논리적인 사람인 것처럼 이렇게 말했다. "내가 쓴 책을 읽을 사람이 누구인지 일일이 알 수 없으니까

• 배수아, 《뱀과 물》, 191쪽, 문학동네, 2017년

요. 그렇다면 차라리 아무도 읽지 않는다고 생각하면서 쓰는 게 맘 편해요." 이게 무슨 궤변인가 싶지만, 정말로 그런 작가들이 많다.

그러나 대놓고 자기가 쓴 책을 읽지 말라고 하는 작가는 없다. 오히려 그 반대다. 겉으로는 세상의 평가에 달관한 사람처럼 행동하지만, 책이 출간되면 하루에도 몇 번씩 온라인 서점의 세일즈포인트와 별점을 찾아보고 인터넷 블로그나 신문에 좋은 서평이 올라오지 않았는지 살피는 이들이 작가다.

현대의 작가에겐 마음대로 책을 쓸 권리가 있다. 오래 가다듬은 사유를 정성껏 펼쳐 보이거나, 잘 팔릴 것 같은 책을 쓰기 위해 하나 마나 한 얘기를 예쁜 문장으로 포장하거나, 뭐라도 있는 것처럼 현학적으로 꼬아서 쓰거나, 자기도 이해하지 못하는 남이 쓴 문장을 잔뜩 끌어다 나열하거나, 무얼 어떻게 쓰든 자유다. 책을 통해 뭘 말하든지 방해할 사람은 없다. 방해자가 있다면 오직 하나, 글을 쓰고 있는 자신뿐이다.

작가에게 마음대로 쓸 권리가 있다면 독자에겐 어떤 책이든 자유롭게 읽을 권리가 있다. 지금까지 독자는 '올바른 해석'이라는 보이지 않는 사슬에 묶여 있었다. 작가의 의도를 파악하고 작품 속에 숨겨진 뜻을 정확히 풀어내는 게 책을 잘 읽는 능력처럼 여겨졌다. 머지않아 이 사슬은 흔적도 없이 파괴될 것이다. 작가는 대단한 무엇이 아니며 책 속에 삶의 진실이나 해답 같은 게 들어 있다는 헛된 신화가 녹아 없어질 날이 곧

올 거라고 나는 굳게 믿는다. 단언컨대 책 속에는 아무것도 없다. 독자가 책을 읽기 전까지는 말이다. 책을 대단한 무엇으로 만드는 임무를 지닌 이는 작가가 아니라 이제 독자의 몫이다.

독자는 작가가 쓴 책을 마음껏 해석하며 읽을 권리가 있다. 설령 작가가 무슨 의도를 가지고 책을 썼다고 해도, 그 의미를 왜곡하며 읽을 권리, 마땅한 오독誤讀의 권리가 있다. 그러나 진정한 의미의 오독은 아니다. 왜냐면 책을 쓴 사람이 의도를 정답처럼 갖고 있을 때만 잘못 읽었다고 할 수 있기 때문이다. 하지만 경제경영서 등 읽는 목적이 처음부터 정해진 책이 아닌 이상 작가는 책에 명확한 의도를 넣지 않는다.

지금 여러분이 읽는 이 책만 해도 그렇다. 작가인 나는 여기에 '책을 잘 읽기 위한 몇 가지 제안'이라는 표면적인 주제를 설정했지만 모든 사람이 이 방법을 따르고 익히면 좋겠다는 등의 특별한 의도를 심은 건 아니다. 나는 이 책을 읽은 대부분의 독자가 단지 한두 가지 의도를 파악하며 읽는 건 원치 않는다. 아마 모든 작가가 마찬가지일 것이다. 누구도 자기가 쓴 책이 정해진 의도대로 읽히는 건 반가워하지 않을 테다. 그렇다면 그 책은 의도를 간파당한 이상 다시 읽을 필요도 없을 테니까. 작가는 언제나 자신의 책이 읽을 때마다 새로운 의도를 뿜어내는 화수분 같기를 원한다. 그러니 책 앞에서 괜히 두려워 떨지 않아도 된다. 오직 자기만의 호흡으로, 정해진 속도도 규칙도 없이 읽고 나름의 의미를 찾으면 그뿐이다. 모든 책은 독자의 것이지 작가의 소유가 아니다.

그런 이유 때문일까. 어떤 작가는 독자가 의미 파악을 하기 힘들 정도로 모호한 작품을 쓴다. 주로 2차 세계대전 이후 이름을 알린 유럽 작가들이 그렇다. 1950년대 후반 나타난 누보로망* 계열 작품들을 생각해보면 된다. 앞서 이야기한 작가 페터 한트케의 작품도 꽤 전위적이고 줄거리나 구성이 모호하다. 우리나라 작가 중에는 하일지, 최윤, 장정일, 배수아 등이 주로 그런 작품을 쓴다. 이들이 쓴 책은 누보로망, 해체주의 같은 말로 불리기도 하는데 정작 본인들은 그 어떤 말로도 불리거나 분류되는 걸 원치 않을 거다.

이런 책들을 읽을 땐 최대한 천천히, 긴 호흡을 가지고 여러 가지 의미를 자유롭게 생각하며 접근하는 게 좋다. 문장마다 들어 있는 상징물들을 찾고 거기에 나름의 의미를 부여하는 읽기를 통해 독자는 책을 온전히 자기만의 색으로 칠하게 된다. 이렇게 읽는 동안 작가조차 미처 생각해내지 못한 작품의 오묘한 세계로 통하는 길을 발견하는 재미는 덤으로 얻는 선물이다.

여기 배수아 소설집《뱀과 물》이 있다. 제목부터 범상치 않다. 이 책은 모든 문장이 의미와 상징으로 덮여 있다고 해도 과언이 아니다. 줄거리를 생각하며 읽으면 사방이 누구도 밟지 않은 눈으로 가득한 어스름한 새벽 풍경처럼 적막할 뿐이다. 그러나 저 눈 아래에, 얼마나 쌓여 있는지 짐작조차 안 되는 눈

* Nouveau roman. '새로운 소설'이며 '반소설(反小說)'이라고도 불린다. 기존의 소설 기법을 부정하고 완전히 새로운 장르의 문학 작품을 추구하고자 했다. 주요 작가로는 알랭 로브그리예, 미셸 뷔토르, 클로드 시몽, 조르주 페렉 등이 있다.

밑에는 여러 곳으로 통하는 골목이 있을 것이다. 어디로 통하는지, 정말 거기에 골목이라는 게 있을지조차 아직은 알 도리가 없다. 그러나 모르는 상태에서는 아무것도 신비롭지 않다. 일어나지 않은 일은 언젠가 일어났다고 알려진 일보다 덜 신비로운 법이다. 읽지 않은 책을 그 누가 신비롭다 하겠는가.

《뱀과 물》맨 뒤에 있는 해설을 보면, 문학평론가 강지희는 이 소설을 쇤베르크의 '무조음악'과 비교하고 있다. 파악이 불분명한 소음처럼 들리지만, 사실은 엄격한 규칙과 수학적 원리를 품고 있는 12음계 기법으로 작곡된 음악 말이다. 그 엄격한 규칙이란 어떤 음도 다른 음을 중심으로 한 특정 화음에 종속되지 않아야 한다는 실로 획기적인 작곡법이다. 이 방법에 따르면 음악에 나오는 모든 음은 제각각 작품의 주인공이 된다. 소설을 이루는 모든 단어가 이와 같다면 어떨까? 읽을 때마다 각기 다른 단어가 주인공이 되어 이야기가 진행된다고 상상해보라. 짧은 단편도 수십 번 다른 방식으로 읽을 여지가 생긴다. 읽고 난 후 다다른 곳도 매번 달라진다.

이를테면 여기선 제목인 '뱀'과 '물'을 각기 다른 상징으로 놓고 두 번 읽는 게 가능하다. 이야기는 현재 영국에 사는 주인공에게 걸려 온 전화 한 통으로 시작한다. 누구인지 모르는 그 사람은 1972년 시절의 주인공을 잘 안다고 말한다. 그 해에 주인공은 전학생이었다. 심지어 이 모르는 사람은 옆자리에 앉아 수업을 들었던 친구라고 하는데……. 주인공은 이 모든 기억이 전혀 없다. 지금 주인공은 어느 박물관에서 터너의 그림 'The Cave of Despair'를 보고 있다.

첫 시작부터 독자는 여러 가지 상징물을 습득한다. '영국', '1972년', '전화', '전학생', '옆자리', '박물관', 화가인 '터너', '터너가 그린 어떤 그림', 누구의 이름인지 모호한 '길라' 등. 이 모든 것은 과연 무엇을 의미하는 걸까. 혹은 모든 게 무의미한 것은 아닐까. 어떤 것은 '뱀'과 연관이 있고 또 다른 것은 '물'과 관계된 상징일 수도 있다. 혹은 아무것도 아닐지도 모르고.

관념과 추상으로 가득한 작품을 읽을 땐 줄거리를 따라간다는 강박으로부터 조금 벗어나 있는 것도 좋은 방법이다. 쇤베르크의 무조음악에서 굳이 조성이나 멜로디를 찾으려고 하지 않듯이, 마치 꿈속에 들어와 있는 것처럼, 둥둥 떠다니는 갖가지 상징들에 관심을 두면 그것만으로도 책 읽기의 의미로는 충분하다.

느리게, 더 느리게. 될수록 많은 상징과 의미를 찾아내는 일이야말로 책을 책다운 물건으로 만드는 행위다. 출판된 한 권의 책은 언제나 같은 책이다. 그러나 읽은 사람이 제각각의 의미를 만들어 낼 때, 책은 한 권이 아니라 읽은 사람만큼 증식하여 퍼져나간다. 그것이야말로 진정으로 작가들이 의도하는 비밀스러운 속셈이다.

모든 사람이
이런 모자를 쓰고 있다[•]

_ 토마스 베른하르트, 《모자》

나는 특출나게 공부를 잘하는 학생이 아니었다. 그런데도 자주 선생님께 칭찬을 들었다. 일기 때문이다. 나는 일기 쓰는 걸 좋아해서 언제나 밀리는 법 없이 꼬박꼬박 일기를 썼다. 학교에선 그렇게 쓴 일기를 검사해서 선생님이 확인 도장을 찍어줬는데 나는 언제나 도장과 함께 빨간 색연필로 그린 동그라미 다섯 개를 받을 정도로 일기 쓰기 우등생이었다.

초등학생이라면 으레 방학 동안 매일 써야 하는 일기 쓰기 숙제를 제일 부담스러워했다. 아이들은 방학 내내 실컷

• 토마스 베른하르트, 《모자》, 38쪽,
   김현성 옮김, 문학과지성사, 2020년

놀다가 개학식 날짜가 다가오면 부랴부랴 밀린 일기를 지어내서 쓰느라 난리였다. 더욱이 일기 맨 위에 들어가는 '오늘의 날씨'만큼은 지어내서 기록할 수 없다. 실제로 날마다 일기를 쓴 친구를 찾아내기 위해 집마다 찾아다니거나 전화를 거느라 그야말로 난리였다.

학교에서 일기를 잘 쓰는 것으로 매번 칭찬을 듣는 내게 관심이 쏠리는 건 당연했다. 이때만큼은 학교에서 내가 제일 인기가 많은 사람이 됐으니 조금은 우쭐한 기분마저 들었다. 전교 어린이회장 선거를 개학식 날 했다면 두말할 것 없이 내가 됐을 것이다.

그러나 시간이 지나고 돌이켜보니 나의 일기 습관은 저절로 생겨난 게 아니라 어머니 덕분이었다. 어머니는 내가 학교에 들어가기 전, 글자라는 걸 배우기도 전부터 매일 밤 잠들기 전 오늘 하루가 어땠는지 호기심 가득한 목소리로 물으셨다. "오후에 친구 집에 놀러 갔을 때 다 같이 사과를 먹었는데 어땠니?" 사실 이건 좀 애매한 물음이었다. 어땠냐니. 사과가 맛있었는지 물어보는 건가? 아니면 사과를 먹을 때 내 기분이 어땠는지를 알고 싶으신 건가? 혹은 사과가 단단했는지, 물렀는지를 말해보라는 건가? 그러나 어린 나는 오래 생각하지 않고 떠오르는 대로 대답했을 뿐이다. "응, 맛있었어요." 이 정도로.

내가 짧게 대답해도 어머니는 질문을 그만두는 법이 없었다. 곧바로 다시 묻는다. "사과도 먹고 과자도 먹고 주스도 마셨는데 어땠니?" 두 번 연속으로 맛있었다는 대답을 하면 뭔가 좀 성의가 없는 것 같은 느낌이라도 들었는지 나는 다른 대답을 찾기 위해 작은 머리를 요리조리 굴렸다. "과자는 맛있었는데, 주스는 너무 시어서 다 못 마셨어요." 이번엔 이 정도로.

이때 어머니는 내가 조금이라도 부정적인 대답을 한쪽에 중심을 옮겨서 또 질문을 이어갔다. 신 주스를 마셨을 때 어땠는지, 그게 무슨 과일로 만든 주스인지 아는가, 등등. 이불을 덮고 어머니와 이런 대화를 하고 있다 보면 나는 어느새 어머니보다 먼저 잠들어버렸다. 알고 보니 이 꼬리에 꼬리를 무는 대화는 어머니가 어린 아들을 재우는 훌륭한 방법이었다.

어머니는 나를 재우기 위해 이런 방법을 사용했을지 모르겠지만, 나에겐 일기 쓰기 훈련이기도 했다. 우연인지 어머니는 내가 학교에 들어가 일기를 쓰기 시작하면서부터 잠들기 전 오늘 일에 관해 물어보지 않으셨다. 나는 어머니께서 했던 질문을 떠올리며, 마치 나와 대화하듯 묻고 답하면서 일기를 썼다.

초등학교 2학년 때부터 일기를 쓰기 시작한 나는, 고학년이 됐을 무렵엔 날마다 대학노트 한두 쪽을 채울 만큼 긴 이야기를 쓸 줄 알게 되었다. 나는 때때로 그 시절의 일기를 꺼내 읽어본다. 누가 보는 것도 아닌데 잘 쓰려고 노력한 글씨, 허세를 부리며 멋진 문장을 남기려고 한 흔적, 그리고 매일 내게 일어난 그렇고 그런 일들이 그 안에서만큼은 특별한 영화의 한 장면처럼 빛나고 있다.

　한번은 일기를 관찰하다 재미있는 구석을 발견했다. 일기의 대부분이 하루 중 좋았던 부분보다는 화났던 일, 맘에 들지 않았던 사건에 분량이 많이 기울어져 있는 게 아닌가? 가만히 생각해보면 그건 어머니와 했던 잠들기 전 대화의 영향이 컸지 싶다. 그리고 솔직히 말해 일기를 쓸 때면 좋았던 일, 감사했던 순간보다는 짜증 났던 일에 대해서 더 할 말이 많았다. 좋은 일에는 그저 좋았던 기억만 짧게 남아 있지만, 싫었던 일은 그게 왜 싫었는지부터 시작해 마치 소설처럼 기승전결 구성까지 갖춰 길게 썼다. 그렇게 쓰고 나면 마음이 후련했다. 남에게 싫은 소리 대놓고 못 해서 맘속에 담고 사는 성격은 어릴 때도 지금과 다르지 않았나 보다.

　사람들은 긍정에는 힘이 있다는 둥 그런 이상야릇한 말을 하지만, 나는 부정적이고 조금은 어두운 내 성격이 맘에 든다. 생각해보면 우리가 알고 있는 대부분의 위대한 작품은 작가가 즐거운 기분이었을 때 만든 게 아니다. 절망에 빠졌을 때, 큰 병에 걸렸을 때, 사랑을 떠나보냈을 때, 심지어 알코올 중독이나 도박 빚에 허우적거리고 있을 때 놀라운 작품이 탄생했다. 문학뿐만이 아니다. 미술이나 음악 등 다른 예술 분야의 예를 살펴도 사정은 비슷하다. 어쩌면 나는 위대한 작가가 될 습성을 이미 가지고 태어난 것일지도 모른다!

　헛소리는 그만해야겠다. 부정적인 성격의 사람이 모두

위대해지는 것은 아닐 테니까. 그런 성격을 예술로 승화시키는 재능이 없다면 다 소용없다. 아아, 나에게도 재능이 있다면 좋겠다. 오스트리아 작가 토마스 베른하르트가 쓴 작품에 이다지도 끌리는 이유는 그가 바로 내가 원하던 빛나는 재능을 갖고 있기 때문이 아닐까?

'모두 까기 인형'은 내가 베른하르트에게 붙여준 별명이다. 차이콥스키의 유명한 발레 작품 제목에서 살짝 빌려온 이 별명만큼 베른하르트를 잘 표현해주는 것도 없을 거다. 말 그대로 이 작가의 작품은 대부분 부정적인 생각과 말투로 가득하다. 도대체 살면서 맘에 드는 구석이 조금이라도 있었는지 의심스러울 정도다.

그러나 베른하르트의 작품을 읽다 보면 묘하게 끌리는 구석이 있다. 그 이유는 《모자》라는 단편 마지막에서 주인공이 말한 것처럼 알고 보면 우리 모두 비슷한 모자를 쓰고 있기 때문이 아닐까. 지금도 누군가는 어딘가에서 즐겁게 웃고 있겠지만, 사실 우리는 모두 삶이라는 절망의 세계에 태어난 동지들이다. 어찌할 수 없는 삶이라는 허덕임 속에서 누가 조금 더 웃고 있는지는 별로 의미가 없다. 차라리 여기는 절망적이라고 외치는 한마디 절규가 더 가치가 있는 세상이다.

책을 더 느긋하게 읽기 위해, 나는 어떤 책이라도 부정적인 면에 더 초점을 맞춰 읽기를 권한다. 우리 시대가 고전이라는 말로 소개한 대부분의 문학 작품은 절망적인 세계관을 그리고 있다. 긍정에는 힘이 있을지 몰라도 **부정**에는 위대한 철학이 태어날 수 있도록 돕는 자양분이 있다는 걸 명심하자. 독자는 책 속에 있는 부정적인 말들로부터, 절망적인 생각들로부터 시대와 삶을 통찰하는 철학을 발견할 수 있다. 이것이 긍정의 힘을 압도하는 부정과 절망의 위대함이다.

하지만 무조건 매사에 부정적인 시각으로 책으로 보는 것도 문제다. 핵심은 이렇다. 어떻게 하면 절망이라는 진창 속에서 명징한 삶의 철학을 끌어올릴 수 있을까? 이를 위해 나는 주변 사람들에게 일기 쓰기를 권한다. 처음에 일기에 관한 이야기를 길게 쓴 이유도 이 때문이다. 책을 읽으면서 독서 일기를 쓰는 것처럼 매일 짧게라도 일기를 쓰되 좋았던 일보다는 기분 나빴던 일, 맘에 들지 않았던 일을 써본다. 무작정 쓰면 쉽지 않으니 그럴 땐 모두 까기 인형 베른하르트의 소설을 모범으로 삼아 참고해보면 좋다.

얼핏 보기에 일기 쓰기와 책 읽기가 무슨 상관이 있는가 싶을 수도 있다. 그러나 분명히 이 둘은 밀접한 관계가 있다. 잘 쓸 수 있는 사람은 읽기도 잘한다. 반대로 잘 읽는 사람은 쓰는데 막힘이 적다. 평소에 일기를 써보지 않았던 사람이라면 오늘 한번 해보길 바란다. 하루를 돌이켜보며 쓰는 글이 막힘없이 잘 나간다면 책도 잘 읽고 있었던 거다. 한 문장 쓰기조차 버거울 정도로 손이 움직이지 않는다면, 읽기에 문제가 있을 확률이 높다.

물어볼 가치가 있는
의문스러운 것[*]

_ 마르틴 하이데거, **《숲길》**

     필요에 따라 책을 천천히 읽는 경우가 있지만, 어떤 책은 느리게 읽을 수밖에 없기도 하다. 책 내용이 쉽게 이해되지 않을 때 읽는 속도는 자연히 느려진다. 책 내용을 이해하지 못하는 경우, 그 이유를 살펴보면 크게 두 가지로 나눠볼 수 있다. 첫째, 저자가 문장을 어렵게 썼거나 둘째, 독자의 배경지식이 적어 책 내용을 이해하기 부족한 경우다. 이 밖에도, 번역의 완성도가 떨어져서 독서 진도가 잘 안 나가는 일도 있다. 그러나 최근엔 이런 문제가 수십 년 전보다는 덜한 편이다. 번역에 관한 이야기는 좀 더 뒤에서 자세하게 풀어볼 계획이니 지금은 이 문제를 잠시 접어두도록 하자.

저자가 억지로 문장을 어렵게 쓰는 일이 있을까? 책이란 기본적으로 독자와의 소통을 목적으로 삼는다. 어떤 저자는 독자를 생각하지 않고 쓰기도 하지만, 그 원고가 출판사로 넘어왔을 때 편집자는 첫 번째 독자가 되어 글을 다듬는 작업을 한다. 저자는 독자를 모르더라도 편집자는 독자를 알기에 좀 더 읽기 쉽고 이해하기 편한 방향으로 원고를 정리하여 책의 모양새를 갖춘다. 편집자는 저자와 독자를 연결 지어주는 중요한 역할을 담당한다. 그렇게 하는 이유 역시 간단하다. 당연한 얘기지만 출판사 처지에서는 아무리 내용이 어려운 책이라고 해도 많이 팔렸으면 하는 마음이 크다. 출판 역시 사업이니까 누구도 일부러 손해를 보려고 하지는 않는다. 그러니 아무리 읽기 어려운 책이라고 해도 반드시 독자를 신경 써야만 한다.

이 논리에 따르면 모든 책이 읽기 쉬워야 한다. 저자가 어렵게 썼더라도 편집자와 출판사가 노력하여 내용을 쉬운 방향으로 돌리는 일은 가능하기 때문이다. 나는 저자와 편집자의 관계를 농부와 요리사로 자주 비교해 말하곤 한다. 농부는 열심히 농사지어 작물을 수확해 요리사에게 음식의 재료로 건네준다. 요리사는 이 재료를 가지고 보기 좋고 맛도 좋은 음식을 만드는 거다. 훌륭한 요리를 만들기 위해서는 일단은 원재

료가 좋아야 함은 물론이다. 하지만 딱딱한 재료를 받았다고 해서 씹을 수 없을 정도로 딱딱한 요리를 낸다면 자질이 부족한 요리사다. 농부로부터 잘 익은 단호박을 받았을 때 이것은 본래 딱딱한 것이니 턱이 아프더라도 씹어야 한다고 결론짓는 요리사는 없을 것이다. 그러면 모든 요리가 다 먹기 좋아야 하는가? 요리사가 최선의 노력을 기울였지만 먹기 힘든 요리도 있다. 책 읽기가 힘든 두 번째 이유를 여기에서 찾을 수 있다.

나는 작가가 되기 전, 책방을 운영하기 전에 IT 회사에서 몇 년 일했다. 하루는 우리 팀의 성과가 좋아서 시내에 있는 고급스러운 프랑스 식당을 예약해 거기서 회식을 하게 됐다. 코스 요리였기 때문에 몇 가지 음식이 차례대로 나왔다. 모두 맛있었다. 그런데 정작 메인요리가 나왔을 때 나는 식욕이 뚝 떨어져 버렸다. 그 음식이 달팽이요리였기 때문이다. 그 전까지 나는 달팽이를 먹는다는 걸 상상조차 해본 적이 없다. 귀엽고 말랑말랑한, 동화 속에 나오는 작은 친구인 달팽이가 접시 위에 있다니! 그래도 회사에서 일부러 비싼 음식을 대접한 것이기에 조금 먹어봤다. 혀에 닿는 순간부터 내 머릿속은 온통 이런저런 달팽이들이 빙빙 돌고 달팽이 몸에서 축축한 손이 돋아나 채찍을 들고 내 전두엽을 사정없이 후려치는 느낌이 들었다. 결국, 나는 달팽이요리를 다 먹지 못하고 접시를 물려야 했다.

나중에 물어보니 달팽이요리를 맛있게 먹었다고 말한

직원이 더 많았다. 나는 왜 맛없게 느껴졌을까? 이유는 확실했다. 편식하는 습관 때문이다. 평소에 다양한 음식을 먹어보지 않았으니 낯선 음식에 대해서는 이미 머리에서부터 거부감이 생긴 것이다. 요리사의 솜씨는 나무랄 데 없었으나 나의 미각은 달팽이요리를 즐기기 위한 준비가 좀 더 필요했다.

어려운 책을 읽을 때도 이와 같은 이유를 생각해볼 필요가 있다. 우리는 흔히 내용 이해가 안 되는 책, 내가 가진 가치관과 동떨어진 것처럼 보이는 책을 어려운 책이라고 판단하는 일이 많다. 그리고 많은 경우 작가가 글을 잘 못 썼기 때문이라며 잘못을 떠넘긴다. 하지만 독자의 역량 부족인 탓을 전부 간과해서는 안 된다. **준비**가 덜 된 상태에서 만난 책은 편집자가 제아무리 쉽게 풀어내려 해도 어렵기 마련이다.

어떤 책을 읽기 위해서는 그 책뿐만 아니라 다른 책을 더 읽어야 할 때가 있다. 책 한 권을 잘 읽기 위해 참고가 되는 다른 책 열 권을 함께 읽는 노력을 들인 사람이라면 금방 이해할 것이다. 바로 배경지식을 쌓기 위해서다. 특히 철학의 개론서가 아닌 원저작을 읽을 때라면 그 한 권을 읽기 위해 상당한 양의 배경지식을 갖추어야 하기에 책 읽기는 자연스레 느려질 수밖에 없다. 두려워하지 말고 더 느리게, 천천히 책의 고원을 오르면 어느덧 사유의 높은 곳에서 전에는 보지 못했던 멋진 풍경을 만날 수 있을 것이다.

하이데거라고 하면 우리나라에서는 《존재와 시간》이

가장 잘 알려진 작품이다. 하지만 이 철학자는 사실 엄청나게 많은 저작을 쓴 철학계의 괴물이다. 우리나라에 모두 번역은 안 됐지만, 독일어 원서 선집만 해도 백여 권에 이를 정도다. 다행히 그 모든 책이 명작으로 인정받는 것은 아니다. 《존재와 시간》을 비롯해 《숲길》, 《철학에의 기여》, 《이정표》, 그리고 《강연과 논문》 정도가 완성도 높은 책으로 평가된다.

이 중에서 《숲길》은 어렵긴 하지만 잘 쓴 책이다. 몇 년 전에는 참가자 대여섯 명을 대상으로 이 책을 강독한 일이 있다. 하이데거 철학에 관한 배경지식의 거의 없었던 참가자들은 첫 시간부터 길 잃은 어린이처럼 불안한 모습을 보였다. 제목부터 쉽게 넘어가지 못했다. 누군가 이렇게 물었다. "이 책엔 '숲길'이라는 제목의 장이 없는데 왜 제목이 《숲길》인가요?" 사실, 이 질문에는 곧바로 대답하기가 어렵다. 다만, 책을 다 읽고 나면 저절로 해결될 문제이기에 일단은 빠지지 말고 강독시간에 성실하게 참여해달라고 부탁했다.

《숲길》은 하이데거가 고민했던 예술철학에 관한 내용이 앞부분에 나오기 때문에 가치가 높다. 철학은 근본적인 질문을 던지는 학문이다. 우리는 많은 예술가와 그들이 창조한 작품을 알고 있다. 하지만 예술의 근원이 무엇인지를 질문한 사람은 많지 않다. 무엇이 예술이며, 그렇다면 예술이 아닌 것은 또 무엇인가? 이것은 비단 예술을 향한 문제가 아니라 우리들의 삶을 위한 질문이기도 하다. 우리 각자의 삶은 모두 하나의 예술작품이기에 그렇다.

하이데거는 예술의 고유한 특성이란 물어볼 가치가 있는 의문스러운 것이라고 말한다. 예술은 질문하기 위한 단서를 마련해준다. 예술은 답이 아니고 길도 아니다. 여기서 '예술'이라는 말을 '책'으로 바꿔도 좋다. 흔히 우리는 책을 읽고 거기서 인생의 해답을 얻기 원한다. 길을 찾기를 바란다. 책속에 길이 있는가? 단언컨대 책 속에는 길 비슷한 것도 없다. 반대로 책 속에서라면 길을 잃어야 옳다.

책은 답을 찾기 위함이 아니라 질문하기 위해 읽어야 한다. 엉뚱한 질문 말고 야무진 질문을 하기 위해 책을 읽는다. 답이나 길은 오직 나 자신에게서 나온다. 그러므로 질문은 언제나 세상을 향해 나갔다가 나를 향해 돌아와야 한다. 책 속에서 질문을 찾고, 길은 삶을 통해 만들며 나아가야 한다. 한참 후에 돌아본 그 길은 온통 질문으로 가득한 숲길처럼 보일 것이다.

다시 《숲길》이라는 책 제목으로 돌아와 보면, '숲길'은, 철학에 관해 말하자면 '단번에 이해할 수 없는 성질'이다. 숲길은 숲에 있는 길이다. 그래서 숲길을 이해하려면 먼저 숲이 무엇인지 질문해야 하고 동시에 길이 무엇인지도 공부하며 탐구해야 한다. 그런 후에 우리는 비로소 숲에 난 어떤 길을 걸으며 잔잔한 사유를 하게 된다.

'생각'과 비교하면 '사유'를 한다는 건 분명 어려운 일이다. 어릴 때 읽는 책은 생각하는 힘을 길러주지만, 청소년 시기를 지나면서는 본격적으로 자신만의 고유한 사유세계와 사유체계를 갖출 필요가 있다. 이것은 길고 지루한 질문의 시기를 거쳐야 얻을 수 있는 아름다운 결실이다. 결실을 얻기 위해 느리게 읽는 건 나쁘지 않다. 삶의 길을 밝혀 줄 좋은 질문 하나를 찾을 수 있다면 빠르고 느린 건 아무런 문제가 되지 않는다.

같은 것의 반복,
하지만 동일하지 않은 것의 반복 [*]

_ 최정우, 《사유의 악보》

사유에 관한 이야기를 조금 더 이어가 보도록 하자. 사유해야 하는 이유는 명백하다. 그것은 우리 삶을 더욱 풍성하게 만들어주기 때문이다. 하지만 무엇을 사유해야 풍성한 삶이 될까? 이것은 어떤 식단으로 밥을 먹어야 우리 몸이 건강해지는지를 묻는 것과 같다. 신체라고 하는 것은 겉으로 드러나는 것이기에 우리는 가능하면 몸을 잘 관리하려고 노력한다. 이것은 우선 나의 건강을 위해서이지만, 남이 나를 볼 때 느껴지는 시선을 신경 쓰기 때문이기도 하다.

• 최정우, 《사유의 악보》, 197쪽,
자음과모음, 2021년

그러나 어떤 사람이 무슨 사유를 하고 있는지는 웬만해선 겉으로 보이지 않는다. 그래서 열 길 물속은 알아도 한 길 사람 속 모른다는 속담도 있다. 마음의 건강이 밖으로 드러나는 경우가 있기는 하다. 눈이다. 눈은 마음의 창이라고 하는 옛말이 바로 그것을 뜻한다. 자신만의 멋진 사유세계를 가진 사람은 마음이 건강해서 눈이 맑아 보인다. 그러나 눈이 맑아 봤자 이득 보는 건 별로 없다. 눈 맑은 것 반기는 사람은 길 가다 가끔 만나는 도를 공부하신 분들 외에는 딱히 없는 것 같다.

이런 이유로 우리는 사유를 중요하지 않게 여기고 있다. 그러나 무엇보다 큰 문제는 도대체 무엇을 사유해야 하는지에 대한 방향 자체가 불분명하기 때문이다. 혹시 사유라고 하는 것은, 아예 실체가 없는 신기루 같은 개념이 아닐까? 영원히 사람이 닿을 수 없는 관념의 세계 속에만 존재하는 모호한 것이라면 이거야말로 얄궂은 희망 고문과 다르지 않다.

그런데 정말로 사유함이라는 행위에 당차게 반기를 든 학자들도 있다. 최정우가 쓴 책《사유의 악보》를 보면 이런 주장이 나온다. "우리에겐 반드시 사유해야 할 당위성 같은 것은 애초에 없다."● 시작부터 읽는 사람을 아주 혼란스럽게 한다. 나도 역시 이 책을 처음 읽을 때 제법 당황했다. 사유할 필요가 없다니, 책이 사유의 도구가 아니면 무엇이란 말인가? 이 책은 대체 무엇 때문에 존재하는 것이고, 왜 쓴 것일까? 저자는 이 물음의 대답을 아주 쉬운 곳에, 명쾌하게 적어놓았다.

책 제목 그대로, 이 책은 책이 아니라 악보다. 사유의 악보.

내가 이 책을 읽게 된 계기는, 어느 날 인터넷서점 신간 목록을 검색하다 표지가 특이한 책을 발견했기 때문이다. 보았으므로 호기심이 생겼고 클릭해서 우선 목차를 살폈다. 유명한 철학자들이 쓴 자서전을 비평한 글이 먼저 눈에 들어왔다. 자서전 좋아하는 내게 이런 흔치 않은 글이 실린 책은 반갑다. 게다가 한국의 제임스 조이스라 불리는 박상륭 작가에 관한 글도 있다. 사지 않을 수 없는 이 책과의 인연은 그렇게 시작됐다.

읽어내기 어려운 내용을 담고 있기에 느리게 읽을 수밖에 없는 책이 있다. 그런 책은 무리해서 빠르게 독파하기보다는 처음부터 긴 호흡으로 천천히 읽는 게 낫다. 그런데 어떤 책은 저자가 그 책을 읽는 속도를 일부러 지정해 두기도 한다. 《사유의 악보》가 바로 그렇다.

《사유의 악보》 서문에는 이 책이 사유하기 위한 악보임을 명시하고 있다. 우리가 익히 알고 있는 악보처럼 본문에 음표가 나열된 것은 아니지만 단어와 문장이 음표와 같은 기호의 역할을 한다. 목차를 보면 저자의 의도는 더욱 뚜렷해진다. 책은 모두 13개의 악장과 8개의 변주로 구성되어 있다. 서문에 해당하는 글은 '서곡'으로, 맺는말은 '종곡'으로 표시했다.

대개 악보의 첫 부분에는 그 곡을 어떻게 연주해야 할지에 관해 작곡자가 적어놓은 악상 지시어가 나온다. 모데라

토나 알레그레토처럼 간단히 적기도 하고, 혹은 좀 더 세밀하게 기록하기도 한다. 《사유의 악보》는 사유를 위한 악보의 기능을 하기에 작곡자인 저자는 맨 앞에 쓴 글, 즉 서곡에 이 책을 읽기 위한 지시어들을 상세하게 늘어놓았다. 그는 이 책으로 인한 사유의 흔적들이 "여기저기로 흩뿌려져 산개하고 만개하기를"* 바란다고 썼다.

산개와 만개는 꽃이 피는 장면을 떠올리게 만든다. 꽃은 따뜻한 봄이 된 어느 날 갑자기 핀 것처럼 보인다. 어제까지는 분명히 그 자리에 아무것도 없었는데 오늘은 주변의 색과 공기가 모두 달라져서 깜짝 놀란다. 그러나 이 꽃은 이미 일 년 전부터 생명을 틔우기 위해 준비하고 있었음을 우리는 안다. 사유는 이렇게 느리게 준비하다 어느 순간 때가 됐을 때 세상 밖으로 터져 나온다. 책 읽은 독자들의 사유가 저마다 다른 꽃으로 피어나 세상에 퍼지기를 바라는 마음이 저 문장에 들었다.

나아가 이 서곡의 작곡자는 그러한 사유가 "넘쳐나고 창궐하기를"** 바란다고 썼다. 창궐은 전염병을 연상시킨다. 서곡은 아름답고 향기로운 꽃에서 더럽고 흉흉한 전염병에 이르기까지 악상을 극적으로 발전시킨다. 매우 간절하고, 복잡하며, 모든 이들이 더 많은 사유를 하도록 강권하는 도발적인 문장이다.

이제 선택의 몫은 독자들에게 넘어왔다. 작곡자는 이미

자리를 떠났다. 자, 이 책을 읽고 산개하고 만개하기 위해서 우리는 무엇을 할 것인가? 두툼한 악보가 우리 앞에 있다. 이것을 어떻게 해석하여 연주할지는 오롯이 독자의 의지에 달렸다.

지금까지 책 속에서 답이나 길을 찾았다면 이제는 완전히 다른 방식으로 책을 읽어야 할 때다. 한 가지 힌트는 있다. 최정우가 또한 말하고 있듯이, 책이 사유를 위한 악보라고 했을 때 악보란 그 자체로는 음악이 아니라는 점만 기억하면 된다. 당연히 그렇다. 악보에 아무리 귀를 대어 보아도 거기서는 어떠한 소리도 들리지 않는다. 악보는 음악을 만들기 위한 기호에 불과하다. 악보가 그 자체로는 음악이 아니라는 말을 책으로 바꿔 이해하면 읽기를 위한 마음의 준비는 끝이다. 책은, 그 자체로는 지식이나 지혜가 아니다. 책은 그저 우리가 길을 개척해나가기 위해 참고할 기호에 불과하다.

책은 소설처럼 이야기와 줄거리가 있어서 그것을 따라 읽으면 자연스럽게 마지막에 닿는 게 있는가 하면 앞서 살펴본《숲길》이나 이 책《사유의 악보》처럼 글들이 파편처럼 흩어져 있는 책도 있다. 그렇기에 읽기 어려운 면도 있다. 책의 편집자는 나름의 기준으로 글 조각들을 모아 놓았지만, 그 목적이 쉽게 잘 읽히도록 하기 위한 것만은 아니다. 그러니 독자인 우리는 자기만의 사유의 길을 정해놓고 읽어야 한다.

다시 말하지만, 지금 읽는 책 속에 어떤 식으로라도 길이 제시되어 있을 거라 믿으면 그때부터 책 읽기는 더욱 깊은 수렁에 빠진다. 또 한 번《사유의 악보》에서 이 책의 저자이자 사유의 작곡자가 한 말을 인용하자면, 그는 친절하게도 "작곡자인 나를 배반하고 위반하는 해석을 감행하기를"● 바라고 있다.

마음을 편하게 갖고 천천히 책의 아무 곳이나 펼쳐서 읽어도 된다. 작정하고 오독誤讀하거나 이상한 해석을 내리는 것도 괜찮다. 그것이 지금 내 사유의 밑거름이 된다면 무엇이라도 좋다. 남이 읽지 않은 방법으로 읽고, 다른 사람이 감히 생각하지 못한 방식으로 해석하려고 애쓰는 사람이 이 책의 진짜 주인이 된다. 저자를 배신하고 그에게서 애써 쓴 책의 소유권을 뺏어오는 사람이 훗날 사유의 꽃이 산개하며 만개할 때 그 향기에 취할 특권을 가진다.

특히 사유에 관계된 책은 첫 장부터 시작해서 차례대로 읽기보다 마음이 내키는 대로, 아무 곳이나 펼쳐서 읽고 지치면 그대로 멈춘 다음 다시 시작하는 게 좋다. 그러나 책을 던져버리고 잊어버릴 만큼 멀어져 있으면 오히려 아예 읽지 않는 것만 못하다. 핵심은 여기에 있다. 책을 읽되, 읽은 다음 반드시 자기에게 질문을 할 것. 어떠한 질문도 떠오르지 않는다면 왜 질문하지 못하는가, 라고 물을 것. 같은 질문이라도 그것에 시원스럽게 대답하지 못한다면 몇 번이고 반복해서 질문할 것. 읽으면서 하는 질문은 매번 같은 것의 반복이어도 동일한 질문은 아니다. 이렇게 질문과 읽기, 읽기와 질문을 반복하다 보면 자연히 책 읽기 속도는 느려질 수밖에 없다. 느리더

라도 상관없다. 끈기를 갖고 그 책을 마칠 때까지 읽기와 질문
의 수고를 계속 한 사람은 드디어 책이 작가의 소유가 아닌 내
친구, 나의 연인이 된 희열을 맛볼 것이다.

마리오 푸소

《대부》

정통출판사

1976년

내가 절대 읽지 않는, 완전히 무관심한 영역이 있으니 바로 범죄물이다. 범죄가 일어나고 그 진실을 밝혀내는 형사나 탐정이 나오는 소설은 재밌다. 내가 읽지 않는 건 범죄 그 자체에 관한 이야기다. 이를테면 야쿠자나 남미의 마약 카르텔에 관련된 책 말이다. 세상에 범죄가 많은 건 잘 안다. 오히려 그러니까 범죄에 관한 책을 읽고 싶지 않은 것이다. 그런 책을 읽으면 정신세계가 불편하다.

그런데 이런 나의 편견을 깨준 책이 있었으니, 바로 마리오 푸조가 쓴 명작《대부》다. 영화의 주연을 맡은 말론 브랜도라는 일류 배우도 내 관심을 끌지는 못했다. 하지만 정통출판사라는 곳에서 1976년에 우리말로 번역해 두 권으로 펴낸 책을 발견한 순간 생각은 완전히 바뀌었다.

그 책은 딱 맞게 들어가는 종이 케이스까지 온전히 있는 상태로 우리 헌책방에 입고됐다. 영화가 우리나라에서도 개봉해 인기를 누렸기 때문인지 1970년대 책이라고는 믿기지 않을 만큼 장정에 신경 쓴 모습이었다. 검은색 표지에는 영화 속 몇 장면을 편집해 넣었고 하단에는 눈에 띄는 빨간색 바탕 위에 "문제의 실화소설"이라는 문구를 띠지처럼 디자인했다.

솔직하게 말하자면 나는 그때까지 《대부》에 원작 소설이 있다는 것도 몰랐다. 심지어 그 소설이 1960년대 쓰인 것이며 작가가 실제로 마피아 조직원이었다는 얘기도 충격적이었다. 나는 영화를 전혀 보지 않았지만, 그게 무슨 상관인가, 책에 빠져들어 본문이 세로쓰기로 편집된 그 책 두 권을 폭풍처럼 읽었다.

《대부》를 읽었다고 친구에게 말했더니 그건 영화가 정말 재밌으니까 얼른 찾아서 보라며 등을 떠밀었다. 그런데 영화는 내 취향이 아니었다. 게다가 마피아라는 범죄조직원의 외모와 행동, 그리고 그들이 가진 생각 등을 상당히 미화시킨 게 아닌가 싶은 의심이 들었다. 하긴, 실제로도 그랬다는 말이 있다. 영화에서 마피아를 나쁘게 그리면 위협당할지도 모르니 멋진 신사처럼 만들었다는 소리다. 정말 우스운 얘기는, 진짜 마피아들이 멋지게 보이기 위해 영화를 보고 거기 나오는 등장인물들의 옷차림이나 행동, 말투를 따라 했다는 거다. 믿거나 말거나.

영화를 보고 맘에 들지 않아 나는 책을 다시 읽으며 상상 속 갱단의 이미지를 재구성했다. 상상에 도움을 준다는 의미에서 영화《대부》의 음악은 훌륭했다. 본업은 클래식이고 영화 음악은 그저 취미활동이라고 말했다는 이탈리아인 음악가 니노 로타가 만든 멋진 멜로디는 영화 한 편보다 더 깊은 감동을 주었다. 그 후로도 소설《대부》는 몇 번 더 읽었다. 관심 밖의 책이라고 여겼지만, 어찌 보면 소설 하나를 가장 오래 읽은 경험 중 하나였지 않았을까 싶다.

느리게 읽는다는 건 글자를 천천히 읽는다는 것 이상의 의미가 있다. 책을 읽고, 영화를 보고, 음악을 듣고, 거기에 맞춘 옷과 구두까지 생각한다는 건 정말로 책에 푹 빠져보지 않은 사람이라면 쉽게 이해할 수 없으리라. 그러나 나만 그런 사람이 아니라는 것도 안다. 지금 이 글을 읽고 있는 누군가도 분명 똑같은 경험이 있을 거다. 안 봐도 안다. 책에 빠진 사람은 책에 빠져봤던 사람이 잘 아는 법이다.

5

걸으며

읽는다

나머지 모든 것이
사라졌을 때*

_ 리베카 솔닛, 《길 잃기 안내서》

헌책방의 일과는 단조롭다. 오후 3시에 책방 문을 열면 자리에 앉아 손님을 기다리고, 해가 지고 몇 시간 지나 창밖이 어둑해지면 하루 일을 마감한다. 책방은 식당이나 카페처럼 복잡한 일이 없다. 물론 표면적으로는 말이다. 나는 책방에 오는 손님들이 이곳을 좀 더 고즈넉한 장소로 여길 수 있으면 좋겠다는 생각에 일부러 일과 중엔 청소나 책 나르는 일 등은 하지 않는다. 그런 일은 3시에 문을 열기 전 미리 해둔다.

책방은 단순히 책을 사러 오는 곳이 아니다. 생각을 정

● 리베카 솔닛, 《길 잃기 안내서》, 43쪽,
김명남 옮김, 반비, 2020년

리하고, 새로운 생각을 떠오르게 하고, 굳어졌던 옛 생각과 이별하는 곳이다. 그래서 책은 특별한 물건이다. 그런 특별한 물건을 파는 책방은 특별한 공간이다. 신발가게나 잡화점에서는 경험하지 못한 파릇파릇하고 청량감 넘치는 생각의 숲이 책방에는 있다. 나는 서림書林이라고도 불리는 이 숲을 찾은 사람들이 온전히 책과 마주하는 분위기를 만들어주고 싶은 거다. 의외의 책을 만나고, 전혀 예상하지 못했던 대화를 통해 새로운 생각의 길을 보여주는 곳. 책방은 그런 곳이 되고 싶은 거다.

책방을 그런 곳으로 만들려면 거기서 일하는 나부터 마음을 달리 가져야 한다. 그러나 사람은 억지로 의외의 생각을 품거나 논리적이지 않은 행동을 일부러 하지는 않는다. 학습된 이성의 차단기가 자주 그 길을 막기 때문이다. 그래서 나는 우연히 그런 사건이 일어나는 일을 만든다. 일부러 그런 게 아닌, 우연히 생긴 이상한 사건과 마주치면 머릿속은 밥 먹고 한바탕 설거지를 한 듯 말끔해진다.

이를테면 산책이 좋은 예다. 글 쓰는 사람들은 산책을 즐긴다.《어느 작가의 오후》를 쓴 페터 한트케는 그가 쓴 작품 속에서 늦은 오후에 마을로 산책하러 다녀온다. 철학자 루소도 산책을 즐겼다.《고독한 산책자의 몽상》은 루소가 생의 마지막에 남긴 작품으로 그가 산책할 때 무엇을 생각했고 그것이 어떤 사유로 연결됐는지 보여준다. 임마누엘 칸트는 정확한 시간에 산책을 즐겼던 것으로도 유명하다. 동네 사람들은 칸트가 산책하러 나오면 거기에 맞춰 시계를 맞췄을 정도라고 하니 지금으로 따지면 자기만의 생활 루틴을 극단적으로 철저히 지킨 무서운 사람이다. 이런 사람들과는 급이 다르지만 나도 글을 쓰는 사람이기에 자연스레 산책을 즐기게 됐다. 작가들이 산책을 즐기는 이유가 뭘까?

나는 언젠가 산책길에서 그것을 곰곰이 생각해본 적이 있다. 책이라고 하는 것은 생각을 고유한 사유체계로 만들어 글로 표현한 물건이며 동시에 또 다른 사유를 하기 위한 도구다. 어떤 작가도 남이 쓴 책 내용을 일부러 표절하고 싶어 하지는 않을 거다. 그것은 곧 남의 생각과 사유를 베낀다는 의미이고, 그렇다면 나는 생각이 없는 사람이라는 걸 고백하는 거나 다름없다. 작가에게 고유한 생각이 없다는 건 대단한 치욕이다. 그래서 작가는 끊임없이 자기 생각에 빠져 있기가 십상이다. 자기 생각에 계속 매달리다 보면 점점 머리가 굳어진다. 책은 작가가 타인과 소통하기 위해 펴내는 것인데 그런 책을 쓰는 사람 머리가 굳어있다면 어찌 소통이란 게 될까? 망가져서 잠글 수 없는 수도전처럼 그저 자기 말만 계속 쏟아낼 뿐이다. 그런 책을 읽으면 소통은커녕 작가가 불쌍하다는 생각이 먼저 든다.

작가는 고유한 생각을 가져야 하는데 그 생각에 골몰하다 보면 머리가 굳는다는 걸 제일 잘 아는 사람도 작가 자신이다. 산책은 머리를 말랑말랑하게 만들어준다. 읽고 있던 책을 덮고 책상에서 빠져나와 몸을 움직여 어디론가 걷는 행위야말로 작가를 작가답게 만들어주는 보약이다. 하염없이 걸으며 영양분을 섭취해 다시 글 쓸 힘을 얻고 딱딱해진 머리에 휴식을 준다. 작가가 산책하는 이유는 이것 때문이 아닐까.

그런데 산책은 기계적으로 A 지점에서 B까지 갔다가 다시 같은 곳으로 돌아오는 것을 뜻하지는 않는다. 산책을 즐기는 사람들에게 물어보면 백이면 백 모두 자유롭게 산책한다고 대답한다. 목적지를 정해놓지 않고 산책하는 사람도 있다. 목적지와 거기에 도달하는 길을 정확히 머릿속에 입력해놓는다면 걷는 동안 생각을 자유롭게 풀어놓지 못하게 된다. 여기서 저기까지 매번 똑같은 길로 다녀와야 한다는 강박에 시달린다면 그건 산책이 아니다. 산책은 오히려 길을 잃는 것, 반갑게 낯선 골목으로 들어가는 것, 그러다 의도치 않은 뭔가를 발견할 때 의미가 있다. 머릿속에 들어있는 단단한 의도를 낯설게 만들어버리는 게 산책의 묘미다.

이것은 작가뿐만 아니라 독자에게도 해당한다. 글을 쓴 사람이 산책을 통해 책을 완성했다면, 독자도 역시 산책하며 읽어보면 어떨까? 그렇게 함으로써 독자는 작가의 생각을 뒤따라 가보는 거다. 어디서 길을 잃었는지, 어떤 골목에서 방황했으며, 거기서 무슨 새로운 이야깃거리를 떠올렸는지 산책을 통해 어렴풋이 짐작할 수 있다.

나는 아침 9시 반이나 10시, 그러니까 회사에 출근하는 사람들이 거리에서 사라질 무렵에 내가 일하는 헌책방에서 구청 뒤편에 있는 골목을 지나 지하철역까지 천천히 산책한다. 그러다 한번은 지하철역에서 가까운 곳에 새로운 햄버거 가게가 생긴 걸 봤다. 그날은 산책 경로를 조금 더 늘려 그 가게에 가서 햄버거와 커피를 점심으로 먹었다. 햄버거 가게는 넓고 쾌적했으며 2층에 오르면 전망도 좋았다. 거기서 천천히 사방을 둘러보며 느릿느릿 식사를 즐겼다.

창밖 풍경을 살피다 찻길 건너편으로 난 골목 하나를 발견했다. 약간 높아 보이는 오르막길이 계속 이어지는 듯했는데 그 끝은 다른 건물에 가려 잘 보이지 않았다. 건물 뒤로는 커다란 나무가 보였다. 나는 그 나무가 구청 뒷골목에서 이어지는 야트막한 산의 일부라고 생각했다. 그러니 다음에 여기 올 때는 구청 뒷산을 가로질러 이 골목길로 내려와야겠다고 다짐했다. 햄버거는 열량이 높으니까 산으로 오가면 운동도 되고 정크푸드를 먹었다는 마음속 작은 불편함도 용서가 될 것 같았다.

며칠 뒤 나는 그 계획을 실천에 옮기기로 했다. 책방에서 나온 나는 평소처럼 구청 뒤쪽 골목을 걷다가 샛길로 빠져 숲을 향해 올라갔다. 산에 올라보니 먼 곳에 바로 그 햄버거 가게가 보였다. 내 예상은 틀리지 않았다. 주택가 골목으로 통하는 듯 보이는 내리막길도 있었다. 나는 정해진 의도대로, 계획대로, 의지대로 신나게 산 밑으로 내려왔다.

그런데 골목을 다 빠져나왔는데도 햄버거 가게는 보이지 않았다. 대신 그 골목 끝에는 다른 지하철역이 있었다. 내가 산책할 때 자주 오는 그 지하철역에서 한 정거장 더 간 곳이다. 내 의도와는 상관없이 나는 산에서 길을 잃은 것이다. 한숨이 나왔다. 하는 수 없이 터덜거리며 주택가 골목을 지나 원래 가려고 했던 지하철역 쪽으로 걸었다. 배가 고파서 그런지 지하철 한 정거장이 너무 멀게 느껴졌다. 이럴 땐 일본 드라마 '고독한 미식가'의 주인공 고로 씨가 대단해 보였다. 맨날 길을 잃고 배가 고프면서도 어쨌든 결국 뭔가를 찾아내서 잘 먹는 아저씨라니!

　　그런 생각을 하며 걷는데 갑자기 내 앞으로 검은 물체가 휙 지나갔다. 눈을 돌려 그림자를 좇아보니 온몸이 새까만 고양이였다. 길고양이인가 싶었는데 잘 보니 목에 방울이 달렸다. 누가 기르던 고양이일까. 몸 전체가 검은 고양이를 길에서 우연히 만날 확률은 높지 않다. 사진을 찍으려고 휴대전화를 꺼냈더니 고양이는 마치 자주 그런 경험이 있다는 듯 모델처럼 앞다리를 쭉 뻗어 멋진 포즈를 취했다. 나는 SNS에 올려 자랑이라도 하려는 마음으로 신나게 사진을 찍었다. 시간이 얼마나 흘렀는지도 모르게 고양이와 놀았다.

　　그런데 얼마 후 놀랍게도 그 고양이를 잃어버린 주인이라며 한 여자분이 다급히 골목으로 뛰어 들어왔다. 고양이가 도망가서 골목마다 찾아다녔는데 마침 내가 고양이와 함께 있어서 다행이었다. 여자분은 감사하다며 내게 몇 번씩 고개를 숙였다 나는 손사래를 치며 그저 우연히 고양이를 만난 것 뿐이라며 웃었다. 의도치 않게, 우연히 말이다.

만약 오늘 내가 산에서 길을 잃지 않았다면, 다른 골목길로 내려오지 않았다면, 때마침 고양이가 내 앞으로 지나가지 않았다면, 내가 그 고양이를 보고 따라가지 않았다면 어쩌면 여자분은 고양이를 영영 잃어버렸을지도 모른다. 하지만 우연치고는 너무 많은 우연히 겹친 것 아닌가? 이 정도라면 우연이 아니라 필연이라고 해도 되지 않을까?

고양이를 잃어버린 분은 그 고양이를 찾으려는 완벽한 의도가 있었지만 몇 시간 동안이나 고양이를 찾지 못했다. 하지만 전혀 의도가 있지 않던 내가 왜 그 고양이를 만났을까? 내 의도는 고양이와는 전혀 상관없는 햄버거였는데 말이다.

책 읽기도 이와 같아서 어떤 식으로든 명확한 의도를 가지고 접근했을 때 오히려 실패하는 경우가 많다. 책은 의도가 있기보다는 반대로 길을 잃게 만들기 위한 도구다. 책을 앞에 두고 사사로운 욕심이나 의도, 그 외에 어떤 잡스러운 생각마저 다 떠나보냈을 때, 그런 것들이 사라진 순간에 책은 우리에게 비로소 말을 걸어온다. 바로 이 순간에 의도치 않은 말랑말랑한 생각들이 머리에 번뜩이는 것이다. 길을 잃지 않는다면, 새로운 길은 찾을 수 없다.

서서히 얽히고섥히고
뒤죽박죽이 된 이 느낌*

_ 다니구치 지로 · 구스미 마사유키, 《우연한 산보》

책 속에서 답이나 길을 찾는 것 이상으로 해로운 행위
가 있다. 어쩌면 이건 책을 읽을 때 하지 말아야 할 것들의 목
록이 있다면 가장 위에 올라가 있을지도 모른다. 답을 미리 정
해놓고 읽는 것이다. 이렇게 읽는 사람이 평가하는 좋은 책의
기준은 명확하다. 자기가 원하는 답이 쓰인 책이라면 좋은 책
이고 잘 모르거나 원하던 답과 반대의 말이 쓰여있으면 그건
기준 미달이라 단정한다. 극단적으로 이상한 사람의 예를 든
것 같지만 의외로 이렇게 책을 대하는 독자가 많다.

* 다니구치 지로 · 구스미 마사유키, 《우연한 산보》,
73쪽, 한나리 옮김, 미우, 2012년

하루는 우리 책방 모임 참가자 중 한 분이 내게 상담을 청했다. 당시 모임에서는 도스토옙스키의 《죄와 벌》을 몇 번에 걸쳐 읽던 중이었다. 그는 도스토옙스키 작품을 전에 한 번도 읽어본 적이 없었다며 이야기를 시작했다. 또 그는 《죄와 벌》이라는 제목만 보고 그 소설이 '죄를 지은 사람이 벌 받는' 내용인 것으로 짐작했다. 당연한 얘기다. 주인공 라스콜니코프는 사람을 죽였으니 합당한 법적 처벌을 피할 수 없다. 무엇이 독자인 그의 마음을 복잡하게 만드는가? 그는 살인자인 라스콜니코프가 받아야 할 처벌에만 온통 관심이 쏠려 있었다. 그가 왜 사람을 죽였는지, 초인 사상에 심취했던 이유는 무엇인지, 살인자가 왜 신과 인간에 대해 고뇌하는지 등에 관해서는 전혀 이해하고 싶지 않은 모양이었다.

"우리가 왜 살인자의 고뇌 따위를 읽고 이해해야 하죠? 저는 이 소설이 작가가 살인자를 옹호하며 늘어놓은 수백 쪽짜리 지긋지긋한 변명으로밖에 보이지 않습니다. 이런 책을 쓴 인간이 대문호라니요, 대쓰레기가 아니라!" 분노에 찬 목소리였다. 나는 도대체 어디서부터 어떻게 말을 해야 할지 몰라 당황스러웠다. 죄지은 사람이 처벌받는 이야기를 원한다면 형사사건 판례 모음집을 사서 읽는 게 낫겠네요, 라고 말해버릴 뻔했다.

그는 책을 읽을 때 답을 정해 놓는 사람이었다. 그러니 맘에 안 드는 내용이 나오면 중간에 책 읽기를 포기하고 덮어놓기를 반복했다. 그가 처음 독서 모임에 나왔을 때 자기소개 시간에 했던 말이 기억났다. "저는 끈기가 없어서 책을 끝까지 읽은 기억이 많지 않습니다. 독서 모임을 통해 이 습관을 고쳐 보려고 합니다." 끈기가 없었던 게 아니라 답을 정해놓고 책 읽는 태도가 문제였다.

마음속에 **답**을 가지고 있다면, 만약 그것이 의심의 여지가 없는 진실이기에 다른 답이 존재할 수 없다면, 책은 읽을 필요가 없다. 책뿐만이 아니라 음악, 미술, 영화 등 그 어떤 예술 분야도 그에겐 의미가 없다. 완전한 답이란 없다. 답을 찾아다니는 과정만이 가치 있는 일이다.

답이 없다면 왜 답을 찾는 과정이 필요한가? 어차피 없다면 애써 찾지 않아도 되는 것 아닌가? 새로운 의문이 든다면, 다시 말해야겠다. 사실 답은 없는 게 아니라 너무 많다. 답이 너무 많아서 어느 것 하나를 답이라고 단정지을 수 없다. 살인자 라스콜니코프는 자신이 신과 동급이라면 그 어떠한 행위도 미물에 불과한 인간의 처지에서 봤을 때 죄 따위는 되지 않는다고 믿었다. 그게 라스콜니코프의 답이었기에 살인이라는 한길로 갔던 것뿐이다.

수많은 사람과 어울려 사는 이 세계에서 우리는 존재하는 사람의 숫자만큼 많은 답과 길이 있다는 걸 먼저 이해해야 한다. 그런 이해를 바탕으로 살아가지 않으면 타인이 걸어가는 길을 무시하거나 짓밟게 된다. 어디 사람뿐이랴. 우리가 사는 동네를 보더라도 많은 골목길이 있다. 골목 탐험을 즐기는 사람은 이 좁고 허름한 길의 매력을 안다. 구불구불 이어져 있기에 큰길로 곧장 갔을 때는 발견하지 못하는 아름다운 무언가가 있다는 걸 안다. 목적지로 곧장 가는 게 시간은 덜 걸릴지 몰라도 시간과 바꿀 수 없는 재미있는 경험이 이 미지의 골목 안에 있다는 걸 알고 즐거워한다.

몇 해 전 가을, 나는 일본 도쿄로 며칠 동안 여행을 다녀왔다. 10월 말이면 진보초神保町와 간다神田 일원에서 큰 규모로 고서古書 축제를 하기에 매년 그 기간에 맞춰 도쿄를 방문하곤 했다. 우에다 전철역에 내려서 걷고 있던 그때, 우연히 오래전 알고 지냈던 회사 동료를 만났다. 그는 아키하바라의 전자제품에 관심이 있어서 도쿄를 방문했다고 말했다. 거의 20년 만에, 그것도 외국에서 우연히 만난 게 신기하기도 하고 반가워서 저녁 식사를 함께하기로 즉석에서 약속을 잡았다.

약속한 시각까지는 네 시간 정도 남았다. 우리는 헤어져서 각자 일을 마친 후 도쿄타워 앞에서 만나기로 했다. 그 친구는 곧장 아키하바라 방면으로 성큼성큼 걸어갔다. 기억을 떠올려보니 그는 회사 다닐 적 '김경제'라는 별명으로 불렸다. 언제나 말과 행동을 경제적으로 했기에 사람들은 그를 약간 비꼬는 느낌으로 그렇게 불렀다. 그는 쓸데없는 일을 하며 시간 낭비하는 걸 극도로 싫어했다. 바로 그 성격 때문에 회사에선 그를 우수사원으로 선정하기도 했다. 그와 비교하면 나는 정반대의 성격이었다. 굳이 자세히 말하지 않겠지만, 나는 근무시간에 딴청을 잘 피우는 회사의 골칫덩이었다.

고서 축제는 다음 날 갈 계획이었으므로 나는 주변을 천천히 둘러보다가 도쿄타워 쪽으로 움직이기로 했다. 도쿄타워에 한 번도 가본 적이 없지만, 우에노에서 도쿄타워로 가려면 지하철을 몇 번 갈아타면 된다는 건 안다. 휴대전화에 도쿄 지하철역 앱도 미리 설치해뒀다. 도쿄에서 지하철로 갈 수 없는 곳은 존재하지 않는다며 오래전 누군가 내게 말해줬던 게 기억났다. 누구였더라? 그게 설마 김경제 씨는 아니겠지.

그러나 나는 이날만큼은 지하철을 타지 않기로 했다. 날씨가 너무 좋았기 때문이다. 가을 햇살도 걷기 딱 좋을 만큼 따사로웠다. 청명한 공기 탓인지 저 멀리 도쿄타워도 어쩐지 가깝게 느껴졌다. 좋아. 시간도 넉넉하겠다, 천천히 걸어서 저기까지 가보는 거다. 경로는 미리 알아보지 않기로 했다. 도쿄타워가 눈에 보이니까 그냥 저곳을 향해서 걷다 보면 어떻게든 도착하겠지, 하는 조금은 대책 없는 계획이었다.

몇 시간 후, 약속한 시각에 우리 둘은 도쿄타워 앞에서 만났다. 김경제 씨는 돈 씀씀이만큼은 경제적이지 않았는지 손에 쇼핑백이 가득 들려있었다. 나는 강아지처럼 여기저기 둘러보고 다니느라 정작 뭘 사지는 못했지만 걸어오는 내내 몸은 가벼웠다.

김경제 씨의 말을 들어보니 그는 도쿄에 오기 전 아키

하바라 전자상가에서 뭘 살지 목록을 작성해뒀고, 인터넷 검색으로 미리 봐뒀던 가게에 들러 정확히 사려던 물건만 샀기 때문에 결과적으로 돈 낭비는 하지 않았다는 거다. 쇼핑을 마친 다음에는 이곳까지 매우 정확한 시간에 도착하도록 미리 지하철 앱에서 열차 도착 시각과 환승 위치까지 파악했다는 것이다. 실로 경제적인 관광객의 표본이 아닌가! 반면에 나는 우에노에서 곧장 이곳까지 걸어온 것도 아니었다. 무작정 걷다 보니 고양이 마을로 불리는 닛포리 골목이 나왔는데 거긴 지도상으로 보면 도쿄타워 쪽이 아니라 반대 방면이었다. 거기서 계속 골목을 따라 걷다가 도쿄타워가 보이길래 그 모습을 기준 삼아 무작정 걸었다. 인터넷 지도가 알려주는 대로 따랐다면 2시간이 안 걸렸을 거리인데 아무것도 모르고 걸었더니 3시간 넘게 걸렸다.

내 얘기를 듣더니 김경제 씨는 배를 잡고 웃었다. 관광은 시간이 곧 돈인데 아무런 목적도 없이 골목길이나 헤매고 다녔으니 결과적으로 쇼핑백으로 두 손이 무거운 자신보다 오히려 돈을 낭비한 것이 아니냐며 나를 나무랐다.

그러나 나는 낭비라고 생각하진 않았다. 어딘지도 모를 골목을 지나며 재미있는 풍경을 많이 봤고, 우연이었지만 고양이 마을에도 들렀던 것이니까. 순간 도쿄 서점에서 봤던 《우연한 산보》라는 만화책이 떠올랐다. 문구회사 영업사원인 주인공은 외근을 나갔다가 우연히 샛길로 들어가 그때마다 의도치 않은 산책을 하게 된다. 하지만 그는 길을 잃은 게 아니라 그 산책을 통해 예전에는 별로 생각해본 적이 없는 삶의 소중한 가치들을 깨닫게 된다는 이야기가 그 만화의 주제다.

만화의 원작 이야기 구성을 담당한 구스미 마사유키는 책 뒤에 부록으로 취재 후일담을 적어놨다. 거기엔 취재를 할 때 세운 세 가지 규칙이 나온다. 첫째는 취재를 나가기 전 사전 조사를 하지 않는 것이고, 둘째는 목적지로 나가면 늘 샛길로 새는 것, 세 번째는 아무런 계획도 미리 세우지 않는 것이다. 처음에 이걸 보고는 '이건 규칙이라기보다도 그냥 무책임하다는 얘기 같은데'라고 생각했다. 하지만 이러한 규칙이야말로《우연한 산보》의 주제를 정확히 담고 있다. 취재할 때마다 실제로 길을 잃고 샛길로 들어섰기 때문에 만화에선 오히려 현장감이 느껴졌다. 사전 조사를 하고 그대로 이야기를 만들었다면 만화는 산책 가이드북 같은 느낌이었으리라.

마사유키의 후기는 그야말로 모든 게 얽히고설켜서 뒤죽박죽이 된 모양을 여실히 보여준다. 책을 읽는 것도 이와 같아서 매번 책 속에서 길을 잃고 옆길로 새면 엉망진창이 될 것 같지만 오히려 기대했던 것 이상으로 새로운 즐거움을 발견할 때가 많다. 읽기 전에 조사하지 않을 것, 읽으면서 매번 옆길로 샐 것, 그리고 읽는 시간이나 읽기 위한 장소 등 아무런 계획도 세우지 말 것. 이것은 산책 말고 책 읽기에 그대로 적용해도 괜찮은 규칙이다.

밤나무의
뒤엉킨 뿌리에서[•]

_ W. G. 제발트, 《아우스터리츠》

헌책방에서 일하며 사람들에게 가장 많이 들은 질문 두 개는 다음과 같다. 첫째는 이거 해서 먹고 살 수 있냐, 한 달에 얼마나 버냐 같은 돈에 관한 궁금증이다. 이에 대한 답은 여기서 따로 하지 않겠다. 올해로 15년 동안, 월세 한번 밀리지 않고, 사업적으로는 물론이고 개인적인 이유로도 은행 대출이 제로인 책방을 운영하고 있는데 먹고 살 수 있냐는 질문을 들으면 살짝 화가 난다. 그런 질문을 받을 때면 한 번쯤은 강하게 쏘아붙이고 싶은 마음도 있다. 아니, 그럼 당신 앞에

• W. G. 제발트, 《아우스터리츠》, 180쪽,
안미현 옮김, 을유문화사, 2020년

멀쩡히 서 있는 내가 먹지 못해 죽은 사람처럼 보이느냐고, 하면서 말이다.

그러니 첫 번째 질문은 답하지 않겠다. 지금도 이렇게 잘 먹고 살면서 책상 앞에 앉아 글이라는 걸 쓰고 있으니까. 그런데 이 책이 좀 팔려야 안정적으로 먹고살 수 있을 텐데, 하는 생각이 자꾸만 머리를 어지르고 있다. 심란한 생각은 치워버리고 두 번째 질문을 떠올린다. 사람들은 우리 가게 이름이 왜 '이상한 나라의 헌책방'이냐고 자주 묻는다. 이건 아주 좋은 질문이다. 좋긴 하지만 너무 많이 들은 질문이라 내 대답도 매번 비슷하다. 질문이 나오면 즉시 입력해뒀던 대답을 기계적으로 입 밖으로 꺼내 놓는 수준이다. 하지만 이곳, 책에서는 조금 정성껏 답해본다.

빌써 짐작하신 분들도 있겠지만, '이상한 나라의 헌책방'은 루이 캐럴이 쓴 책《이상한 나라의 앨리스》에서 이름을 빌려왔다. 그러면 왜《이상한 나라의 앨리스》인가. 어릴 때 그 책을 읽고 좋아했기 때문이다. 하지만 그것 가지고는 설명이 부족하다. 좀 더 풀어낼 이야기가 있다. 나는 어릴 적 강원도 태백에서 얼마간 살았다. 지금은 태백시에 그 이름이 통합된 '황지'라는 동네를 아시는지? 황지는 북한강의 물줄기가 시작되는 곳이다. 이 작은 마을에서 샘솟은 물줄기가 흐르고 퍼져서 강원도와 경기도, 서울, 인천을 지나 서해로 빠져나가는 긴 행을 한다. 바로 그 황지가 내가 어린 시절을 보낸 곳이다.

태백이라고 하면 많은 사람이 맨 먼저 탄광을 떠올린다. 지금이야 대부분 폐광이 되었지만 내가 살던 때만 하더라도 몇 개는 남아 있었다. 나는 탄광을 좋아하지 않았다. 시커멓고 커다란 굴 가까이 가면 언제나 거친 바람과 함께 비에 젖은 빨래를 오래 묵혀둔 것 같은 축축하고 기분 나쁜 냄새가 났다. 그러나 탄광 안에 도대체 뭐가 있는지 궁금했다. 어른들은 위험하다며 어린이들이 굴 가까이 오면 큰소리로 혼냈다. 저곳은 어른들만이 들어갈 수 있는 세계였다. 왜 어린이는 안 될까? 분명 저 안에 엄청난 보물이 쌓여 있거나 맛있는 음식이 가득하니까 어른들만 누리는 거라고 짐작했다. 이기적인 어른들 같으니!

하지만 나는 소심하고 혼나기 싫어하는 성격 탓에 굴 안으로 몰래 들어가 볼 생각은 꿈도 못 꿨다. 또래 아이 중에 장난기가 심하고 평소 워낙 어른들한테 많이 맞아서 두들겨 맞는 것에 내성이 생긴 녀석은 몰래 굴속에 들어가기도 했다. 하지만 아무리 계획을 철저히 세워도 몰래 들어갔다가 무사히 나오는 데 성공한 녀석은 없었다. 그러다 발각되면 시쳇말로 맑은 날 먼지가 나도록 두들겨 맞는 것이다. 그래도 녀석은 비실비실 웃었다. 맞고 난 다음에는 자기가 마치 소설 속 톰 소여라도 된 것처럼 굴속에서 겪은 일을 다른 아이들에게 무용담 식으로 늘어놓을 테니까. 그 생각을 하면 맞으면서도 웃음이 나오는가 보다.

무용담은 그야말로 환상소설의 한 장면 같았다. 굴속에서 팅커벨처럼 빛을 내며 날아다니는 작은 요정을 봤다는 말은 오히려 들어줄 만했다. 굴 깊은 곳에는 온몸이 하얀 털로 덮인 설인이 살고 있다거나 집채만 한 뱀이 똬리를 틀고 있다며 너스레를 떠는 걸 볼 때면 거짓말도 정도껏 하라며 뺨이라도 올려붙이고 싶은 심정이었다. 하지만 굴속에 들어가서 직접 그 거짓을 확인할 수 없으니 뭐라 할 수 있는 처지가 아니었다. 어쩌면 그 아이는 일부러 어른들에 붙들려 두들겨 맞았던 것일지도 모른다. 그렇게 혼나는 모습을 보면 누구도 굴을 탐험할 용기가 나지 않을 테니까 말이다.

앨리스 이야기를 보면 어린 소녀가 느닷없이 나타난 말하는 토끼를 따라 굴 안으로 들어가는 장면이 나온다. 앨리스는 토끼와 함께 굴 깊은 곳으로 빨려 들어가 이상한 나라에 떨어진다. 웃는 얼굴만 남기고 사라지는 고양이, 물담배를 피우는 애벌레, 말도 안 되는 수수께끼를 내는 모자 장수, 온종일 화가 나 있는 하트 여왕……. 앨리스는 이상한 나라에서 이상한 경험을 잔뜩 하고 돌아온다.

이 이야기는 궁금하지만 절대 들어갈 수 없었던 탄광과 묘하게 겹치면서 내 마음을 흔들어놓았다. 나는 탄광 속에 설인이나 용이 아닌 고양이와 애벌레가 있으리라 믿었다. 이 믿음은 꽤 오랫동안 이어졌다. 나는 산타클로스는 믿지 않았지만, 탄광 속 고양이의 존재는 믿었다. 놀랍게도 나는 고등학생이 될 때까지도 가끔 앨리스 이야기를 꺼내 읽으며 내 어린 시절을 추억하곤 했다. 어른이 되어 서울에 살게 됐을 때, 사오 년에 한 번 정도 혼자 기차를 타고 태백에 다녀왔다. 그때도 가방 속엔 앨리스 책이 들어 있었다.

그때 이후 나는 어딜 가든지 그곳을 추억할 수 있는 책을 가지고 다니는 걸 즐겼다. 단지 여행지에서 무료할 때 읽는 용도가 아니라 몸으로 책을 읽기 위함이라고 해야 좋겠다. 시인 김수영의 말을 잠시 빌리자면, 책은 머리로 읽는 것이 아니고 심장으로 읽는 것도 아니고 **몸**으로 읽는 것이다. 온몸으로 동시에 밀고 나가면서 읽어야 맛있다.

그런가 하면 몸으로 밀고 나가듯 작품을 쓰는 작가도 많다. 소설 속에서 말이다. 주인공의 잃어버린 과거나 자신의 정체성을 찾기 위해 여러 곳을 돌아다니며 고군분투하는 책을 읽으면 과연 쓰는 것과 마찬가지로 읽는 것 역시 몸으로 읽어내야겠다는 생각이 든다.

이를테면 움베르토 에코의 소설《로아나 여왕의 신비한 불꽃》같은 책 말이다. 주인공 얌보는 유명한 고서적 전문가인데 어느 날 사고를 겪고 나서 기억이 지워진다. 그런데 이게 참 애매한 증상이다. 그가 고서적상으로 일하며 공부한 백과사전식 지식은 전혀 사라지지 않았는데 나는 누구이며 어떤 사람인지, 심지어 자신의 이름조차 기억하지 못한다. 공적인 지식이 완벽한 상태에서 사적인 지식만 말끔히 지워진 상태가 된 것이다. 얌보는 자신이 누구인지 찾기 위해 창고에 모아둔 옛날 잡지와 만화, 포스터 따위를 들추며 추리를 해나간다.

하지만 얌보는 축복받은 인간이라고 말할 수 있다. 자신이 누구인지 밝혀줄 단서가 오래된 다락방에 고스란히 남아 있기 때문이다. 다시 말해 무슨 그림인지는 아직 알 수 없지만 그걸 푸는 퍼즐 조각만큼은 빠짐없이 갖고 있다고 해야겠다. 반면에 제발트의 소설에 나오는, 이름마저 수수께끼 같은 아우스터리츠라는 인물은 자신의 과거를 거의 알지 못한다. 몇 장의 흑백사진이 전부인데 그게 진짜로 자신이 누구인지 말해줄 증거인지 혹은 아무 의미도 없는 것인지조차 모른다.

아우스터리츠는 자기가 누구인지 밝히려고 오랜 시간 노력해왔다. 그 노력은 그저 머리로 한 것만이 아니다. 자신의 온몸을 이용해 밀고 나가며 증거를 수집했다. 어떤 게 진짜 증거인지도 알 수 없으니 유럽을 돌아다니며 닥치는 대로 사진과 문서들을 입수해서 조사했다. 그러나 한 사람의 과거를 말해주는 단서란 한 줄로 세워놓을 수 없는 성질의 것이다. 이것이 저것과 관계를 맺고 있는가 하면 어떤 단서는 몇 가지 또 다른 자료와 이어져 있다. 마치 소설 속에 등장하는 밤나무의 뿌리처럼, 뒤엉킨 과거를 보고 있으면 그게 어떻게 한 사람을 형성하게 될지 상상하기 힘들다. 하지만 여러 갈래로 엉킨 밤나무의 뿌리 위쪽은, 당연하게도 밤나무 한 그루다.

앨리스 이야기를 좋아해서 가게 이름을 살짝 신세 지

고 있지만, 지금의 나를 만든 단 한 권의 책이라는 이름으로 굳이 앨리스를 꼽지는 않는다. 나라는 사람의 사유 세계를 책 한두 권으로 설명할 수는 없기에 그렇다. 누구든 좋아하는 책이 있기야 하겠지만, 되도록 많은 책을 통해 생각의 뿌리를 든든히 해놓는 게 이롭다. 그 뿌리가 밤나무처럼 땅 밑으로 엉켜 있으면 우리는 그로 인해 더 많은 영양분을 얻을 수 있다.

이것이 내가 어딜 가든 가방 속에 책을 넣고 다니는 이유다. 책과 장소는 이어져 있다. 책이 어떤 장소에 관한 기억을 불러일으키기도 하고, 특정한 장소에 갔을 때 어떤 책을 떠올리는 일도 있다. 여러 책과 이런저런 장소를 서로 엉키도록 하는 것. 이것이야말로 온몸을 동시에 밀고 나가며 읽는 행위다.

책을 읽는 것만으로는 살아가는 데 큰 도움이 되지는 않는다. 책을 읽고 몸을 움직였을 때, 책이 우리를 움직이게 했을 때 그 책은 비로소 마음에 남는다. 마음뿐만 아니라 몸을 움직이게 만드는 책을 찾는 탐험은 여러 책 여행 중에서도 가치가 크다.

나는 그런대로
잘해 나가고 있다˙

_ 가즈오 이시구로, 《녹턴》

　　몸으로 밀고 나가는 책 읽기, 신체를 움직이면서 읽는
책은 무엇보다 주체적인 감상을 남기는 독서 방법이기에 이롭
다. 누가 알려준 감상 내용을 그대로 암기하듯 머리에 담아두
는 것은 좋지 않다. 머리에 담긴 생각은 언제가 마음을 움직이
게 되고, 마음이 움직이면 몸이 그 방향으로 간다. 이것이 책
한 권을 읽었을 때 주체적인 감상을 품으려고 노력해야 하는
이유다.

　　내가 초등학생이었을 때, 미하엘 엔데의 소설 《모모》를

˙　가즈오 이시구로, 《녹턴》, 11쪽,
　　김남주 옮김, 민음사, 2010년

읽는 게 아이들 사이에서 유행이었다. 그렇다 보니 선생님이 학생들 모두에게 그 책을 읽고 짧은 감상문을 써내라는 숙제를 내주었다. 인터넷이 없던 때라 누군가가 블로그에 올린 책 리뷰를 참고할 수도 없으니 같은 책을 읽더라도 감상이 모두 제각각이었다. 진정한 개성시대는 지금이 아닌 바로 그 시절이었다는 생각을 요즘 자주 한다.

당시엔 어린이 유괴범이 곧잘 뉴스에 나왔기에 어떤 학생은 《모모》를 읽고 쓴 감상문의 주제로 '낯선 어른을 따라가지 말자'라는 제목을 달았다. '모모'라는 이름이 이상하다고 쓴 아이도 있었다. 그 녀석은 평소에 장난이 심해 우리 반에서 늘 괴짜로 불렸는데, 주인공 이름이 모모라면 성이 '모'이고 이름도 '모'인지, 아니면 그냥 이름이 '모모'라면 성은 대체 무엇인지에 관해서 제 나름으로는 썩 진지한 연구를 펼친 감상문을 제출했다.

놀랍게도 선생님은 학생들이 써낸 감상문을 읽고 점수를 매겼다. 방금 말했던 재미있는 감상문을 낸 아이들이 받은 점수는 어땠겠는가? 형편없이 낮은 점수를 받았다. 그런 후에 선생님은 한 주 뒤 《모모》를 주제로 특별 수업을 진행했다. 아마도 학교에서 그렇게 하라고 지시를 했던 것 같다. 초등학생인 내가 느끼기에도 선생님의 특별 수업은 특별히 재미가 없어서 지루하기만 했다.

선생님은 《모모》의 주제가 '시간의 소중함'이라고 했

다. 감상문에 그 내용이 들어가 있지 않은 학생은 모두 감점을 주었다고 말했다. 수업은 은근히 훈계하는 분위기로 마무리됐다. 학생의 본분은 열심히 공부하는 데 있고 공부를 성실하게 해야 훌륭한 사람이 되는 것이니까 엉뚱한 짓을 하면서 시간을 낭비하면 안 된다는 게 결론이었다. 지금에 와서는 정확히 기억나지 않지만, 여기서 '엉뚱한 짓'이란 공부를 뺀 대부분의 활동을 의미하는 거였다.

예나 지금이나 순진했던 나는 선생님의 그 말씀을 머리에 집어넣고 《모모》를 떠올릴 때면 항상 내가 '엉뚱한 짓'을 하며 사는 것은 아닌지 자기검열을 했다. 그 생각을 벗어나는 데 십 년 가까운 세월이 허비됐다. 대학생 때 참가한 학교 동아리 독서회에서 마침 《모모》를 다시 읽었는데 흥미롭게도 우리의 결론은 어릴 때와 정반대로 나왔던 게 계기가 됐다.

그때 독서회를 이끌던 선배는 모임을 진행할 장소로 동아리방이 아닌 시내에 있는 카페 2층 창문 쪽 자리를 제안했다. 대학생이 어린이나 읽을 만한 《모모》를 가지고 토론 모임을 한다는 것도 이상했지만, 어린이 책을 어른들의 공간인 카페에서 읽는다는 것도 흥미로운 발상이었다. 나는 그때 처음으로 모모가 어린이만을 위한 책이 아닌 걸 알았다. 그리고 시간의 중요함에 대해서도. 그 중요함이란 초등학교 선생님이 말한 그것과 같았지만, 품고 있는 의미는 완전히 달랐다. 선배는 그런 의미를 말하려고 일부러 거리가 내려다보이는 카페

2층을 모임 장소로 선택한 것이다.

우리는 어딘지 모를 곳으로 바쁘게 걸어가는 도시인들을 감상하며 모두에게 공평하게 주어진 시간의 의미를 되새겼다. 한길로만 가지 않고 자주 '엉뚱한 짓'을 하는 게 오히려 시간을 잘 쓰는 것이라는 말에 다들 고개를 끄덕이며 동의했다. 우리는 모모를 생각하며 학교에서 카페까지 걸었고, 모모와 함께 커피를 마셨고, 손목시계를 보며 바쁘게 뛰어가는 직장인을 내려다보며 마치 우리 각자가 모모인 것처럼 깊은 생각에 잠겼다. 여느 때처럼 동아리방에서 모였다면 이런 극적인 경험은 하지 못했으리라.

이렇게 특별한 장소를 향해 신체를 움직이며 책을 읽을 때, 책은 또 다른 숨겨진 이야기를 들려준다는 걸 알았다. 그래서 나는 책을 읽을 때 늘 어떤 특별한 장소를 떠올린다. 작품 속에 등장하는 장소가 아니라 작가가 그 책을 썼을 법한 장소를 말이다. 움베르토 에코라면 어떨까? 고서적으로 둘러싸인 멋진 서재가 떠오른다. 고속버스를 타고 서울을 떠나 다른 동네로 여행할 때면 장거리 트럭 운전사 일을 하며 소설을 썼던 척 팔라닉의 책이 제격이다. 지리산 둘레길을 걸었을 때 가방에 넣고 갔던 책은 잭 케루악의 《다르마 행려》였다.

오래전 제주도에 여행 갔던 때 일이다. 올레길이 만들어지기 전이어서 나는 오름 몇 곳에 가보려던 참이었다. 하지만 모처럼 벼르고 왔건만 날씨가 도와주지 않았다. 숙소에 머무는 동안 계속 폭우가 내려 꼼짝할 수가 없었다. 하는 수 없이 시내 구경이나 하면서 시간을 보내야 했다. 우산을 쓰고 걷다가 우연히 들른 헌책방에서, 역시 우연이라고밖에 할 수 없는 인연으로 김성종 작가의 추리소설《Z의 비밀》과 만났다.

잠깐 들춰보니 아무리 소설이라고는 해도 이건 그야말로 황당무계한 내용이었다. 한국에 국제 테러단체들이 속속들이 입국해서 음모를 꾸민다는 게 기본 설정이다. 명동에서 일어난 자동차 테러 사건을 시작으로 팔레스타인 '검은 9월단', 독일 '바더 마인호프', 일본 '적군파', 이탈리아 '붉은 여단' 등 무시무시한 게릴라 조직들이 '코드명 Z'를 비밀로 간직한 채 공항을 통해 우리나라로 들어온다. 소설 앞부분이 워낙 스케일이 커서 작가가 도대체 이걸 어떻게 수습하는지 의심스럽기까지 했다.

잠깐 훑어보다가 끝부분이 도무지 궁금해서 작가에겐 미안하지만, 마지막 장을 펼쳐 읽었다. 놀랍게도 후반부의 배경이 제주도였다. 정체를 숨기고 한국에 들어온 국제 조직들이 한라산 중턱에 은밀한 장소를 마련해 놓고 뭔가 대단한 일을 꾸미고 있는 거였다. 마침 제주도에 여행 와있는데 제주도가 배경인 소설이라니. 즉시 그 책을 다시 앞부분부터 읽을 결심이 생겼다. 소설의 본래 목적인 추리와는 관계없이, 과연 앞에 무슨 일이 있었길래 이 사람들이 제주도 한라산에 모였는지 너무 궁금했다.

책을 사서 숙소로 돌아와 빗소리를 배경음악 삼아 밤새도록 읽었다. 요 몇 년 사이 그렇게 책에 빠져들었던 적이 있었을까 싶을 정도로 재미있었다. 온종일 내린 비와 제주도라는 배경 때문이었을까. 평소라면 절대 끝까지 읽지 않았을 1980년대 추리소설이었지만 그날만큼은 김성종이 사회파 추리소설의 대가 마쓰모토 세이초 이상으로 멋지게 느껴졌다.

일본에 여행 갔을 때 서점에서 발견한 가즈오 이시구로의 《녹턴》은 또 어떤가. 당시는 작가가 아직 노벨문학상을 받지 않았을 때다. 심지어 나는 가즈오 이시구로라는 이름조차 그때 처음 들어봤다. 그저 《녹턴》이라는 제목에 이끌려 잘 읽지도 못하는 일본말로 된 책을 사버렸다. 나중에 알고 보니 그 책의 원서는 영어로 된 책이었다. 작가 이름만 보고 일본인 작가라고 짐작했던 거다.

호텔에서 잠을 잘 이루지 못한 새벽에, 그리고 오후 늦은 시간에 특별히 할 일도 없으면서 나갔던 시내 어느 카페에서 나는 그 책을 아주 천천히 읽어나갔다. 비싼 돈 내고 비행기 타고 왔는데 시간을 이리 낭비해도 되나, 싶은 그 순간에 나는 다시 《모모》를 기억하며 헛헛한 웃음을 지었다. 내 속마음은 이렇게 말하고 있었다. 지금 여기서 읽은 《녹턴》은 다른 어디에 가서 읽은 녹턴과는 비교할 수 없을 만큼 다른 감정을 전해줄 거야. 책은 이미 네게 말하고 있어. 귀를 기울이고 그걸 느끼기만 하면 되는 거야.

그날은 오후 내내《녹턴》두어 쪽을 읽은 게 다였지만 어쩐지 마음이 뿌듯했다. 공원이 보이는 이 고즈넉한 카페는 마치《녹턴》을 읽기 위한 목적으로 존재하는 것만 같았다. 공원 한구석에선 어떤 청년이 이름을 알 수 없는 악기를 연주하고 있었다. 그 소리가 가느다랗게 내게도 들렸다. 오늘 하루 그런대로 나는 잘 해내고 있는 게 아닌가. 나를 둘러싼 모든 것에 감사한 마음이 들었다. 무작정 샀던 비행기 표, 무심한 도쿄의 날씨, 아무런 일정도 없는 관광, 실수로 챙기지 못했던 휴대전화 로밍까지도. 이 여행은 책 한 권을 위해 신이 미리 준비한 멋진 합주 무대였다.

온몸으로 미칠 듯이 생생하게
예감하는 바 그대로●

_ 로베르트 발저, 《산책자》

책을 눈으로만 읽지 않고 모든 몸, 그러니까 신체의 세세한 부분들을 다 사용해서 밀고 나가듯 읽는 이야기를 마무리하며 소개하기에 로베르트 발저만큼 적당한 인물이 또 있을까. 발저, 그는 산책하듯 글을 썼고 쓰면서 산책했고 쓰기 위해 산책했다. 그렇다면 읽기 위해 산책을 나서지 말라는 법도 없잖은가?

발저는 산책을 위해 살았고 살기 위해 산책했다. 그리고 죽음을 예감했을 때 산책했다. 1956년, 크리스마스. 산책하

● 로베르트 발저, 《산책자》, 284쪽,
배수아 옮김, 한겨레출판, 2018년

러 나갔다가 눈밭 위에 쓰러져 심장마비로 죽은 그의 사진을 나는 인터넷에서 봤다. 아이러니하게도 이 사진은 살아있는 그를 촬영한 어떤 사진보다 더 유명하다. 그리고 그가 쓴 글도 죽고 난 후에 더 많이 읽혔다. 나도 요즘 그의 책을 읽고 있다. 읽고 나도 이것에 관해 뭔가 글을 써야 할 처지인데 그저 읽고만 있다. 언제까지 기다려야 할까. 아무도 기다려주지 않는 글을 나 혼자 기다린다. 어디에서부터 잘못된 걸까.

이런 마음이 속에서부터 따뜻하게 데워지자 나는 얼른 책을 한 권 들고 **밖**으로 나갈 채비를 했다. 그러나 내가 손에 쥐어 든 것은 발저의 책이 아니었다. 엄밀히 말하면 발저의 책 옆에 놓인 작고 낡은 책이다. 오래전에 출판된 문고본이 내 손 안에 들어와 손가락 사이로 감겨들었다. 나는 산책하다 아무 곳이나 들러 내키는 대로 책을 읽고 싶었다. 내 바람일 뿐 실제로 그렇게 될지는 아직 알 수 없지만. 손에 든 책 표지를 본다. 제목은……. 아무튼 나는 이 책을 가지고 밖으로 나간다.

문을 열고 나가면 바로 옆에 간판 만드는 가게가 있다. 간판 가게 주인은 언제나 얼굴에 심술이 붙어서 뾰로통한 표정이다. 그 옆에는 간판 가게 주인과 정반대로 언제나 웃고 있는 남자가 주인인 이자카야가 있다. 나는 거기 몇 번 가본 적이 있다. 이자카야 주인은 미국에 공부하러 갔다가 거기서 우연히 먹은 일본 음식에 반해버려서 하던 공부를 접고 일본 요리를 배웠다고 내게 말했다. 그의 미국식 이름은 마틴이다. 한

국사람 마틴 씨가 미국에 유학 가서 배워온 일본 요리라니.

나는 구청 건물 뒤에 있는 야트막한 산을 두어 바퀴 돌고 올 생각이다. 그러려면 이 골목에서 찻길을 하나 건너 조금 더 위로 올라가야 한다. 건널목에서 보행자 신호를 기다린다. 건널목 바로 앞엔 오래된 치킨집이 있다. 얼마나 그 자리에 있었을까. 내가 이 마을에서 산책한 게 15년째니까 적어도 15년 이상 된 가게다. 건물 1층에 있는 그 가게는 월세를 잘 내는가 보다. 내가 일하는 책방은 2층이라 월세가 낮은데도 달마다 월세 내는 날이면 무서운 꿈을 꿀 정도로 벌이가 시원찮다. 치킨 가게는 책보다 벌이가 괜찮은 걸까? 책도 먹을 수 있게 만든다면 지금보다 잘 팔릴까? 책 튀김, 책 보쌈, 책 매운탕, 그리고 기타 등등.

치킨집 옆에는 커피집이 새로 생겼다. 그 가게 주인은 나이가 제법 있는 남자인데 언젠가 얘기를 나눠보니 다니던 회사에서 정년퇴직하고 이 가게를 차렸다고 한다. 가게는 아주 좁다. 어른 서너 명이 들어가면 다른 사람은 가게 밖에 서서 주문해야 한다. 여기를 지나갈 때 가끔 커피 볶는 냄새가 난다. 그러나 아직 연습이 부족한 탓인지 커피콩 타는 냄새가 자주 난다. 그 냄새는 옆집에서 닭 튀기는 기름 냄새와 섞여 묘한 기분을 들게 한다. 아침 10시가 조금 넘은 시간인데 이미 공기는 여러 가지 향기와 냄새, 그리고 먼지들로 탁해지고 있다.

건널목을 천천히 건너 냉면 가게가 보이는 곳으로 간

다. 여기서부터는 약간 경사진 오르막을 향해 걷다가 다음 건널목에서 구청 방면인 오른쪽 골목으로 들어가야 한다. 냉면 가게 옆은 문방구다. 문방구 옆은 사진 현상소, 현상소 옆엔 메밀 음식점과 편의점이 잇달아 나온다. 길 건너편엔 횟집과 중국음식점이 있는가 하면 피아노 교습소, 분식집도 있다. 이 거리는 정말이지 무어라 표현할 수 없을 만큼 자유분방하다. 그러나 이 모든 가게가 하나의 글이고 이것들을 모아 한 권의 책을 만들어야 하는 처지라면, 나는 잠시 편집자가 되어 가게 들을 하나하나 다시 살펴보고 목차를 만들어보려고 시도한다. 이내 실패하고 다시 걷는다. 내가 써야 하는 글에나 집중하자.

　나는 책을 한 권 쓰고 있다. 이 책은 많이 팔리지 않을 것 같다. 내가 쓴 다른 책들처럼. 그래서 이 책을 끝으로 나는 책을 더는 쓰지 않으려고 한다. 이런 생각을 할 때마다 나는 웃음이 난다. 작년에 또 다른 책을 쓸 때도 똑같은 고민에 빠져 지냈기 때문이다. 늘 결심하고 다짐한다. 책은 이제 이것으로 끝이다, 끝장이다, 다시는 책 따위 쓰고 싶지 않다. 하지만 그러면서도 결국 또 쓴다. 누가 시켜서 그러는 것도 아니고 완전한 내 의지로 절망의 구덩이를 향해 걷고 있는 게 우습다.

　책을 쓰는 건 중독이다. 내 삶과 생활을 갉아먹는 것임을 아는데도 멈출 수가 없다. 술이나 담배나 도박 같은 것에 중독된 것이 아니니 그나마 다행이라고 해야 할까? 그러나 이는 그저 비겁한 합리화일 뿐이다. 술이나 담배나 도박에 빠진 사람 중 어떤 이는 나보다 훨씬 건강한 정신과 육체를 가지고 있을 게 분명하다. 그에 비하면 나는 좀벌레 같다. 오래된 책에서 가끔 발견하는 작은 벌레 말이다. 책을 갉아 먹고 사는 벌레. 그 벌레는 책을 좋아하기에 책을 먹는데, 결국은 책을 못 쓰게 만든다. 그토록 좋아하는 것을 끝내 망치는 사람이 나다. 이런 강박적인 고민을 좀처럼 떨쳐버리기 힘들다.

　　내 손엔 여전히 작은 책 한 권이 들려 있다. 이 책은 자기가 지금 어디로 가는 줄도 모르고 내게 이끌려 이 골목을 지나고 있다. 나는 책을 읽을 것이다. 지금은 아니고 어쨌든 마음이 내키면 그렇게 할 것이다. 걸으면서 책을 흔들고 있으므로 나는 책 속에서 글자가 떨어져 바닥으로 뒹굴 것 같다는 이상한 상상을 했다. 책을 바지 뒷주머니에 넣었다. 하지만 이내 다시 꺼냈다. 책이 내 엉덩이를 만지고 있는 것 같아서 기분이 불쾌했다.

　　발걸음은 구청 뒷길로 접어들어 빌라가 늘어선 골목으로 향했다. 책방에 손님으로 왔던 이 동네 토박이 어르신에게 들은 말에 의하면, 예전엔 구청 바로 뒤에 산이 있었다고 한다. 거기에 빌라가 생기면서 산은 뒤로 물러나야 했다. 마치 빙하가 점점 사라지듯이 도시에선 산이 밀려나고 있다. 아직은 이 야트막한 산이 정말 산처럼 보이긴 한다. 이 삼십 년 정도 지나면 이 산도 모두 사라지고 없으려나? 그때쯤이면 나도 세상에 없을 것만 같다. 내가 걸었던 산길을, 천국이든 지옥이든 극락정토든 상관없으니 다시 그곳에서 만나 걸을 수 있다면 좋겠다.

산책의 달인 로베르트 발저는, 조금 전까지 읽다가 덮어둔 책에 의하면, 톰작이라는 덩치가 큰 친구를 길에서 만났을 때 이런 감정을 느꼈다고 한다. 영원히 죽어 있기 위해서 영원히 살아야 하는 운명을 가진 사람.* 톰작은 매우 건장한 사람이었지만 발저는 그를 살아있는 유령처럼 대했다. 나도 역시 그와 같지 않을까. 지금 이 골목길에서 발저를 만난다면, 나는 당신을 싫어하지 않는다고 말해주고 싶다. 그리고 눈 내린 크리스마스에는 산책하지 말기를. 눈이 오지 않으면 로베르트 발저는 심장발작을 일으키지 않았을 거다. 왜 하필 그날 눈이 왔을까. 아니, 눈은 이미 전부터 쌓여 있던 걸까.

구청 뒷산은, 산처럼 보이지만 산은 아니기에 5분 만에 정상에 닿는다. 아침이라고 하기엔 늦었고 점심시간은 아직 아니기에 사람도 없다. 사람이 없으니 평온한 마음이 든다. 눈을 감고 숨을 크게 한번 들이쉰 다음 잘려 나간 나뭇등걸에 앉는다. 그 나무는 꽤 컸다. 잘려 나가기 전 웅장한 가지를 사방으로 뻗고 있던 멋진 나무였다. 나무는 이곳을 산책길로 만들면서 사람의 통행에 방해가 된다며 잘라버렸다. 나는 그때 무척 슬펐다. 그 장면을 떠올리면 지금도 슬픔이 온몸으로 미칠 듯이 생생한 예감을 만들어내며 전해진다. 나뭇등걸은 나 말고도 많은 사람이 앉았다 가기 때문인지 벌써 표면이 반질반

질하다. 나도 언젠가는 이처럼 매끄러운 글을 쓸 수 있을까? 그 전에 내 몸과 정신이 밑동까지 잘려 나가는 아픔을 순순히 견뎌야 할 테지.

　　나무 위에 앉아 바람을 맞으며, 새들이 노래하는 소리를 듣는다. 햇살은 이쪽으로 쏟아졌다가 낙엽을 한가득 떨어뜨리고서는 다시 저 먼 곳 북한산 언저리로 사라진다. 내가 앉은 자리는 예감으로 채워진 흰 그늘로 가득하다. 흰 그늘을 처음으로 느꼈던 시인은, 그 거인은 발저가 만난 톱작처럼 살아 있는 것도, 그렇다고 죽은 것도 아닌 사람이 됐다. 그를 떠올리면 역시 또 슬프다. 나는 이제 손에 있던 책을 들어 아무 곳이나 펼쳐서 읽는다. 그리고 작은 소리로 중얼거리며 낭독한다.

　　"해는 이미 졌고, 공중에는 초겨울 저녁의 푸른 연기 빛이 빛나고 있었다……."•

　　나는 그 책을 이미 여러 번 읽었지만, 또 처음부터 읽고 싶어졌다. 그러나 여기에서 읽고 싶지는 않았다. 책을 가슴 주머니에 넣고 나는 그저 온몸으로 이 우연한 상황을 즐기기를 바랐다. 내 가슴을 어루만져주는 작은 책의 기척을 벌써 알아차렸지만, 이번엔 책을 다시 꺼내지는 않았다. 책방으로 돌아가서 한동안 멈춰있던 발저에 관한 글을 마무리 지어야겠다. 라고 나는 쓴다.

• C. 매컬러스 《슬픈 카페의 노래》, 80쪽,
정현종 옮김, 문예출판사, 1979년.

조병화

《지나가는 길에》

신원문화사

1989년

대학에 다니던 그즈음, 책깨나 읽는다는 내 또래 친구
들 사이에서는 어떤 시인을 좋아하느냐에 따라 미묘
한 편 가름이 있었다. 파벌은 크게 세 부류였다. 첫째
는 김지하, 김수영, 신동엽 시인 등이 속한 현실참여
파. 두 번째는 이상, 황지우 시인 등을 좋아하는 포스
트모던파. 마지막은 이제하, 이성복 시인을 위주로 한
순문학파였다.

나는 아무래도 좋았다. 아침에 김수영의 시를 읽다가
점심땐 이성복의 시를 봐도 좋고 김지하와 황지우의
작품도 어느 쪽이 더 괜찮다 따질 이유 없이 모두 즐
겼다. 하지만 내겐 비밀이 있었다. 듣는 사람에 따라
다소 충격적인 발언이 될 수도 있겠지만, 나는 어릴
때부터 조병화 시인의 작품을 좋아했다. 놀림 받을까
두려워서 나는 이 말을 죽어도 친구들 앞에선 할 수

없었다. 작품에 쓰이는 단어 하나를 자신의 목숨과 맞바꿀 만큼 치열하게 시를 썼다고 알려진 작가들과 비교해보면 조병화는 저자 사진에서부터 확실히 한량 같은 이미지가 강했기 때문이다.

낡은 티셔츠 차림에 눈을 부릅뜨고 며칠 동안 감지도 않은 것 같은 머리를 한 손으로 받친 모습이 인상적인 김수영 시인의 저자 사진을 보라! 누가 봐도 이건 고뇌하는 시인의 인상이다. 그러나 조병화 시인은 빵모자를 쓰고 입에는 구부러진 담배 파이프를 물고 있다. 어떻게 봐도 이 사진 속 인물은 시인이라기보다는 시내 지하 다방에서 직원을 붙들고 온종일 노닥거리는 할 일 없는 아저씨 느낌이다. 이 사진을 보고 있자면 본문을 넘겨 시를 읽을 마음이 싹 달아난다.

그런데도 조병화의 시를 좋아하는 이유는 짧고 간결한 문장과 되도록 쉬운 단어로 세상의 모습을 담으려 노력한 흔적이 보이기 때문이다. 시인은 어떤 글에서 시는 짧을수록 좋고 어렵지 않은 문장으로 써야 한다는 걸 강조했다. 그래야 독자와 함께 작품을 공감할 수 있다는 이유 때문이다.

조병화 시인이 대접을 받지 못하는 또 다른 이유는 다작했기 때문이다. 작품이 상당히 많다. 짧고 쉬운 말로 써서 그랬을 수도 있다. 특히 내가 좋아하는 시집《지나가는 길에》는 일본의 하이쿠만큼이나 짧은 작품들이 많다. 시인이 1980년대에 세계 여러 곳을 여행하며 쓴 시를 모은 책인데 지금은 절판되어 헌책방에서나 가끔 만날 수 있다.

시인은, 여행이란 이곳에서 저곳으로 간 다음 거기 머무르며 즐기는 거라고 여겼다. 그러나 이보다 중요한 사실은 목적지에 머무는 게 아니라 거기로 가는 길, 즉 '지나가는 길에' 의미가 있다는 거다. 더 나아가 목적지라고 부르는 장소도 언젠가는 떠나야 할 곳이기에 그저 지나가는 길 위에 놓인 점 하나에 불과하다. 우리의 인생도 한 백년 머물다가 지나가는 것 아니겠는가. 그렇다면 여행의 진짜 아름다움은 목적지가 아니라 지나감에 있다. 시인은 이 깊은 생각을 짧고 쉬운 작품으로 만들고자 무진 애를 썼다.

나는 요즘 헌책방에 온 손님들에게 제법 당당하게 조병화 시인의 작품을 좋아한다고 말한다. 워낙 다작한 시인이라 책값이 비싼 건 아니지만, 반대로 생각해보면 다양한 작품을 많은 독자와 함께 공유하고 있는 것이니 세상을 떠난 시인도 어느 곳에선가 뜻을 이룬 만족감에 흡족한 미소를 띠고 있을 거다. 물론 약간 비싼 책도 있다. 《지나가는 길에》 초판은 시인이 직접 그린 여행 스케치가 본문에 여러 장 실려 있어서 정가의 대여섯 배 정도 되는 가격을 줘야 살 수 있다.

6

번역을

읽는다

말은 의미를 두지 않고
문장을 만든다 *

_ 페르난두 페소아, 《불안의 서》

바야흐로 번역의 시대다. 그와 동시에 번역 불가능의 시대이기도 하다. 지금은 조금 시들해졌지만, 세계문학 읽기가 유행이던 때가 있었다. 불과 수년 전 이야기인데 과거형으로 문장을 쓰자니 옛날얘기 하는 것 같아 마음이 무겁다. 하지만 그때는 세계문학 읽기가 정말로 히트상품처럼 여겨졌다. 우리 책방에서 책 읽기 모임 하는 걸 공중파 TV 뉴스에서 촬영해갔을 정도니까 말이다. 지금은 어디에서 어떤 독서 모임을 하더라도 TV 저녁 뉴스가 5분씩이나 소개하지는 않을 것

● 페르난두 페소아, 《불안의 서》, 449쪽,
배수아 옮김, 봄날의책, 2014년

이다. 그러니까 나는 그때가 까마득한 옛날처럼 느껴진다.

우리 책방에서 세계문학 읽기 독서 모임을 시작한 계기는 그리 특별하지 않다. 그저 내가 여태 읽어 온 책 중 많은 부분이 번역서였기 때문이다. 일부러 그런 것은 아닌데 어쩌다 보니 한국 작가의 책보다는 외국책을 더 많이 읽게 됐다. 그 시작은 아마도 고등학교 1학년으로 기억한다. 그때 나는 한창 겉멋이 들어서 카뮈나 쿤데라의 책을 손에 들고 다녔다. 그들의 작품을 딱히 좋아하는 것도 아니면서. 가방에 별로 들은 게 없는 날도 그런 책만큼은 그냥 들고 다녔다. 내게 책은 그저 액세서리와 다르지 않았다. 그러다 운명처럼 한 헌책방에서 만난 카프카의 소설《변신》을 읽고 나의 독서 세계는 단번에 뒤바뀌어버렸다. 어느 날 자고 일어났더니 벌레로 변한 그레고르 잠자처럼 말이다.

실은 그때 헌책방에서 발견한《변신》도 제목이 한자로 써있고 표지에 추상적인 그림이 그려져 있었기에 멋있을 것 같아 집어 든 것이다. 그런데 그 책 첫 부분을 읽었을 때 나는 굉장한 충격을 받았다. 내가 지금껏 읽은 소설과는 절대 비교할 수 없는 도입부였다. 나는 그때까지 교과서에 나온 소설을 읽는 게 전부였다. 그러니까 이광수의《흙》이니 김유정《봄봄》, 심훈《상록수》, 이효석《메밀꽃 필 무렵》같은 작품만 읽었다. 모두 훌륭한 작품이니까 교과서에 실렸겠지만 어쩐지 나는 이들이 지루하게 느껴졌다. 좋은 말로 하면 서정적이라고 해야 할 이 작품에서 나는 도무지 맘에 드는 면을 발견하지 못했다. 시험에 나온다고 해서 억지로 읽었던 게 오히려 책에서 도망치는 계기가 됐다.

나는 그렇게 학교와 시험에서 도망치듯 나와 헌책방에서 시간 보내는 걸 좋아했다. 헌책방은 피난처였다. 새 책을 파는 서점에 들어가면 어쩐지 마음이 불편했다. 주머니 사정이 여유롭지 않아 책을 자주 사지 않았으므로 오래 서서 책을 구경하고 있으면 서점 주인의 노려보는 시선 때문에 뒤통수가 따가웠다. 주인이 큰 목소리로 "사지도 않을 거면 나가라"면서 호통친 적도 있다. 헌책방에서는 그런 일을 당하지 않았기에 마음이 편했다.

그러나 헌책방에서 만난 《변신》은 편하게 읽을 수 없는 책이었다. 아무 이유도 없이 흉측한 벌레가 된 사나이라니. 게다가 그 충격적인 사건이 느닷없이 첫 문장에서부터 나온다. 나는 책 제본이 잘못되어서 결말 부분이 첫 페이지에 인쇄된 것인 줄 알았다. 그게 아니었다. 읽을수록 놀라운 소설이었다. 내 머릿속은 어느새 그 책을 당장 사서 읽어야겠다는 생각으로 가득 차버렸다.

책이라는 물건에 사로잡힌 첫 경험을 한 뒤로 나는 《변신》을 몇 번이나 다시 읽었다. 그러면서 자연스럽게 '번역'이라는 세계에도 관심을 품게 됐다. 내가 읽은 《변신》은 오래된 책이었기에 지금에 와선 그 책을 번역한 사람이 누구였는지는 잊었다. 하지만 번역된 책을 읽고 그 책의 원서를 읽고 싶다고 다짐한 것은 여전히 생생한 기억으로 남았다.

외국책이라면 나는 당연히 미국 아니면 일본 책이라고 생각했다. 내 세계는 아직 거기까지였다. 그런데 카프카라는 작가 이름은 아무리 봐도 미국 사람 같지 않았다. 미국 작가라면 '데이빗'이나 '존'이어야 했다. 그러고 보니 읽지도 않으면서 손에 들고 다녔던 '알베르 카뮈'나 '밀란 쿤데라'는 어느 나라 사람인 건가? 나는 정말 바보였다. 지금껏 멋으로 들고 다닌 그 책이 어느 나라 작가가 쓴 책인지 관심조차 없었다.

나는 《변신》을 손에 들고 고해성사라도 하고 싶은 심정이었다. 반성의 의미로 독일어를 독학해서 《변신》을 원서로 읽겠노라 결심했다. 단편소설인 데다가 본문은 학교에서 배운 익숙한 알파벳이니까 금방 독파할 수 있으리라 여겼다. 이런 나의 야심 찬 계획은 방학 기간에 독일어로 《변신》을 완독하는 거였다. 그 계획의 터무니없음을 스스로 깨닫는 데는 이틀이면 충분했다. 그래도 나는 멈추지 않고 《변신》 완독을 위해 노력했다. 지금껏 내가 책을 향해 저지른 만행을 이 고행으로 갚는다고 생각하면 해 볼 만한 도전이었다. 결론만 말하자면 그 도전을 마치는데 꼬박 3년이란 시간이 걸렸다.

이상과 같은 경험, 혹은 체험이라고 불러도 좋을 사건을 통해 나는 번역서의 세계로 빠져들었다. 또한, 그 시기 우리나라 책보다는 외국책을 더 자연스럽게 구할 수 있는 환경에서 살았던 것 역시 언어와 번역의 문제를 진지하게 생각하게 이끈 중요한 이유가 됐다.

여러 가지 운도 작용했다. 우리나라는 1960년대와 1980년대, 그리고 2000년대에 출판사들이 세계문학과 외국 사상서를 많이 펴냈다. 그것은 이 나라의 정치적, 사회적 분위기와 어울려 묘한 상관관계를 상상하게 만든다. 사회에 큰 변화가 있던 시기에 출판사들은 독자들에게 더 넓은 세계를 소개하고 거기서 무언가를 발견하길 원했다. 군사정권 시대, 민주화운동 시대, 그리고 밀레니엄 시대에 각각 번역서는 큰 인기를 얻었다. 이런 흐름 속에서 내가 1980년대에 학창 시절을 보내고 2000년대에 책방을 만들어 일한 것은 큰 행운이다.

오십을 바라보는 나이에 이제 내가 생각하는 번역서의 의미는 그것이 '원본을 넘어선 또 다른 창작'이다. 외국책은 완벽하게 다른 나라 말로 번역될 수 없다는 믿음도 생겼다. 더 나이가 들면 또 다른 계기로 이 생각도 변하겠지만, 지금은 그렇다. 모든 번역서는 번역가가 만들어낸 새로운 작품이라고 나는 믿는다.

그러나 많은 독자가 완전한, 혹은 완벽한 번역을 기대하고 있다. 인터넷서점에서 어떤 책을 검색해보면, 기대가 큰 저자일수록 독자들이 번역을 지적한 댓글을 써 놓은 걸 흔히 발견한다. 번역이 형편없이 잘 못 됐다고 판단한 경우, 번역자를 꾸짖으며 자기가 새로 번역한 문장을 본보기로 올려놓는 능력자도 있다. 이건 한편으로 좋은 현상이다. 이제 독자들의 언어 독해 수준이 몇십 년 전과 비교하기 어려울 정도로 높아졌으니 책을 번역하는 사람도 더 신중을 기울이는 태도가 필요하다. 결과적으로 번역서의 품질은 조금씩 높아지리라 예상한다. 그러나 한없이 어떤 목표에 가깝게 다다를 수는 있어도 완전, 혹은 완벽이라는 것을 끝내 쟁취하지는 못한다. 이것이 번역의 불가능성, 그리고 언어의 아이러니다.

그런대로 괜찮은 번역이라고 해도 욕을 먹는 경우가 있다. 사실 그런 책이 꽤 많다. 나는 배수아 작가의 번역을 좋아해서 페르난두 페소아 《불안의 서》를 그가 한 번역으로 읽었다. 그런데 이 책은 여러 독자에게 비판을 받았다. 이유는 그 책이 쓰인 원래 언어인 포르투갈어를 그대로 번역하지 않고 독일어로 번역된 책을 다시 우리말로 번역했기 때문이다. 말하자면 '중역重譯'인 셈이다.

1990년대 이전까지만 해도 유럽 언어를 잘 아는 번역가가 드물어서 영어나 일본어로 된 책을 중역하는 일이 흔했다. 그러나 지금은 웬만하면 원서를 그대로 번역한다. 《불안의 서》도 포르투갈어를 그대로 번역한 판본이 있다. 아무래도 한 번 다른 나라 말을 거쳐서 온 것보다는 곧장 번역한 것이 더욱 원본에 가까울 거다. 하지만 실제 페소아의 책 원본과 우리말로 옮긴 서로 다른 판본 둘을 비교하며 연구해서 논문이라도 쓸 목적이 아니라면 이들 번역에 관해 쏟아내는 말이 다 무슨 소용인가 싶다. 언어에 관해 완전히 무지한 수준 미달의 번역가가 아닌 이상, 어떤 식으로 번역하든 내가 읽기 좋으면 그만이다. 원래 언어를 그대로 번역한 거라고 해도 페소아의 글을, 글은 물론 삶조차 모호했던 그 작가가 말한 의미를 완벽하게 우리말로 옮기는 건 애초에 불가능하기 때문이다.

《불안의 서》라는 800쪽이 넘는 긴 책에서 페소아가 중얼거리며 쏟아내는 말의 주제는 한 가지다. '알 수 없음'. 그리고 인생이든 뭐든 알지 못해도 괜찮다는 거다. 알지 못해도 된다면 굳이 뭔가를 알려고 노력할 이유도 없다. 그의 말은 아무런 의미를 만들지 않고 글로 나타나 책이 되었다. 쓰는 수밖에 없었기에 죽을힘을 다해 이 두꺼운 책을 썼지만, 거기엔 아무런 의미도 없다는 얘기만 늘어놓았을 뿐이다.

그렇다면 이제 어찌할까? 번역의 품질을 아예 생각하지 않고 읽기는 꺼림칙하다. 특히 철학책 같은 경우 문장 하나, 단어 하나까지도 예민하게 이해해야 하기 때문이다. 답은 번역의 불가능성을 인정하는 것에서부터 시작하는 게 옳지 않을까? 우리 삶이 그렇듯 책의 세계도 되는 것보다 안 되는 게 훨씬 많다. 안 되는 것, 못 하는 것의 세계에 관심을 기울일 때 우리는 책의 특별한 목소리를 듣는다. 번역서 읽기는 이런 목소리를 잘 듣게 해주는 통로이며 말없이 옆에서 함께 걷는 길동무다.

인생에는 참으로
신기한 일이 많더라고˙

_ 레몽 크노, **《문체 연습》**

　　번역의 불가능성 때문에 번역가와 번역서는 늘 비판의
대상이 된다. 알고 지내는 번역가가 한숨 섞인 목소리로 내게
이런 말을 한 적이 있다. 독자는 번역이 잘 됐을 때는 당연하
게 여기고 조금이라도 문제가 있는 것처럼 보이면 번역한 사
람이 사기꾼이라도 되는 것처럼 엄청나게 욕을 퍼붓는다고.
번역 작업을 하면서 매번 나름대로 깊이 고민하는데 책에는
그 고민의 결과물만 쓸 수 있고 과정을 보여줄 수 없으니 답답
하다는 것이다.

•　레몽 크노, 《문체 연습》, 52쪽,
　조재룡 옮김, 문학동네, 2020년

간혹 책에 '옮긴이의 말'을 쓰기도 하지만 대부분 책 소개만 하고 번역의 과정이나 어려움에 대해서는 감히 드러낼 엄두를 내지 못한다고 말했다. 그러니 글 마지막에 거의 형식적으로 '책을 매끄럽게 우리말로 옮기지 못한 잘못은 전적으로 번역자에게 있으니 겸허한 마음으로 독자 여러분의 따끔한 질타의 말씀을 기다린다.' 같은 문장을 써놓는다. 그렇다. 이 문장은 정말로 형식적인 말일 뿐 실제로 번역자가 독자의 따끔한 질타를 오매불망 기다리고 있다고 믿어서는 안 된다. 번역자들은 마음이 여려서 상처를 잘 받는다. 사기꾼이 아니다. 그러니 독자들이여, 번역서 품질이 너무 엉망이라고 여겨지거든 굳이 번역자 SNS 계정에 들어가서 욕을 쓰거나 휴대전화 번호를 알아내 호통치지 말고 출판사에 이메일로 의견을 보내도록 하자. 오히려 그편이 개정판 출간에 더 힘을 실어준다.

책 번역이 어려운 이유는 단순히 외국 말을 우리나라 말로 옮기는 것 이상의 복잡한 기술과 의미가 얽혀있기 때문이다. "I am a boy"를 "나는 소년이다"라고 옮기는 것 하고는 아예 **차원**이 다르다. 나는 한때 연극에 빠져 지냈다. 당시에 많은 희곡을 읽었는데 손동철 씨가 번역한 유진 오닐의 작품 《얼음 장수의 왕림》을 읽고 크게 감동했다. 그런데 어떤 사람은 이 책 번역 문장이 거칠어서 읽기 어렵다고 한다.

책을 읽어보면 마냥 틀린 지적은 아니다. 하지만 이 작품의 배경이 부둣가의 저급한 술집이라는 점, 등장하는 인물들 역시 그런 곳에 자주 다니는 이들이라는 걸 상상해보면 오히려 문법이 엉성한 거친 대사가 어울린다. 또한, 본문 뒤에 짧게 쓴 번역 후기에서 소개한 두 가지 번역 목표를 읽어보면 번역자가 얼마나 이 작품 번역에 노력을 기울였는지 짐작이 간다. 특히 번역자인 손동철 씨는 실제로 공연 예술을 직업으로 하고 있기에 이 책이 그대로 연극 대본이 될 수 있을 정도로 우리말 문장에 신경 쓴 모습을 엿볼 수 있다. 그런 문장을 소설의 그것과 똑같은 호흡과 리듬으로 읽으면 당연히 거칠게 느껴진다. 이 작품은 영화로도 만들어졌지만, 본래의 목적인 연극무대에 올려졌을 때는 공연 시간이 4시간에 이르는 대작이다. 번역자는 이것을 우리말로 공연할 때를 고려해서 영어의 음절과 우리말 문장의 길이까지 일일이 검토했다. 이는 공연시간을 원작과 맞추려고 한 시도의 단편이라고 하니 그 노력은 감히 상상하기도 어려울 정도다.

앞서 얘기를 꺼냈던 카프카의 단편 《변신》은 어떤가? 사실 이 책은 제목의 번역부터 달리 생각해봐야 할 지점이 있다. '변신'은 오래전 일본에서 한 번역을 우리말로 중역하면서 자연스럽게 정해진 제목이다. 원서의 독일어 제목은 'Die Verwandlung'이다. 이 단어는 '변신變身'이라기 보다도 '변태變態'에 가까운 뜻이다. 두 단어 모두 모습이 바뀐다는 점에서 주인공이 벌레로 변한다는 소설 내용과 어울린다. 하지만 이 책을 처음 독자들에게 소개할 때 의미상 좀 더 가까운 '변태'를 제목으로 사용하기는 어려웠을 것이다. '변태'라고 하면 애벌레가 나비로 되는 장면을 떠올리기보다는 더러운 짓을 일삼는 성범죄자가 먼저 생각나기 때문이다. 처음으로 이 책을 번역한 사람도 그 사실을 알고 고민에 빠졌을 거다. 원어의 의미상 '변신'보다는 '변태'에 가깝지만 어쩔 수 없이 한쪽을 버리고 나머지 하나를 취할 때 얼마나 마음이 복잡했을까?

《변신》의 영어 번역서 제목은 'Metamorphosis'인데, 이는 확실히 '변태'에 가까운 단어다. 'Transform'이 아니다. 쉽게 말하면 'Transform'은 어릴 적 갖고 놀던 '변신 로봇'에 어울리는 단어다. 자동차가 로봇으로 변하는 내용을 담고 있는 영화 '트랜스포머'에서도 바로 이 단어를 쓴다. 학술용어 같은 'Metamorphosis'는 '변신'과는 다른 의미다. 변신은 A에서 B로 모습을 바꾸었다가 필요할 때 다시 A로 돌아올 수 있다. 하지만 변태는 A에서 B로 변한 다음 다시 A로 돌아갈 수 없다. 애벌레는 나비가 되지만 그 반대의 일은 불가능하다.

《변신》의 주인공 그레고르 잠자는 벌레로 변했다. 그리고 끝까지 다시 사람의 모습으로 돌아오지 못한다. 그러니 이 사나이는 벌레의 모습으로 변신한 것이 아니라 벌레로 변태한 것이 된다. 좀 더 생각을 밀고 나가보자면, 변태는 변신과 달리 처음 모습에서 좀 더 나은 모습으로 변하는 걸 암시한다. 지난날의 껍데기를 벗고 어른으로 성장하는 게 변태다. 그렇다면 언제나 못마땅한 사회생활에 자기 삶을 저당 잡혔던 그레고르 잠자가 벌레가 된 사건은 불행이나 파멸이 아닌 행복과 성장을 의미한다. 그래서일까, 벌레가 된 주인공이 죽고 난 뒤 그의 가족들은 이제까지보다 나은 미래를 상상하며 즐거운 소풍을 떠나는 것으로 이야기가 마무리된다.

애초에 우리말로 쓰인 책과는 달리 이렇듯 번역서는 단어나 문장을 어떻게 달리 해석하느냐에 따라 독서의 양상이 많이 달라진다. 말이란, 언어란 그런 것이다. 소통을 위해서 고안된 인류 최고의 발명품 같지만, 때론 타인과의 소통을 가로막는 벽이 되기도 한다. 구약성경에 나오는 유명한 바벨탑 사건은 그런 의미에서 대단히 상징적이다. 인간은 자신들의 능력으로 신의 위치까지 닿을 수 있다고 믿게 되었다. 하느님은 교만한 인간들이 하늘을 찌를듯한 바벨탑을 쌓는 걸 보고 벌을 내렸다. 인간의 언어를 몇 종류로 나눠버리는 게 그것이었다. 탑을 쌓던 사람들은 서로 말이 통하지 않게 되자 일을 멈추고 뿔뿔이 흩어졌다.

비단 구약시대의 사건뿐만이 아니다. 말과 글은 오늘날에도 인류가 완전히 하나로 통합되는 걸 막아서고 있다. 여태까지 해오던 문학의 관습을 버리고 새로운 소설기법을 실험한 '누보로망' 작가 레몽 크노의《문체 연습》은 바로 이러한 현대 언어 쓰임의 특징을 잘 보여준다. 일단 장르 구분부터가 모호하다. 이 책은 소설일까? 아니면 제목 그대로 문체를 연습하기 위한 작가 지망생용 참고서일 수도 있다.

《문체 연습》의 시작은 사소하다. 젊은이 하나가 등장한다. 그를 처음엔 버스에서 만났고 그로부터 두 시간 후 우연히 광장에서 같은 사람을 다시 만난다는 게 이야기의 전부다. 그런데 이렇게 짧은 작품이 다른 언어로는 번역하는 게 불가능한 책으로 여겨졌다. 이 짧은 이야기를 99개의 서로 다른 문체로 바꿔가며 재생산하고 있는 게 책의 구성이자 주제이기 때문이다. 아마 프랑스어 문화권에 사는 사람이라면 이 책을 잘 이해하며 읽었을 거다. 하지만 이 책은 번역되는 순간 프랑스어를 벗어나게 되고 작가가 의도한 문체 유희는 의미를 잃는다.

자, 그러면 이 책을 어떻게 번역하고 무슨 수로 이해할 것인가? 번역하는 게 불가능하다는 평가를 받는 이 책은 워낙 유명하기에 사실 여러 언어로 번역됐다. 우리나라에서는 조재룡 씨가 이 고된 작업을 해냈다. 다른 나라의 경우 어떻게 이 작품이 번역됐는지 확인해보기 위해 내가 조금이라도 알고 있는 언어인 독일어와 일본어판 책을 따로 사서 비교해봤다. 프랑스어 원문은 우리나라 번역서 본문 뒤쪽에 부록으로 실려 있으니 나는 같은 책을 네 개의 언어로 된 판본으로 읽은 셈이다.

결론은 이해 불가였다. 이 책의 특성상 그 나라 특유의 문체를 활용해 풀어야 할 부분이 있기에 한국 사람인 내가 다른 나라 말로 쓰인 책을 읽고 온전히 이해하기란 불가능한 영역임을 인정해야 했다. 가령 25번 문체의 경우, 우리나라 말에 비하자면 프랑스어에는 의태어가 거의 존재하지 않으므로 우리말 번역은 번역이라기보다 완전히 우리나라 문장처럼 될 수밖에 없다. 60번의 '동요'로 번역한 문체 역시 프랑스어와 우리말 번역을 비교하면 완전히 다른 작품이라고 생각될 정도다. 동요 같은 느낌을 내기 위해 우리말 번역에서는 시조의 그것처럼 4-4조로 끊어서 문장을 만든 반면 원서는 문장의 리듬감과 짝수 행의 끝을 '옹-on, -onds, -ong 등' 발음으로 마치는 수법을 썼다. 63번 '고문古文투로'는 달리 긴말이 필요치 않을 것이다. 78번 '이북사람입네다'의 번역 원문은 '정육점 상인 말투'다. 당연한 거지만 독일어판과 일본어판은 우리말 번역서와 또 다른 문체로 이 원문을 변주한다.

이런 예를 보자면 과연 '좋은 번역'이란 걸 애초에 할 수 있는 것인지 의심이 간다. 어떤 나라 말을 다른 나라 말로 옮길 수는 있겠지만, 엄밀한 의미에서 그 둘은 서로 통하지 않기 때문이다. 각 언어를 쓰는 사람들은 자기들만의 문화를 만들고 거기서 별별 신기한 인생이야기를 만들어내며 살아간다. 이것을 어찌 다 이해할 것인가? 그러나 이해할 수 없다며 담을 쌓고 살 수는 없는 노릇이다. 소통을 위해 고안된 게 언어라면 우리는 말과 글이 과연 어디까지 그 임무를 수행할 수 있을지 따라 가보는 수밖에 없다. 그 길이 한쪽으로만 통하는 일방통행로라고 하더라도 우리에겐 인류가 발명한 최고의 발명품인 책이 손에 들려있지 않은가. 작은 책 한 권을 의지해 이 어두컴컴한 소통의 골목길을 천천히 걸어 가보자.

시선은
인간의 찌꺼기이다*

_ 발터 벤야민, **《일방통행로》**

　　나는 다른 작가들에게 늘 궁금한 것이 하나 있다. 책을 쓸 때 그것이 언젠가 다른 나라 언어로 옮겨질 수 있다는 것을 처음부터 계산하면서 작업할까? 물론 자기가 쓴 책이 다른 나라에서 그 나라의 언어로 출판된다면 기쁜 일이 될 것이므로 이를 마다할 작가는 별로 없을 것이다. 하지만 자기 책이 어떻게 번역될지 관심을 기울이는 작가는 많지 않은 것 같다.

　　번역이 어렵고 때로는 불가능한 작업이라는 걸 깊이 고민해 온 나에게 이 질문은 아주 중요하다. 내가 쓴 책이 다

* 발터 벤야민, 《일방통행로》, 121쪽,
조형준 옮김, 새물결, 2014년

른 나라 언어로 옮겨진 적은 한 번도 없지만, 언젠가 번역될 수 있을 거란 믿음을 가지고 있기 때문이다. 독자 여러분, 제발 헛된 꿈 깨라는 말만큼은 하지 말아주시길. 아무튼, 근거 없는 이런 믿음 때문에 나는 책을 쓸 때 늘 이 책이 훗날 외국 어느 서점 매대에 올라가 있는 상상을 하곤 한다. 외국인 독자가 내 책을 읽는 상상도 한다. 하지만 읽고 나서 "이건 도무지 이해가 안 되는 걸. 번역이 잘못됐나?"라는 반응이 적으면 좋겠다. 그래서 나는 문장을 쓸 때 어려운 말을 쓰지 않으려고 노력한다. 책은 내가 쓰는 거지만 읽는 사람은 독자이기에 누구라도 편하게 읽고 쉽게 이해하면 좋겠다. 나아가 그 책이 외국에서 번역이 된다고 했을 때, 작업하는 사람이 되도록 곤란을 겪지 않았으면 하는 소망이 있다.

　이제는 많은 독자가 잘 알고 있다시피 쉽게 읽히는 글일수록 사실은 어렵게 쓴 글이다. 작가는 자기가 아는 걸 책에 쓸 수밖에 없는데 때로는 확실치 않아 조금은 애매한 상태에서 글을 쓰기도 한다. 바로 그런 경우, 작가는 자기가 지금 쓰는 걸 자신도 잘 모르고 있다는 사실을 숨기기 위해 글을 어렵게 쓴다. 작가가 모르는 상태에서 쓴다는 걸 독자도 몰라야 하기 때문에 어렵고 복잡한 책이 태어난다. 아무리 어려운 내용이라고 해도 작가가 명확하게 이해하고 있으면 그는 그것을 글로 쉽게 풀어낼 방법도 안다. 나는 더 나아가 내가 우리말로 쓴 글이 어떤 언어로든지 어렵지 않게 번역되어 전 세계 누구라도 쉽게 읽고 즐길 수 있는 책이 되길 바란다. 쓰고 보니 어쩐지 문학상 수상 소감처럼 됐지만, 문학상을 꼭 받고 싶다는 뜻은 아니고……. 아무튼 그렇다는 말이다.

그런데도 번역이란 또 다른 영역이다. 그래서 나는 번역이 새로운 **창작물**이라는 믿음을 가지고 있다. 번역은 읽는 사람이 쉽게 읽고 이해하도록 문장을 잘 쓰는 것이 일단은 중요하겠지만 원작의 의도를 아예 무시할 수는 없기에 어려운 작업이다.

《변신》의 제목 번역과 마찬가지로《젊은 베르테르의 슬픔》도 많은 고민의 흔적이 들어 있는 책이다. 대문호 괴테가 쓴, 이제는 너무나도 유명해서 거의 고유명사처럼 되어버린 이 책의 독일어 원제목은《Die Leiden des Jungen Werthers》이다. 그리고 이 책 역시 일본에서 먼저 번역됐고 나중에 우리나라에 중역으로 소개됐다. 그렇다 보니 첫 번역으로부터 수십 년이 지난 오늘날까지도 주인공 'Werthers'의 이름이 일본식인 '베르테르'다. 이제는 누구도 음악가 'Bach'를 일본식인 '바하'로 읽지 않고 '바흐'로 표기하는 것에 익숙한 시대인데, 여전히 베르터가 아니라 베르테르다. 또한, 'Die Leiden'은 '고뇌'나 '고통'이 훨씬 그 의미가 통하는 단어인데도 여전히 '슬픔'이다. 읽어본 독자라면 이 책이 가벼운 로맨스 소설이 아니라는 걸 알 거다. 사랑을 이루지 못해 스스로 목숨을 끊는 청년 이야기가 줄거리지만, 핵심적인 주제는 그런 행동에 이르기까지 베르터를 몰고 간 깊은 고뇌의 무게다. 이것을 젊은이의 슬픔이라고 표현하기에는 어쩐지 가벼워 보인다. 하지만 번역해 출판하는 처지에서 책 제목에 '고뇌'라는 딱딱한 단어를 넣는다면 과연 얼마나 팔렸을까? 그보다는 '슬픔'이라는 감성적인 단어를 쓰는 게 여러모로 낫다는 판단을 했기에 제목이 그렇게 정해진 것이었으리라. 지금은 일본어 중역으로 정해진 제목을 버리고 '고뇌', '고통', 심지어 '괴로움'이라는 단어가 포함된 번역서도 속속 출판되고 있다. 하지만 나부터가 《젊은 베르테르의 슬픔》이라는 제목이 더 자연스럽게 들리니 제대로 된 의미를 전달하는 제목이 자리 잡기까지는 아직 시간이 필요할 것 같다.

《변신》이나 《젊은 베르테르의 슬픔》뿐만이 아니다. 우리가 지금 즐겨 읽는 많은 책은 여러 가지 이유로 의도적인 의역을 한 결과다. 어떤 언어든지 정확한 번역을 한다며 직역을 해버리면 오히려 읽을 수 없는 책이 된다. 그러므로 번역자는 원작을 가장 잘 이해하는 창작자가 되어야 하며 독자 역시 번역의 과정을 이해하려는 노력이 있어야 한다.

어떤 책이 좋은 번역서인지를 찾는 방법은 번역자의 이력을 보면 대강 답이 보인다. 예를 들어 셰익스피어 희곡 번역서라면 번역자가 독문학자인 것보다 영문학 전공자 쪽이 좋다고 예상할 수 있다. 같은 영문학자라도 이력 사항에 셰익스피어에 관한 학위 논문이 있으면 그쪽을 선택하는 게 낫다. 셰익스피어 연구로 취득한 학위가 있고 그가 실제로 무대공연에 관여하는 사람이라면 그냥 공부만 했던 사람보다 더 좋은 번역을 했을 거라고 짐작할 수 있다. 이렇게 쓰면서 내가 계속 가정법을 사용한 이유는, 알다시피 모든 조건에 일치하는 사람이라고 해도 기본적인 한국어 문장 실력이 부족해서 번역 품질이 떨어지는 일도 왕왕 있기 때문이다.

이렇게 말하면 번역서를 잘 읽는 방법은 아예 존재하지 않는 것 같다. 어떤 번역서도 원작을 완벽하게 옮기지 못했으니 읽을수록 원작의 이해에서 멀어지는 거나 마찬가지다. 내가 틈날 때마다 자주 꺼내 읽는 책 《일방통행로》를 보자. 이 책은 제목 그대로 발터 벤야민의 일방통행로다. 우리말로 번역됐다고는 하지만 이해할 수 있는 문장보다 그러지 못하는 문장이 더 많다. 왜냐면 이 책의 구성 방식이 철학자인 저자가 사유하는 방법을 자기만 오고 갈 수 있는 좁은 길에 늘어놓은 것이기 때문이다. 그러니까 어쩌면 이 책은, 책을 쓴 저자 자신만이 이해할 수 있는 것일지도 모른다. 이미 죽어서 세상을 떠난 벤야민만이 말이다.

한 예를 들어보자면, 우리말 번역서에서 '안경점'이라는 제목의 글 마지막은 "시선은 인간의 찌꺼기이다."라는 문장이다. 이 문장을 보고 단박에 의미를 알 수 있는 사람은 얼마나 될까? 나는 주어캄프 출판사에서 펴낸 독일어 원서를 갖고 있다. 해당 문장은 83쪽에 다음과 같이 나온다. "Der Blick ist die Neige des Menschen." 어찌 보면 쉬운 문장이지만 우리말 번역처럼 좀처럼 감이 안 온다. 영어본은 같은 문장을 "눈 속에서 인간을 마지막 앙금까지 볼 수 있다."라고 번역했다. 프랑스어 판본은 더욱 시詩적으로 표현했다. "시선은 인간의 밑바닥에 남아 있는 마지막 한 방울이다." 독일어 원서에 '앙금'이나 '한 방울' 같은 말이 없을뿐더러 문장 자체도 원서와 비슷하지 않다. 내가 한국 사람이라 그런지 차라리 조형준 씨가 번역한 우리말 번역이 독일어 원문과 가장 비슷해 보인다. 도통 무슨 말인지 알 수 없긴 하지만. 번역자가 'Die Neige des Menschen'을 '인간의 찌꺼기'라고 번역하기 위해 얼마나 깊이 고민했는지는 내가 감히 상상하기도 어렵다.

번역서를 잘 읽고 이해하기 위한 한 방법으로 나는 다른 나라 언어를 공부해보라고 제안한다. 현지인 수준으로 공부하라는 게 아니다. 책이 쓰인 원래 언어의 느낌을 감지할 수 있을 정도면 좋다. 유명한 소설《폭풍의 언덕》이 왜 요즘엔 영어 제목 발음을 그대로 옮긴《워더링 하이츠》라고 번역됐는지 알기 위해 다시 대학에 들어가서 영문학을 전공할 필요는 없다. '워더링 하이츠'는 소설 속에 나오는 저택 이름이다. 작품은 이 저택과 '스러시크로스 그레인지'라는 또 다른 저택을 배경으로 이야기를 이어간다. 그러므로 저택 이름을 굳이 우리말로 옮기면 오히려 제목이 작품과 동떨어진 느낌을 주는 것이다. 물론 이 경우도 '워더링 하이츠'보다 '폭풍의 언덕'이라고 하는 편이 책 판매에는 도움이 되었겠지만 말이다.

언어를 공부한다면 이런 부분을 금방 알아차리고 이해의 폭을 넓힐 수 있다. 시작은 되도록 가볍게, 자기가 즐겨 읽는 작가의 언어부터 공부해보면 번역서와 번역자의 관계도 어느 정도는 눈에 들어오기에 확실히 책 읽는 재미가 더 커진다. 이는 내가 고등학생 시절 독일어를 독학해서 카프카를 읽었기 때문에, 그저 내 경험에만 비춰서 하는 말일 수도 있다. 그리고 책 읽기도 바쁜데 언어까지 공부하면서 읽으라니 이 사람은 제정신인가, 하는 말도 들을 수 있겠다. 그러나, 그래도 한번 공부해보기를 권한다. 고맙게도 요즘엔 독학에 도움을 주는 훌륭한 교재를 얼마든지 구할 수 있다. 원어민의 발음은 유튜브를 통해 자유롭게 들어볼 수 있는 환경이 됐다. 그러니 속는 셈 치고 한번 공부해보길 바란다. 만에 하나 속더라도 공부한 건 남으니까 해외여행 할 때라도 요긴하게 쓸 수 있지 않은가?

모든 걸 떠나서 책 읽을 때 언어 공부가 중요한 이유는 나만의 번역서를 만들 수 있기 때문이다. 새물결 출판사에서 펴낸 《일방통행로》는 벤야민의 글을 옮긴 이 조형준 씨가 이해한 대로 번역한 결과물이다. 이 사람이 아무리 뛰어난 학자라고 해도 내가 이해한 벤야민과 같을 수는 없다. 우리는 책을 읽으며 각자의 이해를 바탕으로 한 자기만의 일방통행로를 가져야 한다. 다른 사람이 이해한 걸 마음에 든다며 마냥 뒤따르는 게 아니라 나만의 고유한 이해를 찾는 과정. 그것이야말로 번역서에 접근하는 가장 훌륭한 길이다.

꼭 번역에만 해당하는
문제가 아니라 *

_ 가토 슈이치 · 마루야마 마사오, 《번역과 일본의 근대》

책을 작가에게서 빼앗아 와야 더 값진 독서가 될 수 있다. 같은 의미로 번역서를 번역가의 소유로 남지 않도록 하는 게 독자의 임무다. 책을 읽고 나만의 새로운 번역을 만들어내는 것이야말로 책 읽기의 즐거움 중 단연 으뜸이다. 그렇다면 번역한 사람이 애쓴 결과물을 믿지 말라는 것인가? 그렇지 않다. 요즘 나오는 번역서들은 수십 년 전에 비하면 대체로 훌륭하다. 하지만 그것은 번역자가 책을 읽고 자기만의 언어로 해석해 놓은 것에 불과하다.

• 가토 슈이치 · 마루야마 마사오, 《번역과 일본의 근대》, 84쪽, 임성모 옮김, 이산, 2018년

독자들이 자주 간과하는 사실이 있는데, 번역서는 대부분 의역이다. 정확한 번역이란 있을 수 없다. 카뮈가 쓴 《이방인》의 유명한 첫 문장을 보라. 민음사 판은 "오늘 엄마가 죽었다.(김화영 번역)"라고 번역했다. 문예출판사는 "오늘 어머니가 세상을 떠났다.(이휘영 번역)"이다. 열린책들은 "오늘, 엄마가 죽었다.(김예령 번역)"로 문장 자체는 민음사 판과 같지만, 쉼표 하나가 더 들어갔다. 동서문화사에서는 "오늘 어머니가 돌아가셨다.(이혜윤 번역)"로 번역했다. 이 짧은 문장 하나만 봐도 각 출판사가 다르게 번역한 걸 알 수 있다. 같은 책에 나오는 더 복잡한 문장이라면 어떻겠는가? 물론 이 문장을 읽고 소설 속에서 무슨 사건이 일어났는지 모를 사람은 없을 것이다. 하지만 1인칭 시점으로 서술하는 작품의 특성상 '엄마/어머니', '죽었다/돌아가셨다'라고 번역한 우리말 문장의 의미는 같은 한글이라고 해도 달라진다. 일어난 사건이 아닌 읽는 사람의 감정이 달라진다는 말이다.

책을 읽는다는 건 그저 내용을 아는 선에서 끝나는 게 아니다. 독자는 책 속에서 줄거리 이상의 다양한 의미를 찾기 위해 읽는다. 그렇기에 번역서를 읽을 때는 생각의 기술이 더 많이 필요하다. 번역서는 외국의 책이며 필연적으로 우리와는 다른 문화권에 속한 이야기를 풀어내고 있다. 세계화 시대라고는 하지만 어찌 외국책에서 말하는 것을 그대로 우리에게 적용할 수 있겠는가? 좀 더 극단적으로 얘기해보자면, 우리가 번역서로 많이 읽는 '고전'이라 함은 서양의 사유체계, 그것도 대체로 강대국이라 불리는 나라의 철학을 담고 있기에 그네들의 문화권에서만 쓸모가 있다. 유럽사람에게 황석영의 《삼포 가는 길》을 보여줬을 때 그 작품이 의미하는 바를 얼마나 알 수 있을까? 반대로 우리는 사무엘 베케트의 《고도를 기다리며》를 읽고 유럽사람들만큼 이해하지는 못할 것이다.

이런 이유로 우리는 어떤 특정한 문화권에 편입되는 게 아닌 인류의 보편적인 철학을 찾아 이해하려고 번역서를 읽는다. 지금 고전이라고 불리는 책들은 오랜 연구를 통해 바로 그런 의미를 잘 드러냈다고 평가받는 책이다. 이제 독자들은 비단 글로 된 번역에만 해당하는 문제가 아니라 타인, 그리고 다른 세계와의 소통을 잘하기 위한 목적으로 책을 읽는다. 아무리 가까운 나라라고 해도 일본과 우리나라의 문화는 다른 면이 많다. 마찬가지로 몇십 년 지기 친구지만 대화하다 보면 가끔 다른 나라 사람처럼 느껴질 때가 있다. 혹은 다른 행성에서 온 외계인처럼 보이기도 한다. 복잡한 현대 사회에서 각각의 타인은 내가 번역해서 읽고 이해해야 할 외국책이다. 내 안에 적당한 번역기술이 마련되어 있지 않다면 소통에 어려움을 겪을 수밖에 없다.

좀 더 깊은 책 읽기를 위해 언어를 공부해보는 걸 권하는 이유도 자기만의 번역기술을 익히는 데 도움이 되기 때문이다. 제아무리 뛰어난 번역가라고 해도 어떤 언어를 정확히 번역할 수는 없다. 정확한 번역이라는 말 자체가 난센스다. 이를테면 '정확한 맛'처럼. 라면 하나를 끓이더라도 요리하는 사람에 따라 다른 맛이 나듯 번역도 그렇다. 자기 입맛에 맞도록 번역하는 게 꼭 나쁜 것만은 아니다.

　　나는 고등학생 때 《폭풍의 언덕》을 읽으면서 그 책 제목이 왜 '폭풍의 언덕'이어야 하는지에 대해 친구들과 토론한 적이 있다. '워더링 하이츠'는 소설에 나오는 저택 이름이기에 그것을 굳이 우리말로 번역해 제목으로 쓰는 건 어색한 거 아니냐고 했더니 친구들은 모두 나를 비웃었다. "그러면 '어린 왕자' 제목은 '리틀 프린스'로 하지 그러냐?"라며 비꼬는 녀석도 있었다. 나는 《어린 왕자》가 미국 책도 아닌데 왜 '리틀 프린스'냐고 했다가 오히려 말이 안 통하는 답답한 놈이라는 소리까지 들었다. 그래도 나는 '워더링 하이츠'가 내 입맛에 맞았기에 계속 그 제목으로 읽었고 그렇게 기억했다. 시간은 흘러 요즘 몇몇 출판사에서 《폭풍의 언덕》이 아닌 《워더링 하이츠》라는 제목으로 펴내는 책을 보고 그 녀석들은 어떻게 느낄까?

　　대학생이었을 때 나는 영화감독 빔 벤더스에 한동안 빠져 있었다. '베를린 천사의 시'라는 영화를 보고 나서부터였다. 그 영화에는 역시 내가 좋아하는 작가 페터 한트케의 시가 나온다. 흑백화면 저 안쪽에서부터 낮은 목소리로 읊조리며 "알스 다스 킨트, 킨트 바Als das Kind Kind war"라고 시작하는 그 영상을 나는 비디오로 몇 번이나 되돌려 보며 묘한 환상에 젖었다.

나는 그 시를 우리말로 번역해 친구들에게 소개하고 싶어졌다. 그런데 느낌으론 무슨 내용인 줄 알겠는데 막상 흰 종이에 글로 쓰려니 막막했다. 제목부터 난관이었다. 'Lied Vom Kindsein'을 어떻게 우리말로 옮길까? 나는 무심코 '어린 존재를 위한 노래'라고 썼다. 한참을 보고 있다가 지웠다. 'Lied'가 우리말로 '노래'인 것은 당연한데, 곧이어 나오는 'Kindsein'이라는 단어 때문에 좀처럼 앞으로 나갈 수가 없었다. 'Kind'라고 하면 그냥 '어린이' 혹은 '아이'라고 할 테지만 뒤에 '-sein'이 붙어서 의미가 복잡해졌다. 시에서 말하는 'sein'이란 단순히 어린이였던 기간, 즉 어떤 한정된 시간만을 뜻하는 건 아니다. 그래서 나는 처음에 '어린 존재'라고 옮긴 것이다. 하지만 멋진 시에 이런 제목을 붙인다는 건 너무 딱딱하다. 고민 끝에 '유년 시절'로 단어를 고쳤다. 짧게 이야기했지만, 제목 번역에만도 삼일이나 고민했다. 그러니 정작 시 본문을 다 번역할 수 있었을까? 결국, 중간에 포기하고 말았다. 중간도 아니다. 겨우 두 연 정도를 낑낑거리며 번역했을 뿐이다. 지나고 돌이켜보니 그때 나는 정말로 이 시의 첫 부분과 닮아 있었다. "Als das Kind Kind war, ging es mit hängenden Armen." 당시에 했던 내 번역은 이렇다. "아이가 아직 어렸을 때, 아무렇게나 팔을 휘저으며 돌아다녔다."

이렇듯 번역은 고민의 연속이고 소통을 위한 화해도 필요하다. 내가 아무리 A라고 생각해도 타인과의 소통을 위해

A2나 A3라는 대안을 찾기도 한다. 일본 학자 가토 슈이치와 마루야마 마사오의 대담을 글로 풀어 엮은 책《번역과 일본의 근대》를 보면 우리보다 앞서 외국 문화를 받아들인 일본이 쏟아져 들어오는 새로운 개념들을 번역하려고 얼마나 고민했는지 알 수 있다. 우리가 지금도 흔히 쓰는 '사회', '개인', '문화', '정치', '경제'라는 단어는 일본에서 먼저 번역되고 우리나라로 수입됐다. 그 외에도 일상적으로 쓰는 많은 말들이 일본에서 들어왔다. 그런 면에서 우리는 일본 지식인들에게 자그마한 빚이 있는 셈이다. 또한, 이제 빚을 청산하고 우리만의 언어로 한 단계 더 나아가야 할 숙제도 있다.

일본의 근대라는 시기에 번역은 그야말로 세계화를 위한 도전이었다. 초기엔 물론 현실적인 문제로 화학이나 군사쪽 책들이 번역됐다. 문학이나 음악 등 예술 분야의 번역은 그보다 나중이다. 일본의 지식인들은 일차적으로 세계의 강대국들과 동등한 차원에서 무역하고 또 힘에서 뒤지지 않기 위해 최신 기술 서적들을 빠르게 번역했다. 한편으론 국내 정치 사정이나 사회 분위기도 무시할 수 없기에 외국의 개념을 토씨하나 틀리지 않게 그대로 번역한다는 것도 어려웠다. 이를테면 막부 말기에 번역되어 엄청난 베스트셀러가 된 휘턴의《만국공법》에서 '해적海賊, pirates'에 해당하는 부분을 번역하지 않은 것은 물론 목록에서 아예 빼버린 사실처럼 말이다. 이는 번역자의 실수가 아닌 그 당시의 선택이었다.

원문이 같더라도 번역은 언제든 변할 수 있다. 그래서 오래된 번역서는 개역판을 펴내기도 한다. 책은 달라지지 않지만 읽는 사람이 계속 변하기 때문이다. 기억이 확실치 않지만, 내가 카뮈의 《이방인》을 처음으로 읽었을 때 첫 문장은 "모친이 금일 별세하셨다."처럼 옛 말투였다. 지금 그 문장을 떠올려보면 괜히 우습기도 하지만 그땐 별로 거부감 없이 읽었다. 다시 말하면, 지금의 나는 그때의 내가 아니기에 새로운 번역서가 필요한 것이다. 앞으로도 그럴 거라고 예상한다. 정확한 번역이 아닌 나에게 어울리는 번역을 찾는 여행은 쉼 없이 계속된다.

온갖 종류의
다양성을 위한 여지 *

_ 더글러스 호프스태터, 《괴델, 에셔, 바흐》

내가 《괴델, 에셔, 바흐》라는 책을 처음으로 읽은 것은 1999년 가을이다. 이때를 정확히 기억하고 있는 이유는 두 가지다. 첫째는 그 해가 1999년이기 때문이다. 나는 당시에 IT 회사에 다니고 있었다. 텔레비전 뉴스는 전 세계 모든 컴퓨터와 컴퓨터로 작동하는 기계들이 2000년 0시를 기해 '밀레니엄 버그' 때문에 망가질 것이라고 보도했다. 신문이나 잡지에서도 비슷한 기사가 계속 나왔으므로 컴퓨터로 먹고사는 회사에 다니던 나는 덜컥 겁이 났다. 왜 그랬을까. 정말로 컴퓨터

242   •   더글러스 호프스태터, 《괴델, 에셔, 바흐》, 510쪽,
        박여성 · 안병서 옮김, 까치, 2017년

가 갑자기 망가지면 회사가 망하는 거지 내가 망하는 건 아닌데. 나는 이 세계에서 컴퓨터가 사라지면 하루아침에 인류가 구석기시대로 돌아갈 거라는 SF소설 같은 상상을 매일 하고 있었다.

기분을 좀 바꿔보려고 서점에 가보면 거기도 역시 '인류 최후의 날'이니 '노스트라다무스의 예언' 같은 책이 매대를 점령하고 있었다. 아이러니하다. 몇 개월만 있으면 인류 역사상 가장 큰 재앙이 들이닥칠 텐데 더 많은 책을 팔기 위해 애쓰고 있는 모습이라니! 아이러니가 아니라 가련하다고 해야 할까. 《괴델, 에셔, 바흐》는 그런 때 신간 코너에서 단연코 내 눈을 사로잡은 한 권의 책이었다. 괴델이고 에셔이며 바흐인 책이라니! 게다가 '영원한 황금 노끈'이라는 부제목도 아주 마음에 들었다. 책 앞에 붙은 광고 문구를 보니 이 책이 퓰리처상과 전미 도서 대상을 받았으며 1980년대 미국 사람들이 가장 많이 읽은 베스트셀러라고 했다.

두툼한 두 권짜리 책을 집어 들어 먼저 서지 내용을 확인했다. 번역 초판이다. 1999년 초판! 1999라는 숫자가 어찌나 매력적으로 보였던지 재앙이 닥치기 전 마지막 세기말에 나는 이 책을 읽겠노라 다짐했다. 이게 책 읽은 연도를 정확히 기억하는 두 번째 이유다. 나는 창밖으로 세상에 재앙이 닥치는 순간을 어쩔 수 없는 심정으로 바라보며 《괴델, 에셔, 바흐》를 밤새도록 읽는 모습을 상상했다. 가련한 인류여, 오늘은 예언자의 말대로 인류 최후의 날이 될 것인가, 아니면 먼 훗날 지구인들이 힘겹게 지나온 유년기의 끝으로 기억될 것인가……. 이런 허무맹랑한 망상에 젖어 시간이 얼마나 흘렀을까. 정신을 차려보니 나는 계산대 앞에 서서 지갑에 든 돈을 꺼내고 있었다.

집에 돌아와 들뜬 기분으로 책을 펼쳤다. 그리고 곧 나는 다른 게 아니라 이것이야말로 진정한 재앙이라는 걸 깨달았다. 분명히 우리말로 번역된 책인데 첫 부분부터 무슨 말인지 이해할 수 없었기 때문이다. 나는 괴델을 좋아해서 그에 관련된 책을 여럿 읽었다. 에셔도 좋아한다. 내 방 책상 앞 벽에 붙어 있는 저 판화 복제품(타셴 출판사에서 비싼 돈 주고 산 포스터)이 바로 에셔의 작품이다. 바흐는 또 어떤가? 책 읽을 분위기를 만든답시고 지금 컴퓨터로 틀어놓은 음악이 바로 로스트로포비치가 연주한 바흐 무반주 첼로 조곡이다. 그런데 왜, 어째서, 무엇 때문에 이 셋을 한꺼번에 모은 《괴델, 에셔, 바흐》라는 책은 도무지 이해할 수 없는 것인가! 밤늦게까지 책을 들고 씨름하듯 끙끙거리다가 그대로 포기해버렸다. 이 책이 천사라면 그를 붙들고 밤새 씨름하며 놓지 않았다는 야곱처럼 매달려볼 테지만, 이건 천사가 아니라 나를 홀려 지갑에서 돈을 꺼내 간 빌어먹을 악마 그 자체였다.

언젠가 만화책에서 읽은 것처럼 '전반은 버린다'는 심정으로 1권을 가볍게 포기하고 2권부터 읽어볼까 생각도 했다. 하지만 그것도 역시 마찬가지로 외계어를 읽는 것 같았기에 몇 장 넘기다가 그대로 덮어버렸다. 괴델, 에셔, 바흐를 모두 좋아하기에 더욱 화가 났다. 이것은 어쩌면 세기말을 지배하기 위해 지옥에서 온 악마가 사람들이 좋아하는 걸 증오하게 만들기 위해 고안한 획기적인 작전이 아닐까 하는 생각도 들었다. 한편으론 1980년대 미국은, 미국 사람들은 도대체 어땠길래 이런 책이 베스트셀러가 될 수 있었는가 싶은 궁금증이 생길 지경이었다.

이 책을 읽지 못하는 건 내 탓이 아니라 번역이 엉망이기 때문이라고 단정지었다. 실제로 그랬다. 문장이 이상한 부분이 여럿 보였다. 하지만 그때 나는 한창 독일어에 빠져 있었기에 영어로 된 이 책의 원서를 살피며 비교해 볼 생각은 전혀 하지 않았다. 1999년 겨울은 그렇게 싱겁게 지나가 버렸다. 좋아하는 책을 다 읽지도 못했을뿐더러 인류의 재앙은커녕 그와 비슷한 어떤 것도 닥치지 않고 조용히 밀레니엄을 맞았다.

그 후로도 몇 번이나 다시 이 책을 읽으려고 시도했으나 좀처럼 앞으로 나아가지 못했다. 다만 본문에서 메시지와 정보를 해석하는 부분을 설명하며 나온 한 가지 예시는 오래 기억에 남았다. 인류는 오래전 우주 먼 곳을 향해 보이저 우주 탐사선을 날려 보냈다. 거기엔 혹시라도 있을지 모를 다른 존재, 외계인에게 우리가 사는 지구의 위치를 알리고 지구에서 수집한 여러 소리를 들려주기 위해 녹음한 금색 레코드판이 함께 실려 있다. 과연 보이저호를 발견한 외계인이 이 메시지를 해독해 정보로 인식할 수 있을까? 하지만 그보다 먼저 총알보다 20배나 빠르게 날고 있는 보이저호의 존재를 감지하고 그것을 붙잡아 레코드판을 얻을 수 있는 기술력을 그 외계인이 가지고 있어야 한다. 또 하나의 문제는 어찌어찌하여 외계인이 레코드판을 가졌다고 해서 그것을 바로 해독할 수 있을까 하는 것에 있다. 레코드판에는 영어로 "The Sounds of Earth"라는 문장이 쓰여 있다. 지금 이 책을 읽고 있는 독자 중에 영어를 모르는 분이라면 이 문장이 무얼 뜻하는지도 모를 것이다. 하물며 어떤 문명을 이루며 살지 상상할 수조차 없는 외계인이 지구에서 쓰는 언어인 영어로 쓴 메시지를 정보로 이해할 수 있을까?

이야기는 바닷가에서 발견한 병에 담긴 편지로 이어진다. 한 사람이 우연히 바닷가를 걷다 이 메시지를 본다. 병을 열어 확인해보니 편지 가장 윗줄에 "I am in Japanese 나는 일본어로 쓰여 있다"라고 쓴 문장이 있다. 이 문장은 거짓 문장처럼 보인다. 영어로 써놓고선 그 뜻은 이 문장이 일본어라니. 그러나 조금 더 추리해보면 글을 쓴 사람이 일본인이고 영어 실력은 편지를 쓸 만큼 뛰어나지 않다는 걸 짐작할 수 있다. 편지를 쓴 사람은 어딘가 무인도 같은 곳에 표류했을지도 모르는데, 병 속에 편지를 넣어 구조요청을 한 것이다. 하지만 병을 발견한 사람이 반드시 일본어를 아는 사람이라는 확신은 없으니 그보다 더 많은 사람이 이해할 수 있는 영어로 지금 읽고 있는 이 편지가 일본어로 쓰였다는 걸 말해주는 것이다. 나름 머리가 비상한 표류자 아닌가.

이 예시는 어떤 메시지를 정보로 이해하기 위해서는 그 메시지를 해독할 수 있는 다른 정보를 활용해야 한다는 사실을 보여준다. 그런데 그 정보를 활용하기 위해서는 또다시 정보를 활용하기 위한 체계를 갖춘 새로운 정보가 필요하다. 맨 위에 쓰인 문장을 보고 편지 내용이 일본어인 것은 알았지만, 그다음 차례로 일본어를 해독할 수 있는 알파벳인 가나와 한자에 대한 새로운 정보가 필요한 것처럼 말이다. 한 정보를 위해 또 다른 정보가 필요하고 그 정보체계를 파악하기 위해서는 또 다른 정보가…… 이대로 계속 나간다면 우리가 원래 메시지를 정확히 이해하는 날은 영원히 오지 않을 것이다. 영원히 거북이를 따라잡을 수 없는 아킬레우스처럼 말이다. 물론 이 가정이 제논의 역설과 마찬가지로 옳지 않다는 근거도 책에 나와 있기는 하지만, 번역서 읽기의 어려움을 생각할 때면 어떤지 독자는 이 이론에 붙들릴 수밖에 없지 않나 하는 고민이 깊어졌다.

《괴델, 에셔, 바흐》가 출판되고 20년이 지난 후, 저자인 더글러스 호프스태터는 새롭게 긴 서문을 썼다.(악마의 유혹은 여전히 강해서 나는 개역판인 이 책도 샀다.) 충격적으로 그는 이 책이 괴델이나 에셔, 또는 바흐에 관한 책이 아니며 이 세 명의 이론은 책을 구성하는 미미한 역할만 할 뿐이라고 말했다. 또한, 세상의 많은 이론이 사실은 느슨한 끈으로 서로 연결되어 있다고 쓴 '뉴욕 타임즈'의 해석도 부인했다. 오히려 이 책은 좀 더 애매한 주제를 다룬다. 온갖 다양성으로 가득 찬 이 세상에서 가장 독보적인 존재인 '생명'이 어떻게 생명이 없는 물질에서부터 비롯됐는가 하는 이야기다. 저자는 이 말을 하기 위해 번역서 분량으로 서른네 쪽에 해당하는 긴 서문을 썼다. 1000쪽을 훌쩍 넘기는 방대한 본문에 비하면 짧게 쓰려고 노력한 거겠지만, 어쨌든 나는 그 서문을 반복해서 읽으며 왜 사람이 사람과 소통하려고 책을 썼는데 소통이 점점 어려워지는가 하는 문제를 떠올릴 수밖에 없었다.

우리 각자는 하나의 우주이자 세계이며, 특별한 언어체계 속에서 사는 외계인이다. 굳이 현대철학자들의 골치 아픈 말장난을 끌어오지 않더라도 타자와의 소통이 점점 힘들어지고 있는 게 사실이다. 이런 시대에 번역서를 읽는다는 건 그저 외국책을 우리말로 감상한다는 것 이상으로 의미가 있다. 세계를, 외국을 이해하기 전에 내 옆에 있는 익숙하고 다정한 사람 마음을 보듬어 안아주는 게 먼저다. 그 사람의 세계와 언어를 살뜰하게 번역하고 내 마음의 작은 틈을 열어 그 안에서 울리는 목소리를 들려주는 것. 이것이 우리가 책을 읽으며 얻을 수 있는 중요한 결실이다.

피터 벤클리

《아가리》

진암사

1975년

헌책방에서 일하며 손님에게 들은 충격적인 말 중 하나는 "젊은 사람이 왜 헌책방을 하느냐?"는 질문이었다. 나이가 좀 있는 분이었는데, 그는 내게 헌책방은 사양 산업이며 무엇보다 창창한 미래를 꿈꾸어야 할 젊은이가 왜 옛날 책이나 팔고 있느냐고 꾸중하듯 물었다. 나는 딱히 대답할 게 없어서 그냥 헌책이 좋아서 한다고 했다. 신간보다는 헌책을 더 좋아한다고.

사람들은 대개 오래된 거라고 하면 고리타분하다는 느낌을 먼저 떠올린다. 그러나 생각해보면 내가 30년 전에 살았던 그 시절이 과연 고리타분한 일상이었을까? 건국대학교 근처에 있던 '국제 롤러스케이트장'에서 허리띠에 카세트플레이어를 매달고 롤러스케이트를 탔던 경험은 여전히 나를 들뜨게 만든다. 지금 다시 똑같이 해보라고 그래도 나는 신나게 놀 것이다.

물론 무릎이 그때만큼 건강하지 않아서 조금은 후들거릴 지 모르지만.

옛날 책 읽는 것도 여전히 즐긴다. 고전이라고 불리는 작품은 자꾸만 새로운 표지를 입고 신간처럼 팔리고 있지만, 나는 오래전에 출간된 책으로 읽기를 더 즐긴다. 특히 번역서는 요즘 번역보다 수십 년 전 번역이 더 좋다. 고전이라면 적어도 지금으로부터 수십 년, 혹은 백 년도 넘은 과거에 출판된 책이다. 그렇다면 언어 역시 지금과 적잖이 다를 것이다. 한번은 독일인 친구에게 1920년대 전간기戰間期에 독일에서 출판된 소설책을 보여준 일이 있다. 독일어를 모국어로 삼은 그였지만 100년 전에 쓰인 독일어 소설을 온전히 읽어내지는 못했다. 만약 그 책을 현대어로 번역한다면 그 나름의 의미는 있을지 몰라도 100년 전의 느낌을 다 살려내지는 못할 게 분명하다.

나보코프의 유명한 소설 《롤리타》는 1955년에 출판된 책이다. 나는 그 책을 1980년대 우리말 번역본으로 읽었을 때 이야기에 더욱 몰입했다. 현대어로 잘 정돈된 지금 번역은 마치 이 책이 요즘 나온 작품인 것처럼 보여서 이질감이 든다. 우리 헌책방에 있었던 1960대에 번역된 카뮈의 《이방인》 어떤 판본은 첫 문장이 "금일 모친께서 작고하셨다."라고 되어 있었다. 요즘 나오는 책은 한자를 없애고 좀 더 세련된 문장으로 다듬어진 모습이다. 하지만 《이방인》이 1940년대 작품인 것을 고려하면 옛날식 번역이 더 실감 나게 상황을 묘사한 것처럼 보인다.

좋아서서 아예 팔지 않고 소장하는 책 중에 《아가리》가 있다. 이 책은 유명한 영화 '조스jaws'의 원작 소설을 우리 말로 옮긴 것이다. 영화는 우리나라에서도 큰 인기를 끌었기 때문에 원작 소설 역시 재빠르게 번역해서 영화 개봉과 비슷한 시점에 출판했다. 그런데 출판사는 제목 번역에 고민이 많았을 것이다. 식인상어의 무서운 턱을 뜻하는 '조스'라는 단어가 우리나라에선 흔히 쓰이지 않기 때문이다. 번역가는 이것을 '아가리'로 옮겼다. 지금 보면 좀 우스운 번역 같지만, 당시엔 괜찮은 아이디어였을 거다. 무서운 식인상어가 날카로운 이빨을 드러내고 사람을 공격하려는 모습을 표지에 그림으로 싣고 그 위에 마치 피를 연상시키듯 새빨간 글씨로 '아가리'라고 썼으니 이보다 더 현장감 넘치는 제목이 또 있을까?

전문가들의 노력에 힘입어 번역의 품질은 계속 좋아지고 있다. 옛날 책에 있던 번역 오류를 수정해 개정판을 내놓는 책도 많다. 그래도 내 마음 한구석엔 때때로 일부러 옛날 번역서를 찾아 읽는 즐거움이 남아 있다. 나는 여전히 '조스'라는 단어를 보면 확실한 이미지가 떠오르지 않는다. 그러나 빨간색 '아가리'는 섬뜩하다. 지금 한번 실제로 입을 움직여 천천히 소리를 내어보시라. 조스, 그리고 아가리. 분명 아가리 쪽이 더 식인상어 같은 느낌일 것이다.

7

무작정

읽는다

내가 한층 빨리 이야기한들
무슨 소용이랴?*

_ 제임스 조이스, 《**복원된 피네간의 경야**》

어떤 책은 읽기 위한 목적 이전에 존재하는 것 그 자체로 이미 자신의 가치를 증명한다. 스스로 빛을 내는 뜨겁고 강렬한 별이라고 해야 할까? 그 존재감에 이끌려 너무 가까이 다가가면 녹아버리고, 무시하며 멀어지면 얼어버린다. 너무 거창한 비유지만, 그런 책이 있다. 내겐 제임스 조이스가 쓴 책이 그런 부류에 속한다. 엄청난 대작이며 거의 모든 쪽마다 수수께끼가 숨겨져 있다고 해도 좋을 《율리시스》와 《피네간의 경야》는 20세기 최고의 문학작품이라는 평가를 받는다.

• 제임스 조이스, 《복원된 피네간의 경야》, 472쪽.
김종건 옮김, 어문학사, 2018년.

최고의 책이라고? 그러나 과연 이 책을 제대로 읽어본 사람이 얼마나 있을까부터가 일단 의심스럽다. 제대로는 둘째 치고, 끝까지 정독해본 사람도 그리 많을 것 같지는 않다. 이건 영어를 쓰는 문화권에 속한 사람들도 마찬가지일 것이다. 의식의 흐름 기법으로 쓰인 난해한 문장도 문제지만, 세상에 없는 단어를 새롭게 만들어 사용하기까지 했으니 책을 펼치는 순간 도전자들은 기가 눌린다. 이 작품은 그야말로 소설계의 에베레스트산이라고 불러야 할 정도다.

이런 책을 어떻게 읽어야 할까? 그보다도 왜 읽어야 할까? 도무지 의도를 알 수 없는 잭슨 폴록의 그림 같은 이 작품을 굳이 읽어야 할 필요는 무얼까? 내가 찾은 답은 바로 이런 질문들로부터 최대한 멀어지자는 데 있다. 무작정, 무턱대고, 길을 잃은 상태에서, 어떤 의도도 일부러 떠올리지 않는 책 읽기가 필요한 순간이 있다.

이런 주장을 하면 무책임하다는 비판을 피할 수 없을 것 같다. 그래서 내가 생각해낸 게 **고독한 독서가**'다. 이건 일본의 인기 드라마 '고독한 미식가'를 패러디한 제목이다. 이 드라마의 내용은 단순하다. 외국 물건 수입상인 주인공이 외근을 나갔다가 갑자기 배가 고파지면 근처에 있는 식당을 찾아 들어가 밥을 먹는다는 게 전부다. 인기의 비결은 '의외성'에 있다. 뜻하지 않은 동네에 갔다가, 가보지 않은 골목에서, 그저 맛있을 것 같다는 직감에 이끌려 들어간 가게에서 만족스러운 식사를 하는 주인공의 모습을 보면 우리의 삶도 실은 이렇게 미리 계획하지 않은 곳에서 행복을 만날 수 있다는 작은 깨달음을 배운다.

나는 책 읽기도 이와 마찬가지라고 믿는다. 독자들이 아무런 준비 없이, 기대감 따위 없이 무작정 아무렇게나 읽을 때 오히려 책 생태계는 더 풍성해진다. 다른 말로 하자면 '아나키즘 독서'다. 모든 사람이 제각각의 이유로 서로 다른 책을 선택해서 읽을 때 베스트셀러라는 이름은 사라질 것이다. 대형서점에 문을 열고 들어서면 가장 처음 눈길을 사로잡는 분야별 베스트 도서 전시대 같은 것도 만들 필요가 없다. 책에 순위를 매기다니. 이처럼 어처구니없는 발상은 대체 누가 처음으로 했을까? 뿐만 아니라 인터넷서점의 별점 시스템과 이용자 댓글, MD 추천도서도 없어질 것이다. 대학교수가 모여 만들었다는 필독서 목록 역시 필요 없다. 모든 독자가 어떠한 외부 자극 없이 마음대로 책을 읽고 해석해도 된다면 책의 세계는 누군가 일부러 꾸며놓은 인공정원이 아닌 자유로운 숲으로 바뀔 것이다.

이런 생각에 사로잡힌 나는 어느 날 무작정 거금을 내고 《복원된 피네간의 경야》를 샀다. 분명히 읽지 못할 걸 알면서도 샀다. 대형서점에 들어가서 서가를 둘러보니 당연하게도 '경야'는 진열되어 있지 않았다. 직원에게 그 책을 사고 싶으니 찾아달라고 했다. 직원은 컴퓨터로 이것저것 찾아보더니 책장이 아닌 창고에 들어가서 한참 있다가 책을 들고 나왔다. 그는 나와 함께 계산대까지 가주었다. 그러면서 "이런 책이 팔리긴 팔리네요."라며 멋쩍게 웃었다. 나는 "팔려고 만든 책일 테니 사는 사람도 있는 거죠, 뭐." 하면서 따라 웃었다.

무거운 '경야'를 가방에 넣고 돌아오며 나는 서점 직원에게 작은 궁금증을 선물한 게 흐뭇해서 내내 미소를 지었다. 더 많은 독자가 서점 직원과 출판 편집자들에게 이런 궁금증을 주어야 한다. "어? 이 책 왜 잘 팔릴까?" 혹은 "어? 이 책 왜 안 팔리지?" 그런 일이 계속 반복되어 마침내 책에 관해서라면 그런 질문 따위 필요 없다고 자연스럽게 받아들이면 좋겠다. 의식의 흐름대로 책을 샀으니 분석은 하지 말기를. 독자가 그렇듯이 책을 팔고 만드는 사람도 분석이 아닌 자기만의 해석을 갖게 되길 바란다.

읽지 못할 걸 알면서 샀지만 읽지 않으려고 산 건 아니다. 나는 이전에도 다른 판본으로 '경야'를 몇 번 읽은 적이 있다. 이번엔 1939년 초판본에서 9000여 개의 오류를 찾아 수정했다고 하니 또 어떤 느낌일지 궁금하다. 그런데, 오류 9000개라니. 9개도 아니고, 그만한 오류가 있었다면 애초에 내가 읽은 책은 뭐란 말인가. 복원된 판본을 읽기도 전에 맥이 빠진다. 하지만 살아가는 일 자체가 하나의 커다란 오류 속에서, 급류에 휘말려 헤엄치는 것이라 여기면 조금은 마음이 진정된다. 사는 것生과 사는 것買은 여기서 또 이렇게 우연히 만나 엮인다.

'경야'는 읽기 어렵고 이해 불가능한 책이다. 이런 책을 만났을 때 무턱대고 본문을 읽기보다는 왜 이런 책이 탄생했는지에 대한 원인을 먼저 살펴보는 게 좋다. 마치 극악무도한 범죄가 일어났을 때 범인에게 왜 그랬냐며 다그치기보다 더 근본적인 원인을 살펴보듯이 말이다. 그렇게 하는 것이 다음 범죄를 조금이라도 줄일 근거를 마련해준다. 이상한 책을 만났을 때 이상하다며 던져버릴 게 아니라 왜 그런 이상한 책이 탄생했는지 알아보면 그와 비슷한 다른 책을 이해하는 데 도움이 된다.

앞서 말한 기괴한 추상화의 주인공 잭슨 폴록이 '경야'를 쓴 제임스 조이스와 동시대 인물인 것은 우연일까? 우연일 것 같은 사건 몇 개를 더 찾아보자. 1900년은 프로이트가 유명한 저작 《꿈의 해석》을 펴낸 해이다. 조이스는 이때 문학 활동의 첫걸음을 막 시작하고 있었다. 프로이트는 1917년에 《정신분석학 입문》을 발표하는데 그즈음에 조이스는 《율리시스》의 초고를 완성했다. '경야'는 1923년부터 시작해서 1939년에 끝마쳤다. 그사이에 버지니아 울프는 《댈러웨이 부인》을 시작으로 《등대로》, 《올란도》, 《자기만의 방》 등을 쏟아냈다. 스트라빈스키는 이상한 음악 '불새'와 '봄의 제전'을 작곡했고 쇤베르크가 혁명적인 12음계 기법을 사용한 '달에 홀린 광대'를 선보인 것도 이 시기와 맞물린다. 후안 미로, 르네 마그리트 등 많은 초현실주의 화가들이 활동했던 때이며 프로이트의 열

성적인 팬이기도 했던 젊은 살바도르 달리가 파리에서 피카소와 만났던 것도 이즈음이었다.

늘어놓고 보니 이것들은 결코 우연 같지 않다. 오히려 필연이라고 해야 마땅할 많은 사건이 거의 동시에 일어났다. 말하자면 이때는 서양세계가 본격적으로 인간의 정신세계를 탐구하기 시작한 시기였다. 많은 예술가가 이성이나 논리보다 한층 더 깊은 곳에 자리 잡은 정신과 본능, 무의식이라는 주제에 관심을 쏟았다. 그 결과 미술은 초현실주의 화풍이, 문학에선 의식의 흐름 기법, 음악계에선 12음계 기법으로 대표되는 현대음악의 중요한 모티브들이 생겨났다. '경야'는 바로 이러한 분위기 속에서 태어난 아기이다. 이 아기는 훗날 한 세기를 대표하는 가장 유명한 연예인이 될 운명을 가졌다.

이제 '경야'를 더 넓은 시선으로 보자. 이걸 아예 문학이라 여기지 말고 잭슨 폴록의 그림처럼 감상하는 거다. 문장과 단어는 캔버스 위에 마구 흩뿌린 페인트 흔적이다. 누구도 이 흔적을 향해 분석이라는 말을 쓰지는 않는다. 검은색 물감으로 그린 네모난 사각형 형태가 전부인 카지미르 말레비치의 회화 작품 '검은 사각형'(1915년)을 무슨 수로 분석할 수 있단 말인가? 사람의 마음은 물질이나 사실, 사건 같은 것으로 표현할 수 없으니 예술가들은 현실과 동떨어진 곳을 고민의 출발점으로 삼았다. 그러나 눈에 보이는 물감이나 단어로 어떻게 볼 수 없는 의식세계를 표현할 수 있을까? 제임스 조이스가

'경야'의 알 수 없는 문장들을 창조해낸 이유는 이 물음에서부터 시작한다. 예술이 질문을 던지는 행위라고 했을 때, 이러한 물음은 지난날까지는 존재하지 않았던 새로운 형태의 고민을 세상에 드러낸 일대 사건이다.

한결 가벼운 마음으로 '경야'를 읽어볼 차례다. 문장이 기괴하지만 어쨌든 읽을 수 있고, 잘 파악되지는 않더라도 이야기와 줄거리가 있기에 추상화를 감상하는 것보다는 이쪽이 훨씬 도전하기 쉽다. 이를테면 가을 산에 난 오솔길과 같다. 숲에는 작은 길이 있다. 분명 누군가 이 길로 자주 걸어 다녔기에 통로가 생긴 것 같다. 바닥은 나뭇잎이 떨어져서 흙길이 잘 보이지 않는다. 하지만 나는 이게 길이라는 걸 예감한다. 이 낙엽은 근처·나무에서 떨어졌겠지만 언제 어떻게, 그리고 무슨 이유로 이 바닥에 떨어졌는지는 파악할 수 없다.

가을이라 지금도 자연스럽게 나뭇잎이 떨어지고 있다. 바람이 거의 불고 있지 않은 것 같은 때도 잎은 계속 떨어진다. 가지에 앉아 있던 새가 갑자기 날아오르자 잎이 떨어진다. 그 잎은 처음부터 이 새의 날갯짓에 떨어질 운명을 타고난 걸까? 잎은 예측 불가능한 궤적을 그리면서 아래로 떨어진다. 어떤 잎이 다른 잎보다 한층 빠르게 비행하거나 느리다고 말하는 게 무슨 소용이 있나? 그것은 가을이라는 계절을 이해하는 것에 직접적인 힌트가 못 된다. 누구도 나뭇잎이 언제 어떻게, 그리고 어디로 떨어질지 정확히 알 수 없다. 그런데도 잎은 쉼 없이 떨어지고 길 위에 쌓인다. '경야'의 문장은 바로 이런 것이다. 길 위 흩뿌려진 나뭇잎. 어떤 체계도 없이, 약속도 없이 잎이 떨어져 쌓였는데 한참 걷다가 뒤를 돌아보면 그 누구도 흉내 낼 수 없을 정도로 아름다운 카펫이 됐다.

그러나 조이스로 말하자면 이 무의미한 것 같은 낙엽의 비행에도 체계를 부여하려고 노력했다. 나무를 스치는 바람 소리까지 문장으로 표현해내고자 치밀하게 고민했던 사람이다. '경야'에는 조이스가 만든 천둥소리 단어가 나온다. '우르릉'이나 '콰광'같은 게 아니다. 실제로 번개 치는 소리를 들어보면 절대로 '콰광'이 아닌 것을 우리는 안다. 조이스는 알파벳 철자 100개를 조합해 한 단어를 만들었다. 이 단어가 똑같은 형태로 본문에 총 열 번이 나오는데 마지막 열 번째 천둥소리는 철자가 101개다. 이는 작가가 낸 많은 수수께끼 중 하나다. 추가된 철자 한 개의 의미는 뭘까?

무작정 읽어가기는 이렇게 시작된다. 탐정이 수수께끼를 풀 듯. 아무런 단서도, 증거도 없이 뛰어든 사건처럼 막막하지만 우리는 매번 그 안에서 새로운 무언가를 발견할 것이다. 같은 책을 읽는 모든 사람에게 다 다른 단서가 주어질지도 모른다. 그것을 조합해 마지막에 어떤 결과가 나오든 괜찮다. 이건 책에 순위를 매기거나, 별점을 주고, 시험을 치르게 하는 행위를 향한 사소한 반격의 시작이다.

나는 이 책을
멀리 보고 있다 *

_ 김수영, 《김수영 육필시고 전집》

내가 '고독한 독서가'라는 제목으로 혼자만의 책 읽기 기획을 만든 이유는 사실 작은 꿍꿍이가 있기 때문이다. 문득 배고픔을 느끼듯 갑자기 책을 읽고 싶은 사람이라니. 몇 번을 생각해봐도 엄청 재밌을 것 같다. 이걸 모으면 나중에 《고독한 독서가》라고 제목을 붙인 책을 쓸 수 있지 않을까? 너무 재밌는 기획이라 혹시 누가 비슷한 걸 할 수도 있으니 내가 먼저 이렇게 책에 써놓는 거다. 그러나 책 기획에 특허까지 내고 싶지는 않고 특허 신청을 해도 받아 줄 것 같지도 않으니 그냥

• 김수영, 《김수영 육필시고 전집》, 25쪽,
이영준 엮음, 민음사, 2009년

이건 생각만으로 그칠 공산이 크다. 뭐, 어떠랴. 읽고, 쓰고, 재미있으면 그만이지.

어릴 때부터 흉내 내기를 좋아한 나는 재밌는 걸 보면 그걸 모방해서 다른 식으로 표현하는 놀이를 즐겼다. 패러디나 오마주라는 단어조차 모르던 그때, 나는 상상의 화가이자 소설가이며 영화감독이 되어 제법 많은 작품을 만들었다. 중학생 때 내가 쓴 일기를 보면 패러디는 거의 생활의 일부분이 된 것처럼 문장에서 익숙함이 전해진다. 당시엔 뭣도 모르고 카뮈의 짧고 건조한 문체를 따라 썼다. 가령 '오늘은 학교에 갔다. 수업시간엔 내내 다른 생각만 했다. 창으로 들어오는 햇살이 싫어서 공책으로 얼굴을 가렸다.' 이런 식이다. (쓰면서도 부끄러워 닭살이 돋을 것 같으니 읽으시는 분도 양해를 부탁드린다.) 그 순간 나는 카뮈였고, 카뮈처럼 훌륭한 지성을 가진 사람이 수준 낮은 중학교 수업을 듣기 위해 교실에 앉아 있다는 사실이 불편했다.

문체뿐만이 아니라 가끔은 글씨 모양도 작가의 그것처럼 멋지게 쓰려고 연습했던 기억이 있다. 교과서에 나온 자료 사진 중에 '윤동주 육필원고' 같은 걸 보면 괜스레 가슴이 두근거리곤 했다. 혹시라도 먼 훗날 내가 유명 작가가 된다면 내가 쓴 육필원고도 교과서에 실리게 될까? 만약 그렇다면 이제부터라도 글씨를 허투루 쓸 게 아니다. 미래의 또 어떤 중학생이 교과서에 실린 내 글씨를 보고 설레는 마음을 품을지 모르니까.

그런 이상한 망상에 젖어 나는 매일 밤 좀 더 작가다운 글씨체로 일기를 썼다. 작가다운 글씨란 학교에서 배운 대로 또박또박 잘 쓰는 게 아니다. 글자를 약간 옆으로 눕히고 빠르게 휘갈기듯 쓰는 게 기본이다. 필기구는 반드시 만년필이어야 한다. 사진에서 본 작가의 글씨 어느 것도 연필로 쓴 건 없었다. 연필은 어린이들이나 쓰는 것이다. 어른은 무조건 만년필이다. 나는 아버지가 쓰던 낡은 파커 만년필을 하나 얻었다. 그 만년필은 그럭저럭 길이 잘 들어있지만, 너무 오래 써서 펜촉 상태가 좋지 않았다. 한 문장을 쓰는 동안에도 선 굵기가 자주 달라졌다. 하지만 써보니 그런대로 멋있었다. 그렇게 일기를 썼더니 마치 생활이 궁핍한 작가가 온 정성을 기울여 쓴 미공개 작품 같았다.

작가 코스프레에 기분이 들뜬 나는 시나 짧은 산문을 200자 원고지에 썼다. 지금 그 원고들은 이사를 몇 번 하면서 거의 다 버렸지만, 당시엔 내가 정말로 작가가 된 것처럼 원고에 정성을 다했다. 교내 작문대회에서 몇 번 입상하고 나서는 더욱 어깨에 힘이 들어갔다. 교지 한구석에 내 글이 실렸을 때는 마치 등단이라고 한 듯 신이 났다. 일기 쓰는 것과는 별개로, 그 낡은 만년필로 거의 날마다 원고지 십여 장씩 이런저런 글을 채웠다. 뭐든지 쓰는 게 재미있었고 글감이 떨어져 막히는 날도 없었다. 누구에게나 빛나는 순수의 시절이 있었다고 하면, 내겐 바로 그때가 가장 아름다웠던 날들이었다.

그러던 어느 날 학교에서 단체로 어떤 작가의 문학관에 견학하러 갔다. 버스를 빌려서 갔기 때문에 거기가 서울이 아니었다는 것만 알 뿐, 어떤 작가의 문학관이었는지는 잊었다. 거기서 본 놀라운 한 가지 전시물이 내 정신을 온통 사로잡았기에 다른 기억은 다 사라지고 말았다. 실제 육필원고다. 사진으로만 봤던 작가의 진짜 손글씨 원고가 커다란 유리 상자 안에 들어있는 걸 봤다. 나는 순간 다리에 힘이 풀릴 정도로 전율이 일었다. 오래전 세상을 떠난 작가가 그 빛바랜 원고지 위에서 홀로그램처럼 피어올라 움직이는 것 같은 착각이 들었다. 동물은 죽어 가죽을 남기고 사람은 이름을 남긴다고 했던가? 아니, 그 말은 '인간은 글씨를 남긴다'로 바꾸어야 한다. 그 전시관에는 작가가 실제로 입었던 옷이나 모자, 가지고 다녔던 시계와 입에 물었던 담배 파이프도 있었지만 나는 거기서 별다른 감흥을 받지 못했다. 작가의 숨결이 오롯이 스민건 오직 하나, 원고지 위에 어지럽게 쓰인 글씨뿐이었다.

이런 사건을 겪은 후 나는 더욱 분발해서 작품활동을 이어갔다. 아직은 아무도 아는 이 없지만, 언젠가 내 이름을 딴 문학관이 생길까? 이 만년필과 원고도 거기에 전시될 것이다. '육필원고'라는 이름은 소리 없이 입술만 움직여 되뇌기만 해도 내 심장을 방망이질하는 단 하나의 이루고픈 꿈이었다.

그러나 작가가 된다는 건 쉬운 일이 아니었다. 학창시절, 작가 말고 다른 게 된다는 걸 별로 생각해보지 않은 나로

서는 졸업 후 첫 직장이 컴퓨터회사인 건 인생 최대의 아이러니였다. 그래도 생각보다 오래 회사에서 버틴 나는 결국 그런 세계에 적응하지 못하고 뛰쳐나와 책방을 차리게 됐다. 나는 거기서 원하던 대로 읽고 쓰는 생활을 이어가고자 다짐했다. 그리고 꿈에 그리던 작가가 되는 거다! 하지만 이것도 만만치 않았다. 작가는커녕 매일 책을 팔아 월세를 내는 것도 벅찼다. 여러 곳에 우편으로 보낸 글 중에 몇 개가 지역 잡지에 실리기는 했지만, 그것으로 내가 작가라는 실감은 좀처럼 들지 않았다. 뭔가 대단한 걸 쓰고 싶었다. 순수의 시대가 지났기 때문일까? 그저 교지에 짧은 글이 실린 것만으로도 가슴이 두근거렸던 중학생 시절의 나는 이제 없었다.

책방에서 심드렁한 기분으로 일하고 있던 그 무렵, 운 좋게 한 출판사와 연결되어 책을 쓸 수 있게 됐다. 드디어 기회가 온 거다. 비록 제안받은 주제는 지금 일하는 책방과 관련된 것에 한정되어 있었지만, 진짜 작가가 된다는 흥분된 마음이 온종일 내 마음을 간지럽혔다. 출판사에선 인세의 일부분을 미리 내주었다. 통장에 입금된 그 돈을 보며 나는 다시 이상한 상상을 하기 시작했다. 작가라면 이런 큰돈을 어디다 쓸까? 물을 것도 없이 밤새 술을 마시거나 무턱대고 책을 사들이겠지. 나는 술을 잘 못 마시기에 목적지는 서점으로 정해졌다. 이거 참 우스운 일이다. 서점 주인이 책 판 돈, 책 쓴 돈으로 다른 서점에 가서 또 책을 사다니.

어깨에 잔뜩 힘이 들어간 나는 시내 대형서점으로 가서 서가마다 기웃거렸다. 다른 사람이 보기에 이런 내 모습은 산책 나온 호기심 많은 강아지 같았으리라. 그리고 그때 왜, 하필 거기에, 바로 그 책이 있었던 걸까?《김수영 육필시고 전집》말이다. 책처럼 보이지도 않을 만큼 큰 판형에 두꺼운 보호 커버까지 씌운 김수영 시집이라니. 가격은 15만 원! 늘 궁핍하게 생활했던 김수영이 오늘날 살아 있다면 자기 책이 이렇게 비싼 걸 보고 뭐라 말할까? 그런 우스운 상상을 하면서 나는 그 책을 펼쳤다. 시인의 육필원고를 고화질로 스캔해서 본문에 삽입하고 그 아래에 알아보기 쉽게 컴퓨터 서체로 글씨를 정리한 책이다.

또다시 그 옛날처럼 다리가 후들거리는 기분이다. 출판사에서 미리 돈을 받은 건 바로 이 책을 사라는 신의 계시 같았다. 평소였다면 비싸서 엄두도 내지 못했을 그 책이 지금 내 손에 있다. 책이 무거워서 두 손아귀에 힘이 들어갔다. 생각하고 말고도 없이 나는 그 책을 샀다. 과연 진짜 작가들이 그럴 법한 마음으로 무턱대고 비싼 책을 사버렸다. 그날 밤 육중한 책을 부둥켜안고 저 어두운 절망의 심연으로 떨어질 운명이란 것은 아직 모른 채.

내가 절망한 건 책값이 비싸기 때문이 아니다. 시인의 육필원고를 가만히 보고 있자니 스스로 너무 한심하다는 생각이 들어서 견딜 수가 없었다. '작가처럼' 쓰고 싶어서 만년필로 멋지게 글씨를 흉내 낸 지난 시절이 무섭도록 부끄러웠다. 시인의 글씨야말로 진짜 시인의 글씨다. 무심히 책장을 넘기다 '가까이할 수 없는 서적'이란 시를 읽었다. 아니, 육필원고를 보았다고 해야 맞다. 물끄러미 글씨를 보고 있자니 한 문장, 한 단어를 쓰기 위해 얼마나 깊이 고민했는지 그 심정이 전해지는 기분이 들었다.

시인이 가까이 두고 볼 수 없던, 외국에서 온 그 책은 과연 무엇이었을까? 하이데거가 쓴 횔덜린에 관한 책일까? 김수영 시인이 하이데거의 예술철학을 즐겨 읽었다고 하니 어쩌면 그런 책일지도 모르겠다. 그는 이 책을 가까이 두고 볼 수 없을 만큼 고민에 빠져 멀리서 바라본다. 써야 하는 것, 쓸 수밖에 없는 시를 결국 쓰지 못할 것만 같은 두려운 심정이 글자 하나하나에 드러나 있었다. 반면에 나의 만년필 장난은 어땠는가? 문장이나 단어보다는 글씨를 먼저 고민했던 치기 어린 내 처지를 돌아보니, 나야말로 이 육필원고를 가까이서 두고 보기 힘들었다.

하여, 출판사에서 의뢰받은 나의 첫 책의 출간 일정은 일 년이나 뒤로 미뤄져야 했다. 이는 반성의 시간이었고 그만큼 근본적인 고민이 필요했던 기간이었다. 나는 글 쓸 때 여전히 만년필로 초고를 적는다. 어릴 때부터 그랬기에 이제는 익숙해진 면도 있지만, 이 불편함이 내게는 매번 지난날을 돌아보게 만드는 역할을 한다.

앞만 보고 썼던 어린 날이 언제나 그리우면서도 한편 안쓰럽다. 글을 쓴다는 건 고개를 뒤로하여 과거를 보면서 동시에 손은 앞으로 뻗어 자꾸만 엉뚱한 실체를 잡으려고 애쓰는 하릴없는 **노동**이다. 이 깨달음을 지금도 내 책장 맨 아래, 멀찌감치 떨어져서만 볼 수 있는 김수영 육필원고에서 배웠다. 자주 꺼내 보는 책은 아니다. 때때로, 내가 너무 글을 잘 쓰고 있다는 생각이 들면 이 책을 펼쳐본다. 그러면 시인의 구불구불한 글씨는 눈을 부릅뜨고 내게 말한다. 잘 써지고 있다면 고민을 덜 한 것이라고. 고민 없이 쓴 것일랑 미련 두지 말고 전부 버리라며 단호하게 말한다. 지금 네가 버리지 않으면 결국 네가 쓴 글을 읽은 사람이 버리게 될 거라고.

모든 숨겨진 영혼의 보석들이
드러나는 순간*

_ 로베르트 무질, 《특성 없는 남자》

　　아무런 목적 없이, 이유나 개인적인 관심에도 아랑곳하
지 않고 읽을 때 오히려 의외의 소득을 얻을 수 있다는 걸 알
게 해준 책이 로베르트 무질의《특성 없는 남자》다. 이 책을 한
마디로 정리하자면, 제목처럼 특성이 없다. 특성이 없다는 게
또 하나의 특성이라고 한다면 너무 말장난 같으려나? 하지만
어쩔 수 없이 이 책은 특성이 없다. 특성뿐만 아니라 우리가,
아니 이건 나에게만 해당할지도 모르겠는데, 책이라는 것에서
기대할만한 그 어떤 것도 별로 없다.

　●　로베르트 무질, 《특성 없는 남자》, 3권 253쪽.
안병률, 북인더갭, 2021년

그러나 이 책과의 인연을 말하기 전, 먼저 책을 읽은 사람인 나의 특성에 관해 얼마간 이야기를 풀어둬야 할 필요가 있다. 나는 특성이 확실한 사람이고 그렇게 사는 게 편했다. 그러므로 어떤 특성이 내게 있다는 걸 인식하면 일부러 그걸 더 드러내려고 애쓰면서 지냈다. 뭐든지 두루뭉술한 걸 싫어했기 때문이다. 이런 특성을 갖게 된 건 어릴 때부터 우유부단하다는 얘기를 자주 들어서인데, 도대체 왜 사람들은 초등학교도 들어가지 않은 어린애한테 우유부단하다는 말을 그리 자주 했는지 모르겠다. 실제로 그런 성격이었던 것 같다. 가족은 물론 친구, 심지어 처음 만나는 사람들에게서조차도 그런 말을 들었던 기억이 있으니 말이다.

　　이로 인해 내 성격은 확고하며 틀림없는 것을 추구하는 쪽으로 점점 더 길들었다. 대학 전공으로 컴퓨터공학을 선택한 이유도 그 때문이다. 사회적으로 한창 컴퓨터라는 새로운 문화에 관한 관심이 커지던 시절, 나는 그보다 더 명확한 특성을 가진 물건은 없다고 확신했다. 컴퓨터는 나처럼 우유부단하지 않았다. 명령이 들어오면, 실행할 뿐이다. 인간이 감히 해낼 수 없는 복잡한 일을 처리하는 것에 비하면 너무도 간단한 원리에 나는 단번에 매료됐다.

　　컴퓨터를 공부하고 IT 회사에 다니면서 내 성격은 다소 직선적으로 변했다. 인생은 누구나 단 한 번 살 수 있는 것이며 삶이라는 여정 위에 여러 갈래의 길이 있다고 했을 때,

어차피 그중 하나를 선택해서 가야만 한다면, 그리고 그게 아니다 싶어도 되돌아와서 다른 길로 가볼 수 없다면 차라리 머뭇거리지 말고 빨리 선택해서 나아가는 방법이 최선이라는 게 나의 철학이었다.

당시엔 책도 명확한 주제의식이 있는 걸 즐겨 읽었다. 이를테면 도스토옙스키의 작품처럼 주인공이 우유부단하거나 자꾸만 바보 같은 선택을 반복하면 짜증이 났다. 도대체 독자는 저런 인물을 통해 무얼 배우라는 거지? 나는《가난한 사람들》,《분신》,《지하생활자의 수기》를 읽으면서 울화가 치밀어 올랐다. 지금 다시 생각해보면 그 소설 속 인물들이 너무나도 나를 빼닮았기에 더욱 참지 못했던 것 같다. 그들은 하나같이 선택을 망설이는 동안, 삶의 길에서 엉뚱한 생각이나 하며 머뭇거리는 동안 다른 사람들에게 추월당하고 끝내 길옆으로 쓰러져 파멸의 구렁텅이에 빠진다. 나는 절대로 그렇게 되기는 싫었다.

그렇게 별 탈 없이 잘 지내던 어느 날, 내 확고한 철학을 뒤흔든 두 가지 사건이 연이어 일어났다. 첫 번째는 2001년 9월 11일 아침에 터진 세계무역센터 테러 사건이다. 나는 그 소식을 회사 근무를 마치고 퇴근하며 버스에서 라디오로 들었다. 처음엔 새로운 할리우드 영화를 광고하는 줄 알았다. 집에 도착해서 텔레비전 뉴스를 보니 영화가 아니라 사실이었다. 너무 큰 사건이라 한동안 아무런 감정도 생기지 않았다.

그날 밤엔 잠도 잘 잤다. 그 사건의 충격은 다음 날 아침부터 나를 괴롭혔다. 어떻게 밀레니엄 시대에 저런 일이 일어날 수 있나? 게다가 미국에서. 아무리 논리적으로 생각해보려 해도 불가능한 일이었다. 그건 마치 아무런 예고 없이, 이유도 모른 채 들이닥쳐 폼페이를 멸망시킨 베수비오 화산폭발처럼 여겨졌다.

그로부터 1년이 지난 2002년, 세상은 온통 월드컵 분위기에 들떠있었다. 하지만 내겐 2001년의 사건보다 더 충격적인 일이 기다리고 있었다. 그해 6월, 종로에 있는 100년 된 서점 '종로서적'이 문을 닫았다. 책을 좋아하던 내게 이건 도무지 용납될 수 없는 일이었다. 어떻게 저 큰 서점이, 100년이나 한 자리를 지켜오던 그곳이 없어질 수 있는가? 어릴 때부터 저 건물 안에서 겪었던 숱한 기억들도 산산조각이 나는 것 같아서 머리가 어지러울 지경이었다.

나는 이제 모든 걸 다시 검토해봐야겠다고 결심했다. 세상은 명확하게 설명할 수 없는 것들로 가득하다. 이해할 수 없는 일, 또는 이해 따위 필요 없는 일도 많이 일어난다. 세상에 명확한 논리로 설명할 수 있는 일이 얼마나 될까? 사실 이 세계는 시계처럼 잘 맞물려 돌아가고 있는 게 아니었다. 세상은 결코 신이 프로그래밍한 컴퓨터 게임이 아니다. 그렇게 생각하니 나의 우유부단함과 망설이는 성격이 단번에 이해됐다. 길을 걷다 생각에 잠기고 서성이는 건 오히려 자연스럽게 느껴졌다.

그 후로 책 읽기 태도도 많이 바뀌었다. 아니, 바뀐 게 아니라 원래 내 성격대로 돌아와 제자리를 잡았다고 해야 맞다. 아무것도 미리 준비하지 않고 읽었을 때, 기준이 있다고 해도 완전히 엉뚱한 것이었을 때 책이 더 재밌고 내용이 마음에 잘 와닿았다. 그런 식으로 읽을 때 오히려 더 폭넓은 독서가 가능했다.

나는 읽을 책을 선택하는 독특한 기준 두 가지를 가지고 있다. 엉뚱한 고집이지만 웃지 말고 한번 들어주시길 바란다. 첫째는 작가 이름이 멋있어야 한다. 물론 이 멋있음이란 내 기준이다. 나는 독일계 이름을 좋아한다. 뭔가 긴장감이 느껴지는 카랑카랑함이라고 해야 할까? 프란츠 카프카, 마르틴 하이데거, 아르투어 쇼펜하우어, 프리드리히 실러, 파트리크 쥐스킨트……. 이런 이름을 가진 작가가 쓴 책이라면 어쩐지 강렬한 자극을 줄 것만 같다. 미국이나 영국 작가의 이름은 너무 평범하게 들린다. 프랑스 쪽은 어떤가? 베르베르, 플로베르, 보들레르, 에밀 졸라, 로맹 롤랑 같은 이름은 듣기만 해도 말랑말랑한 로맨스 소설이 떠오른다. (물론 진짜로 이 작가들이 로맨스 전문 작가는 아니다!) 한번은 책방에 온 손님이 "귀여운 미소 책 있어요?"라고 물어서 당황했던 적이 있다. 다시 물으니 그 손님은 웃으며 '기욤 뮈쇼'라고 말했다. 세상에나, 작가 이름이 귀여운 미소라니. 그런 작가가 쓴 책은 읽기도 전에 간질거려서 닭살이 돋을 것 같다. 러시아 작가는, 음…….

이름이 너무 길고 어렵다. 그래서 읽기도 전에 벌써 지겨운 생각부터 든다.

두 번째는 반드시 오프라인 서점에서만 가능한 방법이다. 책을 들고 아무 곳이나 무작정 넘겨보는 거다. 그렇게 넘긴 면에서 최상급 표현이 두 번 이상 나오면 그건 사지 않는다. 예를 들면 '너무', '아주', '엄청' 같은 단어인데, 이것들을 나는 좋아하지 않는다. 나도 글을 쓸 때 사용을 줄이려도 노력한다. 최상급 표현은 문장을 통해 독자가 알게 해야 한다. 글 쓰는 사람이 미리 써 두면 읽는 처지에서는 맥이 풀린다.

이런 기준에 잘 맞는 작가를 그동안 여럿 발견했다. 토마스 베른하르트나 로베르트 무질이 딱 그렇다. 아아, '로베르트'이면서 동시에 '무질'이라니! 군이 최상급 표현은 쓰지 않겠다. 최근 10년 사이 읽은 소설 중에 이보다 훌륭한 책은 없다. 제목조차 마치 나를 부르고 있는 듯하다. '특성 없는 남자', 그게 바로 나다. 이 소설은 바로 그런 남자에 관한 긴 이야기다.

이전까지 나는 로베르트 무질은 물론 그가 쓴 책을 전혀 알지 못했다. 무턱대고 작가 이름만 보고 산 책이다. 당시엔 2권까지 번역됐는데, 마지막 3권은 나중에 나올 거라는 사실조차 모르는 상태에서 무작정 샀다. 그 3권이 무려 8년 후에 나올 걸 미리 알았더라면 아마 사지 않았을 거다. 그걸 몰랐기 때문에 샀고, 모르는 상태에서 읽었기에 결과적으로 나는 더 많은 걸 알았다. 사람들이 간혹 내게 왜 《특성 없는 남자》를 좋아하느냐고 물으면 웃으면서 이렇게 대답한다. "아시다시피 무질의 이 소설은 20세기 최고의 독일어 소설이니까요." 그러나 알긴 뭘 아는가. 고백하건대 나는 아무것도 모르고 샀다.

이 소설은 번역서 기준으로 1000쪽이 넘는 대작이지만 미완성이다. 그 점도 마음에 든다. 도대체 작가는 이걸 얼마나 더 쓸 작정이었는지 모르겠다. 엄청나게 썼지만 끝내 다 쓰지 못한 책이란 마치 우리의 삶이 언제나 **미완성**으로 끝날 수밖에 없음을 의미하는 것 같다. 모든 상황에서 머뭇거리며 망설이는 주인공 특성 없는 남자는 끝맺을 수 없는 이야기 속에서 영원히 살아 있다. 작가는 죽고 없지만 특성 없는 남자의 이야기는 아직 끝나지 않았다.

카프카의 미완성 소설이 그렇고 허먼 멜빌이 끝내지 못하고 남긴 젊은 선원 이야기가 그렇다. 무질의 소설은 바흐가 쓰다가 멈춘 수수께끼 같은 음악 '푸가의 기법'처럼 온갖 기술로 변주에 변주를 거듭하지만 그 모든 게 사실은 부질없음을 말한다. 예수와 같은 서른세 살의 나이에 세상을 떠난 천재 피아니스트 디누 리파티가 마지막 공연을 하던 중 힘에 부쳐 중간에 멈춘 쇼팽 왈츠 2번은 누구도 그를 대신해 연주를 이을 수 없다.

완성되지 못한 모든 것은 완료하지 못했을지언정 생명을 잃은 건 아니다. 점점 확장되고 있는 우주의 별처럼 무질의 소설엔 모든 숨겨진 영혼의 보석들이 드러나는 순간이 있다. 머뭇거림, 망설임, 서성거림, 주저함, 실패, 절망 – 그 모든 것이 우리 삶 속에서 이름 모를 별처럼 반짝인다. 그러므로 이 책은 미완성이 아니다. 카프카와 멜빌의 소설도, 푸가의 기법도, 디누 리파티 최후의 리사이틀도 마찬가지다. 이들은 이미 완성이라는 의미를 넘어서서 계속 확장하는 중이다. 우리의 삶도 완성이나 종료는 없다. 그러니 두려워할 이유도 없다. 무심히 걷고 생각하며 머뭇거리며 남긴 발자국은 누구도 흉내낼 수 없는 각자의 작품이 된다.

세계를 읽어 낼
가능성 *

_ 움베르토 에코 外, 《움베르토 에코의 중세 컬렉션》

당신의 세계관은 무엇인가? 당신은 어떤 철학을 가지고 사는가? 누군가 문득 이렇게 물어온다면 곧장 대답할 수 있는가? 세계관이나 철학이라는 말이 거창하게 들릴지 모르겠지만, 쉽게 풀어내자면 한 사람이 가진 일관된 삶의 태도다. '역시 돈이 최고'라는 태도로 사는 사람이 있다. 그러나 그런 사람에게 돈으로 뭐든 가능하냐고 물으면 머뭇거린다. 돈으로 사랑이나 우정을 사고파는 것도 괜찮냐고 다시 물었을 때, 얼굴색 하나 안 변하고 태연하게 그렇다고 대답할 사람은 많지

• 움베르토 에코 外, 《움베르토 에코의 중세 컬렉션》,
3권 327쪽, 김정하 外 옮김, 열린책들, 2016년

않을 것 같다. 사랑이나 자유가 최고의 가치라고 믿으며 사는 사람도, 그러면 사랑과 자유에 관한 간단하면서도 구체적인 정의를 내릴 수 있느냐고 물으면 답이 쉽게 안 나온다. 우리는 이렇게 늘 망설이고 머뭇거리면서도 마음 한구석엔 어떤 식으로든지 신념을 가지고 산다.

그러나 신념이 투철한 사람, 자기 세계관이 확실한 사람일수록 사실은 아예 그런 게 없거나 비정상적인 신념을 가진 이들이 많다. 세계를 보는 시각은 고정되어 있을 수 없다. 조선 시대 학자 혜강 최한기는 우주를 '활동운화活動運化'라는 말로 표현했다. 그는 세상 모든 게 살아서 움직이며 변하고 있는 거로 인식했다. 사람의 생각이나 세계의 모습 또한 마찬가지다. 이런 사상에 빗대어 봤을 때, 변화무쌍한 세상에서 홀로 정해진 신념을 가지고 산다는 것 자체가 '고인 물'이라는 말이 된다. 깨끗한 연못은 멈춰 있는 듯 보여도 쉼 없이 다른 물이 흘러들어오고 또 내보내기를 반복한다. 사는 것도 이와 같아서 오래 멈춰 있으면 썩는다는 걸 우리는 잘 안다.

다른 사람이 알아차리지 못하지만 가장 먼저 썩는 곳은 다름 아닌 머리다. 머리가 썩으면 신체 감각이 차례대로 오염된다. 입버릇이 나빠 거친 말을 달고 사는 사람을 떠올려보라. 그의 입은 애초에 문제가 없다. 머리가 썩었기에 그 기운이 마침내 말이 되어 밖으로 나올 뿐이다.

머리가 고인 연못이 되지 않도록 만들기 위해서는 끊

임없이 읽고 쓰면서 공부하는 것 외에는 달리 방법이 없다. 고정된 세계관이 아닌 확장하는 세계관, 활동운화하는 생명력 있는 철학을 가지려면 이것저것 따질 필요 없이 공부의 세계로 **무작정** 뛰어드는 수밖에 없다. 공부의 세계란 책의 세계다. 세계 석학들의 훌륭한 강의와 삶의 자취를 엿볼 수 있는 가장 손쉬운 방법으로 책 말고 또 뭐가 있을까? 우리는 책을 통해 이사야 벌린의 낭만주의 강의나 비트겐슈타인의 논리 철학 수업에 참여할 수 있다. 자리 잡고 앉아 책을 펼치는 것만으로 첫 교시에는 아도르노에게 음악을, 두 번째 시간엔 파인만에게 직접 수학 과외를 받는 게 가능한 시대다.

하지만 책 읽기의 어려움, 공부의 어려움은 대체 무엇부터 어떻게 시작할지 감을 잡을 수 없다는 데 있다. 학교를 졸업하면 우리는 이제 정해진 커리큘럼이 없는 막막한 캠퍼스에 들어간 셈이다. 책은 아이러니한 구석이 있다. 읽지 않으면 길이 보이지 않아 답답하고 읽기를 거듭하면 반대로 길이 너무 많아서 난감하다. 이런 어려움을 호소하며 책을 추천해달라는 사람이 찾아오면 나는 우선은 뭐가 됐든 잘 쓴 개론서를 질리도록 읽어보라고 권한다. 세계가 얼마나 넓은지부터 알아야 한다. 높은 산 위에 올라가서 내려다보면 조금이나마 가야할 길이 보인다.

중요한 것은 이런 개론서를 절대로 도서관에서 빌려 읽지 말라는 거다. 왜냐면 그 책은 앞으로 사전처럼 계속 가까이 두고 보게 될 것이기 때문이다. 또 한 가지, 책이 비싸다거나 갖고 다니기 어려울 정도로 크다고 해서 전자책을 사면 안 된다. 책을 읽다 보면 전자책이 필요한 때도 있다. 하지만 그럴 때라도 먼저 종이책을 산 다음 같은 걸 전자책으로 사는 게 좋다. 개론서는 소설이 아니므로 여기저기 마구 넘겨 가며 읽어야 할 필요가 있다. 적어도 그럴 때 전자책은 종이책보다 효율이 떨어진다.

준비가 끝났으면 서점으로 가자. 개론서는 많다. 지금도 끊이지 않고 갖가지 분야의 개론서가 쏟아진다. 이 중에는 내용이 알차지 못하거나 편향적인 시각으로 쓴 책도 많다. 선택하기 어렵다면 우선은 독자와 비평가들로부터 오랫동안 인정받은 스테디셀러 개론서를 선택하는 것도 나쁘지 않다.

서양 쪽만 한정해서 예를 들자면, 철학은 버트런드 러셀의 《서양철학사》(을유문화사)나 군나르 시르베크와 닐스 길리에가 함께 쓴 《서양철학사》(이학사)가 있다. 미술은 곰브리치의 《서양미술사》(예경), 호스트 월드마 잰슨과 앤소니 F. 잰슨 공저인 《서양미술사》(미진사)를 권한다. 예술 전반에 관한 흐름을 보려면 아르놀트 하우저의 《문학과 예술의 사회사》(창비)가 좋다. 역사는 해석의 방향에 따라 워낙 선택지가 방대하지만, 에릭 홉스봄의 《혁명의 시대》, 《자본의 시대》, 《제국의 시대》(이상 한길사)나 위르겐 오스터함멜의 《대변혁》을 읽으면 근대 서양의 역사를 조망하기에 좋다. 좀 더 미시적인 부분에 관심이 있다면 필립 아리에스와 조르주 뒤비가 친절하게 안내하는《사생활의 역사》(새물결)를 권한다.

이상으로 적지 않은 책을 예로 들었는데, 실은 지금 어떤 분야에 관심이 있든지 상관없이 이런 책들은 여력이 되는 한 다 갖추는 게 좋다. 한 권짜리 책부터 여러 권으로 편집되어 분량만 해도 수천 쪽에 달하는 크고 비싼 책도 있지만, 사 놓으면 두고두고 훌륭한 재산이 될 터다. 이런 책이야말로 무작정 사고 보는 거다.

그 이유는 두 가지다. 첫째는, 사 놓고 절대로 안 볼 것 같은 책이 느닷없이 훌륭한 공부 친구가 되는 일이 많기 때문이다. 이건 겪어보지 않고는 뭐라 설명할 길이 없다. 많은 학자와 예술가들이 평소엔 거들떠보지도 않던 책을 우연히 펼쳤을 때 거기서 운명처럼 영감을 받은 때가 적지 않았다. 그야말로 성석제의 소설 제목처럼 '번쩍하는 황홀한 순간'을 맞는 경험은 익숙한 책을 통해 오는 일보다 그 반대가 많다. 두 번째 이유는 매우 현실적인데, 이런 책들은 수요가 많지 않기에 출판사도 많은 부수를 찍지는 않는다. 일찍 절판될 확률이 그만큼 높다는 얘기다. 그렇지 않아도 비싼 책인데 절판된 후에 정가의 몇 배나 되는 값을 치르며 사고 싶지 않다면 지금 사는 게 오히려 이득이다.

얼마 전 나는 바로 이런 생각(지금 사야 그나마 이득이라는)에 이끌려 무작정 서양 중세에 관한 책을 샀다. 우리나라에도 잘 알려진 학자이자 소설가 움베르토 에코가 책임편집자로 참여한 책인데 분량은 전부 네 권으로 각 책이 1000쪽에 이르는 대작이다. 대작인 만큼 가격 또한 30만 원이 넘어 내 처지에서는 아주 부담스러웠다. 하지만 언제고 사게 된다면 지금일 수밖에 없다, 싶은 마음에 저질러버렸다. 그렇다. 어떤 책은 사는 게 맞지만 이런 종류의 책은 산다기보다 '지른다'라고 해야 어울린다.

후회는 없다. 거금을 치르고 나서 생활이 얼마간 궁핍해졌지만, 서양의 중세를 잘 알지 못한다면 무수한 명작들이 탄생한 르네상스 시대 이후의 문화를 제대로 들여다보기 어렵기에 내겐 이 책이 큰 도움이 됐다. 책에 나오는 내용 대부분이 인터넷 검색을 하면 찾을 수 있는 것 아니냐며 항의할 사람이 있을 거다. 그러면 나는 분명히 말한다. 책과 인터넷은 근본적으로 다른 매체라고. 인터넷은 책처럼 훑어볼 수 없다. 하이퍼텍스트의 특성상 무작정 아무 곳이나 펴서 읽을 수 없다. 특정한 무언가를 빠르게 찾아볼 때는 인터넷이 책보다 쓰임이 좋다. 하지만 번쩍하는 황홀한 순간은 언제나 특정할 필요가 없는 사이에 갑자기 나타났다가 별똥별처럼 순식간에 사라진다.

무작정 읽기의 장점은 내 의지와 상관없이 공부의 새로운 길을 열어주는 데 있다. 사람은 누구나 자기가 아는 길로만 가려는 습성이 있다. 단테의《신곡》에 한창 관심을 쏟고 있는데 갑자기 필립 로스나 레이먼드 챈들러의 소설을 일부러 찾아 읽을 사람은 많지 않을 거다. 우리 책방 손님 중에는 전설적인 일본 검객의 일대기를 그린 소설《미야모토 무사시》를 수백 번(그의 주장에 따르면)이나 읽은 사람이 있다. 그는 심지어 거기 나오는 몇몇 장면은 문장을 통째로 외우고 있을 정도로 그 책의 마니아다. 따라서 그와 무슨 대화를 하든지 결론은 '무사시'로 빠진다. 우리나라 정치 얘기를 해도 '무사시', 제주도에 중국 관광객이 늘었다는 얘기를 해도 '무사시', 심지어 문경새재에 새로 뚫린 긴 터널 얘기도 굳이 '무사시'에 나오는 어떤 일화와 비교를 하고야 만다. 그는 '무사시'에 통달했을지는 몰라도 이런 식이라면 결국 '무사시'라는 고인 연못에서 헤엄치는 물고기 신세를 면치 못할 것이다.

그는 지금껏 자기 의지대로만 읽었다. 관심이 있는 것만, 읽고 싶은 것만 읽었기에《미야모토 무사시》라는 세계 밖으로 나갈 수 없게 되었다. 앞으로는 무작정 집히는 대로 읽어보는 방법도 괜찮을 거라고 말하자 그는 깜짝 놀라며 시간 낭비라고 대꾸했다. 무엇에 관한 시간 낭비란 말인가? 한 세계에만 계속 머무를 시간이라면 오히려 계속해서 같은 부류의 책만 읽는 게 진짜 낭비다.

전에는 상상해보지도 않았던 길로 무작정 걸음을 옮기는 것은 더 넓은 세계를 읽어 낼 가능성으로 충만한 행위다. 무한한 예감과 가능성으로 가득한 세계가 바로 한 걸음 옆에 있을지도 모르는데 언제까지 한길로만 갈 것인가? 두꺼운 책을 들어 아무 데나 펼치고 거기 펼쳐진 신대륙을 향해 나아가는 사람이야말로 진정한 세계관에 관해 말할 자격이 있다.

원더랜드에 가본 여행자는
아주 드물다 •

_ 알베르토 망겔 · 자니 과달루피, 《인간이 상상한 거의 모든 곳에 관한 백과사전》

세계는 언제나 쉬지 않고 움직이며 자신의 모습을 변화시킨다. 나무나 바위처럼 멈춰 있는 것같이 보이는 것도 사실은 매 순간 움직이며 생명을 이어간다. 호기심 많은 고대의 우리 조상들은 이런 현상을 궁금하게 여겼고 이해하려고 애썼다. 인간은 궁금한 채로 남겨두는 걸 좋아하지 않는다. 어떻게든 지구와 달의 크기를 측정했고 행성의 공전과 자전 속도도 알아냈다. 타고난 탐험 정신은 이 세상에 미지의 땅이 남아 있는 걸 허락하지 않았다. 그리고 알아낸 모든 것을 책에 기록했다.

• 알베르토 망겔 · 자니 과달루피, 《인간이 상상한 거의 모든 곳에 관한 백과사전》, 744쪽, 최애리 옮김, 궁리, 2013년.

결과적으로 우리는 엄청난 책과 함께 살게 됐다. 한번은 책방에 온 손님과 한가롭게 이런 얘기를 주고받은 적이 있다. 질문은 그가 먼저 했다. 여기저기 쌓여 있는 책을 둘러보던 손님은 갑자기 "세상에 바퀴벌레가 많을까요, 아니면 책이 많을까요?"라고 말했다. 처음엔 내게 한 말인 줄 모르고 가만히 있었는데 둘러보니 책방엔 손님과 나 둘밖에 없어서 "그야, 바퀴벌레가 많지 않을까요?" 하며 작은 목소리로 대답했다. 손님은 내 대답을 듣더니 의외라는 듯이 웃으며 말했다. "책방 주인장은 당연히 책이 많을 거라 대답할 줄 알았는데요? 하지만 저는 책방 주인장도 아닌데 왜 책이 더 많을 것 같은 느낌이 드는 걸까요?"

바퀴벌레보다 책이 많을 것 같다는 그의 생각엔 다음과 같은 나름의 이유가 있었다. 바퀴벌레의 번식 속도가 빠르다고는 하지만 기본적으로 수명이 길지 못한 데다가 해충이라는 인식이 있어서 보이기만 하면 사람들이 죽이니까 개체 수는 일정 수준 이상 늘어나지 못할 거다. 하지만 책은 바퀴벌레의 번식 속도에 버금가는 현대의 인쇄 시스템 덕분에 이 순간에도 그 숫자는 기하급수적으로 늘어나고 있으며 일부러 파기하는 책의 양은 전체를 두고 봤을 때 그리 많지 않을 거라는 게 그의 주장이었다.

"그리고 바퀴벌레는 눈에 잘 안 띄지만, 책은 이렇게 볼 수 있으니 제겐 이게 더 많게 느껴집니다." 과연 일리 있는 말이다. 그는 자기 집에도 책이 많다는 이야기를 시작으로 장장 두어 시간에 걸쳐 책과 인생, 그리고 인류의 미래와 우주의 신비에 관한 장광설을 쏟아냈다. 그는 자기가 책을 아주 많이 읽었고 가지고 있는 책도 많다는 얘기를 몇 번이나 반복했다. 그래서인지 이 손님은 그날 책을 한 권도 사지 않고 돌아갔다. 얘기를 듣고만 있었을 뿐인데도 하루 치 기운이 다 빠져버린 느낌이 들었다. 나는 텅 빈 책방에 혼자 남아 우두커니 자리에 앉아서 그가 혹시 오늘 새벽 불안한 꿈을 꾸다 일어나보니 인간으로 변한 바퀴벌레가 아니었을까 하는 우스운 생각을 했다.

하긴 지금까지 살아오면서 바퀴벌레보다 책을 더 많이 봤으니 나의 인식 세계에서만큼은 벌레보다 책이 많은 건 확실하다. 헌책방이 일터니까 가게에는 당연히 책이 많다. 내 방에도, 자는 곳에도, 책상 위에도 책이 잔뜩 쌓여 있다. 이사용 종이 상자에 들어 있거나 이삼십 권씩 끈으로 묶어서 보관하고 있는 것까지 합치면 상당한 양이다. 나는 매일 책들 사이를 탐험하듯 오가며 새로운 세계와 만난다. 가득한 책을 물끄러미 바라보고 있어도 예전처럼 부담스러운 생각이 들지는 않는다.

한때 책을 잘 읽기 위한 원리를 찾는 데 빠졌던 시기가 있었다. 세상 어떤 현상도 들여다보면 원리가 있고, 그 원리는 쉽게 정리될 수 있을 거라는 믿음이 있었기 때문이다. 이 믿음은 어느 날 읽었던 라이프니츠에 관한 책에서부터 비롯되었다. 그 책은 미적분과 이진법을 창안한 라이프니츠의 사상을 알기 쉽게 정리해 놓은 것이었는데 컴퓨터에 관심이 있던 내게 이 이론들은 흥미를 불러일으키기에 적당했다. 내용 중에는 본문의 상당한 분량을 할애해 '충분근거율Principle de la Raison suffisante'이라는 개념을 설명하는 부분이 있었다. 어떤 현상이든 그것이 왜 그런지 설명 가능한 충분한 근거가 없다면 참이라 할 수 없다는 게 요점이다. 어쩌면 이리 명쾌한지!

충분근거율에 매료되어 밤새 그 책과 함께 상상의 나래를 폈다. 좋은 말로 해서 상상의 나래지, 나중에 돌이켜보니 완전한 오독이었다. 나는 읽을 만한 근거가 없는 책은 세상에 존재할 이유도 없다는 생각을 하기 시작했다. 그렇게 책을 줄여 나다가 보면 정말로 읽어야 할 보석 같은 책을 남길 수 있으리라. 이에 따라 책 읽기 계획을 수립했다. 실은 그것마저도 내가 공부해서 계획을 세운 게 아니라 서점에 널려 있는 독서 방법에 관한 책을 여러 권 참고했던 것뿐이다. 그다음은 책의 내용을 분석해 몇 가지 주제로 나누고 분류에 근거해 책을 읽는다는 나만의 책 읽기 원리를 고안했다. 이렇게 시스템만 잘 구축해 놓으면 세상에 널린 책 중에서 옥석을 가려 쉽게 읽고 참된 지식을 빠르게 쌓을 수 있을 거로 믿었다.

하지만 책을 읽어나갈수록, 아는 게 많아질수록 오히려 내 세계가 점점 좁아지고 있음을 느꼈다. 논리적으로 생각해봤을 때 지식이 늘어나면 무지는 줄어드는 게 맞지 않나? 전혀 그렇지 않았다. 앎이 늘수록 모름의 지경은 그의 몇 배씩 늘어났기에 책을 읽을수록 주변은 더욱 캄캄해졌다. 이것을 잘 설명할 수 있는 충분한 근거는 없어 보였다. 책을 잘 읽기 위한 패턴에 어떤 쉽고 간단한 원리가 있을 거로 생각했던 내 믿음도 그즈음에 허물어졌다. 세상일 대부분은 원리나 공식으로 설명할 수 없고, 사실 그럴 필요도 없는 거였다.

스티브 잡스가 설립한 회사 '애플'의 그 독특한 로고를 디자인 한 롭 제노프의 인터뷰를 본 일이 있다. 그보다 먼저 어떤 책에서 이런 내용을 읽었다. 애플의 로고 디자인이 평범한 것처럼 보이지만, 그 안에는 '황금비'의 원리가 숨어 있다는 거다. 로고를 디자인할 때 황금비의 공식을 따랐기에 그 단순한 이미지가 사람들에게 심리적으로 호감을 준다는 주장이었다. 그러면서 사과 모양 로고에 황금비를 설명하는 직선과 곡선을 복잡하게 덧붙인 자료 사진까지 첨부했다. 그러나 인터뷰에서 정작 이 로고를 디자인한 장본인은 아이러니하게도 황금비를 부정했다. 심지어 그는 애플의 제안을 받아 로고 디자인 작업을 할 당시에는 황금비가 뭔지도 몰랐다는 거다. 그는 단지 자신만의 미적 감각의 길을 따라가며 사과를 스케치했을 뿐이다.

우리는 공식이나 원리를 신봉하여 오히려 그것을 따르다 오류를 범하는 일이 잦다. 앞서 말한 황금비가 대표적인데, 나만 하더라도 학교에서 앵무조개의 단면이 황금비와 일치하는 곡선을 이루고 있으며 비너스와 다비드상의 신체 비율이 황금비라 아름답게 보인다는 걸 배웠다. 그러나 이 모든 게 사실은 황금비가 아니라는 건 이제 많이 알려진 사실이다. 신용카드나 휴대전화의 가로세로 비율도 역시 황금비가 아니다. 텔레비전의 화면 비율이 황금비라서 보기 편하다는 설이 있었으나 정작 많이 쓰이는 16:9 화면도 황금 비율인 1:1.618과는 거리가 멀다. 파르테논 신전이나 이집트 피라미드 역시 황금비와는 관계가 없음에도 우리는 오랫동안 그렇게 배웠고, 그런 식으로 가르쳤으며, 의심하지 않았다. 자연이 스스로 그런 매력적인 비율을 만든다는 게 매우 그럴듯하게 들렸고, 고대 이집트인의 미스터리한 기술력이나 위대한 그리스 학자들에 대한 환상이 수백 년 전 르네상스 시대부터 사람들의 지식과 신념을 조금씩 길들였기 때문이다.

우리는 우리의 세계가 생각보다 넓고 여전히 모르는 게 더 많다는 걸 우선 인정해야 한다. 수천만 개의 아직 모르는 표본 중에 고작 알려진 한두 개에서 어떤 원리나 패턴을 발견했다는 이유로 그걸 전체에 적용한다면 이보다 우매한 짓이 없을 거다. 예민한 감각을 타고난 예술가들은 작품을 통해 늘 자기 시대에, 혹은 다가올 시대를 향해 이런 잘못을 저지르지 말라고 끊임없이 경고한다.

몇 해 전 번역되어 반가운 마음에 산 책《인간이 상상한 거의 모든 곳에 관한 백과사전》은 그런 의미에서 나는 독자들을 향한 작가들의 경고장 모음집 같은 거로 보였다. 이 책엔 온갖 문학작품에 등장하는 상상 속 장소들에 관한 이야기로 빼곡하다. 이곳들은 미지의 세계다. 미지의 세계는 아예 없다는 말이 아니다. 말 그대로 '미지未知'다. 아직 알지 못하는 것뿐이다. 누군가는 이미 거기에 갔다 온 사람도 있을 거다. 하지만 원더랜드에 가본 여행자는 아주 드물다. 드물지만 없는 것으로 치부할 수는 없다. 아직 알지 못하는 것뿐이다.

알지 못하는 것을 알아가도록 돕는 게 책이다. 앎 중에서 가장 값진 앎은 내가 알지 못한다는 사실을 깨닫는 앎이다. 그러니 무작정 읽는다는 건 아무렇게나 읽는 것하고는 다르다. 내 안에 어떠한 원리나 원칙, 패턴 따위를 작정해놓지 않고 온전히 책과 나 둘만이 겸허한 자세로 만났을 때 비로소 읽기를 넘어서 책과 사귀며 대화할 수 있는 길이 트인다.

어니스트 헤밍웨이

《헤밍웨이 전집》

경문출판사

1967년

고등학생이 될 때까지 나의 책 읽기는 아무거나 잡히는 대로 막 읽는 방법에서 벗어나지 못했다. 그저 글자 읽는 것 자체가 좋았으므로 책 내용은 아무런 상관이 없었다. 무조건 글자가 많은 책이 좋았다. 반대로 글자와 그림이 동시에 나오는 책은 거부감이 들었다. 그림책이나 만화책 말이다. 나는 그런 책을 보면 오히려 글씨가 눈에 잘 안 들어오고 어디서부터 어떻게 읽어야 할지 몰라 머릿속이 혼란스러웠다. 지금도 마찬가지로 나는 만화를 보고 있으면 멀미가 나는 것처럼 속이 울렁거린다. 오로지 글자만 있는 책이 좋다.

내 이런 습성은 어머니의 영향을 크게 받았다. 어머니는 어디서 들었는지 몰라도 재미있는 이야기를 많이 알고 있었다. 어린 내가 잠을 못 이루는 날이면 어머니는 나와 같은 이불을 덮고 누워서 온갖 흥미로운 옛

이야기들을 오랫동안 들려주셨다. 지나고 생각해보니 어머니는 잘 알려진 전래동화 몇 개를 짜깁기해서 즉흥적으로 새로운 이야기를 만들어냈던 것 같다. 그래야 아이가 잠들 만큼 길게 얘기를 들려줄 수 있다. 그 이야기들은 아무렇게나 연결한 거라 기본적으로 앞뒤가 안 맞았다. 토끼와 거북이가 달리기 시합을 하다가 느닷없이 토끼가 거북이 등에 올라타고 용궁으로 갔는데 자기가 속은 걸 안 거북이는 거기에 있던 선녀의 옷을 뭍에 있는 나무꾼에게 갖다준다고 속여서 위기를 모면한다는, 대개 그런 흐름이었다.

이런 어처구니없는 이야기들을 자주 들으며 생활하다 보니 자연스럽게 나도 이상한 상상을 자주 하게 됐다. 그러니 어떤 책을 읽었을 때 내용이 이해되지 않더라도 글 자체를 즐길 수 있었다. 읽다가 무슨 소린지 모를 내용을 만나면 그냥 내가 상상해서 지어내면 되니까 나이에 맞지 않는 책도 다 읽을 수 있었다.

그즈음 나는 아버지 책장에 있는 두꺼운 책에도 관심을 가지기 시작했다. 책장엔 전집류가 많았다. 정음사 세계 문학 전집, 을유문화사에서 펴낸 사상 전집, 처칠의 세계 대전 회고록, 노벨문학상 수상 작가 전집 등등. 나는 아무거나 꺼내서 읽었다. '일리야드', '오디세이'처럼 읽을 수는 있지만 무슨 뜻인지 짐작조차 할 수 없는 제목도 내 맘대로 상상하면서 읽었다. 막무가내로 읽다가 내용을 조금이나마 이해할 수 있는 책을 만나면 기뻤다. 나는 아직도 아버지 책장에 있던 다섯 권짜리 헤밍웨이 전집을 잊지 못한다. 1권에 대표작인 《노인과 바다》가 실린 전집이었다. 나는 산촌에서 자라 바다를 잘 알지 못했기에 어부 할아버지와 큰 물고기의 싸움은 판타지 소설처럼 재밌었다. 얼마 전 경문출판사에서 펴낸 바로 그 책이 내가 일하는 헌책방에 흘러들어왔다. 1960년대에 나온 책인 데다 지금은 헤밍웨이 작품 대부분이 우리말로 번역되었기에 바스러질 듯 누렇게 색이 변한 이 책이 새로운 주인을 만날 확률은 희박하다. 어떤 책은 가지고 있는 것만으로 애물단지가 되므로 할 수 없이 폐지상에 넘겨버려야 할까 잠시 고민했다. 그러나 생각을 고쳐먹고 그 책을 내가 가지고 있기로 했다. 누군가 사겠다는 사람이 있으면 어쩔 수 없고, 그렇지 않아도 상관없다. 이 오래된 책이 내 어릴 적 추억을 말해주려고 일부러 나를 찾아왔다고 생각하고 싶다.

아버지는 내가 중학생 때 세상을 떠나셨다. 그때 책을 모두 버렸다. 나는 꽤 슬펐지만, 그 슬픔을 뭐라 설명하기 어려워서 그저 참고 있었다. 그렇게 버려졌던 책 중에서 특히 좋아했던 헤밍웨이가 나를 다시 찾아온 것이다. 아무거나 닥치는 대로 읽었던 어린 시절의 추억은 그렇게 어디선가 맴돌다 나를 만나러 와주었다. 오래됐지만 낡지 않은 그 책, 그 기억을 나는 고마운 마음자리로 사랑한다.

8

쓰면서

읽는다

늘 젖고,
늘 울었지*

_ 박상륭, 《죽음의 한 연구》

독자는 언제나 책을 더 잘 이해하기 위해 여러 방법을 쓴다. 작가의 글 쓴 의도가 무엇인지 되도록 거기에 가깝게 다가가 알고 싶은 게 한마음일 거다. 그러나 한편, 작가는 자신의 의도를 잘 드러내지 않는 경우가 많다. 때론 아무런 의도 없이 책을 쓰기도 한다. 정말 그런 책이 있을까 싶지만 의외로 적지 않은 작가가 그런 식으로 글을 쓴다. 의도를 명확하게 드러내야 하는 학습서나 경제경영서 정도를 빼면 글쓴이의 진짜 의도 찾기는 거의 수수께끼를 푸는 수준이다.

• 박상륭, 《죽음의 한 연구》, 15쪽,
문학과지성사, 2020년

작가가 의도를 숨기거나 때론 아무런 의도도 내보이지 않는 이유는 가능한 책이 오랫동안 생명력을 유지하기를 바라는 마음에서다. 제임스 조이스는 자신이 《율리시스》에 워낙 많은 수수께끼를 숨겨놓았기에 앞으로 수 세기 동안 대학교수들은 이것을 푸느라 분주할 것이라고 말했다. 예언은 현실이 됐다. 작가는 이미 세상을 떠난 지 오래지만 《율리시스》를 이해하려는 노력은 여전히 계속되고 있다. 《율리시스》로 문학 박사학위를 받은 사람이 《율리시스》를 끝까지 읽은 사람보다 더 많다고 하는 우스갯소리가 있을 정도다. 어쩌면 제임스 조이스는 작품을 통해 영원불멸의 존재가 될 수도 있을 것 같다.

만약 어떤 책이 너무나도 명확한 의도를 품고 있으며, 그것을 모든 독자가 쉽게 알고, 파악된 의도가 작가의 생각과 정확히 일치한다면 어떻겠는가? 이것을 한 작가가 쓴 최고로 이상적인 저서라고 부를 수 있을까? 전혀 그렇지 않다. 오히려 그런 책은 금세 잊힐 확률이 더 높다. 저자의 의도와는 달리 읽는 사람마다 새로운 무언가를 발견하는 책이야말로 훌륭한 책이다. 그래서 저자는 때론 독자가 오독誤讀 하는 것도 반긴다.

《사유의 악보》를 쓴 최정우는 어릴 때 마키아벨리의 《군주론》을 읽고 내용을 잘못 이해한 경험 때문에 인문학자의 길을 가게 됐다고 고백한다. 만약 그가 《군주론》의 정확한 의도를 알았다면 무엇이 됐을까? 정치인이 된 최정우는 상상하고 싶지 않다. 프로레슬러가 되거나 화가일 수도 있다. 하지

만 그런 일은 벌어지지 않았다. 시간을 되돌려 다시 《군주론》
과 만나게 해주어도 최정우는 어떻게든 그 책을 다르게 읽었
을 거다. 몇 번을 되풀이해도 마찬가지다. 그리고 이것이 《군
주론》을 수백 년 동안 살아남게 한 힘이다.

　　이렇게 생각을 이어가다 보면, 책을 잘 읽는다는 건 좀
더 그럴듯한 오해를 한다는 것과 뜻이 통한다. 모든 사랑이 오
해라는 말이 있듯, 책을 사랑하는 것 역시 마찬가지다. 독자는
오해하며 책 읽을 권리가 있으며 그로 인해 누구로부터도 비
난받지 말아야 한다. 독창적인 오해가 많아질수록 책과 작가
의 수명은 길어진다. 그러니 내용이 어렵고 모호한 책을 만났
다고 해서 미리 겁내거나 작가를 탓하지 말자. 그저 마음 내키
는 대로 오해하며 읽으면 그만이다.

　　그러나 오해에도 나름의 논리는 있어야 한다. 아무런
근거도 없는 오해란 억측이며 모독이다. 우리는 멋진 오해의
근거를 쌓기 위해 또 다른 책을 읽는다. 탄탄하게 쌓은 책 위
에 건축한 오해의 성은 저마다의 개성을 뽐내며 아름다운 풍
경을 만든다. 이런 자신만의 논리를 잘 만들기 위해선 몇 가
지 쓸만한 방법이 있다. 다만 여기서는 내 개인적인 의견과 대
중 강의 경험을 바탕으로 대강의 모습만 보여줄 뿐이다. 다시
말하지만, 이 책은 답을 알려주기 위한 목적으로 쓴 것이 아니
다. 독자 여러분은 부디 이 책 내용이 전부라 여기지 말고 각
자의 결대로 차근차근 공부해나가기를 바란다.

공부에는 여러 방법이 있지만 가장 고전적인 방법이 효과도 좋다. 이것은 아주 오랫동안 사람들로부터 검증받았기에 의심의 여지가 별로 없다. 그 방법은 바로 '쓰기'다. 책을 눈으로 보고 머리로 내용을 알았다고 하더라도 대부분은 금방 잊힌다. 책 읽기 외에 다양한 사회 활동으로 바쁜 현대인들은 집중력이 약해서 더욱 그렇다. 어떤 사람은 책을 다 읽고 마지막 장을 덮으면 그 즉시 책 내용이 기억나지 않는다며 하소연한다. 이건 특별한 사람에게만 한정된 게 아니다. 보통의 생활인이 책 한 권을 여러 날에 걸쳐 읽은 다음이라면, 그 내용을 자세히 말할 수 있는 사람이 오히려 드물 것이다.

뭐라도 남기고 싶은 마음에 많은 사람이 책을 읽고 난 다음 독후감을 쓰는데, 읽은 다음 책 내용이 잘 생각나지 않아서 아무것도 못 쓰는 경우가 허다하다. 다 읽고 나서 쓰려고 하기 때문이다. 책을 다 읽은 다음 뭔가를 쓰려면 귀찮기도 할뿐더러, 그나마도 즉시 쓰지 않고 며칠 미뤄두면 머릿속에 있는 책 내용이 급속도로 사라진다. 이를 보완하기 위해 읽으면서 동시에 쓰기를 권한다.

먼저 책 크기보다 조금 작은 점착 메모지를 준비한다. 맨 위에는 간단히 책의 서지사항을 기록한 다음 책 읽기를 시작한다. 어느 정도 읽은 후 마칠 때는 지금까지 읽은 내용을 간단히 한두 문장으로 요약해 메모지에 적는다. 책을 덮기 전 메모지를 책갈피 삼아 본문에 붙여두면, 다시 책을 읽으려 펼쳤을 때 유용하다. 읽은 곳까지의 내용을 적어두었기 때문이다. 그리고 이번에도 읽기를 마친 다음 마찬가지로 내용을 요약해 지난번에 쓴 것 바로 아래 적는다. 반복하면 책을 다 읽었을 때 메모지에는 자연스럽게 책 내용 전체가 요약된다. 손으로 쓴 내용은 어느 정도 시간이 지나도 머리에서 잘 잊히지 않을 뿐만 아니라 메모지는 잃어버리지 않는 이상 상당한 기간이 지난 후에도 참고할 수 있다. 이것을 바탕으로 독후감을 작성해도 되고, 언젠가 같은 책을 다시 읽게 될 때면 메모지에 적은 내용은 생각 이상으로 큰 도움이 된다.

책을 읽으면서 여러 오해를 하는 건 좋지만 책 내용을 알지도 못하면서 오해하는 건 금물이다. 어떤 오해라도 그 대상의 내용이 바탕에 있지 않으면 아무 쓸모가 없다. 그러므로 내용을 잘 알고 이해하기 위한 적절한 방법을 찾는 게 책 읽기의 기본이다. 메모지에 쓰면서 읽는 게 내용을 알기 좋은 방법이었다면, 그 내용을 이해하기 위한 것으로는 '필사筆寫'가 있다. 필사는 책 내용 전체, 혹은 일부를 똑같이 다른 곳에다 손으로 옮겨 쓰는 행위다. 필사의 장점은 이루 다 말하기 힘들 정도로 많지만, 그중 으뜸은 작가의 글 쓰는 호흡과 리듬을 따라 하며 책 내용의 이해도를 크게 높일 수 있다는 거다.

책은 글자와 단어, 문장, 단락의 순서로 이어지며 이야기의 흐름을 만든다. 작가는 긴 이야기를 지으면서도 한편으론 단어의 리듬감과 글자 사이의 호흡에까지 신경을 쓴다. 때로 어떤 작가는 이 리듬감에 작품의 사활을 걸기도 한다. 이런 경우 눈으로 빠르게 읽고 줄거리를 알았다면 고작 책의 단면만 본 것에 불과하다. 조르주 심농이 200여 권의 소설을 쓸 때 제임스 조이스는 같은 시간 동안 《율리시스》 단 한 권만 세상에 내놓았다. 그는 작품을 쓸 때 글자의 운율까지 염두에 두며 신중하게 단어를 골랐기에 하루에 써내는 원고 분량이 극히 적었다. 조이스의 책을 읽는 독자라면 그 리듬감에 주의를 기울여야 한다.

우리나라 작가 중에서 문장의 리듬감을 잘 살려 작품을 쓰는 이라면 역시 박상륭을 빼놓을 수 없다. 그의 소설은 분명 난해하며 읽기 힘든 면이 있다. 특히 작가 특유의 만연체 문장이 작품 전체에 이어지고 있기에 읽다 보면 지루하고 답답한 기분이 든다. 이런 책은 전체가 아닌 일부분이라도 필사해보기를 권한다. 손으로 문장을 따라 쓰면 눈으로 읽는 것과 달리 작가가 의도한 문장의 리듬감이 한층 자세히 전해진다.

박상륭의 대표작 《죽음의 한 연구》는 한 중이 '유리羑里'라고 하는 남쪽의 어떤 마을에 들어서는 장면으로부터 시작한다. 가던 길에서 만난 늙은 중이 그 마을에 관해 소상히 설명하는 부분은 내가 꼽는 최고의 문장이다. 나는 대학 다닐 적 그 문장을 읽고 처음으로 공책에 필사한 후, 몇 번이나 소설의 다른 곳을 필사하며 읽었던 기억이 있다. 늙은 중의 이야기는 이렇게 시작된다. "바다가 있고, 산이 거기로 내려가다 발목만

잠그고 멈춰 서버린 저 비골에서는, 늘 젖고, 늘 울었지. 술에
도 젖고, 생선 비린내에도 젖고, 계집 흘린 눈물에도 젖었더라
구." 그 마을은 일 년에 여덟 달이나 비가 오는데, 비가 오더라
도 거세게 오지는 않고 여름에도 참기 힘들 만큼 무더운 법이
없다. 겨울이 되어도 혹독한 추위가 없다. 한마디로 유리는 아
무런 특성이 없기에 더욱 사람의 몸과 마음을 괴롭히는 이상
한 마을이다. 나는 이 장면을 필사할 때, 마치 구성진 판소리
의 한 장면을 듣는 듯 문장과 단어에서 노랫소리가 스며 나오
는 것 같은 기분이 들었다.

　　　잘 읽으려면 언제나 잘 쓰려는 노력이 뒷받침되어야
한다. 반대로 만약 잘 쓰고 싶은 사람이라면 많이 읽고, 꾸준
히 읽어야 한다. 책은 이 두 가지 행위가 서로 동무처럼 어울
려야 비로소 제 아름다움을 한껏 드러낸다. 읽기만 하고 쓰지
않으면 단언컨대 제아무리 좋은 책을 만났다고 하더라도 가볍
게 서로 묵례 정도만 한 것에 지나지 않는다. 더 깊은 사귐을
원한다면 읽으면서 쓰고, 또한 쓰면서 읽기를 권한다.

야채를 먹으려면
대단히 노력해야만 한다 *

_ 블라디미르 나보코프, **《창백한 불꽃》**

문학 분야 책을 제외했을 때, 사전 정보가 별로 없는 가운데 괜찮은 책을 찾는 방법이 있다. 서문과 목차, 그리고 부록을 보면 된다. 서문에는 책 전체의 개요가 들어 있어야 한다. 한마디로 해당 책을 저자가 간략하게 정리해 보여주는 것인데, 이를 통해 독자는 그 책의 주제가 무엇이고 어떤 방식으로 썼는지 짐작할 수 있다. 서문에 온갖 미사여구를 동원해 독자가 그 책을 선택하도록 유인하는 느낌을 주는 책은 좋지 않다. 이건 명백히 낚시질이다. 본문을 시작하기도 전에 전체 내용을 다 보여주면 누가 그 책을 사서 읽겠느냐고 반문할 사람도 있을 거다. 하지만 이렇게 미리 보여주는 책일수록 내용이 알찬 경우가 많다. 보여줄 거 다 보여줘도 자신이 있다는 뜻이다. 반대로 서문을 모호하고 예쁘게 포장하는 책 중에는 정작 본문이 허접할 때가 적지 않다. 서문을 먼저 읽고 책을 사는 독자가 많으니 그런 심리를 십분 이용한 것이다.

목차 역시 마찬가지로 읽어보기만 해도 책 내용이 대강 머릿속에 그려질 정도로 명료해야 한다. 사람들은 새로운 책을 살 때 대개 서문이나 목차를 먼저 살펴보기 마련이기에 이쪽에도 멋진 문장으로 유혹하는 일이 잦다. 예쁘게 포장하는 거로 따지면 서문보다 목차 쪽이 한층 심하다. 많은 사람이 바쁠 땐 서문 건너뛰고 목차부터 읽으며 어떤 책인지 살피기 때문이다. 심한 경우, 목차의 소제목과 실제 본문 내용이 딱히 연관성이 없는 경우도 왕왕 있다. 이 정도 되면 기만이고 속임수라고 해도 마땅하다.

끝으로 가장 중요한 부분이 부록이다. 본문을 마치고 난 다음 이어지는 주석과 참고문헌, 인덱스가 충실한 책일수록 괜찮은 책일 가능성이 크다. 저자가 확실한 근거를 바탕으로 쓴 책이라는 증거이기 때문이다. 가장 안 좋은 책은 저자가 자기 경험과 생각만을 근거로 쓴 것이다. 모든 책은 글 쓴 사람의 생각으로 만들어진 것이지만, 근거 없는 생각은 세상에 존재하지 않는다는 사실 역시 중요한 문제다. 근거가 없으면 그저 뜬구름 잡는 허허로운 생각으로 끝나고 근거를 바탕으로 생각의 집을 지으면 사유다. 그러니 독자는 책을 보며 거기에 저자의 생각만 가득한지, 혹은 사유가 스며있는지 잘 판단할 일이다. 책으로 말하자면, 사유의 근거는 언제나 꼼꼼한 주석과 참고문헌에서 나온다.

그러나 현실은 학술서로 분류된 책이 아닌 이상 자세한 주석과 참고도서 등을 누락시키는 일이 잦다. 이럴 때 독자 스스로 주석가가 되어 의심스러운 부분을 찾아 메모를 남기는 것도 나쁘지 않다. 실제로 많은 사람이 책을 읽으면서 다양한 메모를 쓴다. 동의하거나 의심 가는 부분에 밑줄을 긋는가 하면 나중에 참고할 목적으로 본문 종이 귀퉁이를 접어놓기도 한다. 그냥 눈으로만 읽고 끝내기보다 이렇게 책에 다양하게 표시하면 이해의 폭이 더 넓어진다.

읽으면서 동시에 쓰거나 표시하는 건 좋다. 하지만 책에다가 곧바로 **흔적**을 남기는 건 권할 만한 일이 못 된다. 학창시절에 공부하듯 책 본문에 형형색색 밑줄과 메모를 남기는 사람이 많다. 만약 그 책을 한 번만 읽고 다시 보지 않으려는 목적이라면 괜찮지만 두 번 이상 읽을 생각이면 어떠한 흔적이든 본문에 직접 표시하는 건 도움이 안 된다.

본문에 밑줄이나 메모가 있는 책을 다시 읽으면 어쩔 수 없이 그 부분에 먼저 눈이 가기 마련이다. 눈이 가면 마음이 따라가고, 생각의 흐름도 그쪽으로 향할 공산이 크다. 좋은 책은 읽을 때마다 새로운 문장이 눈에 들어오고 전에는 미처 알아보지 못한 부분에서 마음이 움직인다. 책에 직접 표시하는 습관은 이렇듯 여러 번 읽었을 때 얻을 수 있는 좋은 점을 가로막는다.

본문에 흔적을 남기는 대신 점착 메모지나 이면지 등을 사용해 책갈피 대용으로 쓰며 메모를 남겨도 좋고, 손으로 쓰는 일에 익숙하지 않다면 스마트폰 메모장 앱을 활용하는 것도 한 방법이다. '에버노트' 같은 앱은 휴대전화와 태블릿, 그리고 PC까지 데이터가 연동되고 사진과 음성 녹음은 물론 손글씨 메모 기능도 제공하므로 책을 읽으면서 동시에 기록할 때 편하다. 혹은 구글에서 제공하는 스프레드시트에 메모 내용을 기록해도 좋다. 스프레드시트는 데이터베이스 형태의 문서를 만들 때 쓰기 좋도록 설계된 프로그램이므로 이것을 활용해서 자기 나름의 주석 문서를 만들어두면 나중에 내용을 검색할 때 좋다.

책에 주석을 만드는 일이라면, 허구이긴 하지만 훌륭한 예시가 있다. 《롤리타》로 유명한 작가 나보코프의 소설 《창백한 불꽃》에는 유명한 시인 존 셰이드가 남긴 미완성 시詩가 나온다. 생전에 그와 친했던 킨보트 교수는 색인카드 80장으로 남겨진 그 시를 편집하고 주석을 달아 책으로 펴낸다. 《창백한 불꽃》이 바로 그 책이다. 내용은 킨보트의 서문과 셰이드의 미완성 시 전문, 그리고 이어서 킨보트의 주석이 전부다. 그러나 이것을 읽다 보면 독자는 시도 주석도 아닌 하나의 거대한 이야기인 소설의 세계로 이끌린다.

한 작품에 치밀하게 짜인 주석을 만든다는 건 그것을 최대한 이해하겠다는 의지다. 킨보트는 엄격한 채식주의자인데 사람들은 그의 식사 습관을 종종 가볍게 여긴다. 스테이크와 칠면조 구이를 요리를 하는 것에 비하면 채소를 씻어 먹는 게 훨씬 편하지 않느냐는 거다. 킨보트는 주변의 이런 시선이 못마땅하다. 하지만 셰이드는 채소를 먹으려면 더 큰 노력이 필요하다면서 사람들의 태도에 일갈한다. 마찬가지로 책을 읽는 건 누구나 할 수 있는 쉬운 일이지만 작품을 이해하려는 노력은 수고롭다.

게다가 이 노력은 지루한 훈련을 거쳐야 비로소 완성된다. 책을 읽으면서 문장의 근거와 출처를 찾는 연습이 그 시작이다. 우리는 흔히 잘 알고 있는 문장을 만날 때면 아무런 의심 없이 그것을 다시 인용한다. 의심은 언제나 익숙한 것에서부터 출발한다. 당연히 황금비에 속하는 것인 줄만 알았던 그리스 비너스 조각상의 신체 비율이나 은색 노트북에 박힌 애플 로고에 의심의 눈길을 보내야 한다.

사람들은 책을 읽다가 공감하는 문장을 만나면 거의 의심하지 않는다. 마음에 들지 않는 내용을 보면 설령 그 문장이 명백한 진실이라고 해도 의심부터 하지만, 맘에 들면 맞고 틀림에 상관없이 무턱대고 믿어버리는 경향이 있다. 예를 들어, 이 책 7장의 네 번째 글에서 나는 조선 시대 학자 최한기가 말했다는 '활동운화'에 대해 썼다. 그리고 일부러 이 문장의 출처를 밝히지 않았다. 그 부분을 읽은 사람 가운데 '활동운화'의 출처를 의심했던 이는 얼마나 될까? 거슬리는 말이 아니었기에 대부분은 그냥 그러려니 하며 넘어갔을 거다. 하지만 만약에 내가 있지도 않은 학자의 글을 맘대로 지어내 인용했다면 문제가 크다. 아무리 문제 될 것 같지 않은 문장이라고 해도 근거가 부족하거나 대충 인터넷에서 떠도는 이야기를 긁어다 책에 썼다면 작품으로서 가치는 낮다.

진지한 독자는 조선 시대 학자 혜강 최한기에 관해서 알아보고 '활동운화'가 그의 저서 《기학氣學》에 나온다는 걸 찾아서 기록해둔다. 더 나아가 그 말이 《기학》의 어디에 나오는 말인지 알면 책을 이해하는 폭도 그만큼 커진다. 내가 인용한 '활동운화'는 여강출판사에서 1994년에 펴낸 판본을 참고했으며, 손병욱은 《기학》 서문에 있는 한자를 다음과 같이 현대어로 옮겼다. "기의 본성은 원래 활동운화하는 데 있다大氣之性元始 活動運化."

오랫동안 널리 알려진 문장은 아예 출처에 신경 쓰지 않고 마구잡이로 인용되기도 한다. "희망이란 것은 본래 있다고도 할 수 없고, 없다고도 할 수 없다. 그것은 마치 땅 위의 길과 같은 것이다. 사실 땅 위에는 본래 길이 없었다. 걸어가는 사람이 많아지면서 곧 길이 된 것이다." 여기저기서 자주 인용

되는 문장이다. 심지어 이 문장을 신영복 교수가 쓴 거로 알고 있는 이도 많다. 사실, 이 문장은 중국 학자 루쉰의 소설에 나온다. 루쉰이 한 연설이나 인터뷰 중에 나오는 게 아니라 소설에 나온다. 이 문장이 나온 소설에 궁금증을 가진 독자는 얼마나 될까? 정답은 루쉰이 1921년에 쓴 단편소설 《고향》의 마지막 문장이다.

그런데 한편 이 문장은 장자의 《제물론齊物論》에 나오는 "도행지이성道行之而成, 길은 우리가 걸어가는 데서 완성된다."에서 살짝 빌려온 것 같은 의심이 생긴다. 그렇다면 우리는 루쉰과 장자의 관계도 생각해보아야 한다. 나아가 루쉰의 소설 《고향》과 장자 철학의 관계도 그냥 넘어갈 수 없다. 미완성 시에 긴 주석을 붙인 킨보트 교수의 노고가 바로 이런 것이다. 하지만 이렇게 스스로 주석가가 되어 출처의 원문을 밝히면 그 후로는 인용이 포함된 글을 더 깊이 이해하는 데 도움을 준다.

외국 격언은 출처가 불분명한 것이 더 많다. "내일 지구가 멸망해도 나는 오늘 한 그루의 사과나무를 심겠다." 이 말은 문장에 '사과'가 나와서 그런지 이유는 잘 모르겠지만 뉴턴이 한 말로 알려졌는데, 실은 대표적으로 출처가 알려지지 않은 격언 중 하나다. 프랑스 국왕 루이 16세의 왕비 마리 앙투아네트가 했다는 말 "빵이 없으면 케이크를 먹으면 되지"도 역시 근거가 없다. "그래도 지구는 돈다"는 어떤가? 지동설을 주장한 갈릴레이가 종교재판에서 문책을 받은 뒤 재판장을 나오면서 혼자 중얼거렸다는 저 말에도 믿을 만한 근거 자료는 없다. 소크라테스의 "악법도 법이다" 역시 다른 예시들과 마찬가지로 딱히 근거가 없다. 이런 예를 계속 들자면 책 한 권이 모자랄 테다.

　　좋은 말이면 됐지 근거나 출처가 왜 중요하냐며 목소리를 높이는 이들이 있다. 그러나 좋고 나쁨을 떠나서 근거는 늘 중요하다. 이런 태도가 책을 읽을 때는 더욱 필요하다. 나에게 좋은 말이 쓰여있다 해서 무턱대고 고개를 끄덕이고 나쁘게 들린다는 이유로 책을 덮는다면, 단언컨대 책을 통해 얻을 수 있는 건 아무것도 없다.

마음을
움직이게 하는 문장*

_ 박완서, 《친절한 복희씨》

읽기와 쓰기는 서로 떼어서 생각할 수 없을 만큼 깊은 관계가 있다. 먹기를 즐기는 사람이 요리도 잘할 가능성이 큰 것과 같다. 그러니까 읽기 위해서 쓰고, 쓰기 위해 읽는다고 해도 무리는 없다. 잘 읽기 위해 무엇이든 자주 써봐야 하는 이유는 명백하다. 우리가 읽는 모든 책이 누군가에 의해서 쓰인 결과물이기 때문이다. 독자는 쓰는 행위를 통해 작가의 심정에 조금 더 가까이 다가갈 수 있다. 쓰지 않고 읽기만 하는 사람은 책의 내용을 파악하는 것만으로 독서를 마친다. 그러나 여기에 쓰기가 추가되면 독서는 내용 너머의 새로운 세계로 우리를 데려간다.

하지만 학교를 졸업하고 나면 쓰는 일이 점점 줄어든다. 사회생활을 하면서 보고서, 기획서 등을 쓸 일이 있지만, 그것은 쓴다기보다 작성한다고 말하는 게 더 어울린다. 잘 읽기를 원한다면 무엇보다 **쓰는 훈련**이 필요하다. 지금부터 이어지는 세 편의 글은 쓰기 훈련의 가장 기본이라고 할 수 있는 세 가지 글 양식인 독후감, 리뷰, 서평에 관한 이야기다.

책을 가지고 쓸 수 있는 글 중에서 가장 보편적인 것이 '독후감讀後感'이다. 학창 시절에 자주 써 본 경험이 있으니 이게 무슨 글인지 모르는 사람은 별로 없을 거다. 그러나 학교를 졸업하면 어른이 쓸 만한 글이 아니라고 여겨지는데, 사실 독후감은 대단히 중요한 글쓰기다. 독후감은 한자 풀이 그대로 읽은 다음 느낀 점을 글로 드러내는 것이므로 리뷰나 서평보다 개인적인 글이다. 우리는 평소에 자신의 감정을 타인에게 보여주며 사는 것에 익숙하지 않기에 독후감 쓰는 훈련은 모든 글의 기본이라고 할 수 있다. 이런 글을 자주 써보면 작가가 책을 통해 독자에게 전하려는 감정을 더 잘 포착할 수 있게 된다.

책을 읽고 느낀 점이야 마음속으로 생각하면 되지 굳이 글로 쓸 필요 있냐고 반문할 수 있다. 그러나 생각하는 것과 글로 남기는 것은 두 가지 측면에서 결이 다르다. 첫째, 생각은 시간이 지나면 사라지기 마련이다. 글은 남는다. 같은 책이라고 해도 십 년 전에 읽은 것과 지금 읽었을 때 느끼는 감정은 다르다. 그러니 느낌을 매번 짧게라도 기록해두면 나중에 다시 그 책을 읽었을 때 과거의 자신을 돌아보는 계기를 마련해준다. 둘째, 머리로 생각하는 것을 글로 쓸 때, 두 내용은 달라질 수 있다. 생각은 빠르게 생겨났다가 사라지고 또 변하는 습성이 있기에 한순간의 생각을 그대로 글로 쓰는 건 쉽지 않다. 글을 쓰려면 생각을 정리하는 과정이 필요하다. 이때 생각은 달라지기도 한다. 글은 그렇게 달라지는 과정까지도 기록해둘 수 있다.

나는 글쓰기 강의를 할 때면 초반에 늘 독후감 쓰는 숙제를 내준다. 이메일로 수강생들의 글을 받아보면 내용이 극단적으로 어느 한쪽에 쏠려 있는 경우가 흔하다. 처음부터 끝까지 감정이 과잉됐거나, 혹은 반대로 전혀 감정을 쓰지 않고 줄거리와 책 정보만 나열한 글이 대부분이다. 평소에 감정을 말로 표현하기 어려워하는 사람일수록 글 쓰는 일도 막막하다.

모든 글쓰기의 대전제는, 일기가 아닌 이상, 나 외의 불특정 다수가 읽을 수 있다고 가정하는 데 있다. 실제로 다른 이에게 보여줄 일이 없는 독후감이라고 하더라도 남이 본다는 생각으로 써야 글이 개인적인 내용으로 빠져버리는 실수가 줄어든다. 자기가 쓴 글이라고 해서 마냥 내 이야기만 쓰면 일기의 범주를 벗어나지 못한다. 무엇보다 균형이 중요하다. 잘 쓴 책을 분석해보면 언제나 균형이 잘 잡혀 있는 걸 안다. 책에 너무 저자의 말만 늘어놔서 읽기 불편했던 적이 있을 것이다. 반대로 개인적인 감정이 전혀 없는 책은 건조해서 읽기 힘들다. 독자는 읽으면서 동시에 쓰는 훈련을 통해 균형 잡힌 글이 무엇인지 자연스럽게 공부하게 된다.

가령 박완서 작가의 소설집《친절한 복희씨》를 보면 글에서 균형이라는 게 얼마나 중요한 요소인지 알 수 있다. 이 책에는 단편소설 아홉 편이 들어있는데 모두 2000년 이후에 발표한 작품이다. 박완서 최후의 작품집이며 노년에 접어든 작가의 늙지 않은 필력을 살필 수 있어서 좋은 책이다. 이 책의 가장 큰 특징이라면 소설에 등장하는 주인공이 모두 중년 이상의 지긋한 나이라는 거다. 그러니 어쩌면 노작가 박완서가 소설을 통해 자신의 이야기를 풀어놓은 것일지도 모른다.

하지만 작품을 읽어보면 소박하고 정갈한 문체 뒤로 철저하게 개인과 사회의 균형을 맞추려고 한 흔적을 찾을 수 있다. 표제작인 '친절한 복희씨'의 주인공은 늙은 여성이다. 그의 남편은 젊었을 적엔 대단히 정력적이었으나 현재 중풍에 걸려 몸도 제대로 가누지 못한다. 복희씨는 그를 간호하며 산다. 마지막에 복희씨는 삶이 버거워 죽으려고 강변역으로 갔으나 가져간 '검은 상자'만 강에 내던지고 그걸 지켜본다. 포물선을 그리는 그것의 비행을 보며 "인생 절정의 순간이 이러리라 싶게 터질 듯한 환희"를 느낀다. 이 간단한 이야기 속에 등장하는 여러 가지 상징들, 남편의 개인적인 불편함이라거나 복희씨의 친절함이라는 사회적 해석 등은 죽음으로 향하는 이야기 전개에 이상하리만치 잘 어울린다. 죽음은 인생의 끝장인데도 독자에게는 검은 상자의 포물선 하나로 묘한 희열을 보여준다.

'거저나 마찬가지'에서도 박완서의 특별한 재능은 여지없이 펼쳐진다. 아는 언니로부터 시골의 한 주택을 단돈 500만 원을 주고 거저나 마찬가지로 살게 된 주인공은, 거저나 마찬가지로 얻은 것에 발목이 잡혀 점점 자기가 살던 집에서 소외되어 간다. 한때 공장에 위장 취업해서 노동자를 위해 뭔가를 하겠다는 의지가 있던 언니도 거저나 마찬가지로 내준 집에 사는 주인공을, 마치 자기 집의 별장지기처럼 이것저것 부려먹는다. 독자는 이 이야기를 읽으며 특별한 사건이 소설 속에서 일어나지 않음에도 불구하고 작가 특유의 균형감에 압도되어 주인공의 앞날을 마음으로 응원한다. 그리고 이와 비슷한 일을 무시로 겪으며 사는 자신의 생활을 돌아보며 가슴 한구석에 뜨끔한 감각을 느낀다.

박완서의 글은 몹시 수수하고 극적인 요소도 별로 없지만, 이상하게 긴장감이 느껴진다. 그 이유는 소설 속에서 일어나는 사건이 살면서 누구나 겪을지도 모르는 일이면서 동시에 특별한 사연이기 때문이다. 독후감도 자신만의 특별한 사연을 연결하면 더욱 몰입도 높은 글이 된다. 이때 실제로 겪은 일이라고 해도 정말 저런 일이 가능할까 싶은 경험보다는 누구나 쉽게 공감할 수 있지만, 평소에 잘 생각해보지 않았던 이야기를 소재로 삼는 게 오히려 효과적이다.

한번은 수강생들에게 생텍쥐페리의 《어린 왕자》를 읽고 독후감을 써 보라는 숙제를 내주었다. 이메일로 도착한 글을 받아보니 대부분 내용이 비슷했다. 워낙 잘 알려진 작품이다 보니 달리 특별한 말을 덧붙일 게 없었던 모양이다. 몇몇 글은 어떻게든 특별함을 주고자 무리하게 애쓴 나머지 소설 내용과는 개연성이 부족한 이야기를 부자연스럽게 늘어놓기도 했다. 나는 이 숙제의 우수작으로 어떤 할머니께서 쓰신 글을 선정하여 수강생들에게 본보기로 읽어주었다.

할머니는 이번 강의 숙제를 계기로 《어린 왕자》를 처음 읽었다는 고백으로 글을 시작했다. 책 내용을 잘 이해하지는 못했으나 작가가 직접 그렸다는 삽화는 인상 깊게 봤다며 그에 관한 이야기를 주로 썼다. 그러면서 할머니는 저 유명한 '코끼리를 삼킨 보아뱀' 그림을 보며 몇 해 전 가족과 함께 여행 갔던 제주 '비양도'를 떠올렸다. 수강생들에게 물으니 제주도를 여러 번 다녀온 사람도 비양도가 제주 어디 즈음에 있는지 아는 사람이 없었다. 그건 나도 마찬가지였다. 제주의 곁섬이라면 마라도나 가파도 정도밖에는 몰랐다. 할머니는 사람들이 비양도를 모를 거로 생각해서 손자에게 부탁해 인터넷 검색으로 비양도 사진을 찾아 독후감 끝에 삽입했다. 사진을 보니 웬걸, 섬의 옆모습이 정확히 코끼리를 삼킨 보아뱀 그림과 같았다.

할머니는 가족 여행이 그때가 처음이라고 썼다. 제주도도 처음 가보았다. 그러니 책에서 그림을 봤을 때 가장 먼저 비양도가 떠오른 것이다. 할머니에게 그 그림의 정체는 모자도 보아뱀도 아닌 처음 떠난 비양도 가족 여행의 애틋한 추억이다. 그야말로 마음을 움직이게 하는 문장이었다. 수강생들에게 할머니의 독후감을 읽어주면서 프로젝터 화면으로 비양도의 모습을 보여주니 감탄하는 목소리가 연신 터져 나왔다. 자리에 있던 사람 중에 낚시를 좋아하는 어떤 분은 그제야 비양도를 알아봤다. 몇 번 거기 가본 적이 있는데 낚시에만 열중하다 보니 그 섬 모양이 저리 생긴 줄은 알아차리지 못했다는 거다.

물론 할머니가 쓰신 문장은 객관적으로 봤을 때 괜찮다고 하기 어려울 정도로 문제가 많았다. 하지만 문장은 기술적인 부분이기에 얼마든지 연습을 통해 나아질 여지가 있다. 그러나 자신의 감정과 경험을 글에 녹여내는 솜씨는 어느 정도는 재능이며 그이가 가진 고유한 감성의 영역이다. 감성은 누구나 가지고 있지만 표현하지 않으면 드러낼 수 없다. 책은 기계적으로 글자를 잘 읽는다고 해서 좋은 게 아니다. 작가가 드러내려 한 감성 신호를 알아차리지 못하면 반만 읽은 거나 마찬가지다. 그 신호를 잘 느끼기 위해 읽는 것과 별도로 꾸준히 쓰는 연습이 필요하다.

그러나 믿어다오,
이것은 오로지 우연일 뿐이다 *

_ 베르톨트 브레히트, 《서정시를 쓰기 힘든 시대》

독후감이 개인의 감정을 말하는 글이라면 리뷰는 좀 더 객관적인 시각으로 쓴 책에 관한 글이다. '리뷰review'는 많은 외국어 단어가 그렇듯 우리나라 말로 딱 맞는 번역어가 없다. 간단한 소개 글에서부터 전문적인 영역으로는 비평이나 평론에 이르기까지 리뷰는 넓은 의미로 쓰인다. 여기서는 다른 사람에게 내가 읽은 책의 대강을 소개하는 목적으로 쓴 글을 리뷰라고 하겠다.

리뷰가 중요한 글인 이유는 책과 나 사이에 적당한 거

* 베르톨트 브레히트, 《서정시를 쓰기 힘든 시대》,
55쪽, 박찬일 옮김, 민음사, 2018년

리감을 주기 때문이다. 책을 읽다 보면 내용이 꼭 내 얘기를 하는 것 같아서 어느새 푹 빠져버리는 일이 있다. 그러나 책을 쓴 사람은 어느 한 사람을 위해 이야기를 짓지 않는다. 그러니 책 내용이 아무리 내게 공감이 된다고 하더라도 그건 엄밀히 말해 착각에 지나지 않는다.

어떤 책에 너무 몰입하게 되면 독자는 작가와 깊은 유대관계가 있는 것처럼 느끼기도 한다. 내가 쓴 책을 여러 번 반복해서 읽었다는 한 독자가 우리 책방에 찾아와서 나를 친구 대하듯 한 경험은 아직도 잊히지 않는다. 나는 그를 생전 처음 보는데 그 사람은 심지어 내게 반말까지 하는 거였다. 나는 그러지 마시라고 정중히 말씀드렸다. 찬찬히 얘길 들어보니 내가 쓴 책에 너무나도 공감한 나머지 나를 오래전부터 알고 지낸 막역한 사이처럼 여기고 있었다고 한다.

위의 예는 다소 극단적인 상황이지만, 어쨌든 책을 읽고 그 내용을 내 것으로 만들어야 한다는 집착이 심해지다 보면 작품을 객관적으로 보기 힘들어진다. 사람이든 책이든 적당한 거리감이 있어야 유익하다. 리뷰는 바로 그런 거리감을 훈련하기 위한 글이다.

리뷰 쓰기를 어렵게 여길 필요는 없다. 학창 시절 시험 공부 할 때를 떠올려보면 된다. 자기가 학원 강사가 되어 학생에게 공부를 가르친다는 상상을 하며 공부해본 분이 있을 거다. 그렇게 하면 혼자서 끙끙대며 공부하는 것보다 재미있고 능률도 오른다. 더구나 자신이 내용을 확실히 모르고 있으면 앞에 있는 가상의 학생에게 가르칠 때 자꾸만 말이 막히게 되니까 그 부분에 주의를 기울이면서 공부할 수 있어 효과적이다. 리뷰도 마찬가지로 쓰면 된다. 자신이 어떤 서점의 매니저가 되어 새로운 책을 손님에게 소개한다는 마음으로 가볍게 시작한다.

리뷰를 쓸 때 주의할 점 두 가지가 있다. 첫째, 책을 읽고 써야 한다. 우스운 얘기처럼 들릴지 모르겠지만 내가 강의를 다니면서 리뷰 쓰는 숙제를 내주면 책을 읽지도 않고 쓰는 수강생들이 제법 있다. 그럴 거면 왜 글쓰기 수업을 듣는지 모르겠는데, 그 이유는 둘째 치고라도 책을 읽지 않고 그 책에 관해 글을 쓰거나 말을 하면 먼저 자신에게 부끄러운 행동임을 알아야 한다. 요즘엔 인터넷 검색창에 책 제목만 써넣으면 그 책의 서지사항은 물론 줄거리까지 대강의 정보를 쉽게 찾을 수 있다. 인터넷서점의 책 소개 페이지를 참고하면 어떤 책이든 읽을 필요 없이 간단한 소개 글 정도는 쓸 수 있다. 숙제로 내준 리뷰를 검토하다 보니 정말로 인터넷서점에 있는 글을 그대로 복사해 붙여 쓴 것도 여럿 발견했다.

피에르 바야르의 《읽지 않은 책에 대해 말하는 법》이라는 책이 있듯 책을 안 읽고도 책에 관한 글을 쓸 수는 있다. 정보는 널려있다. 하지만 좋은 리뷰란 개성이 있어야 한다. 다른 사람이 잘 보지 않는 곳을 살피고 흘려보내기 쉬운 사소한 부분을 찾아내 일깨워주는 글이 좋은 리뷰다. 누구나 다 아는 시내 큰길 옆에 있는 음식점을 맛집으로 소개하면 무슨 의미가 있나. 진정한 리뷰어는 8차선 대로가 아닌 골목을 탐험하는 사람이다. 알려지지 않은 책 속 골목을 탐험하려거든 책을 꼼꼼히 읽어야 한다.

두 번째 주의할 점은 글이 비판 일색으로 가는 걸 피해야 한다는 거다. 이 책이 무조건 좋다는 식으로 칭찬 일색인 것도 문제지만 그보다 더 피해야 할 길은 단점만 나열하는 글이다. 우리는 어째서인지 대상을 비판하는 것에 익숙하다. 초등학교 다닐 때 학교에서 민주주의를 배우는 수업이라며 달마다 한 번씩 학급 토론회 시간을 가진 적이 있다. 한 달 동안 학교에서 일어난 이런저런 일들을 안건으로 내놓고 선생님의 간섭 없이 학생들끼리 토론하는 자리였다. 이를테면 당번이 아니더라도 쓰레기통 주변이 더러우면 발견한 사람이 자율적으로 치우자는 등의 주제가 주로 나왔다. 토론이 시작되면 초반에는 한두 사람이 이야기를 잘 이끌어 나가다가도 이내 학생들은 찬반으로 나뉘어 말싸움이 붙었다. 토론은 논리 있는 말로 상대방을 설득하는 게 기본이라고 배웠지만 그렇게 하는 사람은 아무도 없었다. 이쪽 논리로 저쪽을 설득하기보다는 저쪽 논리를 비난하는 식으로 이쪽 논리의 우세함을 드러내는 거였다.

왜 이런 일이 일어나느냐면 토론자들이 아직 어려서 논리가 부족하기 때문이다. 설득할 논리가 없으니 상대의 논리를 비난할 수밖에 없다. 이건 어른이라고 해도 다르지 않다. 선거철 텔레비전 토론 방송에 나온 정치인들의 태도를 보면 초등학생 때 했던 토론 수업과 별반 차이가 없어서 쓴웃음이 나온다. 리뷰 쓰기도 이 부분을 주의해야 한다. 잘 읽고 나름 의 논리로 다른 사람을 설득할 재량이 없으면 책의 단점이 더 크게 보이는 법이다.

얼마 전 책방에 들른 한 손님으로부터 책에 대해 한 수 배운 일이 있다. 그가 일부러 나를 가르치려 한 것은 아니다. 배움은 작은 계기를 통해 자연스럽게 내 안으로 스며들었다. 그 손님은 소설 쪽 책장을 두리번거리고 있었다. 나는 찾고 계 신 책이 있는지 물었다. 손님은 딱히 그런 것은 없고 다만 브 레히트에 관심이 생겨서 최근 그가 쓴 희곡 몇 개를 읽었다고 만 했다. 나는 재빠르게 브레히트 시선집 한 권을 꺼내 손님에 게 보여줬다. 《서정시를 쓰기 힘든 시대》였다.

손님은 "극작가로만 알았는데 시집이 있었군요. 그런데 제목을 보니 좀 무거운 내용일 듯하네요."라고 말하며 책장을 넘겼다. 나는 그 시집의 내용을 알고 있었기에 브레히트가 말 한 '서정시를 쓰기 힘든 시대'에 관해 손님에게 이야기했다. 히 틀러가 유럽을 장악하고 있던 그런 시대라면 과연 말랑말랑한 서정시를 쓸 수는 없었을 것이며, 그러면서 나는 히틀러 시대 에 유럽 지식인들이 어떤 고난을 겪었는지 설교하듯 긴 이야 기를 풀어놓았다. 내가 잘 아는 주제가 나왔기에 들뜬 것이다.

내가 건네준 책을 들고 시 몇 편을 읽고 있던 손님은 "네, 과연 그렇군요.", "그럴 만하군요." 같은 말로 가끔 장단만 맞춰줄 뿐 내 말을 끊지는 않았다. 정신을 차리고 보니 내 입에서는 이제 브레히트가 아니라 발터 벤야민과 한나 아렌트가 어쨌다는 식으로 말이 저만치 흘러가고 있었다. 나는 "죄송합니다. 제 말이 좀 길어졌어요. 어쨌든 브레히트의 시가 희곡만큼이나 훌륭하다는 뜻이었습니다." 하고는 멋쩍게 웃었다. 손님은 괜찮다고 하면서 내게 읽고 있던 시집을 건네줬다. 그리고는 "힘든 시대라는 게, 그 중심에 히틀러가 있는 건 아닐지도 모르겠습니다."라며 애매한 미소를 지었다.

브레히트에게 힘든 시대가 히틀러 시절이 아니면 또 무슨 의미가 있단 말인가? 손님에게 그렇게 되물었더니 그는 이렇게 말했다. "물론 히틀러가 문제긴 했지만요. 제 생각에는 그로 인해 독일 국적을 박탈당하고 여러 해 동안 타국을 전전했던 망명 생활 시절을 뜻하는 게 아닌가 싶어요. 브레히트는 전쟁이 끝나고도 살아남았죠. 아시다시피 그때 죽은 사람이 많잖아요? 벤야민 같은 사람은 국경을 넘다가 막히자 자포자기 상태에서 스스로 목숨을 끊었고요. 브레히트는 자기가 그런 시절에 도망 다니듯 살아남아 시를 쓰고 있다는 게 무척 힘들었을지도 모르겠습니다."

이야기를 듣고 보니 과연 그랬다. 그전까지 내 관심은 오로지 히틀러와 세계대전, 유대인 학살 같은 잘 알려진 주제에 머물러 있었다. 당시 그들의 망명 생활이 어땠을지는 거의 생각해본 일이 없다. 손님은 조금 전 아무 곳이나 펼쳐서 시를 읽다가 "나는 우연히 면했을 뿐이다"라는 문장에 눈길이 머물렀을 때 문득 그런 생각을 했다고 말했다.

나는 괜히 알은 채 하면서 입을 나불거렸던 게 부끄러워 손님에게 사과했다. 그랬더니 그는 자기도 아는 게 별로 없는데 우연히 그런 생각이 들었던 것뿐이라며 머리를 긁적였다. 이어서 손님은 "믿어주십시오. 이것은 오로지 우연일 뿐입니다."라며 브레히트의 시 한 구절을 흉내 냈다. 우리는 서로를 보면서 한동안 웃었다. 그는 고맙다면서 내가 권한 브레히트의 시집을 사서 돌아갔다.

이런 일을 계기로 나는 책을 읽고 그것에 대해 뭔가를 쓸 때면 언제나 잘 알려진 부분보다는 그렇지 않은 쪽으로 고개를 돌려보곤 한다. 잘 알려진 사실만 가지고 쓰면 안전하다. 하지만 위대한 작가의 작품을 보면 하나같이 위험을 무릅쓰고 쓴 것이다. 안전한 상태에서, 안전을 추구하며 쓴 작품은 오히려 생명력이 약해 금세 잊힌다. 이렇듯 죽기를 각오하며 쓴 책을 손에 들고 편한 마음으로 읽을 수 있을까. 써보지 않으면 쓴 사람의 마음을 좀처럼 알기 힘들다.

전날보다 훨씬 익숙해진
숲길 *

서평은 책書을 평가評하는 글이다. 주로는 책의 내용에 관해서 평가하지만 때로 그 책의 만듦새나 표지, 제목 등을 평가하는 일도 있다. 다양한 면을 자유롭게 평가할 수 있지만, 좋고 나쁨을 결정하는 것은 아니다. 좋은 책이나 나쁜 책은 없다. 자기 기준에 따라 그런 결정을 내릴 뿐이다. 더군다나 좋음과 나쁨이라는 개념 자체가 추상적이고, 이를 평가하는 기준은 매우 다양해서 결정지어 말하기 곤란하다. 그러므로 이것은 서평의 글감으로 적당하지 않다. 책의 좋은 면과 나쁜 면

• 최윤, 《동행》, 228쪽,
문학과지성사, 2020년

은 독자가 저마다 읽고 판단하는 영역이다.

책의 어떤 면모를 평하든지 남이 쓴 책을 평가한다는 자체만으로도 서평은 조심스럽게 접근해야 한다. 왜냐면 남을 평가할 수 있는 공식적인 자격을 가진 사람은 아무도 없기 때문이다. 그러나 이런 일을 직업적으로 하는 사람들이 있다. 평론가 말이다. 평론가는 해당 분야의 다양한 지식을 갖추고 떳떳한 논리로 작품을 평가한다. 지식이 많다고 해서 평론을 잘할 수 있는 건 아니다. 문제는 어떤 논리와 근거로 작품의 이모저모를 잘 살피는가다. 그러므로 서평 쓰기 연습을 통해 독자는 작품을 더욱 심도 있게 보는 방법을 배울 수 있다.

독후감이 개인적인 감상을 쓴 글이고 리뷰가 책을 소개하는 목적이라면 서평은 책 내용을 해체해서 새로운 면모를 발견하고 이를 밖으로 드러내는 일이다. 앞서 다룬 다른 글과 마찬가지로 자세하게 설명하자면 끝없는 이야기가 될 테니 여기서는 내가 실제로 서평 청탁을 받았을 때 어떤 점에 주의를 기울이며 쓰는지 간단히 밝히도록 하겠다. 더 깊은 내용을 알고 싶은 독자라면 린다 플라워의 《글쓰기의 문제해결 전략》(동문선)을 읽어보길 권한다. 나 역시 이 책을 통해 많은 것을 배우고 익혔다.

서평은 다른 글과 달과 감정적인 요소는 적고 기술에 해당하는 부분이 두드러지게 작용한다. 그럴 수밖에 없는 것이, 책을 평가하는 목적이므로 개인적인 감정이나 감성은 자

첫 글의 성격을 엉뚱한 쪽으로 흘러가게 만들기 때문이다. 이 것이 서평을 쓸 때 조심해야 할 첫 번째 사항이다. 어떤 사람은 자신이 가진 생각이 대다수의 의견이라 착각한다. 이는 정말로 그런지 검증이 거의 불가능할뿐더러, 설령 정말로 그렇다고 하더라도 자기 생각을 근거 없이 일반화시켜 서평의 글감으로 삼는 건 안 될 일이다. 어딘가에서 들은 이야기, 인터넷에 떠도는 이야기, SNS에 흔히 올라오는 이야기 등도 경계해야 한다. 자주 접하는 소식이라고 해서 그게 반드시 사실이라는 근거는 어디에도 없다. 언제나 먼저 의심하고 그다음은 철저하게 확인해 출처를 찾아내는 게 모든 글쓰기의 기본이다. 하물며 남의 책을 평가하는 서평에는 더욱 중요한 태도다.

다음으로 많은 사람이 서평 쓸 때 실수하는 점은 책임지지 않으려는 문장을 남발하는 경우다. 이런 문장은 다른 분야의 글을 쓸 때는 어느 정도 허용되지만, 서평에는 되도록 쓰지 말아야 한다. 예를 들면, '~라고 생각한다.', '~일지 모른다.' 같은 문장이다. 확실한 논리를 가지고 책을 평가하는 글에서 글 쓴 사람의 생각은 굳이 쓸 필요가 없다. 모든 문장은 쓴 사람의 생각으로부터 나온 것이며 그 생각을 정리해 내놓은 게 서평이다. 그러므로 어떤 문장을 쓰고 나서 그렇게 생각한다는 말을 다시 덧붙이지 않아도 된다. 이건 마치 일기를 시작할 때 '나는~'이라는 말을 쓰지 않아도 되는 이유와 같다. 또한, 이런 표현은 읽는 사람이 반대 의견을 냈을 때 '이건 그냥 내 생각일 뿐이라고……' 하면서 회피하는 느낌을 준다. 생각을 확실히 정리한 다음 글을 쓰면 '~라고 생각한다'라는 표현은 자연히 줄어든다. '~일지 모른다.' 역시 같은 맥락에서 떳떳하지 못한 문장이다. 이것일지 저것일지 모른다면 그 문장을 아예 쓰지 않는 편이 좋다.

　　글쓰기 수업을 할 때 본 어떤 수강생의 글이 유독 이런 문장으로 가득했다. '무라카미 하루키의 소설은 아주 재밌다고 생각한다.', '하루키의 작품은 미국 문화의 영향을 많이 받았을지도 모른다.' 같은 식이다. 심지어 '하루키 작품 속 등장인물이 나와 비슷한 성격일지도 모른다고 생각했다.'처럼 '모르는 생각'까지 등장했다. 이런 경우 '하루키의 소설은 아주 재미있다.'라고 쓰면 그만이다. 그러나 이 수강생은, 나는 분명 재미있게 읽었지만 다른 사람은 재미가 없었을지도 모르기 때문에 문장을 저렇게 썼다고 했다. 당연한 말이다. 세상에 모든 사람이 한마음으로 재밌게 읽은 책은 존재하지 않는다. 두 번째 문장도 자기가 보기엔 하루키의 작품이 미국 문화의 영향을 받은 것 같기는 한데 확실한 근거가 없으니 그랬을지도 모른다는 식으로 문장을 맺었다. 나는 수강생에게 다른 책을 뒤져서 그 근거를 끝까지 찾아내든지 문장을 지우든지 둘 중에 하나만 선택하라고 조언했다. 책임지지 못할 글이라면 아예 쓰지 않는 게 좋고, 썼으면 글에 책임을 지는 게 쓰는 사람의 기본자세다.

다음은 내가 청탁을 받아 쓴 최윤 작가의 소설집 《동행》의 서평을 예로 들어 이 글이 어떤 과정을 통해 쓰였는지 밝히도록 하겠다. 이 책은 작가가 2012년부터 2020년 사이에 발표한 단편 소설 아홉 편을 모아 엮은 것으로, 연작소설이나 장편이 아니기에 줄거리가 서로 이어지지는 않는다. 이런 경우 서평 전체에 드러나는 한 가지 주제를 정하기가 쉽지 않다. 출판사에서 '동행'이라는 작품을 표제작으로 삼아 책 제목 또한 그리 붙였으니 편집자의 의도를 조금은 짐작만 할 뿐이다.

서평이라는 글을 이루는 요소는 사람에 따라 다르게 보겠지만, 무엇이든 자기만의 중심 요소 몇 가지를 미리 설정해두고 쓰기 시작해야 중간에 막혀서 고생하는 일이 덜하다. 내 경우 세 가지를 글의 중심에 둔다. '주제', '상징', 그리고 '구성'이다. 서평을 쓸 때 늘 이 세 가지를 마음에 두고 책을 읽는다. 이 책은 어떤 주제의식을 가지고 있으며 그것을 드러내는 상징적인 요소가 무엇인지, 그리고 주제를 만들고 있는 전체적인 구성이 어떤 식으로 짜였는지가 내 관심사다.

나는 글을 쓰는 게 직업이다 보니 한 번에 원고 여러 개를 동시에 쓰는 일도 적지 않은데, 그래서 책 읽고 글 쓰는 작업에 할애하는 시간 배분도 중요하다. 지금 독자 여러분이 읽고 있는 이 책의 글 한 꼭지 분량은 200자 원고지로 20~25매 사이다. 만약 이 정도 길이로 서평을 쓴다고 가정했을 때, 그리고 대상이 되는 책 본문이 300쪽 내외라고 하면 책 읽기부터 글을 마칠 때까지 10시간이 예산이다. 비단 책 읽고 글 쓰는 것을 직업으로 가진 사람만이 아니라 평소에 이렇게 마감이 있는 원고를 청탁받았다고 상상하며 읽고 쓰는 습관을 들이면 독서에 더욱 집중력이 생긴다.

　책은 세 번 반복해서 읽는다. 처음 읽을 때는 1시간 동안 속독하면서 대강의 내용을 익힌다. 두 번째는 3시간에 걸쳐서 처음보다 느리게 읽되 앞서 말한 세 가지 요소인 주제, 상징, 구성에 집중하여 본문을 살핀다. 마지막 세 번째 독서는 2시간이며, 써야 할 서평의 전체적인 틀을 머릿속에 넣어두고 그에 맞춰 인용할 부분이나 중요하다고 여기는 키워드 단어를 찾는 데 집중한다. 이러면 읽기에 총 6시간이 소요되며 남은 4시간 동안은 글을 쓴다. 이렇게 보면 서평 하나를 쓰는 데 하루 10시간을 투자하는 것처럼 보인다. 하지만 현실은 다르다. 하루를 꼬박 글 한 편에 다 할애하지는 못한다. 작가도 생활이라는 게 있고 청탁 원고도 보통은 여러 개를 동시에 작업하는 경우가 많다 보니 이 10시간은 사실 며칠 동안 나누어 일어나는 일의 총합이다.

　《동행》의 서평 주제로 내가 선택한 것은 '여정', '함께 걷기', '타인', '남은 사람', '지나온 길' 등 여럿이었다. 표제작이 '동행'이기에 거기에 맞춰 글의 주제를 정해도 무리는 없겠지만 그러면 어쩐지 너무 뻔한 선택 같아서 되도록 특별한 키워드를 찾으려 애썼다. 작가에게 뻔한 글을 쓰는 것만큼 자신을 부끄럽게 만드는 게 또 있을까. 최종적으로는 '여정'과 '지나온 길' 사이에서 고민하다가 그 둘이 서로 비슷한 뜻이기도 해서 좀 더 쉬운 말인 '지나온 길'을 주제로 뽑았다.

소설집에 실린 단편들은 모두 어떤 사람이 겪어온 일을 돌아보는 형식이기에 거기서 '지나온 길'이라는 아이디어를 얻었다. 표제작 '동행'은 두 사람이 함께 온 길이며, 가다가 돌아보았을 때 떠오르는 아들의 죽음이라는 과거의 기억이 길 위에 파편처럼 흩뿌려진 이야기다. 이 주제를 잘 보여주는 상징은 소설 속에 수두룩하다. 정말 많기에 어느 것을 골라야 글을 잘 풀어갈 수 있을지 고민하는 게 문제다. '동행'에서는 방송이 흘러나오고 있는 텔레비전 모니터를, '서울 퍼즐'은 질주하는 자전거와 마지막에 남은 두 개의 여행 가방을, '울음소리'에서 찾은 건 주인공이 산책하다가 만난 오르막길 등이다.

주제와 상징물을 찾은 후엔 책의 전체적인 구성을 살피는 것으로 마치는데, 이건 어찌 보면 가장 쉬운 일이다. 왜냐면 어떤 작가든지 글을 쓸 땐 구성을 미리 하기 때문이다. 잘 쓴 글일수록 구성의 설계도가 더 자연스럽게 작품에 드러난다. 우리는 수필을 흔히 '붓 가는 대로 쓴 글'이라고 배웠다. 하지만 정말로 그렇게 쓰는 작가는 없다. 붓 가는 대로 쓴 글이라며 교과서에서 예시로 배운 피천득 작가의 '인연'에서도 정교한 구성의 흔적을 찾을 수 있다. 의식의 흐름 기법을 사용한 제임스 조이스, 버지니아 울프, 윌리엄 포크너의 소설도 정말 작가가 의식의 흐름대로 쓴 게 아니라 실은 오랜 구성을 거친 후에 나온 작품이다. 책을 읽을 때 작가가 어떤 구성을 사용해 썼는지 파악해보는 것도 독서의 한 즐거움이다.

책을 이렇게까지 읽을 필요가 있나 싶은 사람도 있을 거다. 맞는 말이다. 책은 어떻게 읽든 상관없다. 다만 책을 큰 산이라고 했을 때 거기에 나 있는 작은 숲길들을 하나씩 걸어보는 즐거움을 생각한다면 최대한 꼼꼼하게, 좀 더 비밀스러운 내용까지 파헤쳐가며 읽는 게 좋다. 읽고 쓰는 것은 훈련을 통해 계속 나아질 수 있고 이것을 통해 책이라는 숲길은 전보다 훨씬 더 익숙한 곳이 되어 우리 마음을 풍요롭게 만들어 줄 것이다. 길을 모를 땐 모든 게 어렵고 무섭게 느껴지지만 익숙한 숲길은 보이는 것, 들리는 것, 냄새나는 것 모두가 즐거운 음악이다. 책은 언제나 이 아름다운 연주회에 당신이 참여하길 기다린다.

미셸 뷔토르

《시간의 사용》

삼성출판사

1979년

때론 아무리 노력해도 읽히지 않는 책이 있다. 그럴 땐 책을 멀찌감치 치워버리고 잊어버려도 되겠지만, 그게 또 맘 같지 않다. 이상하게도 더 읽고 싶어서 오기가 생긴다. 그런 이유로 학창 시절 공부하듯 노트에 소설 내용을 옮겨적고 일일이 주석을 달아가며 읽은 책이 몇 권 있다.

도스토옙스키의 《분신》은, 제목처럼 주인공의 도플갱어 때문에 큰 곤욕을 치른다는 내용이다. 하지만 이 소설은 등장인물의 행동이며 내용 전개가 이상한 면이 있어서 읽다가 자꾸 흐름이 끊겼다. 그 이유를 알 수 없어 장별로 내용을 분석하고 그에 따른 도식을 그렸다. 그냥 읽을 때는 몰랐는데 써 보니 알았다. 놀랍게도 《분신》은 그 주제에 걸맞게 각 장의 구성을 거울에 비치듯 다른 장과 맞물려놓았다.

베케트의 희곡《고도를 기다리며》도 비슷하다. 이 작품은 두 개의 장으로 구성되어 있고 각 장에서는 거의 비슷한 일이 일어난다. 약간만 다르다. 나는 그 차이를 하나하나 노트에 쓰면서 읽어나갔다. 제임스 조이스의《율리시스》나 박상륭의《죽음의 한 연구》는 내용 자체의 방대함과 그 안에 숨겨진 여러 상징을 찾아내느라 각각 거의 노트 한 권 분량에 해당하는 필기를 써냈다.

이렇게 읽은 책 중에서는 프랑스의 누보로망 계열 작가 미셸 뷔토르의《시간의 사용》이 단연 기억에 남는다. 누보로망은 한때 인기가 있었으나 지금에 와선 그 세력이 예전만 못하고 우리말로 번역된 책은 손에 꼽을 정도다. 더구나 미셸 뷔토르는 우리나라에 팬이 많지 않으니 서점에서는《변경》정도만 찾아볼 수 있다.

그런데 미셸 뷔토르의 또 다른 대표작《시간의 사용》이 1970년대 삼성판 세계문학 전집에 실려 있다는 걸 알게 되어 구해 읽었다. 이 작품은 지금까지 다른 번역이 나오지 않고 있기 때문에 뷔토르의 팬이라면 반세기 전에 출판된 이 책을 읽을 수밖에 없다.

《시간의 사용》은 일본어판 제목이《일과표》인데 제목에서 암시하듯 일기 형식을 따른 책이다. 주인공 '자끄 레벨'은 블레스턴이라고 하는 가상의 도시에 와 있다. 그가 이 도시에 온 것은 10월이고 내용상 다음 해 9월까지 1년간 그곳에 머물면서 이런저런 일을 겪은 다음 떠나는 게 줄거리의 전부다. 그런데 자끄 레벨은 무슨 생각인지 도시에 온 다음 해 5월부터 일기를 쓴다. 이 일기는 도시를 떠나는 9월까지 계속된다.

자끄 레벨은 5월 일기에서 5월과 작년 10월에 일어난 일을 쓴다. 6월엔 6월과 작년 11월, 7월에는 7월을 포함해 5월과 12월에 겪은 일을 기억해 쓴다. 8월엔 8월, 6월, 4월, 1월을 쓴다. 마지막으로 9월 일기에선 9월, 8월, 7월, 3월, 2월의 기억이 등장한다. 구성을 보였듯 이 소설에선 주인공이 겪는 일보다는 그 일을 기억해내는 시간의 움직임이 중요하다. 복잡하게 얽힌 이 '시간 사용법'을 나는 도표와 수식을 동원해서 그렸다 지우기를 반복하며 읽었다. 다 읽고 보니 노트는 마치 대도시의 열차 시간표처럼 날짜와 장소가 서로 엮여 어지러웠다. 그러나 복잡해진 도표를 보는 나는 오히려 머릿속이 시원해졌다. 어쩌면 미셸 뷔토르가 독자에게 원했던 독서 방법이 이런 것이 아니었을까 싶을 정도로 만족감을 느꼈다.

책이라고 해서 다 같은 책이 아니다. 사람마다 성격이 있고 그에 따라 쓰는 언어나 행동 방식, 가치관이 다르듯 책도 마찬가지다. 한 번 읽고 마는 책이 있는가 하면 여러 번 읽어야 마땅한 책이 있다. 때로는 그림 그리고, 옮겨적고, 자기만의 주석을 만들어 공부하듯 읽어야 제맛인 책도 있다.

9

겹쳐서

읽는다

천재만이 다른 천재를
이해할 수 있었다[*]

_ 이사야 벌린, 《낭만주의의 뿌리》

책방에서 오래 일하다 보니 책 좋아하는 사람을 많이 만났다. 특히 헌책방은 좀 더 그런 사람들이 자주 찾아오는 가게다. 책을 좋아하는 사람도 많고 책 읽기를 좋아하는 사람도 많다. 우리나라 독서율이 낮다고는 하지만 간서치들이 아예 없는 건 아니다. 책에 빠져 사는 사람들은 어디선가 그들만의 작은 세계를 이루면서 존재하는 법이다. 나 역시 책을 좋아하고 책 읽기를 즐기니까 책방에서 일한다. 책방은 책을 좋아해야 길게 일할 수 있다. 특히 책의 물성, 이 오묘한 사물의 존재 자

• 이사야 벌린, 《낭만주의의 뿌리》, 117쪽,
서기용 옮김, 필로소픽, 2021년

체를 좋아해야 책방에서 일할 맛이 난다. 적어도 책방 주인은 책에 관해서라면 조금은 낭만적인 생각을 품고 있어야 한다.

내가 가진 낭만적인 생각의 시초는 누구보다 책을 많이 읽는 거였다. 책을 많이 읽으면 아는 게 많아지고, 아는 게 많으면 세상 모든 궁금증을 다 풀 수 있을 거로 믿었다. 그래서 속독에 빠져들었다. 빨리 읽으면 많이 읽을 수 있다는 단순한 논리 외에 다른 이유는 없었다. 얼른 한 권 끝내고 다음 책을 이어서 읽었다. 내가 읽는 방법은 도미노 게임 같았다. 책을 줄 세워 놓고 하나씩 무너트리듯 읽어나가는 거다. 그렇게 하니 나름대로 성취감도 있었다.

하지만 뭔가 아쉬웠다. 책은 많이 읽는데 내 지식은 좁아지는 것 같은 답답함을 느꼈다. 아니, 좁아진다기보다 편협해진다고 말하는 게 맞다. 그때 문득 깨달았다. 지식은 한 길로 나 있는 도로 같은 게 아니었다. 그것은 셀 수 없이 많은 곁가지를 거느린 거대한 나무다. 나무에 달린 잎사귀 하나를 이해하기 위해 오직 그것만을 살핀다면 생각은 편협해질 수밖에 없다. 잎을 알려면 나무를 보아야 하고, 나무를 이해하기 위해서는 숲으로 들어가야 함을 알았다.

세상 모든 지식이 **연결**되어 있을 거란 예감을 갖기 시작한 것도 그즈음이다. 대학에서 컴퓨터공학을 공부하며 인터넷이라는 거대한 그물망을 마주하고 나니 내 예감은 조금씩 확신으로 변했다. 어떤 것이 궁금해서 그에 관한 책 한 권을 읽는 건 의미가 없다는 쪽으로 생각이 흘러갔다. 책은 한 권씩 읽을 게 아니라 여러 권을 동시에 두고 읽어야 한다. 책과 책의 가지를 연결 지어 줄기로부터 뻗어 나오게 만들어야 지식은 잎에 머물지 않고 나무의 모습을 갖춘다.

지식은 언제나 겹쳐있고 얇은 바람이 갑자기 밀어닥치듯 사방에서 한꺼번에 찾아온다. 책 겹쳐 읽기는 직선이 아닌 다층적인 구조를 파악하며 지식을 단련하는 방법이다. 지금부터 책을 여러 권 동시에 읽는 방법과 그렇게 했을 때 어떤 책을 겹쳐 읽기 목록으로 넣어야 할지 함께 공부해보도록 하겠다.

책을 동시에 읽는다는 말 대신 앞으로는 겹쳐서 읽는다는 표현을 주로 쓰겠다. 동시에 읽는다고 하면 책을 여러 권 늘어놓고 한 번에 보는 장면이 연상되기 때문이다. 겹쳐 읽기는 책을 수평으로 늘어놓는 게 아니라 위아래로 서로 조금씩 포갠다는 의미에 가깝다. 첫 번째 책 위에 다음 책을 살짝 걸치게 두는데, 이때 책이 투명해서 서로 가리지 않는다고 생각하면 된다. 컴퓨터 이미지 편집 프로그램의 레이어 기능이라고 보면 맞다. 만약 겹쳐 읽는 책을 세 권이라고 했을 때, 이 세 권을 어느 날 동시에 펼쳐놓고 읽는 게 아니라 목표로 정한 기간에 세 권을 번갈아 가며 읽는 게 기본 규칙이다.

두 권을 겹쳐 읽는 건 별로 의미가 없다. 시작은 세 권으로 한다. 연습을 통해 겹쳐 읽기에 익숙해지면 대여섯 권을 함께 읽을 수도 있는데, 특별한 경우가 아니라면 열 권을 넘기지 않도록 한다. 그 정도로 책을 많이 겹쳐두면 아무리 책을 즐기는 사람이어도 현실적으로 읽기 버겁고 내용 정리가 안 돼서 결국 이도 저도 아닌 독서가 될 확률이 높다. 책이든 뭐든 욕심의 끝은 늘 망하는 지름길이라는 걸 명심하자.

본격적으로 겹쳐 읽기를 시작하기 전, 먼저 자신의 관심사가 무엇인지 명확히 알아야 한다. 겹쳐 읽기는 '요즘 뭐 새로운 책 읽을 거 있나?' 하는 식으로 둘러보는 게 아니라 목표를 가지고 읽어나갈 때 유용하다. 관심사는 구체적일수록 좋다. '사랑'이나 '행복'처럼 범위가 너무 넓고 추상적인 것은 제외한다. '괴테 시대 적지 않은 청년들이 《젊은 베르테르의 슬픔》을 읽고 자살한 이유는 뭘까?', '사뮈엘 베케트는 아일랜드 사람이면서 왜 영어가 아닌 프랑스어로 작품을 썼을까?' 같은 궁금증이라면 좋다. 목표는 구체적으로 잡되, 결과는 좀 더 폭넓게 거둔다는 생각으로 읽기를 시작한다. 겹쳐 읽기는 원하는 궁금증 하나만을 해결하기 위한 독서가 아니다. 구체적인 궁금증을 풀어가는 과정을 통해 처음엔 의도하지 않았던 (혹은, 못했던) 다른 지식을 만나는 게 궁극적인 목적이다.

관심사가 정해지면 이제 겹쳐 읽을 책을 탐색해야 한다. 이때 주의할 점은 컴퓨터 앞에 앉아 인터넷서점 목록만 보고 있으면 안 된다는 거다. 사람은 보이는 것만, 때론 보고 싶은 것만 볼 수 있기에 컴퓨터를 보고 있으면 인터넷이라는 세계에 시각이 한정된다. 인터넷은 무한정 넓은 정보의 바다처럼 보이지만 사실 전혀 그렇지 않다. 포털사이트 운영 주체는 모든 걸 다 보여줄 수 없다. 보여줄 수 있는 것만 보이도록 할 뿐이다. 어떤 인터넷서점이라고 해도 모든 신간을 다 보여주지는 않는다. 세상은 인터넷으로 보는 것보다 훨씬 넓다.

인터넷서점이라면 매일 한 번씩 10여 분 정도만 투자해서 둘러보면 충분하다. 베스트셀러 카테고리나 MD추천 도서목록 따위에 절대로 현혹되지 말자. 그보다 오프라인 서점의 매대를 살피는 게 중요하다. 여건이 된다면 주마다 한 번씩 정해놓고 서점에 나가서 매대 분위기를 보고 오면 좋다. 시간이 없다고 하더라도 2주에 한 번은 대형서점에 나가서 책을 살펴야 감을 잃지 않는다. 2주는 신간 매대가 재정비되는 기간이기도 하다. 그러니까 서점에 방문하는 기간이 2주 이상으로 길어지면 어떤 책은 아예 만날 기회조차 없다는 걸 명심하자.

서점에 가서 오래 있을 필요는 없다. 1시간을 넘기지 않는 선에서 빠르게 관심 분야의 책이 있는 곳을 훑어본다. 물론 목표했던 관심 분야가 아닌 서가도 봐야 한다. 시간 배분은 5:5로 관심 분야 쪽에 절반을 할애하고 나머지 시간에 다른 곳을 기웃거린다. 이렇게 하는 이유는 의외의 책을 관심 분야가 아닌 다른 쪽에서 만날 확률도 무시하면 안 되기 때문이다. 인터넷 세계는 연관성으로 엮여 있기에 이런 의외의 만남이 잘 일어나지 않는다. 내가 이사야 벌린 교수의 《낭만주의의 뿌리》라는 책을 발견한 곳도 실은 미술사 책장에서였다.

당시에 나는 베토벤 피아노소나타의 독특한 형식에 관심을 품고 있어서 책을 찾던 중이었는데 뜻밖에도 이런 책을 미술 이론서가 있는 곳에서 만난 거다. 이 책에는 물론 미술 이야기도 나오지만, 전체적인 주제는 낭만주의라는 철학적 운동에 관한 것이기에 철학 책장에 있어야 마땅하다. 그런데 무슨 이유에서인지 서점 직원은 이 책을 미술로 분류한 것이다. 개정판은 눈을 부릅뜬 저자의 사진이 크게 표지를 장식하고 있지만 내가 봤던 구판은 회화 작품 한 점이 표지 전체를 두르고 있었다. 아마 그 표지를 보고 책을 미술 쪽으로 분류한 것은 아닐까. 개정판 표지의 이사야 벌린 사진을 보면 누구도 감히 이 책을 미술에 관련된 거로 생각하지는 않을 것 같다. 혹시 출판사에서도 그걸 의도한 것은 아닐지…….

천재는 천재를 알아본다는 말이 있다. 우연히 만난 이 천재적인 작가의 책을 시작으로 엄청나게 많은 다른 천재들을 만났고 이것이 내 지식 세계의 너른 가지와 잎사귀를 만들어 줬다. 우연히 만난 책의 효과는 이렇듯 기대 이상이다. 그러니 책을 좋아한다면 자주 오프라인 서점에 나가보길 권한다. 이 주에 한 번은 빠르게 서점 분위기를 살피듯 훑어보고, 적어도 달마다 한 번은 서너 시간 이상 길게 할애해서 책 실물을 확인하고 만져보며 골라야 좋은 책을 만날 가능성이 커진다.

책을 고른 다음에는 중심이 되는 책이라 여기는 것을 먼저 읽는다. 소설이나 에세이처럼 가벼운 게 좋다. 너무 어려운 책을 중심에 두면 다른 책을 읽을 때 방해가 되어 겹쳐 읽기에 오히려 역효과가 날 수 있다. 시간 차이를 둔다고는 하지만 여러 책을 동시에 읽는 것이다 보니 각 책의 내용이 머릿속에서 얽히지 않도록 주의한다. 읽은 내용을 간단히 정리해서 메모지에 적고 그것을 책갈피 삼으면 책끼리 서로 엉키는 사고를 얼마간 줄일 수 있다. 평범한 두뇌를 가진 사람이라면 쓰면서 읽어야 한다. 그렇지 않으면 뒤죽박죽이 되어 겹쳐 읽기는 실패하고 만다.

세 권을 겹쳐 읽는다고 했을 때, 세 권 모두 동시에 읽기를 마치지 않도록 한다. 다음에 읽어야 할 책 세 권을 또 찾아야 하는 어려움을 겪지 않기 위해서다. 책 읽기의 흐름이 끊기지 않도록 조절하는 게 겹쳐 읽기의 핵심 기술이다. 책을 다 읽고 나서 다음에 읽을 책을 찾으려고 하면 그러는 사이에 읽기 흐름이 끊긴다. 끊긴 흐름은 좀처럼 잇기 힘들다. 언제나 한 권이 나머지 두 권에 앞서 조금 일찍 끝나도록 호흡을 조절하면 먼저 마친 한 권을 채워 넣는 사이에 두 권은 계속 읽는 상태이기에 흐름이 끊기는 것을 방지한다. 이런 식으로 계속 세 권에서 두 권 사이를 적당한 리듬감이 생기도록 조절해가면서 읽는다.

여러 권을 동시에 읽는 게 현실적으로 불가능한 것처럼 생각될지라도 한번 시도해보길 권한다. 나만 그런 게 아니라 책을 많이 읽는 사람들은 대부분 이렇게 여러 권을 동시에 읽는다. 읽는 기술은 서로 조금씩 다르더라도 특별한 재능을 가진 사람들만이 이렇게 읽는 건 아니라는 말이다. 책은 대단한 게 아니다. 그걸 읽는 사람도, 쓰는 사람도 사실 대단하다고 여길 것까지는 없다. 문제는 책 앞에서 겁을 내는 사람이다. 그럴 필요 없다. 두 손에 책을 하나씩 들고, 옆구리에도 한 권 끼고 과감하게 뚜벅뚜벅 지식의 숲을 향해 걸어가 보자.

누구나 똑같이 하는 생각이
옳은 생각인가*

_ 토마스 만, 《**파우스트 박사**》

겹쳐 읽기는 관심이 있는 한 주제를 폭넓게 알아가는 과정이다. 무엇을 알고 싶을 때 그에 관련된 책을 일직선으로 세워 놓고 읽어나가서는 지식이 넓어지지 않는다. 깊게 알 수는 있어도 그 지식의 깊은 구덩이에 빠져 자신을 가둘 우려가 있다. 겹쳐 읽기는 이런 일을 방지하는 읽기 훈련법이다.

여러 권의 책을 겹쳐 읽는다고 해서 아무 책이나 마음에 드는 걸 쌓아두고 읽는 건 아니다. 먼저 자신의 관심사를 구체적으로 알아야 하고, 다음으로는 인터넷과 오프라인 서점

● 토마스 만, 《파우스트 박사》, 2권 103쪽,
　김륜옥 옮김, 문학과지성사, 2019년

을 기웃거리며 책을 탐색해야 한다. 어떤 책을 탐색할지에 관한 것도 나름의 기준을 마련해두고 있는 게 좋다. 관심 분야가 정해졌다고 해서 그 분야의 책을 무작정 끌리는 대로 골라서 읽는 건 오히려 겹쳐 읽기의 장점을 망칠 수 있다.

만약 책 세 권을 탐색한다고 가정했을 때 가장 고전적인 방법은 인문학의 세 가지 요소인 문학文, 역사史, 철학哲에 해당하는 책을 한 권씩 고르는 것이다. 이렇게 서로 다른 분야의 책을 함께 읽으면 각각의 책을 따로 떼어서 읽을 때보다 훨씬 재미있고 이해도가 높아진다. 왜냐면 이 세 분야에 속하는 한 책의 주제는 다른 두 분야와 언제나 긴밀한 관계를 맺고 있기 때문이다.

인문학의 세 요소를 활용한 겹쳐 읽기 아이디어의 시초는 철학자 헤겔의 책을 읽다가 얻었다. 헤겔의 중요한 이론 가운데 변증법을 도식화한 '정반합正反合' 구도를 봤을 때 이것이 인문학의 세 요소와 잘 맞물리는 것처럼 보였다. 헤겔의 정반합 이론을 쉽게 설명하자면, 어떠한 논리 '정 철학적 용어로는 '테제, These'라 부른다.'과 그것에 상반되는 '반안티테제, Antithese'이 서로 갈등을 일으켜 그 결과 '합진테제, Synthese'이 도출된다는 것이다. 그리고 이 '합'은 다시 '정'의 위치로 이동해 세계를 끊임없이 움직이게 한다는 이론이다.

재미있는 예를 통해 이 이론에 대해 잠시 알아보자. 시험이 내일인데 나는 그 사실을 오늘 저녁에야 알았다. 이때

'정'이 '시험을 봐야 하니까 지금 공부한다.' 일 때 '반'은 '공부하기엔 이미 늦었고 시험이 인생의 전부도 아니니까 포기하고 0점을 맞는다.'라고 할 수 있다. 마음속에서 이 둘이 갈등을 일으킨다. 결국, 나는 현실적으로 시험은 중요하며 0점 맞기는 싫으니 벼락치기 공부라도 하자는 쪽으로 결정한다. 이것이 '합'이다. 이제 벼락치기 공부는 '정'이 되고 그에 상반되는 생각인 '졸리니까 지금은 자고 새벽에 일어나서 공부하자.'는 '반'의 자리에 온다. 또 이 둘이 갈등을 일으킨다. 내 결론은, '이대로 자면 아침에 못 일어날 수도 있으니 30분만 자고 일어나서 공부한다.'로 이어진다. 이것이 '합'이고 새로운 안티테제가 등장하면 다시 '정'이 되어 정반합의 움직임은 계속된다.

헤겔은 이러한 정반합의 이론이 개인의 생각과 행동은 물론 세계의 역사를 움직이는 원동력이라고 믿었다. 또한 이 논리를 계속 반복하며 앞으로 나아가다 보면 진리에 가까워질 거라 생각했다.언뜻 말장난 같은 이론이지만 훗날 니체와 마르크스 등 많은 철학자에게는 생각의 씨앗이 되었다. 하지만 현대에 들어 이 생각을 회의적으로 받아들이는 학자들도 많다. 정과 반의 갈등상황에서 나온 결과인 합이 언제나 전보다 낫다는 보장이 없기 때문이다. 그런데도 정반합 이론은 여전히 우리가 합리적인 길을 가려고 할 때 괜찮은 나침반이 되어준다.

이 이론을 책 읽기에 적용하면 '정'은 있는 그대로의 사실을 기록하는 '역사'가 된다. 하지만 역사라고 해서 늘 사실인 것은 아니다. 역사는 우리가 알다시피 승리자의 기록이므로 어느 정도는 각색되고 때로 미화되기 마련이다. 수많은 사람이 똑같은 생각을 하고 있다고 해서 그 생각이 꼭 옳은 것은 아니다. 이런 걸 참지 못하는 사람들이 있다. 바로 **예술가들**이다. 특히 문학가들은 소설과 시로 권력자들을 풍자하고 진실은 다른 곳에 있음을 알린다. 제아무리 태평성대라고 해도 그 시대를 비판한 예술가들은 늘 존재했다. 그래서 이들의 작품인 '문학'을 '반'의 자리에 놓는다. 권력자와 예술가들이 계속해서 갈등을 일으키는 가운데 이 현상을 날카로운 시선으로 바라본 이들이 등장한다. 철학가들이다. 흔히 철학은 답을 내놓는 학문으로 알려졌는데 사실 그들이 한 일은 답이 아니라 그 시대의 해석이다. 훌륭한 철학가들은 세상의 갈등상황을 천재적인 두뇌로 분석하여 탁월한 해석을 제시한다. 그 해석이 세대를 거듭하며 지지를 받으면 살아남고, 그렇지 못한 경우 철학가와 그의 이론은 잊히기도 한다. 겹쳐 읽기 정반합 구성에서 마지막 '합'은 그래서 '철학'이 담당한다.

　이제 실제 예를 들어 정반합에 각각 책을 대입해보도록 하겠다. 관심사는 '프랑스혁명이 일어난 원인'으로 설정한다. 그에 따른 첫 책은 부담 없이 읽을 수 있는 것으로 시작한다. 역사와 철학은 책이 상대적으로 딱딱한 편이니 문학을 살펴보자. 내가 선택한 책은 찰스 디킨스의 《두 도시 이야기》(펭귄클래식코리아)다. 훌륭한 문학작품인데 재미까지 갖춘 좋은 책이다. 이 책의 내용은 프랑스혁명 당시 서로 다른 이해관계를 갖고 있던 두 나라의 중심도시, 즉 파리와 런던에서 일어난 이런저런 사건들이다. 디킨스는 워낙 소설을 재미있게 쓰는 재능이 있기에 이 작품을 읽는 독자가 딱히 프랑스혁명에 관한 역사적 배경을 자세히 알 필요는 없다. 그러나 프랑스혁명에 관한 역사서를《두 도시 이야기》와 함께 읽으면 소설의 재미는 몇 배나 커진다.

이제 프랑스혁명에 관한 역사서를 찾을 차례다. 워낙 중요한 사건이라 서점에 나가보면 이에 관련된 책이 엄청나게 많다는 걸 알 거다. 그중에서 나는 에릭 홉스봄의《혁명의 시대》(한길사)를 선택했다. 뛰어난 역사학자 홉스봄은 이 책을 통해 프랑스혁명과 더불어 영국을 중심으로 태동한 산업혁명을 다룬다. 두 혁명은 시기적으로도 약 100년의 차이가 있고 전혀 다른 성격일 것처럼 보이는데 홉스봄의 책에서는 이를 하나로 엮는 획기적인 키워드를 제시한다. 그것은 바로 근대화다. 구체제의 붕괴와 근대사회의 시작이라는 흥미로운 주제를 이 책을 통해 살펴볼 수 있다. 이러한 내용 덕분에《혁명의 시대》와《두 도시 이야기》는 다시금 엮인다.

마지막으로는 조금 까다로울 수 있지만, 프랑스혁명 당시의 사회를 해석한 철학책을 봐야 한다. 권할만한 책은, 철학과 역사서의 경계에 있기는 하지만 삐에르 구베르가 프랑스혁명 당시의 사회체제를 분석한《앙시앙 레짐》(아르케)을 읽어보면 좋다. 혹은 베르나르 그뢰퇴유젠이 프랑스혁명 당시의 철학을 모아 정리한 《프랑스 대혁명의 철학》(에피스테메)도 괜찮다. 역사와 문학은 모두 당시의 철학적 분위기 안에서 태어난 것이다. 또한, 철학은 사회 전체의 흐름을 꿰뚫어 볼 수 있는 시각을 제시해준다. 그러므로 문학이나 역사책을 읽을 때 그에 해당하는 철학책을 읽는 건 몇 번을 강조해도 지나치지 않을 만큼 유익한 일이다. 반대로 철학책을 중심으로 읽는다면 그러한 철학이 유행하던 시기에 쓰인 역사서나 문학작품을 함께 보기를 권한다. 이렇게 책을 겹쳐두고 읽으면 한 권씩 읽을 때와는 비교할 수 없을 정도로 앎의 세계가 풍성해짐을 경험할 수 있다.

나는 몇 해 전, 한 도서관에서 제안을 받아 토마스 만의 소설 《파우스트 박사》를 강독하는 수업을 맡게 된 일이 있다. 이 소설의 내용은 간단하다. 아드리안 레버퀸이라고하는 천재 작곡가가 사실은 괴테의 소설 《파우스트》에 나오는 그것처럼 악마와 영혼을 거래해서 훌륭한 작품을 만들 수 있었다는 게 줄거리다. 그런데 토마스 만은 이 단순한 이야기를 번역서 기준 거의 1000쪽에 달하는 장편소설로 썼다. 말하자면, 단순한 이야기지만 속사정이 그리 단편적이지는 않다는 뜻이다.

강독 수업을 준비하면서 나는 정반합 겹쳐 읽기 모델을 적용해보기로 했다. 소설 부분은 이미 결정됐으니 역사와 철학책을 찾아 엮으면 된다. 소설 속 레버퀸이 활동하던 시기는 유럽에서 1차대전이 일어나는 때와 겹친다. 그리고 주인공은 독일인이다. 작가인 토마스 만 역시 독일인이다. 그렇다면 토마스 만이 소설을 통해 무엇을 이야기하고 싶은지 조금은 감이 올 것이다. 조국이 저지른 전 인류적 범죄인 세계대전이 이 소설에 스며있는 또 하나의 이야기 축이다. 세계대전 역시 프랑스혁명과 마찬가지로 유럽 역사의 큰 사건이기에 이를 다룬 역사책은 얼마든지 찾아볼 수 있다. 내가 수업에 활용한 책은 제프리 주크스를 비롯한 여러 학자가 참여해 쓴 책《제1차 세계대전》,《제2차 세계대전》(이상 플래닛미디어)이다.

이와 함께 철학책은 음악 분야를 선택했다. 소설의 중심 내용이 레버퀸과 그가 만든 음악이기에 1900년대 초에 유행한 새로운 음악적 시도들을 해석한 책을 찾아야 했다. 이 분야라면 마침 아주 훌륭한 책이 있다. 아도르노가 쓴 책《신 음악의 철학》(세창출판사)이 그것이다. 이 당시는 유럽에서 아방가르드와 초현실주의가 시작되어 1960년대까지 널리 퍼졌다. 거의 모든 예술 장르에서 이 획기적인 사유의 결과물을 만날 수 있는데, 아도르노는 이 책에서 현대음악의 시발점이 된 두 작곡가 스트라빈스키와 쇤베르크의 음악을 철학적으로 해석한다.

이런 책을 중심으로 삼아 총 6회차로 진행한 강독 수업은 큰 호응을 얻었다. 나에게도 많은 배움의 계기가 됐음은 두말이 필요 없다. 그전까지 강독은 주제가 되는 책 한 권만을 가지고 했었는데 확실히 어려움이 많았다. 강사는 넓은 지식을 알고 있지만, 수강생 처지에서는 그 지식이 다 공유되지 않으니 수업 시간에 엇박자가 나는 경우가 잦았다. 하지만 중심 책을 두고 그 곁으로 겹쳐 읽기를 했을 때 수강생들의 이해도는 크게 높아졌다.

어떤 책도 그 책 하나만 동떨어져 존재하지 않는다. 책 하나가 태어나려면 그 곁에 수많은 책이 있어야 가능하다. 책을 쓰는 사람이 읽는 사람 이상으로 독서를 많이 하는 이유가 여기에 있다. 겹쳐 읽기는 이렇게 서로 연결된 책을 찾아 하나의 큰 주제로 엮는 역할을 한다. 책 한 권을 잘 읽고 싶어서 다른 책 열 권을 살피는 사람이 좋은 독자다. 이런 사람은 반대로 어떤 책 열 권을 보면 그 책들을 엮을 수 있는 한 권의 책을 떠올릴 수 있다. 이것이 바로 앎의 힘이다.

텍스트에 내재한
리드미컬한 선율[*]

_ 프랑수아 누델만, 《건반 위의 철학자》

도서관에서 《파우스트 박사》 강독 수업을 진행하며 나는 수강생들에게 겹쳐 읽기와 정반합 삼각형 독서에 관해서도 이야기를 풀어냈다. 책을 한 권씩 읽어나가는데 익숙했던 수강생들은 처음에 어리둥절한 모습이었다. 소설 한 권만을 읽었을 때는 그 작품의 내용을 이해하는 것에서 그칠 뿐이다. 물론 그것만으로도 만족할 수는 있다. 그러나 천재 작곡가가 악마와 영혼을 거래해서 훌륭한 작품을 만든다는 단순한 줄거리를 1000쪽이나 되는 긴 이야기로 썼을 때는 분명히 작가가

• 프랑수아 누델만, 《건반 위의 철학자》, 149쪽,
이미연 옮김, 시간의흐름, 2018년

독자에게 더 많은 말을 하고 싶다는 뜻이다. 겹쳐 읽기는 바로 그런 작품의 곁가지들의 아름다움을 발견하도록 도움을 준다.

앞서 말했지만 겹쳐 읽기의 주의할 점 가운데 하나가 여러 책을 동시에 읽기 시작해서 비슷한 시점에 모든 책을 끝내면 안 된다는 거다. 반드시 시간 차이를 두고 엇갈리며 책 읽기를 마치고, 마친 다음에는 곧 새로운 책을 그 자리에 추가시켜야 읽기 흐름이 끊어지는 걸 방지할 수 있다. 도서관 강독 모임 중에는 《신 음악의 철학》이 가장 먼저 끝났다. 그 책은 우리가 선택한 겹쳐 읽기 책 세 권 중에서 가장 분량이 적었고, 내용도 빠르게 참고용으로만 봤기에 이 책을 대체할 다른 책을 찾아야 했다.

여러 날 책 탐색을 마친 후 최종적으로 선택한 것은 《건반 위의 철학자》라는 책이었다. 이 책은 잘 알려진 철학자 세 명 – 사르트르, 니체, 롤랑 바르트에 관한 이야기인데, 흥미롭게도 음악이라는 주제로 이 셋을 엮었다. 그중에서도 작가가 주제로 삼은 음악은 피아노였다. 피아노와 사르트르라니. 게다가 피아노와 롤랑 바르트? 내가 알기로 니체는 음악에 관심이 많았다. 바그너와 친했고 그에 관한 책도 썼으니까. 그리고 니체는 비록 프로 수준은 아니었지만, 피아노를 연주하고 작곡도 했다. 하지만 사르트르와 바르트가 과연 어떤 식으로 피아노 음악과 연관이 있는지는 알지 못했다.

책을 읽어보니 놀랍게도 사르트르와 바르트 역시 니체

와 마찬가지로 아마추어 피아노 연주자였다. 그들은 연주했고, 음악과 함께 자신들의 독특한 사유세계를 펼쳐나갔다. 그들의 철학이 온전히 피아노 음악에서 나온 것만은 아니라고 해도 책 내용은 아주 흥미로웠다. 사르트르가 몸을 흔들면서 재즈를 연주하고 있는 모습은 쉽게 상상할 수 없었다. 바르트라면 더욱 그랬다. 언제나 커다란 칠판 앞에서 강의하는 모습만을 사진으로 봤기 때문에 어느새 그런 이미지에 내 머리가 굳어진 것이리라.

이전까지 나는 사르트르와 롤랑 바르트, 니체를 읽으면서 음악에 관해 생각해본 일이 거의 없었다. 하긴 아인슈타인의 상대성이론 공식을 공부하면서 동시에 그의 수준급 바이올린 연주를 떠올리는 사람이 얼마나 있을까? 나만 그런 것은 아닐 거다. 유명한 사람일수록 우리는 그의 전문 분야를 먼저 생각하는 습관이 있다. 다재다능한 인물로 정평이 난 장 콕토마저도 대부분 시인이나 소설가로 기억한다. 사실 그는 프랑스 성당 몇몇 곳의 벽화작업에 참여했을 정도로 그림 실력이 뛰어났고 당시로선 최신 분야였던 사진과 영화에도 적지 않은 흔적을 남겼다.

책을 읽는다는 건 지금 가지고 있는 지식을 견고하게 다듬는 것 이상으로, 여태 쌓아 온 지식의 바벨탑을 깨뜨려버리는 데 목적이 있다. 보지 못했던 부분, 보려고 하지 않았던 곳을 향해 눈길을 돌리게 만드는 독서가 무엇보다 바람직하다. 그런 의미에서《건반 위의 철학자》는 내가 그전까지 가지고 있던 세 철학자의 이미지를 다시 생각해보도록 만든 고마운 책이다.

이런 의미 깊은 독서를 하려면 좋은 책을 많이 발견하도록 평소에 책이 있는 곳으로 자주 나가 봐야 한다. 인터넷이 쉽고 편리하지만, 역시 몸을 움직여 서점으로 나가는 것만큼은 못 하다. 그러나 이보다 더 중요한 것은 이미 알고 있는 책을 다시 훑어보고 자기만의 새로운 주제로 엮어보는 것이다. 사르트르, 니체, 바르트를 피아노라는 주제로 엮었듯이 우리 스스로 그런 일을 해 보는 거다.

《건반 위의 철학자》를 통해 나는 사르트르의 작품《구토》에 왜 그토록 자주 재즈 음악이 등장했는지 이해했다. 재즈는 로캉탱의 고통스러운 구토를 멈추게 해주는 유일한 약이었다. 또한, 어지럽게 중얼거리는 니체의 글 속에서 나타나는 리드미컬한 선율을 알아챌 수 있었다. 롤랑 바르트의 책에서도 리듬감은 느껴진다. 구조적으로 잘 짜인 그의 강의 노트는 역시 음악에서 영감을 받은 게 아닐까 싶을 정도로 아름답다.

이처럼 독자는 책을 한 가지 주제로 읽지 않고 여러 이야기를 만들어낼 수 있어야 한다. 어떤 책이든 한 번만 보고 말면, 나는 그 책을 읽었다 하지 않고 그저 보았다고 말한다. 한 번은 보고, 두 번째는 읽고, 세 번째에 비로소 이해할 수 있으면 괜찮은 책이다. 그러나 한 책을 연속으로 세 번 읽는 건

자칫 똑같은 행동을 세 번 하는 것으로 끝날 수 있으니 조심해
야 한다. 책은 여러 번 읽을수록 좋지만, 읽을 때마다 다른 주
제를 생각하며 책장을 넘길 때 훨씬 유익하다.

　　한 가지 주제로 여러 책을 엮는 방법에 관한 강의를 몇
번 한 적이 있다. 새로울 것 없는 책이라도 특별한 주제로 책
을 엮으면 새로운 길이 보인다. 이게 책이라는 물건의 묘한 매
력이다. 강의를 시작할 때 나는 수강생들이 한 번은 읽어봤을
책들을 칠판에 가득 쓴다. 책 제목만 20~30개 계속 쓰고 있는
걸 보면 수강생들은 처음엔 저게 뭐 하는 건가 싶다가도 이내
키득거리며 즐거워한다. 다들 읽어 본 책이고, 이제는 굳이 수
업까지 들으면서 읽고 싶지는 않은 그런 책 제목이 칠판에 가
득하기 때문이다.

　　《어린 왕자》,《나의 라임 오렌지 나무》,《정글북》,《보물
섬》,《이상한 나라의 앨리스》,《신데렐라》…… 이런 책 제목을
한가득 적어 놓고 놀이를 시작한다. 책을 세 권씩 엮어서 그
것을 소개할 만한 새로운 주제를 말하는 놀이다. 말하자면 전
혀 관계가 없어 보이는 책 세 권을 뽑고 그것을 대상으로《건
반 위의 철학자》같은 새로운 책을 만드는 거다. 재미를 더하
기 위해 나는 수강생들에게 "여러분이 출판사 편집자가 되어
신간 기획을 해 보는 겁니다. 어떤 책을 서로 엮으면 재미있는
책이 나올까요?" 하면서 묻는다.

　　이 질문 덕분에 강의실은 이내 즐거운 분위기로 술렁

이기 시작한다. 수강생이 많은 경우 서너 명씩 그룹을 만들어 주고 팀별로 아이디어를 만들어보라고 한다. 강의실은 한순간 출판 기획편집실로 변해 뜨거운 토론이 오간다. 결과를 보면 정말 재미있다. 어느 곳에 가서 강의해도 비슷한 기획을 내는 수강생이 거의 없다는 것 또한 이 수업의 재미다.

나는 인간이 창의력을 가지고 있으므로 다른 동물과 구별된다고 믿는다. 이것은 인간만의 특별한 재능이며 신으로부터 받은 선물이다. 달리 누가 알려주지 않아도 아이들은 자기들끼리 놀 때 창의력을 발휘한다. 어른들이 쉽게 이해하지 못하는 방법으로 놀기도 한다. 그러니 요한 하위징아도 '놀이하는 인간'이라는 주제를 끌어낸 것이 아닌가.

어떤 책이든 한 권만을 읽으면, 관심 있는 한 분야에만 집중하면 창의적인 생각을 끌어내기 어렵다. 인간에게만 주어진 이 특별한 재능을 땅속에 묻어두는 거와 마찬가지다. 새로운 무언가를 발견하기 원한다면, 책의 무한한 잠재적 능력을 온몸으로 느끼고 싶다면 우리 마음속에서 아이들처럼 술렁거리는 호기심을 드러내야 한다. 관심사가 아닌 곳으로 일부러 들어가서 우연한 만남을 즐겨야 하며, 그것들과 친구가 되어야 한다. 그리고 이들을 자기만의 특별한 주제로 엮을 수 있다면 책 읽기의 즐거움은 한없이 커진다. 책과 책을 엮어서 새로운 주제를 만들 수 있는 조합은 거의 무한하다. 보르헤스가 상상한 '바벨의 도서관'은 먼 우주에 있지 않다. 익숙한 우리 집

책장에 이미 저 무한의 도서관이 들어있다. 책을 봤으면, 다음엔 읽고, 읽고 이해한 다음에 놀이하듯 책을 서로 엮어보라. 그날 밤 잠자리에선 책들이 모여 연주하는 아름다운 피아노소나타를 듣게 될 것이다.

돌아가는 길은
좀 멀긴 하지만*

_ 김승옥, **《무진기행》**

　　책을 여러 권 겹쳐 읽을 때 반드시 문사철에 해당하는 책만 선택할 필요는 없다. 이는 한 예일 뿐이고, 책을 탐색하고 조합하는 방법은 사실상 무한하다. 좀 더 특별한 방법으로 책을 엮을수록 독자는 더 넓은 책의 세계로 발을 들여놓게 된다. 책 한 권을 통해 한 가지를 알았다면, 서너 권을 엮은 후엔 그의 몇 배나 되는 신세계를 보게 될 것이다.

　　십수 년 전, 나는 '고구마'라는 헌책방에서 직원으로 일했다. 헌책방 이름치고는 좀 이상한 것 같아 어느 날 사장님께 가게 이름을 왜 그리 지었는지 물어봤다. 그전까지 나는 헌책방이라고 하면 무슨 무슨 '서림'이나 '○○당', '○○관' 같은 이름이어야 한다고 생각했다. 멋있어 보이니까! 그런 간판이 걸린 헌책방에 들어가면 뭔가 있어 보이는 책을 발견할 수 있을 것만 같다. 그런데 고구마라니. 이건 딱 봐도 헌책방이 아니라 만화방을 상상하게 하는 이름 아닌가. 알고 보니 고구마에는 속 깊은 의미가 있었다.

"책이라는 건 고구마 같거든!" 사장님은 특유의 걸걸한 목소리로 웃으며 말했다. 한 책을 읽으면 그로 인해 다른 책을 읽게 되고, 또 그 책이 새로운 책을 불러들인다. 처음에는 호기심에 가벼운 독서를 시작했지만, 어느새 여러 책이 딸려 올라오는 게 재미있었다고 한다. 이렇게 책은 땅속에서 서로 뿌리를 나누고 있는 고구마와 닮았으니 가게 이름을 그렇게 지었다는 얘기다.

맞는 말이다. 책 한 권은 언제나 다른 책을 부른다. 그리고 첫 번째 책과 두 번째 책이 어울려 완전히 새로운 관심사가 생겨나기도 한다. 알면 알수록 더 넓어지는 게 책의 세상이다. 책을 많이 읽은 사람은 자기가 아는 것으로 너스레를 떨지 않는다. 많이 안다고 자랑하는 사람은 책을 읽기는 읽었으되 읽다가 멈춘 사람이다. 책을 읽지 않은 사람을 두고 '빈 수레가 요란하다'라고 말한다면, 책을 읽다가 멈춘 사람은 수레가 무겁긴 한데 바퀴가 없는 것과 같다. 그런 사람은 자기가 쌓아

놓은 것을 두고 앉아 팔아먹으며 사는 수밖에 없다. 바퀴라도 있으면 수레가 비었어도 언젠가 채워서 이리저리 돌아다닐 수 있으련만 바퀴 없는 수레에 짐만 잔뜩 실은 사람은 오도 가도 못 하는 신세다. 이럴 땐 차라리 가진 걸 다 나눠주고 새로운 마음으로 빈 수레부터 시작하는 게 낫다.

고구마처럼 책을 엮어 올리는 방법을 연구하는 것도 책 읽기의 즐거움 중 하나다. 내가 이 책에서 긴 지면을 할애해 '정반합'이니 '삼각형 독서' 같은 걸 설명한 이유는 많은 독자가 자기만의 겹쳐 읽기 방법을 개발했으면 하는 마음에서다. 절대로 이 책에 나온 방법을 따라 하라는 뜻이 아니다. 이 방법은 내가 생각해 낸 것이기 때문에 나에게만 맞는 방법일 수 있다. 어떤 사람은 내 방법을 읽고 어이가 없어 헛웃음이 나올지도 모른다. 그렇다면 여러분의 방법을 직접 찾아보길 권한다. 분명 나보다 더 획기적인 책 엮기 방법이 있을 것이다.

아무래도 아이디어가 잘 떠오르지 않는다면 관심이 있는 역사적 사건을 중심으로 엮을 책 찾기를 시작해도 좋다. 내 경우, 나는 1970년대에 태어난 사람이라 그런지 모르겠지만 그즈음의 역사와 사회상이 늘 궁금했다. 더 정확히 말하면 1960년대에서 1980년대에 이르는 시기다. 그때는 일찍 세상을 떠난 내 아버지가 청년이었던 시절이다. 내가 중학생 때 갑작스럽게 돌아가신 아버지를 나는 잘 알지 못한다. 어릴 때 늘 일하던 모습만 기억에 남았을 뿐 가족으로서의 애틋한 마음은 많지 않다. 내가 1960년대를 궁금하게 여긴 이유의 한구석에 누런 사진으로만 남은 아버지의 청년 시절이 있는 건 자연스러워 보였다. 그리고 1970~1980년대는 내가 태어나 유년기를 보낸 시기지만, 너무 어렸기 때문에 사회에 관심을 가질 수 없었다. 분명히 나는 그 시기에 인간으로 존재했음에도 세상은 나를 버려두고 급하게 앞으로 지나가 버린 것 같았다. 이것이 오랜 시간 나를 괴롭힌 아이러니한 수수께끼의 발단이었다.

1960년대에 관심을 두게 된 나는 그 시절 가장 유명했던 소설가의 작품을 먼저 찾아 읽었다. 처음 내 손에 들어온 건 김승옥이었다. 그가 쓴 작품 중에 《서울 1964년 겨울》이 있다는 단순한 이유 때문이다. 나는 서울에서 태어났고 1960년대가 궁금했으니 이 소설은 내 마음속에 있는 수수께끼를 풀 단서를 줄 수 있을 거라 믿었다. '감수성의 혁명'이라는 수식어가 너무도 잘 어울리는 김승옥의 소설을 몇 편 읽어보고 나는 그가 천재라고 생각했다. 이게 1960년대 문장이라니! 그의 진짜 정체는 수십 년 후 밀레니엄 시대에 살던 대학생인데 어떤 실수로 시간을 이동해 1960년대에 뚝 떨어진 사람 같았다.

김승옥을 천재라고 생각한 사람은 나뿐만이 아니었다. 자료를 조사해보니 그 당시 젊은 비평가로 이름을 날리던 이어령은 김승옥의 재능을 알아보고 장편소설을 써보라고 제안했다. 그러나 김승옥은 장편이라는 긴 호흡의 글에 자신이 없었던지 계속 피해 다녔다. 이어령은 극단의 방법을 쓰기로 했다. 호텔에 방 하나를 잡아 놓고 김승옥을 거기 들여보낸 것이다. 소설 하나 탈고할 때까지 모든 뒷감당을 이어령이 봐주기로 했다. 김승옥은 소설 앞부분을 시작한 지 얼마 되지 않아호텔을 뛰쳐나가 버렸다. 이어령은 김승옥이 쓰다가 멈춘 소설의 도입 부분을 보고 이것만으로도 훌륭하다는 판단에 원고를 잡지사로 보냈다. 이 소설의 원래 제목은 《서울의 달빛》이었지만 앞부분만 쓰고 말았기에 이어령은 이것을 《서울의 달빛 0장》이라 고쳤다. 그리고 이 작품은 1977년 제1회 이상문학상 수상작이 된다. 쓰다 만 작품으로 문학상 수상이라니. 천재도 이런 천재가 또 있을까?

그런데 1960년대는 천재가 많았다. 김승옥만이 아니다. 그에게 소설을 쓰라고 제안한 이어령 본인도 공공연히 천재 소리를 듣던 사람이다. 《광장》의 최인훈, 고등학교 2학년 나이에 신춘문예에 당선한 최인호, 《병신과 머저리》를 쓴 이청준, '풀이 눕는다'로 시작하는 멋진 시를 쓴 김수영도 천재 군단에서 빠지지 않는 작가다. 내겐 이것도 하나의 아이러니였다. 도대체 1960년대에는 무슨 일이 있었기에 이런 훌륭한 작가들이 쏟아져나온 걸까? 대중문학이 인기를 끌었던 1980년대하고는 작품의 밀도에서부터 차이가 난다. 흥미가 생긴 나는 1960년대를 더 연구해보기로 했다.

관심사는 이내 우리나라에서 외국으로 뻗어 나갔다. 눈을 바깥으로 돌리니 더 놀라운 사실과 마주했다. 1960년대 우리나라는 박정희를 빼면 얘기가 별로 없는데, 유럽은 저 유명한 '68혁명'의 시대였다. 미국에선 우드스톡 페스티벌이 열렸다. 비틀스와 밥 딜런, 존 바에즈가 노래하던 때, 그와 동시에 체 게바라가 게릴라 활동을 하던 때가 1960년대다. 잭 케루악이 비트 문학으로 명성을 날렸고, 사르트르, 보부아르, 카뮈, 미셸 푸코, 질 들뢰즈, 펠릭스 가타리, 자크 데리다가 치열하게 글 쓰던 때가 역시 1960년대다. 도대체 1960년대에 이 세계에 무슨 일이 있었던 걸까?

알면 알수록 더 읽을거리가 많아져서 이제는 쏟아지는 책들 가운데 뭘 먼저 읽어야 좋을지가 고민이었다. 처음엔 실존주의 문학과 철학을 엮어 따라가기로 했다. 사르트르의 작품들을 몇 권 샀고 카뮈 선집을 세트로 사서 읽기 목록에 추가했다. 사뮈엘 베케트의 작품도 빠뜨릴 수 없다. 이렇게 실존주의에 관한 책을 읽다 보니 어렴풋하게나마 프랑스 68혁명의 의미를 알 것 같았다.

여기서 내 관심은 두 갈래로 나뉘었다. 하나는 1970년대 이후 유럽의 누보로망 작품이다. 내 생각에 누보로망은 분명히 실존주의 철학에 영향을 받아 그것을 극복하거나 부정하려는 시도였다. 로브그리예와 조르주 페렉, 그리고 페터 한트케에 이르는 유럽 문학의 흐름을 훑어봐야 할 필요가 있었다.

관심사의 또 다른 한 축은 두 번의 세계대전 사이의 '전간기'로 불리는 시기인데, 흥미롭게도 이즈음에도 훌륭한 작품들이 많이 나왔다. 우리나라로 따지면 이상이 활동하던 바로 그 시대다. 그리고 거의 같은 시기에 카프카도 소설을 썼다. 나는 오래전부터 카프카와 이상의 작품이 비슷하다고 느꼈는데 활동한 시기가 같은 걸 알고 이것을 또 다른 주제로 엮어봐야겠다고 생각해본다.

1960년대 내 아버지의 청년 시절에 관한 사소한 궁금증으로 시작된 책 엮기는 몇 달이 흐르자 이렇게 거대해졌다. 읽는 것은 둘째치고 책 목록을 정리하고 그것을 다시 새로운 몇 개의 주제로 엮는 작업만 해도 만만치 않은 시간이 걸렸다. 돌아가는 길은 좀 멀긴 했지만 나는 이 작업을 통해 여러 가지 새로운 사실을 알았고 전에는 별로 생각해보지 않았던 몇 가지 철학 이론에 관해서도 기웃거릴 수 있었다. 만약 내가 처음부터 실존주의 철학과 문학에 관심을 가지고 접근했다면 이렇게 많은 책과 친구가 될 수는 없었을 거다. 어쩌면 그 반대일 가능성도 있겠지만.

책은 때로 우리를 알지 못하는 곳으로 데려간다. 누가 책 속에 길이 있다고 했는가? 오히려 책은 길을 잃게 만들기에 더 매력적인 물건이다. 우리는 그렇게 잃어버린 길 위에서 방황하다가 전혀 생각지도 못한 길로 흘러 들어간다. 계획된 것은 무엇도 없으며 운명은 누구의 편도 아니다. 책은 우리에게 언제나 그렇게 말한다. 숲에서 두 갈래로 나뉜 오솔길을 만나거든 사람이 많이 지나가지 않았을 것 같은 곳으로 가라고. 그런 길을 선택한 사람은 훗날 자기가 걸어온 길을 뒤돌아봤을 때 후회하지 않는다.

물론 새로운 것은 있죠.
하지만 그게 곧 진보는 아닙니다*

_ 롤랑 마뉘엘, 《음악의 기쁨》

어느 날 한 손님이 우리 책방에 와서 이상한 부탁을 했다. 그는 나이 오십 정도 된 사람으로 자주는 아니지만, 두어 달에 한 번씩은 와서 이런저런 책을 샀기에 얼굴을 알고 있다. 그러나 내가 아는 건 그의 얼굴뿐이고 이름이나 직업 등은 모른다. 그도 그럴 것이, 그 손님은 아주 내성적인 성격으로 여태 나와 대화를 주고받은 적이 없기 때문이다. 4, 5년 전 즈음 그가 우리 책방에 처음 왔을 때 내가 "이 동네에 사시나요?"라고 물었고 "아, 네."라는 대답을 들은 게 전부다. 그의 얼굴에

* 롤랑 마뉘엘, 《음악의 기쁨》, 1권 507쪽,
이세진 옮김, 북노마드, 2016년

서 확인할 수 있는 우울한 성격을 지닌 사람들 특유의 찡그린 눈가 주름은 우리 사이에 더 이상의 대화가 필요 없음을 말해주었다. 그는 종종 와서 책을 골랐고, 내가 일하는 책상 위에 그걸 올려놓으면 나는 책값을 알려줬다. 계산은 늘 현금으로 했다. 그리고는 들어올 때 그런 것처럼 나갈 때도 아무 말 없이 갔다.

이제 이 손님을 K라고 부르겠다. 이니셜에 특별한 의미는 없다. 그저 내가 느끼기에 이 사람에게서 카프카의 소설 속 주인공이 슬쩍 겹쳐 보이기 때문이다. 그를 볼 때면 불안하고, 자꾸만 망설이고, 벗어날 수 없는 어떤 곳에서 늘 맴돌고 있는 답답한 기분이 들었다. 그런 그가 뜻밖에도 내게 이런 부탁을 했다.

K는 자기가 인터넷서점에서 산 책을 우리 책방으로 보낼 테니 받아달라고 했다. 책이 도착하면 자기가 와서 그 책을 집으로 가져가겠다는 거다. 내가 뭘 잘 못 들은 건가 싶어 다시 물었다. K는 똑같은 말을 반복했다. 인터넷서점에서 책을 살 때 받는 곳 주소를 내가 일하는 책방으로 하고 싶다는 거였다. 나는 그렇게 하는 이유를 들어보고 타당한 것이라면 책을 받아주겠다고 했다.

"실은 제가 책을 좀 많이 사거든요. 헌책방에서뿐만 아니라 새 책도 많이 사는 편입니다. 그런데 같이 사는 가족이 그걸 싫어합니다. 그러니 집으로 책 택배가 오면 곤란해서요."

이렇게 말하면서 K는 내가 책을 대신 받아주면 그 책을 찾으러 올 때마다 여기서 오만 원 이상 책을 사겠다고 했다. 그렇지 않아도 책을 많이 사는 문제 때문에 집으로 오는 책 택배도 눈치 보여 못 받는 사람이 책을 대신 받아주는 대가로 또 책을 사다니. 이 사람은 도대체 머리가 어떻게 된 것이 아닌가 싶었다.

　　나는 좀 더 자세한 사정 이야기를 들어보고 싶었다. 도대체 책을 얼마나 사들이기에 가족이 싫어할 정도일까? K는 무역회사에 다니는 평범한 직장인으로 직급은 그리 높지 않다. 월급으로 300만 원 정도를 받는다는데 책을 사는 데 100만 원 넘게 쓰고 있다. 부부가 맞벌이하는 것도 아니고 아직 학교를 졸업하지 않은 두 자녀가 있는데 버는 돈의 3분의 1을 책에 쓰다니. 그나마 사는 집이 전세라 다행이지만, 이마저도 아직 전세자금 대출을 다 갚지 못해 매달 이자를 내는 형편이었다. 책방 주인인 나로서도 조금은 심하다는 생각이 들었다.

　　"책을 좋아하시는 마음은 이해하지만, 벌이보다 씀씀이가 너무 크신 것 같네요. 이참에 조금 줄여보시는 건 어떠세요?"

　　하지만 K는 내 말에 아무런 대답도 하지 않았다. 하긴, 버는 것에 비해 씀씀이가 너무 크다는 건 나보다 본인이 더 잘 알 터였다. 그런데도 책 사는 걸 포기할 수 없으니 이 지경까지 온 게 아닐까. K가 너무도 간곡하게 부탁했기에 나는 알겠다고 그러고는 일단 그를 돌려보냈다.

며칠 후, K가 인터넷서점에서 주문한 책 택배가 우리 책방에 도착했다. 다음 날도 택배가 왔다. 그다음 날도. 한번 올 때마다 적은 양도 아닌데 그런 식으로 몇 번 이어지자 내 짐을 보관할 장소가 비좁을 정도로 책방이 택배 상자로 가득 찼다. 나는 K에게 연락해서 얼른 책을 가져가라고 했다. K는 내 전화를 받고 그날 저녁에 와서 책을 가져갔다. 그런데 다 가져가는 게 아니라 일부는 남겨놓겠다고 했다. 왜냐고 물으니 한꺼번에 많이 가져가면 또 아내에게 한 소리 들을 수 있어서 매일 조금씩 옮기겠다는 거다.

"그리고 여기서 가져간 책은 새 책이 아니라 헌책방에서 산 거라고 할 겁니다. 헌책방 책은 그나마 싸니까 아내가 조금은 이해를 해주거든요."

그 말을 듣고 나도 모르게 한숨을 내쉬었다. 아무리 책을 좋아한다고 그래도 이건 아닌 것 같았다. 그가 얼마나 큰 집에서 사는지는 모르겠으나 늘 이렇게 많은 책을 사들인다면 정상적인 생활이 불가능할 것처럼 보였다. 그보다도 K의 정신 상태에 대한 무서운 생각마저 들었다. 이것이 말로만 듣던 책 중독인가 싶었다.

나는 K와 천천히 대화해보고 싶었다. 처음엔 답하기 쉬운 것부터, 예를 들자면 사들인 책을 다 읽는지 물었다. K는 모든 책을 다 읽는 건 아니지만 아예 읽지 않는 건 아니라고 했다. 얘기를 들어보니 그는 많이 읽고 한 번에 여러 책을 겹처 읽는 전형적인 책 중독자였다. 그리고 자신은 술과 담배를 안 하니까 그만큼을 책에 투자하는 건 나쁘지 않다고 말했다. 잠깐 말을 끊은 후, K는 사는 동안 도박은커녕 로또 복권도 한 번 사본 일이 없다고 덧붙였다.

"제겐 어쩌다 걸리는 좋은 책 한 권이 로또 당첨보다 더 큰 행운이라고 믿습니다. 그러니까 로또를 사러 편의점에 갈 필요가 없죠."

K는 자기가 위트있는 말을 했다고 믿는지 이 얘기를 하면서 혼자 키득거렸다. 물론 나는 전혀 재밌지 않았다. 그래도 평소에 거의 말이 없던 K가 이렇듯 웃으면서 뭔가에 관해 얘기하는 것을 보면 마음이 매우 편해진 것처럼 보였다. 우리는 그날 저녁 책과 독자, 그리고 책을 쓰는 사람을 번갈아 가며 화제에 올리면서 오래 이야기를 나눴다.

그는 어릴 때부터 작가가 되고 싶은 꿈이 있었기에 책방을 운영하며 글을 쓰는 나를 무척 대단한 사람이라 여긴다고 말했다. 나는 그렇지 않다고 대답했다. 작가는 대단한 사람이 아니며 책은 누구나 쓸 수 있는 거라고 했다.

"선생님은 책을 많이 읽으셨으니 이미 그만한 잠재력을 가지고 있습니다. 무슨 내용이든 좋으니 책을 한번 써보시죠. 쓰시면서 때때로 원고를 저한테 보여주시면 읽고 짧게라도 감상을 들려드리겠습니다."

하지만 그는 고개를 저었다. K는 "제가 어찌 책을 씁니까." 하면서 제법 길게 책을 못 쓰는 이유에 관해서 장광설을 늘어놓았다. K는 책을 안 쓰는 게 아니라 못 쓰는 거라고 했다. 한때는 책을 쓰고 싶다는 생각도 했고 욕망으로 들끓었던 시기도 있었다. 그러나 책을 쓰려고 하면 당연히 그 책은 누군가 썼을 게 분명하기에 자신은 쓸 필요가 없고 이미 있는 책보다 잘 쓸 수 있다는 확신도 없다는 거다. 설령 엄청나게 독창적인 주제가 떠오른다고 하더라도 그 책은 당연히 세상 어딘가에 존재할 것이다.

그건 마치 이 넓은 우주에서 외계인의 존재를 설명하는 것과 같다. 외계인을 당장 눈앞에서 보지 못했다고 해서 없다고 단정 지을 수는 없는 법이다. 이 넓은 우주, 우리의 생각보다 언제나 더 넓은 우주에 지구인만 존재한다는 건 너무나도 쓸쓸하지 않은가? 우주를 닮은 바벨의 도서관에 새로운 책이 추가될 자리는 없다. 하지만 지금도 많은 책이 매일 쏟아져 나오고 있는 건 어떻게 설명할 것인가? 그것들은 모두 부질없는 것이며, 그런데도 책을 계속 사는 이유는 그 부질없음 중에서 굉장한 무언가를 찾을 수 있다는 기대감이 있기 때문이다. 마치 온종일 물가에 앉아 뜰채로 사금을 채취하는 노동자처럼. 로또 복권 역시 숫자 자체는 부질없는 것이지만 그 부질없는 숫자가 어떤 특별한 조합으로 맞춰졌을 때 당첨이라는 결과가 되는 것이다. 사실은 이것보다 길고 비논리적인 중얼거림이었지만 내가 기억하는 대로 정리하면 K의 말은 이상과 같았다. 말을 쏟아내는 K를 가만히 보고 있으니《고도를 기다리며》에 나오는 럭키의 괴상한 대사가 떠올랐다.

한참을 듣고 있다가 나는 얼마 전 읽은 롤랑 마뉘엘의 책《음악의 기쁨》속 한 문장이 떠올라 K에게 그 부분을 읽어 줬다. 그런 다음 나는 그에게 "책이 아니라 음악이라면 어떨까요? 음악 역시 책과 마찬가지로 아주 오래전부터 있었고 지금도 계속 쏟아져 나오고 있으니까요. 더는 새로운 게 없나요?"라고 물었다. 그는 그렇다고 했다. 음악은 물론 미술에서도 이미 나올 것은 다 나왔고 지금 나오는 것은 부질없이 예전 것을 반복할 뿐이라는 거다. 진정으로 진보적인 예술은 이제 불가능한 시대가 아니냐고 내게 반문했다.

이제 우리는 '진보'라는 말에 관해서 대화를 이어갔다. 과연 예술에 진보가 있는가. 있다면 어디에 있는가. 아니, 진보한다는 말을 과연 예술에 쓸 수 있는지부터 나는 의심이 든다고 했다. K는 계속해서 새로운 것을 창조해 내는 게 예술의 임무가 아니냐고 했다. 나는 그 말에도 회의적인 생각이라고 솔직하게 말했다. 새로운 것이 있기야 하겠지만 그것을 진보라는 말로 부를 수는 없을 거라고, 나는 책에서 읽은 롤랑 마뉘엘의 말을 인용해 말했다.

어쩌면 나는 K가 무턱대고 책을 사들이는 것과 마찬가지로 무작정 책을 쓰고 있는 것인지도 모른다. 이건 중독이나 집착이라고 볼 수도 있다. 럭키가 허공에 중얼거리듯 나는 쓴다. 이런 책을 통해 독자는 무엇을 얻을 수 있는가? 새로운 무엇? 사람에 따라서는 이 책을 읽고 새로운 것을 발견할지도 모르겠다. 그러나 이 책 자체는 전혀 새로운 게 아니다. 당첨되지 않은 로또 복권의 숫자처럼 아무것도 아닌 글자의 나열에 불과하다. 그러나 여기서 무언가를 발견한다면, 진정한 행운이다! 그것은 작가인 내가 할 일이 아니다. 언제나 주인은 독자다. 아무것도 아닌 문장을 통해 감동하고 마음에 새기는 걸 작가는 의도할 수 없고 그렇게 해서도 안 된다. 책은 그 자체로 아무런 의미가 없다. 의미를 만들어 낼 열쇠가 처음부터 독자의 주머니에 들어있기 때문이다.

다시 김수영의 시집을 펼쳐 든다. "잠자는 책은 이미 잊어버린 책. 이다음에 이 책을 여는 것은, 내가 아닙니다." 잠든 책을 깨울 사람은 바로 당신, 그리고 나, 서로 알지 못한 채로 연결된 수많은 우리이다.

김봉구

《서울과 파리의 마로니에》

도서출판 문장

1979년

겹쳐서 읽는다는 식으로 듣기 좋게 포장했지만, 사실 평소 내가 책 읽은 모습을 보면 나 자신도 한심할 정도로 잡다하게 이것저것 기웃거린다. 체계 자체가 없다고 할까? 아니면 천성적으로 뭘 하든 집중력이 금방 떨어져 자꾸 삼천포로 빠지는지도 모른다. 학창 시절엔 고쳐보려 노력도 했지만, 번번이 실패했다.

이렇다 보니 자연스럽게 자서전이나 평전을 좋아하게 됐다. 한 분야에서 큰 성과를 낸 유명인도 삶 전체를 보면 오직 그 길로만 갔던 건 아니다. 생활하며 부딪히는 작은 일에서부터 사랑, 지위, 직업, 공부에 이르기까지 사람은 언제나 인생이라는 바다에서 방황하고 길을 잘못 들기 마련이다.

문제는 이렇게 다양한 방황들이 겹쳐있는 인생을 스스로 어떻게 인식하고 사느냐다. 제멋대로 사는 사람과 사는 멋을 제대로 아는 사람은 거기에서 차이가 난다.

우리나라 1세대 프랑스 문학 연구자인 김붕구의 에세이를 처음 만난 건 내가 군대에 다녀오고 나서다. 나는 그 당시 미래에 대해 큰 걱정이나 계획 따위도 없는 대책 없는 상태였다. 하지만 김붕구의 책《서울과 파리의 마로니에》에 나와 있는 여러 이야기를 읽으면서 생각과 태도를 많이 바꿨다.

김붕구는 이 책 속에서 자주 루소의 《고백록》을 우리말로 옮기던 때를 추억한다. 《고백록》은 워낙 방대한 저작이라 읽기 자체가 쉽지 않다. 그걸 번역까지 하려면 한마디로 루소 전문가가 될 만큼 공부를 해야 한다는 뜻과 다르지 않다. 사소한 것 하나라도 놓치지 않으려고 집중하며 작업했는데 그때 느꼈던 인간 루소의 방황과 실패의 흔적이 김붕구에게도 큰 가르침을 준 모양이다.

루소는 《에밀》, 《사회계약론》 등을 쓴 작가로 중고등학교 교과서에 그 이름이 나올 정도로 유명인이다. 덕분에 루소가 위대한 학자라고는 알았지만 달리 관심이 없어서 그의 저작을 한 권도 제대로 읽지 않았었다. 그런데 김붕구의 책을 읽다가 루소가 실은 지독하게 소심한 성격이라 국왕의 부름을 받고도 거절했다는 일화를 읽고선 갑자기 이 사람이 옆집 형처럼 느껴졌다. 그 외에도 여러 귀족부인과의 애정행각, 작가 볼테르에게 책을 통해 공격당한 일화, 《에밀》의 내용 때문에 가톨릭교회의 분노를 사서 도망 다녔던 시절의 이야기가 너무 흥미로웠다. 나는 시내 헌책방에 달려가 《고백록》 문고본을 사서 읽기 시작했다.

루소와 마찬가지로 김봉구도 신화 속 영웅처럼 마냥 유명한 사람은 아니었다. 평생 학문이라는 한 길 외에 다른 쪽으로는 눈도 돌리지 않은 것처럼 보이고, 그런 점을 찬양받는 인물들이지만 그들 역시 나와 똑같은 사람이었고 어쩔 수 없는 생활인이었다. 성공 신화 뒤에 살짝 드리워진 인간적인 일화들을 보며 나는 하루를 살아갈 힘을 얻는다. "뭐야, 우린 다 똑같은 사람들이잖아!" 하며 속으로 큰 소리를 한번 내치면 마음이 제법 후련해진다.

지금은 절판되어서 다시 나오지 않는 《서울과 파리의 마로니에》는 유럽 문학을 동경했던 나의 청년 시절 소중한 기억을 간직한 책이다. 책은 책을 부르고 이야기는 이야기를 낳는다. 나는 이 책을 읽으며 루소를 시작으로 사르트르, 보부아르, 볼테르, 보들레르, 프루스트 등 많은 유럽 작가에게 관심을 두게 됐다. 이 얘기는 또 다른 계기를 통해 어디에선가 또 풀어놓을 수 있을 거다. 책과 책이 겹치면 책 두 권이 되지만 이야기는 네 배, 여덟 배로 불어난다. 나는 이런 식의 전개를 늘 즐긴다.

여러 번

읽는다

각자의 이야기, 각자의 과거,
각자의 전설[*]

_ 조르주 페렉, 《인생 사용법》

　　이제부터 이어지는 몇 개의 짧은 글은 사실 오래전에 이미 초안을 잡아 둔 것이다. 한 잡지 편집자로부터 받은 연락이 계기였다. 편집자는 '나만의 고전'이라는 주제로 책 몇 권을 선정해서 대여섯 번 정도 연재를 해보자고 제안했다. 하지만 도스토옙스키, 톨스토이, 셰익스피어, 세르반테스, 그리스 철학이나 서사시 같은 건 너무 흔하니까 대상에서 제외하자는 게 편집자의 의견이었다. 그렇다면 이참에 고전에 관한 정의를 새롭게 내보여야 할 필요가 있다.

　　　•　조르주 페렉, 《인생 사용법》, 316쪽,
　　　　김호영 옮김, 문학동네, 2012년

나는 전부터 이탈로 칼비노가 《왜 고전을 읽는가》에서 말한 고전의 기준을 맘에 들어 했다. 그에 의하면 고전은, "사람들이 보통 '나는 ○○○를 다시 읽고 있어.'라고 말하지, '나는 지금 ○○○를 읽고 있어.'라고는 결코 이야기하지 않는"● 책을 두고 하는 말이다. 그러니까 고전은 '다시 읽는' 책이다. 그냥 읽는 게 아니라 반복해서 다시 읽는 게 중요하다. 몇 번을 반복하는지는 밝히지 않았지만, 어쨌든 같은 책을 두 번 이상 반복해서 읽기에 '다시'를 붙였을 것이다.

책을 다시 읽을 때는 몇 가지 조건이 붙는다. 첫째, 다시 읽을 만한 가치가 있어야 한다. 가치란 시간을 투자할 만한 가치, 에너지를 투자할 가치 등 여러 가지가 될 수 있다. 왜냐면 같은 책을 두 번 이상 읽는다는 것은 좋아하는 가수의 노래를 반복해서 듣는 것과 비교할 수 없을 만큼 많은 시간이 필요하고 육체적, 정신적 노력도 들기 때문이다. 둘째, 언제나 책 내용과 주제를 제대로 이해하지 못한 상태여야 한다. 그리고 몇 번을 다시 읽는다고 해도 그 책을 다 이해하지 못할 가능성 또한 커야 한다. 마지막으로 책이 생활의 한 부분에 긴밀하게 관여하고 있어야 한다. 살아오면서 어떤 중요한 시기에 그 책을 통해 도움을 받았거나 하는 뚜렷한 체험이 있다면, 그렇기에 이후에도 그 책이 때때로 생각난다면 그것은 자기만의 고전이 된다.

이런 기준을 바탕으로 나는 잡지에 연재할 고전 목록을 고르기 시작했다. 나에겐 다시 읽는 횟수가 중요했다. 세

● 이탈로 칼비노, 《왜 고전을 읽는가》. 9쪽.
이소연 옮김, 민음사, 2008년

번 정도 다시 읽은 책만 해도 너무 많기 때문이다. 책을 읽으면서 딴생각을 자주 하는 버릇이 있어서 보통은 어떤 책이든 한 번 읽고 그 내용을 잘 알지는 못한다. 그래서 내용을 파악해야 할 필요가 있을 때면 기본적으로 두 번 다시 읽는다. 청탁 원고를 쓰는 등의 이유로 책의 주제나 구성 요소를 자세하게 건져 올릴 필요가 있는 경우 세 번 반복해서 읽는다. 원고를 쓰면서 잘 풀리지 않으면 여기서 몇 번을 더 읽기도 한다. 그러니까 서너 번 정도 다시 읽은 책이라고 해서 나의 고전 목록에 들어갈 수는 없다. 고민 끝에 열 번 이상 반복해 읽은 책을 후보에 넣기로 했다.

그다음은 일사천리였다. 열 번 이상 읽은 책 중에서 내가 여전히 다시 읽을 가능성이 큰 것, 그리고 살아오면서 어떤 식으로든 내게 영향을 끼친 책을 십여 권 정도 골라 간단히 설명을 붙여 편집자에게 이메일을 보냈다. 하지만 결론적으로 이 기획은 완전히 백지화됐다. 연재를 준비하던 몇 달 사이 편집자가 잡지사 일을 그만뒀기 때문이다. 나중에 다시 만난 자리에서 편집자는 미안하다고 사과했지만, 나는 그런 일은 종종 있으니까 사과까지 할 일은 아니라고 했다.

그런데 퇴사하게 된 이유를 들어보니 정말 황당했다. 사건의 시작은 사장이 비싼 골프회원권을 사면서부터였다. 자기가 산 회원권이 얼마나 비싼지 직원들에게 공공연히 자랑할 정도였는데 얼마 지나지 않아 사기였음이 밝혀졌다. 회원권을 팔아먹은 일당은 거의 일 년에 걸쳐 교묘히 사장에게 접근했고, 친분을 쌓은 뒤 목표였던 회원권을 팔아 돈을 챙기고는 쥐도 새도 모르게 잠적했다. 사기당한 돈이 얼마나 컸던지 잡지사 운영이 곤란할 지경에 이르렀다고 한다. 그런데도 사장은 반성할 줄 모르고 직원들을 해고해 씀씀이를 줄이도록 지시했다. 나와 같이 고전 목록 연재를 기획했던 편집자도 그렇게 회사를 나왔다. 자진해서 퇴사하면 실업급여를 받을 수 있도록 서류를 만들어주겠다는 반협박에 이기지 못하고 울며 겨자먹기식으로 일을 그만뒀다는 게 그의 사정이었다.

참으로 별일도 다 있다. 아니지. 수십억 사람이 사는 세상인데 별별 일이 다 있어야 정상 아니겠는가. 그렇게 넋두리와 한탄이 뒤섞인 대화를 이어가던 중 편집자가 《인생 사용법》얘기를 꺼냈다. 내가 뽑은 목록에 있던 책인데 이상한 소설을 주로 쓴 프랑스 작가 조르주 페렉이 쓴 정말 이상하고 두꺼운 소설이다. 편집자는 아직 읽어보지 못한 책이라고 했다. 유명한 책이라 이름은 들어 알고 있었지만, 선뜻 손이 가지 않았다는 거다. 일단 800쪽에 이르는 본문 분량도 부담이었지만 책 소개글마저 난해해서 더더욱 읽고 싶은 마음이 들지 않았다고 한다. 하지만 본의 아니게 갑자기 백수가 되고 보니 지금이 아니면 또 언제 이런 기괴한 책을 읽겠나 싶었다는 게 그의 고백이다.

편집자는 내가 왜 그 책을 열 번 넘게 읽었는지, 그것부터 말해 달라며 뭔가 재미있는 걸 기대하는 표정으로 물었다. 자기도 명색이 책과 글로 먹고사는 사람인데 도무지 이런 책을 열 번씩 읽는 게 이해가 안 된다며 지금 당장 자기를 설득해보라는 거다. 그러나 나는 할 수 없다고 고개를 저었다. 내가 좋아서 읽은 책을 어찌 다른 사람에게 설득할 논리가 있을까. 그런 논리가 있었다면 나는 이 책을 열 번 넘게 읽지도 못했을 거다. 서너 번 읽은 책에는 다른 사람을 위한 논리가 있다. 하지만 열 번 이상 읽은 책에는 그런 게 없다.

《인생 사용법》은 내가 잡지에 고전 연재를 시작할 때 첫 번째 책으로 다룰 예정이었고 글의 주제 역시 십수 번 읽은 이유를 논리적으로 설득할 수 없다는 것으로 쓸 생각이었다. 그런 안일한 정신으로 글을 써서 원고료 받을 생각을 하고 있으니 연재를 못 하게 된 것은 아닐까. 하지만 내 생각은 지금도 변함이 없다. 도대체 800쪽짜리 이상한 소설을 열 번 넘게 읽은 것에 무슨 논리가 필요하단 말인가.

만약 그런 게 있다면 내가 **운명**이라는 것에 관심이 많은 탓이라 해도 좋겠다. 대학에서 컴퓨터공학을 전공한 이후 나의 가치관은 컴퓨터와 닮아갔다. 자신의 인생을 어느 정도는 설계할 수 있으며, 가능한 그 설계에 맞춰 살아가는 게 최선의 삶이라고 믿었다. 한 사람이 약 100년이라는 그리 길지 않은 인생을 살면서 얻을 수 있는 가장 큰 열매는 무엇일까. 목표를 세우고 그것을 뜻대로 이룰 때 느끼는 희열이 곧 가장 멋진 선물이지 않을까. 그러니 길지 않은 인생, 게다가 딱 한 번만 사는 것인데 어찌 하루라도 낭비하며 살 수 있겠나. 이게 내 믿음이었다.

하지만 컴퓨터회사에서 일하면서 이 믿음은 크게 바뀌었다. 계획은 사람이 세우지만 정작 그것을 이루는 건 계획을 세운 사람이 아니라는 쪽으로 생각이 기운 것이다. 한번은 논리적으로 오류가 전혀 없는 프로그램을 만들어 실행시켰는데 결과가 완전히 다르게 나왔다. 결과치가 매번 다르다면 차라리 코드를 다 엎고 처음부터 다시 만들어 볼 텐데, 오히려 가끔 한두 번씩만 틀린 결과가 나오는 점이 나를 화나게 했다. 컴퓨터 모니터를 몇 날 몇 밤 들여다보고 있어도 이유를 알 수 없었다.

결국, 찾아낸 원인은 전혀 다른 쪽에 있었다. 프로그램을 실행시키기 위해서는 컴퓨터가 필요하고 컴퓨터를 작동시키려면 전기가 있어야 한다. 그런데 컴퓨터로 들어오는 전선에 걸리는 전압 크기에 때때로 차이가 생겨서 프로그램을 오작동시킨 것이다. 이런 식이라면 제아무리 정확한 논리를 가진 프로그램이라고 해도 오류를 막을 수 없다.

사실 우리가 사용하는 모든 컴퓨터에는 작든 크든 사람이 통제할 수 없는 오류가 있다. 오류는 노트북, 휴대전화 등 컴퓨터 칩이 들어가는 모든 곳에 생기며, 발생 이유를 아예 알 수 없는 경우도 존재한다. 비약이라고 할 수도 있겠지만 우리는 그런 오류와 언제나 동거하고 있다. 공기 중에 떠다니는 많은 바이러스와 인간이 함께 살 듯이 말이다. 오류는 문제를 만들고, 바이러스는 면역력이 약해진 사람을 아프게 한다. 그러나 이 모든 것을 다 알고 대처할 수 있는 능력이나 기술이 인간에겐 아직 없다.

잡지사 사장도 자기가 산 골프회원권이 사기라는 걸 전혀 몰랐기에 속은 것 아닌가. 그리고 그 일로 인해서 별 탈 없이 일하던 편집자는 하루아침에 백수가 됐다. 이런 걸 일일이 예상할 수 있는 기술은 제아무리 고성능을 자랑하는 AI라도 불가능하다. 그런가 하면 백수가 된 편집자가 1년 즈음 후에 자기 회사를 차리게 될 줄 누가 알았겠는가? 그는 자기가 잡지사 사장이 될 줄은 꿈에도 몰랐다며 멋쩍게 웃었다. 또 한 가지, 이전 회사에서 꼭 잡지에 싣겠다면서 큰소리 땅땅 치던 그때의 내 원고를 정작 사장이 되고 나서는 내용이 안 좋다며 단박에 거절할 줄은 또 누가 알았단 말인가.

《인생 사용법》은 내가 그런 일을 겪을 때마다 한 번씩 읽곤 한 책이다. 여기엔 예상대로 흘러가지 않는 각자의 삶에 관한 이야기와 각자의 과거, 그리고 각자의 전설이 된 꿈같은 인생이, 실수로 바닥에 쏟아버린 쓰레기통 속 내용물처럼 흩어져있다. 정말 이상한 소설이지만, 그리 이상한 건 아니다. 진짜로 이상한 건 소설이 아니라 지금 우리가 실제로 살아내고 있는 이 순간이니까.

옛날로
돌아간 것 같아[•]

_ 사토우치 아이, **《모험도감》**

여러 번 읽은 책을 고전이라고 했을 때, 내 인생 최고
의 고전은 살짝 엉뚱하다. 살아오며 가장 많이 읽은 책은 셰익
스피어나 톨스토이가 아니라 어린이 책이기 때문이다. 그러나
지금에 와서는 과연 이것을 어린이만을 위한 책이라고 말해도
될까, 하는 생각을 자주 한다. 고등학생 때 처음 만나 50세를
바라보는 지금도 일 년에 몇 번씩 다시 읽으니, 어쨌든 내게는
삶의 지침서 같은 역할을 하는 책이다.

이것은 일본 그림책 작가 사토우치 아이가 쓰고 마쓰

• 사토우치 아이, 《모험도감》, 194쪽.
  김창원 옮김, 진선, 1992년

오카 다스히데가 삽화를 넣은 책《모험도감》이다. 이 책을 몇 번 반복해서 읽었는지는 정확히 말할 수 없다. 어림잡아 100번은 족히 될 것이다. 어쩌면 그 이상일 수도 있다. 제목처럼 이 책은 '도감圖鑑' 형태이기 때문에 가벼운 마음으로 아무 때나 훌훌 넘기며 볼 수 있다. 그렇다고 하더라도 어린이 책으로 분류되는 책을 고등학생 때 처음 읽었다는 것부터 좀 수상하지 않은가? 분명 이 책에 빠져든 계기가 있다고 보는 게 타당하다.

계기라고 할 것까지는 없지만 나는 태어나서 학교를 졸업할 무렵까지 산 근처에서 살았다. 어릴 때는 태백산 근처, 그리고 학교에 다니면서는 북한산 바로 아래에 있는 마을에서 지냈다. 산은 내게 천연 놀이터나 마찬가지였다. 물론 당시에도 전자오락을 즐길 수 있는 가게가 있었지만 나는 그 가게의 어둡고 묘한 냄새를 풍기는 분위기 자체가 싫어서 자주 이용하지는 않았다. 게다가 온종일 울리는 그 시끄러운 전자음이라니.

나는 어렸을 때부터 청각이 특히 예민했다. 부모님이 딱히 권해주지도 않았는데 대여섯 살 때부터는 아침마다 집에 있는 LP 중에서 클래식 음악을 집어 들어 틀어놓곤 했다. 아침엔 멘델스존이나 슈만의 실내악 소품을, 혹은 하이든의 피아노 삼중주를 들었다. 그렇게 시작하는 게 좋았다. 그러다 초등학교에 들어갔고, 그곳에서 나는 마치 지옥에 떨어진 것 같은 두려움에 떨었다. 교실에서 아이들 떠드는 소리가 너무 시끄러웠다. 70명이 넘는 학생들이 한 교실에 들어앉아 동시에 우글우글 떠들기 시작하면 나는 수십 명에게 둘러싸여 학대를 당하는 것처럼 괴로웠다.

수업을 마치면 도망치다시피 학교를 빠져나왔다. 나는 친구를 사귀지 않았다. 소극적인 성격이라서 그랬다기보다 처음부터 친구를 만들 생각이 전혀 없었다. 학교에서 미칠듯한 소음에 시달린 다음 집으로 가는 동안에도 혼자가 되지 못한다는 건 견딜 수 없는 고문이다. 나는 혼자가 좋았고 혼자 걷거나 혼자 무언가를 공상하면서 집으로 가는 게 즐거웠다. 친구가 없으면 외롭지 않냐고? 걱정하지 마시라. 내겐 상상 속 친구가 늘 곁에 있었으니까.

내 상상의 친구는 차가운 느낌을 풍기는 여자아이였는데, 머리카락이 짧고 얼굴은 갸름했다. 나와 마찬가지로 음악과 책을 좋아했으므로 우리는 얘기가 잘 통했다. 물론 대화할 때 입 밖으로 소리를 내지 않아도 됐다. 마음으로 통하는 친구라고 해야 할까? 아무튼, 그 아이는 언제나 내가 무슨 얘기를 하고 싶을 때면 어느새 옆에 와서 앉아 있었다. 그리고 한없이 조용한 순간을 즐기고 있으면 그 아이도 역시 모습을 감추고 조용해졌다.

이 아이는 초등학교 시절 내내 같이 있다가 조금씩 만나는 시간이 뜸해져서 고등학생 때는 완전히 내 곁을 떠났다.

아이가 사라진 계기는 아마 내가 좀 더 주체적으로 행동하기 시작하면서였던 것 같다. 이를테면 초등학교 고학년이 되고부터 나는 집 근처 산에 올라가 노는 걸 좋아했다. 그걸 논다고 표현하기는 좀 이상하지만 어쨌든 자주 산에 갔다. 아직 어려서 등산까지는 아니지만, 주말엔 꽤 높은 곳에도 혼자 다녀오곤 했다.

처음엔 아무런 준비 없이 그냥 무작정 산길을 걷다가 돌아오곤 했는데 어느 날부터는 같은 동네 사는 친구 K와 어울리기 시작하면서 둘이 다녔다. 그 녀석은 음악에 관해서는 잘 몰랐지만, 책을 좋아하는 게 나와 잘 통했다. 우리는 학교 수업을 마치면 때때로 시장에 있는 헌책방에 가서 책을 샀다. 당시엔 추리소설을 즐겨 읽었는데 K도 나와 마찬가지로 아가사 크리스티의 소설을 고르는 게 반가웠다. 대개 남자애들은 대사가 많이 나오는 아가사 크리스티보다는 흥미진진한 액션과 기발한 범죄 트릭이 있는 코난 도일을 선호했다. 그러나 우린 누가 뭐래도 성격파탄자 홈스보다는 회색 뇌세포를 가진 포와로였다.

우리는 그렇게 주중엔 헌책방 투어를, 그리고 주말엔 북한산에 오르는 걸 즐겼다. 그러다 5학년 때였던가, 둘이 모험을 해보기로 작당했다. 산에서 하룻밤 자며 캠핑하는 것이다. 지금이야 국립공원에서 야영하는 게 불법이지만 당시엔 자유로웠다. 계곡에서 모닥불 피워놓고 음식을 해 먹는 게 이상하지 않던 시절이니 두 초등학생의 모험도 부모님의 허락만 있다면 가능했다.

북한산이야 우리가 지겹도록 다니며 놀던 곳이니 그 길 어느 즈음에서 텐트를 펼쳐놓고 하루 자는 건 별것도 아니라도 여겼다. 그즈음 친구들 몇몇은 보이스카우트 활동을 하며 단체로 야영하는 일도 있었는데 우리는 녀석들을 은근히 같잖게 여겼다. 야영한 다음 날이면 자기가 무슨 돈키호테라도 되는 양 아이들에게 둘러싸여 온갖 무용담을 늘어놓는 꼴이라니! K와 나는 의기투합해서 야영 일정을 잡고 필요한 정보를 수집했다.

야영 준비도 너무 쉽게 느껴졌다. 텐트 치는 법을 삼촌에게 배운 게 전부였다. 늘 놀던 산에 가서, 편평한 곳을 찾아 자리 잡은 다음, 텐트 치고 쿨쿨 자다가 아침에 새소리 들으며 일어나서 오면 되는 거 아닌가? 우리는 아침에 텐트 지퍼를 내릴 때 한가득 쏟아질 보석 같은 아침 햇살을 상상하며 야영 날만을 손꼽아 기다렸다.

결과적으로 그 야영은 완벽하게 실패했다. 산으로 간 것까지는 문제가 없었지만 편평한 곳이라 여겨서 텐트를 치고 안에 들어가 누워보니 전혀 편하지 않았다. 바닥 깔개를 가져오지 않았기에 우리는 그냥 맨바닥에서 뒹굴어야 했다. 밤이 컴컴해지자 바닥에서 한기가 올라와서 잠시도 누워있기가 어려웠다. 산 넘어 산이라고 했던가. 새벽에는 비가 왔다. 우리는 앉지도 눕지도 못한 상태에서 텐트 위로 쏟아지는 무서운 빗소리를 들으며 어서 날이 밝기만을 기다렸다.

비는 아침까지 계속됐고 텐트는 비를 견디지 못 해 물이 스며들기 시작했다. 텐트 주위로 물고랑을 파놓지도 않았으므로 날이 밝을 즈음에 우리는 거의 물 위에 앉아 있는 거나 마찬가지로 흥건하게 젖은 상태였다. 비가 그치기를 마냥 기다릴 수는 없어서 우리는 장대비를 그대로 맞으며 텐트를 정리했다. 텐트는 비바람에 완전히 망가져서 차라리 그대로 버리고 오는 게 나을 정도였다. 우리는 그날 산에서 야영했다는 사실을 반 애들 누구에게도 말하지 않고 영원히 둘만 알고 지내기로 약속했다.

나는 이 일을 두고두고 후회했다. 돌이켜보면 전부 다 잘못된 선택의 연속이었다. 자주 다니던 산이라 익숙하다는 것만 믿고 사실상 아무런 준비도 하지 않은 것부터 문제였다. 익숙한 장소에서 문제가 발생하니까 대처 능력은 오히려 더 떨어졌다. 야외임을 간과하고 일기예보를 제대로 신경 쓰지 않은 것 또한 특별한 실패 원인이다. 바닥에서 올라오는 한기와 추위도 미처 생각하지 못했다. 한마디로 우리는 야외와 실내를 구분 짓지 않아 일을 그르친 것이다.

실내와 야외의 차이. 이것은 그 후로 내게 매우 중요한 생각의 전환점을 준 중요한 경험이 되었다. 나 자신을 실내라고 하면, 나 이외의 타인과 새로운 공동체는 야외다. 당연한 말이지만 나 말고는 모든 게 다 내 맘 같지 않다는 걸 살면서 깨달았다. 어떤 돌발 상황이 생길지 모르고 계획을 잘 세웠다고 하더라도 갖가지 이유로 틀어지기 쉬운 게 사회생활이다. 그렇다면 계획도 계획이지만 일이 잘못됐을 때 대처 능력이 더 중요하다. 고등학생 때 내게 그런 교훈을 처음으로 준 책이 바로 《모험도감》이다.

서점에서 이 책을 처음 발견했을 때, 초등학생 때 이 책을 만나지 못한 게 억울해서 눈물이 날 정도였다. '야외 생활의 모든 것'이라는 부제목답게 《모험도감》에는 야영을 위한 갖가지 준비사항이 친절한 그림설명과 함께 실려있다. 다시 전처럼 무모한 야영을 할 일이 없음에도 불구하고 나는 그 책을 열심히 읽었다. 내용도 재밌었지만 읽을수록 옛날로 돌아간 것마냥 기분이 가벼워지는 느낌이 좋았다. 이 책에 나오는 대로 잘 계획한다면 초등학생 때 했던 것보다 더 즐거운 야영이 되겠지, 아니, 어쩌면 더 계획적으로 망한 야영이 될 수도 있겠고, 라고 생각하면서 나도 모르게 키득거리며 웃었다.

나이가 조금씩 들면서 나는 이 책 내용이 단지 야영에만 적용되는 게 아님을 깨달았다. 어느 곳을 펼쳐 읽든지 야외 생활을 사회 생활로 바꾸어 훌륭한 지침서로 삼을 수 있었다. 이를테면, 야영할 때 보고 들은 것을 잘 메모해두라는 조언은 대학을 졸업하고 직장인이 되어서도 내게 중요한 습관을 만들어주었다. 당장은 사소하게 보일지라도 스케치하듯 빠르게 적어두면 언제고 쓸모가 있다. 책을 읽을 때는 당연히 메모 습관이 중요하다. 읽는 건 한순간이지만 적어두면 오래간다.

《모험도감》은 여전히 내 책장 가운데 가장 잘 보이는 곳에 놓여있다. 일이 잘 안 풀릴 때, 계획하던 일이 별안간 틀어져서 속상할 때, 새로운 일을 시작하게 될 때 나는 늘 이 책을 펼친다. 고전이 따로 있나. 바로 이렇게 읽을 때마다 매번 새로운 조언과 위로를 해주는 책이 진짜 고전이다.

목록에서 느끼는
어지러울 만큼의 탐욕스러움 *

_ 움베르토 에코, 《궁극의 리스트》

요즘은 뜸하지만, 한때 잡지나 신문사에서 '무인도에 혼자 남는다면 반드시 가져갈 한 권의 책'이라는 주제로 원고를 써달라는 청탁이 자주 들어왔다. 이런 청탁은 나뿐만이 아니라 독서가로 이름이 난 여러 다른 사람들에게도 똑같이 받아 기획 기사로 싣는 게 보통이었다. 청탁을 받고 나면 고민이 시작된다. 아무래도 무인도에 가져갈 만한 책이라면 그 사람이 진짜로 좋아하는 책일 테고 그런 책이라면 다른 사람도 좋아할 가능성이 크니 책이 서로 겹치면 어떡하지? 그러나 이런 우려가 현실이 된 경우는 지금껏 한 번도 없었다. 아마 다들 나와 비슷한 생각을 하고 있던 게 아닐까. 일부러 평범한 책을 고르지 않으려고 머리를 쥐어짰을 게 분명하다.

　　나는 무슨 일을 하든 기준을 정해놓고 그에 맞춰 실행하는 습관이 있다. 아무것도 준비되어 있지 않은 상태에서는 좀처럼 머리가 굴러가지 않기 때문이다. 무인도에 가져갈 책이라는 주제도 마찬가지로 나만의 기준을 잡았다. 우선 책이 너무 재미있으면 안 된다. 무인도라는 특성상 외로움을 달래기 위해 무조건 재밌는 책을 챙기자고 생각한 적도 있지만 좀더 상상해보니 그건 오히려 독이 될 수 있다. 너무 재미있는 책일수록 쉽게 싫증이 나기 때문이다. 무인도에 얼마나 오래 표류할는지 알 수 없는 상황인데 잠깐의 재미를 선택할 수는 없다. 오히려 평소에 어려워서 잘 읽지 못했던 모호하며 지루한 책을 가져가는 게 좋겠다.

　　다음 기준은 소설을 제외한다는 거다. 그 이유는 첫 번째 기준과 연관이 있다. 소설은 이야기가 있는 책이기에 몇 번 읽으면 줄거리를 다 알아버려서 흥미가 떨어질 게 분명하다. 제아무리 분량이 긴《잃어버린 시절을 찾아서》같은 책이라도 여러 번 반복해서 읽다 보면 지루할 때가 온다. 만약 소설을 선택한다면 되도록 줄거리가 없는 책이어야 한다.

　　끝으로 이 역시 아주 중요한 기준인데, 읽을 때마다 새로운 걸 발견할 수 있는 책이어야 무인도 생활의 적적함을 달래줄 수 있을 듯했다. 이 기준은 좀 모호하다. 대부분 책은 일정한 주제와 통일된 내용을 담고 있기에 반복해서 읽으면 줄거리가 없다고 하더라도 어느 순간 흥미를 잃을 때가 오지 않을까?

이런 기준을 적용한 끝에 내가 선택한 책은 '사전'이다. 그중에서도 언어 사전으로, 수록된 단어와 용례가 풍부한 독일어 사전이면 좋겠다 싶었다. 혹은 일본어 사전. 한자 사전도 괜찮다. 사전은 줄거리가 없으니까 여러 번 읽는다고 해서 지루할 것 같지는 않다. 그리고 내키는 대로 언제나, 아무 곳이라도 펼쳐놓고 모르는 단어를 외우거나 용례를 읽고 쓰면 혼자 남은 무인도에서 무작정 바다를 바라보며 구조선을 기다리는 것보다는 알찬 생활이 될 테다. 언제 올지도 모르는 희망을 품을 바에야 공부나 하면서 기다리자는 게 내 생각이다. 한자는 모양이 아름다우니까 심심할 때 모래 위에 나뭇가지로 쓱쓱 써보면 기분도 좋아지겠지.

하지만 생각이 너무 많았던 탓일까, 독일어 사전을 선택해서 쓴 원고를 이메일로 편집자에게 보냈더니 얼마 뒤 전화가 왔다. 의견이 있으면 메일로 답해도 될 텐데 왜 굳이 전화까지 했을까. 편집자는 수화기 너머에서 당혹스러운 목소리로 말했다.

"작가님, 메일 보내주신 건 잘 받았는데요……. 혹시 사전 말고 문학이나 인문서로 다시 써주실 수는 없을까요?"

나는 오랜 고민 끝에 사전을 선택했으며 그 기준도 있다고 해명했다. 그러나 편집자는 "말씀하신 내용은 잘 알겠는데요……. 작가님, 이건 현실이 아니라 그냥 가정이잖아요. 내일 작가님을 무인도로 보내버리는 게 아니고요. 그러니까 ……." 하면서 다시 말끝을 흐렸다.

　　그제야 나는 상황을 파악했다. 이 기사는 말 그대로 기획 기사다. 무인도에 진짜로 간다는 게 아니라 무인도에 가져갈 만큼 흥미진진한 책을 골라 달라는 거였다. 나는 어쩌면 이렇게 융통성이 없을까. 청탁을 받고 나서 솔직히 나는 그날 밤 무인도에 홀로 떨어져서 밀려드는 파도를 하염없이 바라보며 모래사장에 천자문을 적는 꿈까지 꾸었다.

　　어쨌든 그런 해프닝이 지나고, 나는 《궁극의 리스트》를 넣은 원고를 새로 썼다. 사전을 포기했지만 '목록'을 좋아하는 내 감성만큼은 포기할 수 없었기에 내린 결정이었다. 무언가를 정리하고 기준에 맞게 주제를 잡아 목록을 만드는 일만큼 나를 들뜨게 하는 건 없다. 내가 책방을 좋아하는 이유 중 하나도 정리와 목록화가 주된 업무이기 때문이다. 많은 사람이 책방을 잘하려면 멋진 큐레이션 책장을 만들 수 있어야 한다고 믿는다. 그건 오해다. 실제로 책방에서 일주일만 일해보면 안다. 큐레이션보다는 책 정리와 도서목록 만들기가 가장 중요하다. 그리고 큐레이션도 따지고 보면 특별한 주제에 맞게 책을 정리하고 그에 따른 목록을 만드는 일 아닌가.

내가 만약 무인도에 떨어지게 된다면, 맨 먼저 주변을 탐색해서 갖가지 목록을 만들 게 뻔하다. 왜냐고 묻지는 마시라. 그냥 흩어져있는 무언가를 보면 목록을 만들고 싶어질 뿐이다. 무인도에서 자라는 나무를 종류별로 분류하고, 동물을 발견하면 역시 그것들의 목록을 만들고, 심지어 모래를 이루고 있는 각 알갱이의 성분도 분류해보고 싶다. 시간이 꽤 걸리겠지만, 괜찮다. 여긴 무인도이고 몇십 년을 여기서 살아야 할지도 모르니까. 시간은 얼마든지 있다. 아, 이런. 또 내가 상상을 현실처럼 생각하고 말았다.

《궁극의 리스트》로 돌아와보자면 고대로부터 현재까지 이르는 문학과 예술에 나타난 목록의 문화사가 주제라고 정리할 수 있다. 사람들은 왜 자신이 아는 걸 목록으로 만들어 정리하고 싶어 할까? 프로이트적으로 말하자면 그 역시 하나의 욕망일까?

호메로스는 《일리아스》에서 그리스 군대가 어마어마하게 많다는 걸 설명하기 위해 함선의 지휘자들과 함선의 이름을 일일이 열거한다. 이 목록은 이야기의 핵심과 별로 상관없어 보이지만 자그마치 350행을 차지한다. 고대에만 그런 것은 아니다. 제임스 조이스 《율리시스》 후반부에는 주인공 레오폴드 블룸의 부엌 서랍 속에 들어 있는 사물들 목록이 길게 나온다. 그런가 하면 넘어져 있는 책들을 바로 세우면서 그 책들 목록을 열거하는 장면도 있다. 도대체 이게 무슨 의미인가?

그 책들의 제목은《톰의 더블린 우체국 전화번호부》,《유아편 람》,《우리들의 소년 시대》,《스피노자 사상집》,《중국 여행기》, 《탈무드의 철학》 등등 의미 없이 이어진다. 그러나, 고백하건 대 나는《율리시스》에서 이 의미 없는 목록이 나오는 장을 가 장 좋아하고 여러 번 읽었다.

　　내 책장도 책으로 가득하다. 아마 조이스처럼 기록한 다면 읽는 사람 처지에선 별다른 의미를 느끼지 못할 것이다. 왜냐면 나만의 목록이자 나에게만 쓸모가 있도록 정리한 책 장이기 때문이다. 부끄러워서 밝힐 수는 없지만, 이 책 중에는 그저 갖고 있으면 멋져 보일 것 같아 산 책도 더러 있다. 아아, 이 목록에서 느껴지는 어지러울 만큼의 탐욕스러움이여! 움 베르토 에코는《궁극의 리스트》를 통해 목록을 만들려는 욕망 이 언제나 탐욕과 연결되어 있음을 밝힌다. 욕심은 누구에게 나 있지만, 탐욕은 지나친 욕심이다. 그러나 나는《궁극의 리 스트》를 여러 번 다시 읽으면서 나의 탐욕은 탐구하려는 욕망, 즉 '탐욕探慾'에서 비롯된 것을 알았다.

　　구차한 변명일 수도 있지만, 내가 책을 모으고 자주 목 록을 만드는 건 여전히 내 주변에 모르는 게 넘쳐나기 때문이 다. 나는 언제나 부족하고 목록은 만들수록 자꾸만 엉성해진 다. 그러면 목록을 해체했다가 다시 시작한다. 앎을 목록으로 만들 수 있으면 얼마나 좋을까? 그러나 책을 읽으면서 나는 그게 영원히 불가능하다는 것 역시 받아들였다. 앎이란 책과 달리 특별한 주제나 내용으로 엮어둘 수 없는 성질이다. 지금 알고 있는 것은 내일 모르는 게 될 수도 있고, 어제까지는 몰랐지만 바로 지금 어떤 계기로 아는 때도 있다. 그리고 이렇게 안 것 역시 영원히 내 앎이라고 할 수는 없다. 앎은 누구의 소유도 아니다.

끝내 내가 다다른 결론은 무한한 앎의 목록을 추구하는 것 자체가 의미 없다는 거다. 의미가 있는 쪽이라면 오히려 반대. 지금까지의 앎으로부터 나를 풀어주는 것. 나 자신을 지식의 노예가 되지 않도록 인도하는 게 책 몇 권 본 것으로 자랑삼는 것보다 몇 곱절은 나은 삶의 태도다.

내가 바라는 '나'가 아니라
지금 있는 '나'[•]

_ 지두 크리슈나무르티, 《아는 것으로부터의 자유》

책이 지식 추구의 도구가 되면 '앎'은 멀어지고 그 자리에 '아는 것'만 가득 차게 된다. 지식과 앎은 의미가 완전히 다르다. 나는 책을 타고 질주하는 지식의 고속도로에서 때때로 브레이크를 밟기 위해 이 책을 읽는다. 남들보다 더 빨리, 그리고 더 많은 걸 알고자 노력했던 내 어린 시절의 치기 어린 목표는 이 책을 만남과 동시에 산산이 부서져 먼지가 되었다. 나는 이 책을 《모험도감》만큼이나 자주 읽었다. 《모험도감》이 현실과 맞닥뜨리는 생활의 지침서라면 《아는 것으로부터의

• 지두 크리슈나무르티, 《아는 것으로부터의 자유》,
137쪽, 정현종 옮김, 물병자리, 2002년

자유》는 내면세계의 건강에 도움을 준다. 요즘 말로 하자면 멘탈 관리를 위해 읽는다고 해야겠다. 책방에서 일하면 기분 좋은 사람을 만나 즐겁기도 하지만, 한편으론 그와 정반대도 제법 많기에 해가 갈수록 이 책을 다시 읽는 횟수가 점점 더 늘어나는 형편이다.

저자인 크리슈나무르티는 사실 이 책을 쓰지 않았다. 말장난이 아니라 정말로 그렇다. 크리슈나무르티는 이 책을 포함해서 어떤 책도 쓰지 않았다. 우리말로도 여러 권 번역된 그의 책 대부분은 직접 쓴 게 아니라 강연이나 대화를 글로 옮긴 것이다. 그는 성자처럼 살 수 있었으나 성자가 되기를 거부했고 베스트셀러 작가가 될 수도 있었지만, 책을 쓰지 않았다. 위대한 종교인이 될 운명을 타고난 사람이었으나 크리슈나무르티는 종교와 종교인 모두에게서 벗어나고자 평생 노력했다.

크리슈나무르티는 1895년 인도의 작은 마을에서 태어났다. 14세가 되던 해 어느 날 홀로 해변을 걷다가 그의 재능과 영적인 감각을 발견한 신지학회 리더 베산트 여사에 의해 새로운 지도자가 되도록 훈련받는다. 신지학회는 세상 모든 종교를 아우르며 동서양을 막론한 '세계의 교사'를 육성한다는 가치관으로 크리슈나무르티에게 다양한 교육환경을 경험하게 했다.

훗날 동방성단東方星團, Order of the Star in the East 의 지도자가 된 크리슈나무르티는 곧 깊은 고민에 빠진다. 그에게 최고의 가치는 다름 아닌 모든 사람의 자유였다. 그냥 자유가 아니라 완전히, 그리고 어떠한 조건도 없이 자유로워야 한다는 생각이 그를 특별한 선택지로 이끌었다. 성단의 지도자는 1929년 8월 3일, 네덜란드에 있는 오멘 캠프에서 공식적으로 이 단체의 해체를 선언하며 연설했다. 그것은 선택 이상의 결단이 필요한 행동이었다. 수천 명의 회원과 수십만 명 이상의 추종자를 거느린 단체는 그날 아침 느닷없이 사라졌다.

아무런 예고도, 준비도 없이 대중 앞에 선 크리슈나무르티는 "진리는 길이 없는 대지"*이기에 진리를 추구하기 위해서는 어떠한 단체나 종교, 또는 선생이 필요 없다는 말로 연설을 시작했다. 역사상 가장 유명한 문서 중 하나가 된 이 연설문은 크리슈나무르티가 언제나 품고 있던 가치, 즉 모든 인류가 "완전하고 무조건 자유로워야 한다"**는 말로 끝맺는다.

나는 이 '해체 선언문'의 존재를 알았을 때 지도자의 길을 버린 이 미지의 인도사람에게 강하게 이끌렸다. 누군가는 그를 진정한 성자라고 부르기도 했지만, 아마 크리슈나무르티는 자기에게 그런 수식어를 붙이는 걸 좋아하지 않았을 거다. 그는 흔히 성자라고 불리는 오쇼 라즈니쉬나 마하리쉬와는 전혀 다른 길을 간 사람이다. 그는 명상법이나 진리를 찾는 방법을 가르치지 않았고 그런 게 어디 있다고 말하지도 않았다. 진리는 분명히 있으나 그곳으로 가는 길은 없다. 아니, 길이 너무나도 많으므로 어떤 것 하나를 진정한 길이라고 말할 수 없

---

* "I maintain that Truth is a pathless land, and you cannot approach it by any path whatsoever, by any religion, by any sect.", 성단 해체 선언문, 크리슈나무르티 재단 미국 지부.

** "My only concern is to set men absolutely, unconditionally free.", 위와 같은 출처.

다. 그래서 책을 번역한 정현종 시인은 "이 책은 너무 있기 때문에 있는 흔적조차 없다."*라고 첫머리에 썼다.

책방에서 일하다 보면 이와는 반대로 너무 있어서 그 흔적을 남기려는 사람을 종종 만난다. 나는 책을 좋아해서 책방에 나들이하는 사람치고 나쁜 사람은 없다고 믿었다. 책방에 오는 사람들은 기본적으로 책을 즐기는 이들일 테니 말이다. 나는 그런 사람들과 만나고 싶어서 처음에는 일부러 온라인에서 책을 팔지 않았다. 책 한 권 사서 읽는 것도 큰 결심이 필요한 요즘, 인터넷 쇼핑이 아니라 몸을 움직여 책방에 오는 사람이라면 분명 마음이 책처럼 야무지리라 믿었다.

하지만 아니었다. 이상한 사람은 곳곳에 있었다. 산 좋아하면 다 괜찮은 사람이라고 하지만, 산에서도 이상한 사람은 자주 만난다. 자전거나 수영, 음악, 미술, 야구 등등 무엇을 좋아해도 이상한 사람은 이상하게 산다. 그래서 내가 일하는 가게이름을 '이상한 나라의 헌책방'이라고 지은 것은 아니지만. 어찌됐든 책을 좋아하기 때문에 이상해진 사람들이 정말 많았다.

가장 흔한 부류는 자기가 아는 걸 뻐기는 사람이다. 자신의 높은 학력을 자랑하며 '네가 모르는 걸 나는 알고 있다.'라는 식으로 대화를 풀어간다. 생활해보니 내가 아는 걸 상대방이 모르고 있을 확률은 그다지 높지 않다.

한번은 학교 초청으로 초등학생 독서 캠프에 가서 짧

• 지두 크리슈나무르티, 《아는 것으로부터의 자유》, 7쪽, 정현종 옮김, 물병자리, 2002년

게 강연한 일이 있다. 도서부원들을 대상으로 한다고는 하지만 아직 어린아이들이라 무슨 주제로 이야기를 해야 할지 처음부터 막막했다. 가벼운 얘기를 조금씩 하다가 중간에 "여러분은 잘 모르겠지만 아일랜드 작가 중에 제임스 조이스라는 분이 있어요. 그분이 쓴 소설 중에……."까지 했는데 갑자기 한 여학생이 내 말을 끊었다. 그 학생은 "아는데요."라고 작게 말했다. 나는 잘 못 들었나 싶어서 다시 물었다. 학생은 "알아요, 제임스 조이스."라며 무표정하게 대답했다. 이어서, 《젊은 예술가의 초상》을 읽었어요. 여기 오기 전에요."라고 했다.

여기 오기 전이라니? 나는 학생이 무슨 말을 하는지 몰라 순간 혼란에 빠졌다. 어찌어찌 강연을 마치고 난 다음 학생들과 인사하는 시간에 그 의문은 바로 해결됐다. 내 말을 끊었던 여학생은 아주 어렸을 때 부모님을 따라 아일랜드에 가서 살다가 몇 개월 전 우리나라로 돌아왔다. 초등학생이긴 하지만 책을 좋아해서 자신이 사는 아일랜드의 더블린을 배경으로 소설을 쓴 제임스 조이스의 책을 읽어봤다는 거다. 심지어 학생이 읽은 건 당연하게도 영어 원서였다. 그는 《더블린 사람들》을 먼저 읽고 재밌어서 《젊은 예술가의 초상》을 이어서 읽었다고 말했다. 여학생은 가볍게 웃으며 인사하고는 교실을 떠났다.

돌아오는 길에 나는 몹시 부끄러웠다. 초등학생이니까 당연히 조이스를 모를 것이라고 단정 지은 나 자신이 미웠다.

게다가 나는 조이스의 작품을 원서로 읽어본 적도 없다. 이 경험은 내게 중요한 교훈을 남겼다. 내가 아무리 새롭고 대단해 보이는 걸 알고 있어도 그걸 상대방이 모를 거라는 단정은 이후로 하지 않게 됐다.

어떤 손님은 자기의 경험과 책에서 읽은 걸 무조건 진리로 여긴다. 그런 사람과는 정말이지 대화를 시작하는 것부터가 재앙이다. 그의 논리는 언제나 경험이다. 직접적이든 간접적이든 상관없이 자기가 실제로 경험했고 그게 옳다고 믿으면 모든 사람이 진리로 인정해야 한다는 게 소통을 가로막는 벽이다.

그는 분명 책을 많이 읽은 사람이다. 다만 그는 읽은 책 위에 올라가 앉아 있는 걸 즐긴다. 종교 경전 같은 특별한 경우를 빼면 세상 어떤 책도 이 책만이 **진리**라고 말하지 않는다. 그런데도 책에서 공감하는 내용이 나오면 그것을 진리로 믿는 사람들이 있다. 책뿐만이 아니라 사람을 향해서도 같은 믿음을 가지는 이들이 많다. 어떤 정치지도자나 유명 연예인, 혹은 종교인이 자기 맘에 드는 말을 자주 하면 그는 곧 이 사람과 이심전심이 되어 숭배하게 된다. 크리슈나무르티가 가장 경계하는 태도다. 이 생각에 이르렀을 때 그는 성단을 해체하고 선생 되기를 거부한다며 단호히 선언했다.

진리는 누구라도 가르칠 수 없고 어떤 단체나 종교, 혹은 그 비슷한 걸 조직해도 그 안에 머물지 않는다. 진리는 살아 숨 쉬는 것이기에, 물처럼 흐르는 싱싱한 것이기에 가두거나 모셔두면 이내 썩고 만다. 크리슈나무르티는 누군가 말해주는, 또는 가르쳐주는 '나'가 아닌 나 자신이 바라보는 '나'를 감지하라고 권한다. 그것은 내가 되고 싶어서 바라는 '나'가 아니라 바로 지금의 '나'다. 어제의 내가 아닌 오늘의 나와 만나야 하며 그 만남은 매일, 매 순간 계속되어야 한다. 왜냐면 오늘 본 어제의 나는 내가 어제까지 알던 나이기 때문이다. 안다고 믿는 것으로부터 자유롭지 못하면 오늘의 나를 만나지 못한다.

책은 언제나 과거의 앎을 털어내고 새로운 앎을 찾도록 해준다. 책은 지식을 쌓는 도구가 아니라 털어내는 도구이며, 이제까지 쌓은 지식의 성을 더 높고 견고하게 만들어주는 것이 아닌 깨부수는 도구다. 안다고 믿는 것으로부터 자유롭지 못하면 새로운 앎은 우리를 찾아오지 않는다. 나는 이렇게 생각하며 언제나 반성한다. 책을 쌓아 놓고 있지는 않은지, 그리고 하릴없이 지식의 탑을 건설하고 있는 것은 아닌지 돌아본다. 나비가 되어 날아 본 사람은 안다. 애벌레들이 애쓰며 쌓아 올린 탑들의 풍경이 얼마나 무의미한 것인지를.

인간 앞에 쏟아진
소리의 무더기*

_ 막스 피카르트, 《인간과 말》

　　나는 가끔 주변 사람들로부터 말이 너무 길다는 지적을 받는다. 나름대로 이 지적에 관해 변호해보자면, 말이 길다는 것이지 말이 많다는 뜻은 아니라는 것부터 짚어보고 싶다. 오히려 나는 평소에 말이 별로 없는 편이다. 누가 말을 시키지 않는 이상 내가 먼저 말하는 경우는 많지 않다. 하지만 말을 해야 할 때면, 간략하게 전달하지 못한다. 온갖 주변 이야기까지 다 끌어다가 말에 살을 붙이다 보니 쓸데없이 말이 길어진다.

● 막스 피카르트, 《인간과 말》, 123쪽,
배수아 옮김, 봄날의책, 2013년

예를 들면 이런 식이다. 누가 나한테 가벼운 인사치레로 "점심 맛있게 드셨어요?"라고 물으면 순간적으로 머리가 복잡하게 돌아가기 시작한다. "네, 잘 먹었습니다." 하면서 간단히 대답해도 되는데 나는 느닷없이 상대가 무슨 의도로 내게 점심 얘기를 하는지 상상하는 거다. 그런 다음 최대한 길고 자세하게 설명한다. 바로 이렇게. "네, 점심 식사는 11시 반 정도에 했습니다. 식당이 붐비는 시간대를 좋아하지 않아서요. 보통은 11시 반에 먹고, 그때 못 맞추면 아예 점심시간이 지난 오후 1시 정도에 가서 먹습니다. 그런데 요즘은 식당들이 대부분 브레이크타임을 정해두고 있어서 오후 1시에 점심을 먹으러 가면 뭔가 좀 쫓기는 기분이 듭니다. 보통 브레이크타임은 오후 3시부터인데도 그래요. 오늘은 돈가스를 먹어볼까 싶었는데, 사실 돈가스는 지난주에 두 번이나 먹었거든요. 그러니까 오늘은 카레나 면 요리를 먹으려고 했어요. 카레라고 하면 길 건너에 있는……." 이러는 사이에 내 말을 듣고 있는 상대방 얼굴이 점점 굳어지는 걸 본다.

그나마 다행인 건 이렇게 말을 늘어놓고 난 다음에는 반드시 후회한다는 것이다. 반성도 빠르다. 어떨 땐 말을 하면서 동시에 머릿속으로는 '이러면 안 되는데. 얼른 수습해야겠다. 그런데 어디서 말을 끊고 정리해야 하지?'라는 생각을 한다. 말을 쏟아진 물이라고 표현한 천재는 누구일까? 말은 정말로 딱 그런 속성을 가지고 있다. 어쩌면 그런 이유로 인류는 글이라는 걸 발명한 게 아닐까? 글은 말과 달리 다 쓴 다음 훑어보고 수정해서 남에게 보여줄 수 있다는 장점이 있다. 말이 즉각적인 소통의 도구라면 글에는 시차가 있다. 시차는 짧을 수도, 아주 길 수도 있다. 글 쓴 사람이 정하기 나름이다. 혹은 써놓고 아예 발표하지 않아도 된다. 작가들은 바로 이런 글의 매력에 사로잡힌 사람이다.

작가가 책 한 권을 쓰는 과정을 상상해본 일이 있는가? 단행본 하나를 두어 달 만에 술술 써내는 작가도 있지만, 보통 작가는 글과 씨름한다는 표현이 어울릴 정도로 어렵게 책을 쓴다. 개그 소재를 다루는 작가도 글 쓰는 과정만큼은 개그가 아니라 스릴러에 가깝다. 온종일 한 단어나 한 문장을 가지고 고민할 때도 있다. 대체 왜 이런 고생을 사서 할까? 말을 하고 싶은 욕망에 사로잡혀 있기 때문이다.

단행본 한 권을 만들려면 200자 원고지 800~1000장 정도를 써야 한다. 내 경우, 나중에 탈고하며 글을 들어내는 식으로 작업하다 보니 초안 원고는 1300~1500장까지 쓴다. 당연히 이 정도 분량을 작가는 혼자서 써야 한다. 책을 흔히 독자와 소통을 위한 도구라고 부르지만, 아이러니하게도 책을 다 쓸 때까지 작가는 누구와도 소통할 수 없다. 불가의 면벽 수행에 맞먹는 고난을 이겨내야 책이 나온다. 그러니까 작가는 원고지 1000장 이상의 분량을 혼자서 중얼거릴 수 있는 정도의 과한 '말 욕심'이 있는 사람이다. 우리가 읽는 책은 대개 이런 이상한 사람이 쓴 중얼거림이다.

　나는 누군가와 대화할 때 말하고 싶은 욕구가 과하게 치밀면 감정을 억누른다. '좋아, 이건 기억해뒀다가 책에다가 써야겠다.' 그러고서는 집에 돌아와서 하고 싶은 말을 무작정 써 내려간다. 마치 배설하듯이 시원하게!《도련님의 시대》라는 책을 보면 나쓰메 소세키가 "소설은 머리로 뀌는 방귀 같은 거야."*라고 말하는 장면이 나온다. 이 얼마나 명쾌하고도 구체적인 설명인가. 그렇다면 독자는 책을 읽으며 풍겨 나오는 냄새를 통해 작가가 뭘 먹고 소설을 썼는지 알 수 있는 거다.

　책이라고 하는 것은 작가가 쏟아낸 소리의 무더기다. 나는 이 문장을 '작가가 싸 놓은 배설물이다.'라고 쓰려다가 말았다. 내 생각에 배설물이 적당한 표현 같지만 차분한 카페에서 디저트를 즐기거나 식사하면서 이 책을 읽고 있을 독자를 위해 배설물이란 비유는 잠시 접어두기도 했다. 어이쿠, 이렇게 부연 설명을 하면서 결국 배설물이란 말을 하고야 말았다. 내가 늘 이런 식이다. 어쨌든 책은 인간이 퍼 올린 생각의 결과물이자 사유의 부산물이다. 책을 읽는 사람이 늘 중요하게 여기고 있어야 할 지점이 바로 여기다.

　좋은 음식 잘 먹는 것도 좋지만, 건강한 배설 또한 중요하다. 잘 먹었는데 건강하지 못한 배설을 하는 사람은 분명 내장 어딘가에 문제가 있는 거다. 주변을 둘러보면 똑같은 책을 읽었는데도 이상한 생각과 행동을 하며 사는 이들이 있다. 책

　　•　세키가와 나쓰오 글 · 타니구치 지로 그림, 《도련님의 시대》 1권,
　　　46쪽, 오주원 옮김, 세미콜론, 2012년.

을 많이 읽었다는 사람, 외국 유명 교육기관에서 공부했다는 사람도 이런 치들이 적지 않다. 박사학위가 몇 개나 되어도 인간다운 태도를 보이지 못하며 살면 아무리 좋은 책을 읽은들 무슨 소용이 있나. 그러니 읽고, 공부하고, 이를 바탕으로 한 삶의 결과물을 내놓는 것까지가 독서의 완성이다.

그러므로 독서는 책을 읽는 것이 전부가 아니다. 읽는 행위는 마음과 머리를 훈련하는 길 위에 있는 것이고 독자는 그 길 위에 떨어진 소리의 무더기를 예민한 감성으로 살펴야 한다. 그건 정말 쓰레기더미일 수도 있고 어쩌면 그 안에서 뭔가 쓸만한 재활용품을 발견할지도 모른다. 쓸만하겠다며 주워 들었는데 결국 쓰레기로 판명되어 버려지는 것도 있다. 줍고, 버리고, 이미 가진 걸 서로 엮는 반복을 통해 독자는 자기만의 생각을 발전시킨다. 한 사람의 생각이 소리와 말로 넘쳐날 때, 그는 마침내 새로운 배설물을 만들 것이다.

이 세계는 절대로 침묵이 어울리지 않는다. 언제나 시끄럽고 혼란스럽다. 인간의 내면이 침묵을 통해 단련될 수 있다지만, 세상은 말과 소리의 무더기로 만들어졌다. 그래서 우리는 침묵과 친구가 될 수 있으면서도, 말과 소리를 영원히 떨쳐버릴 수 없다. 진정한 침묵은 숙성 과정이다. 그러나 세상엔 숙성되지 않은 날것의 소리와 말이 넘친다. 몸의 건강을 위해 잘 먹고 운동하는 게 중요하듯, 머리와 마음이 병들지 않으려면 읽어야 한다. 말과 소리의 무더기 안에서 빠져 죽지 않으려면 읽을 줄 알아야 한다. 인간이기에 지고 가야 하는 운명이다.

　　나 또한 그런 영향에서 피해 갈 수 없음을 자주 느낀다. 그럴 때마다 《인간과 말》은 내게 작고 흐릿한 목소리로 길을 안내한다. "인간이 더 이상 행위를 위한 말을 갖지 않으면, 행위 스스로가 말을 집어삼키기 시작한다."라는 문장을 만나고 마음이 숙연해진다. 말의 무더기인 책을 읽으며 우리는 침묵의 세계를 이해할 수 있다. 그리고 나는 한동안 침묵했다가, 다시 읽는다. 읽은 다음 또, 쓴다. 침묵하기 위해 말을 가지고 쓴다.

　　나는 여전히 하고 싶은 말이 넘친다. 듣고 싶은 말도 많다. 그래서 읽고, 그렇기 때문에 쓴다. 읽는 사람이 사라지지 않는다면 쓰는 이도 잠들지 않을 것이다. 무조건 침묵하기를 강요하는 세상이 온다고 하더라도 읽는 사람은 읽을 것이며 쓰는 이들은 쓸 수밖에 없을 것이다. 세상에는 쓰지 않고는 살아갈 수 없는 이들이 있다. 《화씨 451》에서처럼 누군가 책을 다 태워 없애버리려 한다면 한쪽에선 책을 외워서라도 읽기를 멈추지 않을 것이다. 읽을 수 있는 인간으로 태어났음을 신에게 감사하며 오늘도 책장 위에 놓인 작은 책 한 권을 손으로 쓰다듬는다.

　　그 책은 나의 책이 아니다. 소란스러운 당신의 말이 담긴 한 세계다. 나는 이렇게 쓰고, 오늘도 읽는다, 라고 낮은 목소리로 중얼거리며 피어오르다 이내 사라질 말의 은하수를 당신은 읽는다.

이중섭

《그릴 수 없는 사랑의 빛깔까지도》

한국문학사

1980년

손님이 책을 찾는다. "이중섭 책 있나요? 오래된 건데, 제목이 '그릴 수 있는 사랑의 빛깔'인가 그럴 거예요." 이중섭의 책이라면 분명 화집일 텐데, 그런 제목은 처음 들었다. "말씀하신 제목이 정확한가요?"라고 묻자 손님은 확신에 찬 목소리로 그렇다고 대답했다. 어쨌든 그 책은 물론 이중섭의 다른 화집도 지금은 없다고 하니 나중에라도 가게에 책이 들어오면 꼭 연락 달라면서 전화번호를 남기고 갔다.

책과 사람이 안 보이는 끈으로 연결되어 있기라도 한 걸까? 두어 달 정도 지난 어느 날 우연히 다른 헌책방에 구경 갔다가 바로 그 책을 발견했다. 그런데 제목이 조금 달랐다. 손님은 분명 '그릴 수 있는 사랑의 빛깔'이라고 했는데 표지에는 《그릴 수 없는 사랑의 빛깔까지도》라는 글씨가 크게 박혀 있었다. 비슷한 느낌이지만 의미가 완전히 다른 제목으로 책을 기억하고 있던 그 손님을 생각하니 속으로 웃음이 났다.

찾은 책을 손님에게 팔기 전 내가 먼저 읽는 건 헌책방 주인장만의 작은 특권이다. 이 책은 1980년에 출판된 것인데, 아마도 당시에 이중섭의 미공개 그림이 발견되었기에 기획된 책으로 보인다. 표지는 그림을 그릴 때 화가가 자주 썼던 양담배 포장지를 연상시키는 은색이고 그 바탕에 유명한 벌거벗은 아이 스케치를 커다랗게 넣었다. 은색과 대비되는 빨간색 제목 위에는 '천재 화가가 남긴 세기적 사랑의 그림과 편지'라는 문구가 있다. 책 내용은 이 문구대로 이중섭이 일본인 아내 이남덕李南德에게 보낸 편지와 그림엽서다. 이중섭 작품을 인쇄한 컬러 화보도 몇 장 들어있다. 출판 연도를 생각한다면 편집에 공이 많이 들어간 책이다.

유명 화가가 아내에게 쓴 편지인데 뭐 별거 있겠나 싶은 마음이 있었는데 첫 부분을 조금 읽고는 이 책에 완전히 빠져들었다. 이중섭의 편지는 그가 그린 그림 자체였다. 일제강점기와 해방, 그리고 곧이어 터진 한국전쟁을 겪으며 가족과도 헤어져 전국을 떠돌아다닌 이 화가는 살기 위해 그렸고 그리는 일이 곧 사는 일이었다. 지독한 가난으로 허덕이면서도 종이가 없으면 담배 포장지에 그렸고 붓조차 없을 땐 못으로 긁어서 그렸다. 그러면서도 아내와 자녀에게 쓴 편지는 또 어찌 그리 덤덤한 문장인지.

본문에 있는 편지를 쓴 시기는 아내가 두 아들을 데리고 일본으로 건너간 1952년 겨울 이후 1955년, 그러니까 이중섭의 병이 본인은 물론 지인들도 어찌할 도리가 없을 정도로 심각해질 무렵까지다. 이중섭은 죽어가고 있음에도 불구하고 온 힘을 다해 삶의 의지를 불태우며 다시 가족이 합쳐질 날을 손꼽아 기다렸다. 하지만 그런 날은 끝내 오지 않았다. 1956년 9월 6일, 이중섭은 지켜보는 이 하나 없이 쓸쓸히 세상을 떠났다. 그의 나이 불과 41세 때의 일이다.

가난과 영양실조에 허덕인 이중섭의 그림 대부분은 현재 유명 미술관이나 부유한 개인 소장자들이 갖고 있다. 얼마 전엔 억 단위 돈이 걸린 위작 시비 사건도 있었다. 이런 때도 편지는 한없이 사랑스럽다. 세상이 아이러니하다고 느낄 때면 나는 자주 이 책을 다시 꺼내 읽어보곤 한다. 가만히 읽고 있으면 편지는 시간을 훌쩍 뛰어넘어 나에게 보낸 것처럼 느껴진다.

제목처럼 사랑은 어떤 빛깔로도 그릴 수 없다. 하지만 어떤 빛깔을 사랑하면 그건 온전히 자신만의 세계가 된다. 책도 이와 다르지 않아서 명작이란 어떤 작가도 일부러 쓸 수 없는 것이다. 이름을 불러주었을 때 비로소 내게로 와 꽃이 되듯, 내 마음을 어루만지는 귀한 책 한 권을 만나는 일이란 오직 내가 그 책을 가만히 불러주었을 때야 시작되는 놀라운 사건이다.

이상한 나라의 책 읽기

초판 1쇄 발행 2022년 5월 25일
초판 2쇄 발행 2022년 6월 24일

지은이 윤성근
발행인 채종준

출판총괄 박능원
편집장 지성영
책임편집 유나
디자인 김예리
마케팅 문선영 · 전예리
전자책 정담자리
국제업무 채보라

브랜드 드루
주소 경기도 파주시 회동길 230 (문발동)
문의 ksibook13@kstudy.com

발행처 한국학술정보(주)
출판신고 2003년 9월 25일 제406-2003-000012호

ISBN 979-11-6801-458-9 03810

Begin at the beginning,
and go on till you come to the end: then stop.